Bernd Mannhardt

KEIMZEIT

Ein Moabit-Krimi

W0110786

berlin.krimi.verlag
be.bra verlag

Personen und Handlung sind frei erfunden. Ähnlichkeiten mit lebenden oder verstorbenen Personen sind nicht beabsichtigt und wären rein zufällig. Die Orte der Handlung existieren zwar, dienen jedoch lediglich als Kulisse.
Kurz, alles ist erstunken und erlogen. Und die echten Stadtteilsanierer handeln selbstlos wie Mutter Teresa.

Bibliografische Information der Deutschen Nationalbibliothek

Die Deutsche Nationalbibliothek verzeichnet diese Publikation in der Deutschen Nationalbibliografie; detaillierte bibliografische Daten sind im Internet über http://dnb.d-nb.de abrufbar.

Alle Rechte vorbehalten.
Dieses Werk, einschließlich aller seiner Teile, ist urheberrechtlich geschützt. Jede Verwertung außerhalb der engen Grenzen des Urheberrechtsgesetzes ist ohne Zustimmung des Verlages unzulässig und strafbar. Das gilt insbesondere für Vervielfältigungen, Übersetzungen, Mikroverfilmungen, Verfilmungen und die Einspeicherung und Verarbeitung auf DVDs, CD-ROMs, CDs, Videos, in weiteren elektronischen Systemen sowie für Internet-Plattformen.

© berlin.krimi.verlag im be.bra verlag GmbH
Berlin-Brandenburg, 2016
KulturBrauerei Haus 2
Schönhauser Allee 37, 10435 Berlin
post@bebraverlag.de
Lektorat: Gabriele Dietz, Berlin
Umschlag: Ansichtssache, Berlin
Satz: ZeroSoft, Timisoara
Schrift: Stempel Garamond 10/12,7 pt
Druck und Bindung: Finidr, Český Těšín
ISBN 978-3-89809-524-2

www.bebraverlag.de

Lebenskunst besteht zu 90 Prozent aus der Fähigkeit,
mit Menschen auszukommen,
die man nicht leiden kann.
Samuel Goldwyn

Muckibude

Am Abend des 21. Dezember kleidete eine dicke Schneedecke die Hauptstadt in ein Gewand von Friedfertigkeit. Weiße Pracht wurde vom Licht hipper Laternen beschienen, deren oberes Ende mit einem Metallsegel als Reflektor ausgestattet war. Der Weg, den sie säumten, schlängelte sich hin zum weit zurückgesetzten Eingang des Neubaukomplexes in der Hannoverschen Straße.

Gemütlichkeit pur, fand Kriminalhauptkommissar Hajo Freisal. Schneedecke … unberührt … ein Bild von Unschuld, sinnierte der KHK. Da hat sich Frau Holle aber auch so was von ins Zeug gelegt. Irgendwie auch kitschig – dennoch oder erst recht: Mir gefällt's.

Aber Unschuld? Eine unglückliche Metapher. Freisal wusste, dass Berlin nicht als Hort der Seligen galt. Bedürfte es eines Beweises, genügte wohl ein Blick gen Kriminalgericht an der Turmstraße, das Tag für Tag die Polizeiticker der Hauptstadtpostillen fütterte.

»Guck mal an«, murmelte der Kommissar vor sich hin, »das haben die Wetterfrösche so gar nicht vorausgesagt.« Er blickte durch eines der bis zum Boden reichenden Fenster des im Parterre liegenden Sportstudios, in dem er trainierte, und sah hinüber zum Bolzplatz der Europa-Grundschule, in der sich tagsüber 350 Kinder und 50 Pädagogen aus 20 Ländern begegneten. In den Pausen, dachte Freisal, wird auf dem Schulhof der Teufel los sein. Jetzt aber lag das von dem verklinkerten Schulgebäude begrenzte Gelände still.

Es war halb neun und draußen hatte sich längst die Nacht über den Tag gelegt. Der mit Neonlicht erhellte Trainingsraum spiegelte sich im Glas der, wie Freisal zu sagen pflegte, »Muckibude«. Um auf die Straße hinaussehen zu können, hatte er seine vom Gewichtestemmen erhitzte Stirn an die kühle Scheibe gelegt; sein brav gescheitelter Kurzhaarschnitt war sichtlich außer Form geraten.

Hajo Freisal – vor gar nicht allzu langer Zeit hatte er noch ein Kampfgewicht von 96 Kilo auf die Waage gebracht (bei nur 165

Zentimetern Mindestkörpergröße für den Polizeidienst) – und Krafttraining? Aber ja: Der KHK hatte nicht nur seine Ernährung umgestellt. Er wollte auch seinen über die Jahre sichtlich aus dem Leim gegangenen Körper straffen. Jetzt wog er schon sechs Kilo weniger.

Also bitte!

Freisal besuchte das Sportstudio in der Hannoverschen Straße, eines von insgesamt neun Studios des, wie er sagte, »Eidgenossen« in Berlin: Werner K., ein Schweizer Fitness-Unternehmer, dessen Franchising-Gesellschaft seinen Namen trug. Über die Jahre hatte sich K. offenbar auf dem hart umkämpften Fitnessmarkt in Berlin behaupten können. Jedenfalls war er von Köpenick über Mitte bis nach Reinickendorf mit Dependancen präsent.

Freisal hatte sich vorgenommen, alle Standorte des »Eidgenossen« abzuklappern. Das gab die Mitgliedskarte her. Er war neugierig, welches das räumlich großzügigste war. Wenngleich, in der Regel trainierte er am Ernst-Reuter-Platz. Das Studio dort lag dem Präsidium in der Keithstraße am nächsten.

»Tolle Ergänzung zum Abspecken«, hatte der Kommissar seiner jungen Assistentin, Yasmine Gutzeit, berichtet. »Mein Gewicht habe ich schon auf neunzig Kilo runtergeschraubt.« Dabei war er von seinem Gutzeits unmittelbar gegenüberstehenden Schreibtisch aufgestanden, hatte zwei, drei Schritte in den Raum gemacht und sich demonstrativ in Pose gebracht. »Und? Sieht man schon was?«

»Hm.« Gutzeit hatte ihren Bürostuhl um neunzig Grad hin zu ihrem Chef umgedreht.

»Macht einen schlankeren Hals, oder?«

Yasmine Gutzeit war sich in diesem Moment gewiss, dass Spaß und Ernst bei ihrem Vorgesetzten mal wieder verdammt eng beieinander lagen. Sie blickte den KHK nachdenklich an. Ihr Blick wanderte von oben nach unten. »Herr Freisal«, sagte sie, »bitte lockern Sie sich – und schauen Sie mal zu mir herüber.«

Freisal schaute zu seiner Kollegin.

»Ah, das Gesicht!«, rief Yasmine Gutzeit. »Tatsächlich, da sind Sie einen Tick schmaler geworden.«

Der Kommissar legte beide Hände übereinander und auf seinen imposanten Bauch. Er kniff die Augen zu Schlitzen zusammen. »So, so … Gesicht … immerhin. Hatte schon befürchtet, Sie würden Nasenspitze sagen.«

Gutzeit reckte den rechten Daumen. »Wird schon«, sagte sie.

An diesem Abend trainierte Freisal also nicht am Ernst-Reuter-Platz, sondern in K.s Dependance in Mitte.

Er war positiv überrascht, dass sich die Trainierenden hier so gut auf die »Kraftstationen« verteilten: kein nerviges Warten auf das Freiwerden einer Maschine, entspannt von Trainingseinheit zu Trainingseinheit hoppen, ohne dass einem der Platz vor der Nase weggeschnappt wurde, was einem das Training schon ziemlich vermiesen konnte.

Schnee satt, konstatierte Freisal im Geiste und blickte weiter aus dem Fenster. Können wir tatsächlich hoffen, weiße Weihnachten zu bekommen? Das war für Berlin ganz und gar nicht selbstverständlich. Erst kürzlich hatte es im Radio geheißen: »Der meteorologischen Definition nach müsste vom 24. bis 26. Dezember mindesten ein Zentimeter Schnee liegen, um von weißer Weihnacht sprechen zu können.« Dies geschehe, statistisch betrachtet, »leider nur alle sieben Jahre in der Hauptstadt«. Es habe sogar schon einmal eine »Schneelücke von sechzehn Jahren« gegeben: zwischen 1940 und 1956.

Schnee von gestern, dachte Freisal und wandte sich wieder dem Training zu.

Just in dem Moment, als der Kommissar zur nächsten Kraftstation schritt, machte sich jemand unter dem Nickname *Bürgers Zorn* ganz eigene Gedanken zur aktuellen Wetterlage. Er oder sie postete im Kiez-Blog *MoabitNETZ* auf der Internet-Plattform des Moabiter Quartiersmanagements unter der Überschrift: »Schnee tut gut!« Hätte das ein neuer Portal-Besucher gelesen, der *Bürgers Zorn*, einen Stammgast im Blog, nicht kannte, glaubte er womöglich, dass sich jemand über die frisch gefallene Pracht freute. Das wäre weit gefehlt gewesen. Der Post entpuppte sich wenige Zeilen weiter als blanker Zynismus.

»Habe eben erfahren, dass das Büro des Quartiersmanagements Moabit-Ost verschönert wurde.« Verschönert? Das klang nach Renovierung des QM-Ladens in der Wilsnacker Straße. Und schon folgte Zynismus die Zweite, indem Bürgers Zorn verkündete, dass »Scheiben eingeschlagen« und »Wände mit Slogans« beschmiert worden seien. Nun würde »den Handlangern von Mafioso Rohe bei klirrender Kälte endlich der Arsch abfrieren«. Alles in allem war der Post getragen von einer abgrundtief feindseligen Haltung dem QM gegenüber.

Handlanger von Mafiosi Rohe? War hier Peter Rohe, Inhaber der gleichnamigen Bauträgergesellschaft mbH gemeint? Wieder einige Zeilen weiter stellte sich heraus, dass tatsächlich vom stadtbekannten »Spezialist für Modernisierung und Sanierung von Altbauten aller Art«, wie es auf Rohes Webseite hieß, die Rede war. Rohe galt als alter Hase im Berliner Baugeschäft; sein Wirken reichte weit zurück in die Achtziger, hinein in jene Zeit, in der in Westberlin eine bemerkenswerte Subventionspolitik betrieben worden war.

Bürgers Zorn wurde ein paar Zeilen weiter auch für Neu-User überdeutlich und damit verständlich: »Rohe ist Ende sechzig – dennoch: der bekommt den Hals nicht voll genug, will sich Moabit unter den Nagel reißen mit Luxussanierungen. Wird höchste Zeit für Kenntlichmachung von Wölfen in Schafspelzen, also auch den Handlangern der gesellschaftlichen Teilung in Arm und Reich. Mit dem Demolieren des QM Ladens sei ganze Arbeit geleistet worden. Unter dem Link frohaktion.indymedia.org ist die Aktion dokumentiert. P.S.: Mit besten Grüßen auch an die Bullen – und viel Spaß bei der Gründung einer neuen SoKo.«

Hajo Freisal setzte sich an die Kraftstation E2, um den kleinen Delta-Muskel im Schulterbereich mit seitlichem Armeheben zu trainieren. Diese Übung wollte er schnell hinter sich bringen. Aus Erfahrung wusste er, dass diese Muskelpartie nicht so belastbar war und schnell erlahmte.

Immer wieder schön, wenn der bittersüße Schmerz nachlässt, dachte der Kommissar, bevor er mit der Übung begann.

Derweil Freisal im XXL-T-Shirt und in Jogginghose an der E2 saß und gegen den Widerstand von Gewichten ankämpfte, klingelte bei Yasmine Gutzeit das Diensthandy.

»Och nee!«, stöhnte sie. Ganze dreißig Minuten hatte sie es sich in ihrer Charlottenburger Wohnung in der Mierendorffstraße auf der Couch mit einem Thriller gemütlich gemacht. Genau genommen mochte sie gar keine Thriller. Der sogenannte Mainstream war ihr schlichtweg zu blutrünstig. Das begann schon bei der Gestaltung der Cover, wie ihr erst neulich in der Buchhandlung aufgefallen war. Es tropfte nur so von Blut. Gottlob, auch hier bestätigen Ausnahmen die Regel, hatte Gutzeit gedacht, als sie zu jenem Buch griff, in dem eine Geschichte vor dem Hintergrund illegaler Waffenexporte erzählt wurde.

Das Handy klingelte unerbittlich.

Gutzeit hatte die Rufnummer des Präsidiums auf dem Display erkannt und nahm das Gespräch an.

»'N Abend! Was gibt's?«

»Leichenfund«, hieß es kurz und knapp. »Sie werden am Fundort erwartet: Moabit, Stephanplatz.«

»Gibt's schon nähere Infos?«

»Ein Mann.«

»Unnatürlicher Tod?«, fragte Gutzeit.

»Würde ich Sie sonst anrufen?«, erwiderte der Kollege von der Einsatzzentrale mürrisch.

»Gegenfragen sind uncool, sagt mein Chef immer. Ich denke, da hat er recht.«

»Unnatürlicher geht's nicht«, kam es zurück.

»Schuss- oder Stichverletzung?«, fragte sie.

»Das Opfer hat ein Messer im Bauch.«

Gutzeit stand von der Couch auf und trat ans Wohnzimmerfenster. Das Smartphone hielt sie in der Linken, mit der Rechten schob sie die Gardine ein Stück beiseite. »Wie lange schneit es schon?«

»Gut zwanzig Minuten.«

Gutzeit zog die Gardinen wieder zu.

»Wer hat uns alarmiert?«

»Ein anonymer Anrufer. Es ließ sich zurückverfolgen, dass aus einer Kneipe namens Dart-Pinte, nahe des Fundortes, Alarm geschlagen wurde, der Anrufer konnte aber nicht ermittelt werden. Der Wirt erinnert sich nicht, wer telefoniert hat, er habe es nicht mitbekommen, weil immer irgendwer am Telefon hänge. Darauf achte er schon lange nicht mehr.«

Gutzeit runzelte die Stirn. »Sind die Kollegen von der SpuSi ...?«

»Kollegin, wie gesagt, man wartet auf Sie.«

»Bin schon unterwegs.« Gutzeit legte auf und blickte auf die Zeitanzeige des Displays: 20.45 Uhr. Sie überlegte, ob sie KHK Freisal alarmieren sollte, und entschied sich dagegen, weil sie wusste, dass ihr Chef in den letzten sportlichen Zügen lag. Sie beschloss, erst einmal selbst die Lage zu peilen. Sie wollte Freisal nicht ohne Not beim Training stören und wusste, dass die Hannoversche nahe am Fundort lag. Keine Gefahr im Verzuge. Alles im grünen Bereich.

In Lederkluft trat Yasmine Gutzeit vor die Tür des Charlottenburger Mietshauses. Ihren Helm trug sie unterm Arm. Es schien so, als realisierte sie erst jetzt das ganze Ausmaß des unverhofften Schneefalls ... das Weiß auf dem Trottoir ... der Straße ... auf Sitz und Tank ihres Cross-Bikes, einer Suzuki.

Ach schön, es schneit!, dachte sie spontan. Dazu blies ein kräftiger Wind. Für sie kein Grund, die Maschine stehen zu lassen – sie war Vollblut-Bikerin, für Schönwetter-Fahrer hatte sie nur ein müdes Lächeln übrig.

Gutzeit wedelte mit ihrem Lederhandschuh den Schnee vom Sitz; dann setzte sie sich auf den Bock und den Helm auf den Kopf. Einen Wimpernschlag später erklang das typische Geknatter einer Geländemaschine.

Während sich seine Assistentin auf den Weg nach Moabit machte, umfasste Freisal mit beiden Hände die senkrechten Griffe der E2; er drückte die Ellenbogen an die Polster, die dicht an den

Armbeugen anlagen, und seitlich nach oben. Der Widerstand, den es zu überwinden galt, wurde vom Gewicht erzeugt, das hinter ihm an einer Art Flaschenzug hing. Der KHK vollführte die Übung exakt so, wie ihm vor Wochen vom Trainer angeraten: ganz langsam, ohne Hast und beide Arme synchron bewegend, ohne jedoch die Schultern anzuheben. Als die Oberarme so gut wie horizontal auf Schulterhöhe lagen, hielt er inne; es galt, dem Gewicht zu trotzen, zwei Sekunden lang in dieser Position zu verharren. Im Geiste zählte der Kommissar einundzwanzig … zweiundzwanzig – dann bewegte er seine Arme wieder abwärts in die Ausgangsposition, ohne das Gewicht abzusetzen. Das wiederholte er so oft, bis ihm mangels Kraft keine vollständige Aufwärtsbewegung mehr möglich war.

Gutzeit steuerte über die Verbindungsbrücke zwischen Goslarer Ufer auf der einen, Neues Ufer auf der anderen Seite; sie fuhr mit Bedacht, denn sie wusste, dass die Rutschgefahr bei Neuschnee nicht zu unterschätzen war.

Sie fuhr über Alt-Moabit in die Stromstraße, die in die Putlitzstraße mündete, um wenig später, unmittelbar vor der Putlitzbrücke, rechts in die Stephanstraße einzubiegen. Alles in allem ein Katzensprung. Der Fundort befand sich fast am anderen Ende der Stephanstraße, genauer gesagt an der Ecke Havelberger Straße.

»Na, schöne Frau, wo wollen wir denn hin?« Ein Uniformierter erhob seine Kelle und stellte sich ihr in den Weg. »Halt, Polizei.«

Gutzeit bremste und hielt unmittelbar vor dem Beamten, dessen Schulterklappen verrieten, dass es sich um einen Polizeimeister handelte. Der Beamte grinste süffisant und sagte, witterungsbedingten Nebel vor dem Mund: »Haben wir uns verfahren, so spät am Abend?«

Gutzeits schob das Visier hoch, sie wartete ab, ob der Kollege noch mehr Sprüche abzusondern gedachte.

Schneefall und Wind hatten zugenommen.

»Mutig, mutig – bei dem Wetter mit Krad«, schob der Uniformierte nach. Nach Gutzeits Empfinden hätte er auch »putzig, putzig« sagen können. »Für Sie geht's hier nicht weiter. Die Kreuzung ist gesperrt wegen polizeilicher Ermittlungsarbeit.«

Gutzeit blickte dem Kollegen ins Gesicht – und korrigierte ihn: »Sie meinen Sicherungsarbeit.«

Sie blickte über die rechte Schulter des Beamten hinweg und sah, dass ab der Laterne Stephanplatz Ecke Stephanstraße bis hinüber zum Metallzaun des unweit der achteckigen Bedürfnisanstalt liegenden Kinderspielplatzes rot-weißes Plastikband flatterte. Das Terrain war von der SpuSi weitläufig abgesteckt: Den Fundort leuchteten vier auf zwei bis drei Meter hohen Stativen stehende Halogenscheinwerfer gleißend hell aus.

»Soweit ich sehe, sind keine Ermittler da, schöner Mann.«

Dem Schutzpolizisten fiel die Kinnlade herunter; er guckte ziemlich dumm aus der Wäsche.

Wie nebenbei zog Gutzeit einen Handschuh aus, nestelte ihren Dienstausweis hervor, hielt ihn dem Kollegen entgegen, der immer noch verblüfft dreinblickte. Ohne ihn anzusehen, sagte sie: »An Ihrer Stelle würde ich den Mund wieder zumachen, sonst erkälten Sie sich noch. Mal am Rande: Sprechen Sie eigentlich alle Motorradfahrerinnen so an?«

»Aber Kollegin, das war doch nicht böse gemeint.«

»Mag sein, aber damit das klar ist, Herr Polizeimeister: Wo Sie heute Abend noch hin wollen, interessiert mich nicht die Bohne – und wo ich jetzt hin will, liegt hoffentlich auf der Hand.«

»Selbstverständlich.«

Der Polizist gab den Weg frei. Gutzeit ließ den Motor der Susi im Leerlauf kurz aufheulen, sodass ihr Gegenüber vor Schreck einen Schritt zur Seite machte, strauchelte, sich aber wieder fing. Sie zwinkerte ihm zu und sagte: »Mutig, mutig … so herumzuhüpfen bei dem Wetter …«

Sie rollte nur wenige Meter weiter, stieg von der Maschine, bockte die Susi auf, nahm den Helm ab, schüttelte ihre langen, kastanienbraunen Haare und stülpte den Helm lässig über den Lenkradspiegel.

Um die, wie Freisal sagen würde, »Spielwiese der SpuSi« zu betreten, musste sich Yasmine Gutzeit ein Stück weit vornüber unter dem Absperrband durchbücken, das von einer Handvoll Uniformierter gesichert wurde. Ein Dutzend Schaulustige, vermutlich Anwohner, standen in unmittelbarer Nähe.

Der Mediziner und die SpuSi hatten ihren Job offenbar schon gemacht. Die »Spielwiese« schien verwaist, einmal abgesehen von den Schutzpolizisten vor dem Absperrband und der mit einer weißen Folie abgedeckten Leiche, die unmittelbar an der Wand des Pinkelhäuschens lag. Eine vielleicht zehn Zentimeter hohe zeltartige Erhebung unterhalb der Abdeckung verriet dem geschulten Blick der Kriminalen, dass das Tatwerkzeug noch im Körper des Toten steckte.

Die mit Zellophan ummantelten Papiere, die der Mann bei sich geführt hatte, wurden Gutzeit von einem anderen Uniformierten überreicht. Auf ihre Frage, wo die SpuSi und »der Medizinmann« seien, bekam sie zur Auskunft, dass sich einer der Spurensicherer »im Pissoir vergnüge«. Vom »Ober-SpuSi«, dem Gruppenführer, solle man die Ermittler schön grüßen. Er und einige seiner Leute hätten schnellstens zu einem Raubüberfall im Wedding fahren müssen. Personalmangel. Aber vorm Pissoir sei alles gecheckt. Die Berichte kämen per Mail, wie immer. Wichtig sei, und das ließ der Mediziner ausrichten, der zwar eben noch dagewesen sei, jedoch ebenfalls in den Wedding gerufen wurde, dass die Kripo »bitte nicht am Messer herumfummeln« solle. Es könnte der Stichkanal verfälscht werden. Auch Stichstrukturen, hatte der Mediziner den Uniformierten belehrt, könnten zu ermittlungsrelevanten Erkenntnissen führen.

»Mist«, sagte Gutzeit. »Der Mediziner ist auch schon weg.«

»Wie gesagt, gerade eben … als Sie ankamen.« Der Uniformierte zuckte mit den Schultern.

»Normalerweise«, stellte Gutzeit fest, »gibt's am Fundort eine gemeinsame erste Beschau des Opfers. Wenn vorhanden, natürlich auch der Tatwaffe.«

»Was ist denn heutzutage schon normal?«, brummte eine sonore Männerstimme in Gutzeits Rücken.

Die Stimme kam ihr bekannt vor. Sie drehte sich um. Tatsächlich, hinter ihr stand Professor Schnidt, Mitte sechzig, mit einem von tiefen Furchen versehenen Gesicht. »Schnidts Visage ist aber auch so was von wind- und wettergegerbt«, hatte Freisal in der Polizeikantine einmal angemerkt, »als wäre er Kapitän der Hochseefischerei vor Helgoland und nicht Chefpathologe der Gerichtsmedizin.«

Schnidt lächelte. Altersmilde oder – weise. »Unterbesetzung allerorten«, bemerkte er. »So sieht's eben aus, wenn man spart, bis es quietscht.« Gutzeit nickte verständig und gab Schnidt die Hand. »Ich saß schon im Wagen. Wusste ja nicht, wann Sie eintrudeln. Wollte eben starten – Sie haben Glück, Frau Gutzeit. Dann woll'n wir mal«, sagte Schnidt und machte ein paar Schritte in Richtung Leiche. »Bin etwas in Eile«, setzte er hinzu.

Der Professor ging neben der Leiche in die Hocke und warf die Abdeckplane zur Seite. Mit einer Kopfbewegung dirigierte er Gutzeit zu sich herunter. Sie hockte sich neben Schnidt, der sich unterdessen Gummihandschuhe überstreifte.

Schnidt fasste mit der Rechten an den offenen Parka des Toten und schlug den Jackensaum auf. Unter dem Parka trug der Mann einen dicken, braun-weiß gemusterten Norwegerpullover, der bis zum Kragen mit Blut vollgesogen war. Wie ein Schwamm, dachte Gutzeit. Das Messer steckte auf Bauchhöhe. Sie schätzte, dass der Tote einen Meter siebzig groß war.

»Er wiegt vielleicht 75 Kilo«, sagte Schnidt. »Durch diesen Körper sind einmal sechs bis sieben Liter Blut pulsiert. Eindeutig zu viel Flüssigkeit für einen auch noch so dicken Norweger.«

Gutzeit blickte auf den Boden neben dem Toten. »Keine Blutspuren«, konstatierte sie. »Wie ist das möglich? Kann Schnee Blut über einen längeren Zeitraum überdecken?«

»Kommt aufs Mengenverhältnis an«, sagte Schnidt. »Denken wir nur mal an Skiunglücke in den Alpen: erst Absturz, dann Lawine … keine Spur!«

Die Kommissarin runzelte die Stirn. Alpen, sicherlich, dachte sie. Was hatte das mit Berlin zu tun? Natürlich nichts. Sie erinnerte sich, dass der Professor bei der Kripo berühmt-berüchtigt war für seine launigen Vergleiche. Gutzeit schabte unmittelbar neben dem Leichnam im Neuschnee. Kein Blut.

»Mysteriös«, sagte sie. »Der Mann ist doch verblutet. Vielleicht nicht hier? Vielleicht ist er von dem oder den Tätern nur hier abgelegt worden?«

»Ich muss mir die Leiche näher angucken«, erklärte Schnidt. »Vorher kann ich dazu nichts sagen. Aber ich will Sie schon mal auf eines hinweisen.« Er zeigte auf das Tatwerkzeug. »Das Messer steckt bis zum Griff im Körper.«

»Sie denken, da muss jemand mit Wucht zugestoßen haben? Lässt das auf einen kräftigen Täter schließen?«

»Kann sein, ja.« Schnidt zog behutsam die schätzungsweise fünfzehn Zentimeter lange Klinge aus dem Pullover. »Der menschliche Körper ist nicht aus Watte. Um ein Messer bis zum Anschlag … also, da muss einiger Widerstand überwunden werden.«

Mit der Linken nestelte Schnidt routiniert eine Plastiktüte hervor und legte die blutverschmierte Tatwaffe hinein. »Noch wissen wir nicht, ob mit dem Messer ein- oder mehrmals zugestoßen worden ist.« Er überreichte Gutzeit den Beutel. »Wie gesagt, Näheres morgen. Augenscheinlich ist jedoch, dass es sich beim Tatwerkzeug …«

»… um ein Küchenmesser handelt.«

»Ist schon mal eine Erkenntnis«, konstatierte Schnidt und stemmte sich in die Vertikale. »Sie bekommen Bescheid, Frau Gutzeit.« Er legte ihr zur Verabschiedung die Hand auf die Schulter. »Muss jetzt los«, sagte er (und verschwand).

Gutzeit war in der Hocke geblieben. Sie legte die Beutel mit den Asservaten neben sich auf den Boden, zog Gummihandschuhe aus ihrer Jackentasche und über die Hände.

Der Tote lag auf dem Rücken, dicht an der hinteren Wand des Pissoirs. Yasmine Gutzeit ließ ihren Blick für einen kurzen Moment über das unmittelbare Umfeld des Fundortes schweifen. Wären die Polizeischeinwerfer nicht gewesen, sie hätte kaum Details erkennen können. Die relativ weit auseinander stehenden Gaslaternen, vierflammige Aufsatzleuchten aus den Zwanzigern mit pudelmützenartigen Hauben, mochten romantisches Licht spenden, erhellten den ohnehin schwer einsehbaren Fundort aber kaum. Möglicherweise hätte man den Mann vor Tagesanbruch nicht gefunden, wäre da nicht der anonyme Anrufer gewesen.

Sie musterte den Kopf des Toten. Ihr fiel eine Platzwunde an der rechten Stirnseite auf. Sie berührte sie mit dem rechten Zeigefinger und schaute auf das Latex am Finger. Kein Blutabdruck. Offenbar unlängst getrocknet, dachte sie, das Blut war in einem feinen Rinnsal an der Schläfe hinuntergelaufen. War der Mann nicht nur erstochen, sondern zuvor geschlagen worden?

Sie deckte die Leiche wieder zu, nahm den Beutel mit dem Messer in die eine, das Plastiksäckchen mit dem Ausweis in die andere Hand und trat einen Schritt hinein ins ebenfalls über Standscheinwerfer hell erleuchtete Pinkelhäuschen. Der SpuSi-Mann kniete in weißem Overall mit dem Rücken zu ihr vor der im vieleckigen Rund verlaufenden Pinkelrinne.

»'N Abend!«, warf Gutzeit in den Raum. »Gutzeit, LKA.«

»Keinen Schritt weiter!«, blaffte der Kniende, ohne sich umzudrehen. »Bin noch nicht durch. Kann noch nichts sagen. Folgt alles schriftlich.«

Der Mann auf allen vieren klang genervt. Gutzeit führte das auf den Einsatzort zurück, aber vielleicht auch darauf, dass man ihn allein zurückgelassen hatte.

Das unter Denkmalschutz stehende Pinkelhäuschen war offenbar noch in Funktion, es roch entsprechend streng. Nach Urin und Spülstein oder umgekehrt.

Appetitlich ist anders, dachte Gutzeit. Dennoch, auch bei der Ermittlungsarbeit machte der Ton die Musik.

»Kollege, ich hab mir den Fundort nicht ausgesucht«, stellte sie freundlich, aber bestimmt fest. »Und dass in Berlin das Personal der Behörden auf mehreren Hochzeiten gleichzeitig tanzen muss, ist auch nicht meine Schuld.«

»Soll heißen?«

»Ich hatte guten Abend gesagt …«

Der Kollege nickte stumm, murmelte »ebenso« in sich hinein, hob, weiterhin mit dem Rücken zu Gutzeit, die Hand zum Gruß, um dann weiter schweigend das Urinal nach Auffälligkeiten abzusuchen.

Yasmine Gutzeit trat ins Freie. Nicht wirklich eine Plaudertasche, der Kollege, dachte sie und atmete die kalte Luft tief ein. Der Geruch des Pissoirs saß in der Nase. Sie atmete kräftig aus. Vor ihrem Mund schwebte eine Wolke Atem.

Sie ging um das Pinkelhäuschen herum. Dort warteten die Fahrer der Gerichtsmedizin schon darauf, den Leichnam bergen und abtransportieren zu können.

»Dauert noch einen Moment«, sagte Gutzeit.

»Was schätzen Sie?«, hakte einer der Fahrer nach. »Ungefähr?«

»Och nee, Leute! Was ist denn heute los? Beinahe den Mediziner verfehlt, der Kollege da drin schlecht drauf, und Sie haben es eilig?!«

»Wollte nur gefragt haben.«

»Sind Sie auf der Flucht, oder was?« Jetzt klang auch Gutzeit gereizt. Sie bemerkte es selber, erinnerte sich an Ton und Musik und schaltete einen Gang zurück. »Lassen Sie mich erst mal mit der Arbeit beginnen, ja? Ich sag Bescheid, wenn's so weit ist, okay?«

Die Männer schlurften achselzuckend durch den Schnee zurück zu ihrem Kastenwagen und setzen sich in den Fond.

Merkwürdig, dieser Fall, dachte Gutzeit und spürte Unbehagen in sich aufsteigen. Es wäre wohl besser, sinnierte sie, ihren Chef hinzuzuziehen. Sie fühlte sich zwar nicht unbedingt auf verlorenem, aber doch auf einsamem Posten.

An diesem Dezemberabend – der Minutenzeiger des an eine Bahnhofsuhr erinnernden und unter der Hallendecke hängenden Chronometers stand auf 20.55 Uhr – war Hajo Freisal das Krafttraining schwerer als sonst gefallen.

»E2 ist besonders fies«, hatte er vor einiger Zeit in der Polizeikantine berichtet, als er mit Yasmine Gutzeit und Kriminalrat Claus mal wieder gemeinsam Pause machte. »Kommt so unscheinbar daher ... klingt von der Bezeichnung her so niedlich wie R2-D2 aus StarWars ... Zwei Sekunden die Arme oben halten scheint ja auch erstmal überschaubar.«

»Stimmt«, merkte Claus trocken an. »Wo ist das Problem?« Er stocherte versonnen im Rucola.

»Die Summe macht's«, erläuterte Freisal. »Die Übung muss neun Mal wiederholt werden.«

»Ja und?« Claus schob sich ein Salatblatt in den Mund. Kauend nuschelte er: »Für einen Mann wie ein Baum …«

»Das klingt in Anbetracht der Größe unseres Kollegen …«, mischte sich Gutzeit ein, wurde jedoch von Claus unterbrochen. »Meinen Sie wirklich Größe oder doch eher Länge?«

Ach ja, dachte Freisal, Claus nahm es mal wieder sprachlich sehr genau. Ein Klugscheißer, der Herr Kriminalrat. Aber dafür loyal seinen Mitarbeiterinnen und Mitarbeitern gegenüber. Er stellte sich, wenn's Probleme gab, grundsätzlich vor seine Leute. Das schien Freisal bemerkenswert insofern, als er in den letzten Jahren immer mehr so genannte »Führungskräfte« im Beamtenapparat kennengelernt hatte, die eher dem Radfahrerprinzip huldigten: nach oben buckeln, nach unten treten.

»Von mir aus: Länge«, hatte Gutzeit sich korrigiert. »Aber das mit dem Baum, Herr Claus, klingt in meinen Ohren etwas despektierlich.«

»Genau«, bestätigte Freisal, der sich längst abgewöhnt hatte, immer und überall über jedes Stöckchen zu springen, das ihm sein Vorgesetzter hinhielt. Er drehte den Spieß einfach um und sagte: »Kann immerhin geschlossene Schranken zu Fuß passieren – ohne mich bücken zu müssen.«

Während sich der Kriminalrat ein weiteres Salatblatt in den Mund schob, berichtete der KHK seiner Kollegin, dass sich ihr Chef »vor sechs oder sieben Jahren hübsch selbst ins Knie geschossen hatte – sinnbildlich.«

Claus grinste. »Stellen Sie sich vor: Hauptkommissar Freisal rannte einem Delinquenten nach, den er zuvor mit dem Wagen verfolgt hatte, der aber plötzlich stoppte, um zu Fuß stiften zu gehen.« Claus zwinkerte Freisal zu. »Darf ich die Geschichte erzählen, Kollege?«

»Würden Sie sich von mir abhalten lassen?«, fragte Freisal.

»Erwischt«, intervenierte Gutzeit. »Herr Freisal, Sie sagen doch immer, dass Gegenfragen uncool sind.«

Freisal schwieg und schnitt sich ein Stück von der Rinderroulade ab, die vor ihm auf dem Teller lag.

Claus berichtete weiter, dass der Flüchtende über den mannshohen Zaun eines Privatgrundstücks gesprungen sei, und Freisal – »vielleicht vier oder fünf Meter hinter ihm« – habe es ihm gleichtun wollen. Während der Verfolgte, ein junger und sportlicher Kerl, einer Gazelle gleich das Hindernis genommen habe, »prallte Ihr Chef am Zaun ab wie eine Hummel am geschlossenen Küchenfenster«.

»Empathisch formuliert«, nuschelte Freisal.

»Kommt noch besser: Der Kollege hatte die Erdanziehungskraft unterschätzt.«

»Sie müssen wissen«, erläuterte Freisal, »ich brachte damals schon 85 Kilo auf die Waage.«

Gutzeit legte ihre Gabel neben den Teller. »Ich ahne, was nun kommt: Sie haben nicht aufgegeben, stimmt's?«

»Natürlich nicht.« Freisal nickte nachdenklich. Er schob sich einen Bissen Fleisch in den Mund und sagte kauend zu Claus: »Hätte Sie die Güte, die Geschichte zum Ende zu bringen. Sie sehen doch, die Kollegin ist ganz wild drauf.«

Claus nickte lächelnd. »Stellen Sie sich vor, Frau Gutzeit: Mit Hängen und Würgen hatte unser Kollege den Zaun erklommen … um auf der anderen Seite wie ein nasser Sack herunterzufallen.«

»Oh je!« Gutzeit fasste Freisal tröstend an den Unterarm.

Der KHK zog den Arm weg. »Keine Heuchelei, bitte – danke!« Er hatte sehr wohl registriert, dass sich Gutzeit von Claus bestens unterhalten fühlte. »Hatte nicht bedacht, dass der Maschendrahtzaun unter meinem Gewicht nachgeben musste.«

Claus wandte sich wieder dem Salatteller zu.

»Wollen Sie nicht weitererzählen?«, fragte Freisal. »Das Beste kommt doch noch.« Claus schmunzelte. Und schwieg.

Ein Genießer, dachte Freisal. »Gut, dann mach ich den Sack zu«, sagte er und wandte sich an Gutzeit. »In Sachen Arztrechnungen hat dann die Versicherung rumgezickt. Sie wollte tatsächlich wissen, von wem ich den Einsatzbefehl erhalten oder ob ich auf eigene Faust gehandelt hätte.«

»Warum das denn?«

»Weil ich mich, ich zitiere, ›außerhalb der individuellen körperlichen Möglichkeit in Gefahr gebracht‹ hätte.«

»Das sei fahrlässiges Handeln gewesen«, schaltete sich nun doch Claus wieder ein. »Man müsse prüfen, ob die Schadenregulierung tatsächlich allein von der Berufsunfallversicherung getragen werden könne oder ob der Beamte selbst mit in Regress genommen werden müsse. Am Schluss hat die Versicherung die Rechnungen aber doch übernommen.«

Gutzeit hielt sich die flache Hand vor den Mund: »Wie krass ist das denn?!« Ihre Anteilnahme schien echt zu sein. »Da gibt der Kollege alles, und dann ist er der Dumme? Vermute ich richtig, Herr Freisal, seitdem …«

»… können mich Zäune kreuzweise, richtig. Wenn jemand stiften geht, sollen das mal die lieben Kollegen klären, die … wie hieß das noch mal?«

»… die ›körperliche Möglichkeit‹ haben«, warf Claus ein.

»Genau.« Freisal machte gute Miene zu bösem Spiel. »In Sachen Show-Einlagen bin ich draußen.«

Vielleicht war der KHK einfach nicht in Form. Indiz dafür war, dass er beim Trainieren besonders empfindsam auf äußere Einflüsse reagierte, das heißt: sich ablenken ließ. Der Sportkamerad vis-à-vis hatte seine Aufmerksamkeit auf sich gezogen. Er trainierte seinen vorderen Schultermuskel und den großen Brustmuskel, indem er die Griffe der Maschine, an der er saß, nach oben drückte. Sein Gesicht war schmerzverzerrt. Sind wir Kerle wirklich so wehleidig?, fragte sich der KHK. Er erinnerte sich, durchaus auch schon Frauen an diesem Gerät gesehen zu haben. Keine von ihnen hatte auch nur ansatzweise so gepeinigt ausgesehen. Wenn Frauen bei K. Gewichte stemmten, machten sie das ohne viel Aufsehen: kein Grimassieren, Grunzen, Getue. Freisal linste unauffällig zu den Gewichten hinüber, die sich der Mann dort aufgelegt hatte. Ach Gottchen, dachte er, bloß zwanzig Kilo. Da macht der so ’n Gewese?

Als der andere nach der dritten Wiederholung der Übung auch noch zu schnaufen begann wie ein Preisringer, der sich aus einem bösen Klammergriff zu befreien sucht, kapitulierte der Kommissar. Alberner Fatzke, dachte er – und brach das Training ab. Er stand auf, nahm sein Handtuch und schlurfte in die mit blanken

Metallschränken eingerichtete Umkleide und hinüber zu den Duschkabinen. Puristisch einerseits, spackig andererseits, dachte Freisal beim Anblick des Sanitärbereichs und erinnerte sich, dass er beim ersten Gebrauch solch einer Kabine positiv überrascht gewesen war, dass auch Leute seines Formats in der Nasszelle Platz fanden.

Jetzt heiß duschen – entspannend, wohltuend, eine Belohnung für die Mühsal zuvor.

Yasmine Gutzeit winkte den Uniformierten erneut heran.

»Gibt es Zeugen?«

»Nein. Alles nur Gaffer«, sagte der Kollege und nickte in Richtung der Leute, die hinter dem Absperrband standen. »Wohnen zwar alle hier, haben aber nichts mitbekommen. Wegen des Schneefalls war keiner auf der Straße.«

»Spuren?« Gutzeit schaute auf die zertrampelte Schneedecke um sich herum.

Der Beamte zuckte mit den Schultern. »Gab's nicht wirklich, so weit ich die SpuSi verstanden habe.«

»Sah das vor der Fundortsicherung auch so aus?«

»Nein. Als wir eintrafen, war die Schneedecke unberührt wie auf einer Weihnachtskarte aus dem Bayerischen Wald.«

Wie aufs Stichwort setzte sich eine Flocke auf die Nasenspitze des Beamten. Er wischte sie weg, zog dann mit beiden Händen seine Wollmütze tief ins Gesicht. »Wie gesagt, die Kollegen ...« Er trat frierend auf der Stelle.

»E-Mail, alles klar.«

»Können die Fahrer den Mann jetzt bergen?«

»Nein«, sagte Gutzeit. »Es muss erst der Leitende Kommissar her.«

»Obwohl es keine Spuren im Schnee gibt?«

»Falsch«, widersprach Gutzeit dem Uniformierten. »Obwohl es keine Spuren im Schnee zu geben scheint, muss es heißen.«

»Wie Sie meinen.«

Hajo Freisal schlug den Kragen seiner dicken Daunenjacke hoch, schob sich die Schiebermütze tief ins Gesicht, schulterte seinen Sportrucksack und trat auf den schmalen Stichweg, der zum Sportstudio führte, ging dann weiter gen Bürgersteig. Er stellte fest: Es hatte aufgehört zu schneien.

Das Öffnen der Beifahrertür seines MX-5 war nicht möglich. Die untere Türkante des tiefliegenden Roadsters stieß gegen eine fünfzehn oder zwanzig Zentimeter hohe Schneekante auf dem Trottoir. Ein kurzer entschlossener Ruck am Türgriff ... und schon ließ sich die Tür zumindest so weit öffnen, dass Freisal den Rucksack auf dem Beifahrersitz abstellen konnte.

Er warf die Tür schwungvoll zu; der Schnee rutschte von der Scheibe. Der Kommissar ging um sein Auto herum zur Fahrerseite. Plötzlich rutschte er aus, landete unsanft auf dem Pflaster. »Mann, Mann, Mann«, schimpfte er vor sich hin. Wieder in der Vertikalen, klopfte er Hosenbeine und Jacke ab. »Mist«, fluchte er. »Hab die falschen Schuhe an.« Lederschuhe mit glatter Sohle! Aber dafür italienischer Bauart. Freisal nahm erneut, nun betont bedächtig, Kurs auf die Fahrertür und blieb dabei mit der linken Hand vorbeugend auf Tuchfühlung mit der Motorhaube.

Als er die Fahrertür erreicht und aufgeschlossen hatte, klingelte sein Handy. Jetzt bloß keine unbedachte Bewegung! Er blieb stehen, kramte das Handy aus seiner Jackeninnentasche und ging dran.

»Gutzeit hier. Bei dem Wetter schickt man doch keinen Hund vor die Tür, was?«

Ah, ein Warm-up, fiel Freisal auf. Ganz meine Masche, erkannte er. Folglich würde das dicke Ende gleich kommen. »Also, ich mag Schnee«, erwiderte er. »Sitzt sich prima drauf.«

»Ausgerutscht? Verletzt?«

»Alles gut.« Er fasste sich reflexhaft ans Gesäß. »Sie rufen an wegen ...«

»… Leichenfund.«
»Und wo? Komme gerade vom Training.«
»Moabit, Stephanplatz.«
»Verstanden.« Freisal öffnete die Fahrertür und ließ sich in den Sitz fallen. »Bis gleich – schätzungsweise in zehn Minuten.« Er legte auf, zog die Tür zu, dass es nur so schepperte. Auch auf dieser Wagenseite blieb dem Schnee nichts anderes übrig, als von der Scheibe zu Boden zu rutschten.

Er startete, setzte die Scheibenwischer in Bewegung. Der lockere Pulverschnee wurde von den kleinen Wischblättern tapfer zur Seite geschoben. Beim Versuch auszuparken, nahm Freisal zur Kenntnis, dass er vom Hintermann »auf Briefmarkenbreite« zugeparkt worden war. »Mann, Mann, Mann«, fluchte er und schlug mit der flachen Hand aufs Lenkrad. »Paragraf eins, erst kommt meins. Na dann, auf gute Nachbarschaft« – und touchierte die Schürze des hinter ihm parkenden SUV. »Wird ja sonst nie was.« Das leichte Knacken, das er vernahm, interpretierte er als witterungsbedingtes Knirschen von Reifen auf Schnee.

Wenig später fuhr der KHK über die Chausseestraße nach Moabit und lenkte den Wagen in die Stephanstraße. Den Fassaden nach zu urteilen, schien die bauliche Substanz an dem einen und anderen Gebäude angegriffen. Aber es gab auch Häuser, die frisch saniert aussahen: heller Putz mit fein herausgearbeitetem Stuck und Putten über den Eingängen, Video-Klingelanlagen aus poliertem Metall … Dies und mehr ließ Freisal vermuten, dass hier viel Geld investiert worden war. Ihm fiel auf, dass vor einem Haus Gerüststreben gestapelt lagen; ihm fiel auch auf, dass nur die linke Seite des Hauses bis zum dritten von insgesamt vier Stockwerken abgerüstet war. War man mit dem Abrüsten auf der rechten Seite nicht fertig geworden? Wie dem auch war, das Gebäude machte auf ihn, soweit er es im Schein der Gaslaternen erkennen konnte, einen frisch sanierten Eindruck: Die Hauswand linker Hand sah im frischen Taubengrau und mit den in Weiß abgesetzten Fenstern und Stuckverzierungen edel, zumindest sehr gepflegt aus. Das Haus schien schon wieder bewohnt zu sein. Jedenfalls brannte in einer Wohnung im ersten Stock Licht. Sein

Blick fiel auf das Transparent am Baugerüst mit der Aufschrift »Rohe-Bau« und dem Hinweis »Ihre eigenen vier Wände direkt vom Bauträger« nebst Angabe einer Rufnummer. Der KHK schlussfolgerte, dass hier Eigentumswohnungen entstanden waren. Nichts Besonderes, der Ortsteil Moabit war, wie man so sagte, schwer im Kommen und würde vielleicht sogar irgendwann mit dem Wedding den Prenzlauer Berg und Friedrichshain als »In«-Quartiere ablösen. Ein paar Künstler, hatte er in der *Morgenpost* gelesen, sollten sich schon in Moabit niedergelassen haben.

Hajo Freisal passierte den Polizisten, der Gutzeit hatte aufhalten wollen. Offenbar war er von seiner Kollegin informiert worden, dass noch ein Kommissar im Sportwagen käme. Der Roadster wurde durchgewunken und rollte knirschend über den frischen Schnee.

Freisal stellte seinen Wagen unmittelbar hinter Gutzeits Krad ab, öffnete die Wagentür und schraubte sich aus dem tiefliegenden Vehikel. Er tauchte unterm Absperrband durch und trat zu Yasmine Gutzeit, die ihn mit Handschlag begrüßte.

Der Tote – er lag unmittelbar vor ihnen an der grünen Metallwand des Pissoirs – sei aufgrund seiner Papiere identifiziert worden, berichtete sie: Es handele sich um einen Mann namens Stephan Klein, 21 Jahre alt. Anhand der Papiere, die bei ihm gefunden worden waren, sei klar, dass er ursprünglich aus dem Schwarzwald stamme, genauer gesagt aus dem schwäbischen Musbach.

»Ein Tourist?«, stutzte Freisal.

»Noch nicht klar«, sagte Gutzeit. Ob der Mann in Berlin gemeldet war, hier gewohnt hatte, müsse übers Einwohnermelderegister in Erfahrung gebracht werden.

»Das Tatwerkzeug ist vorhanden«, berichtete Gutzeit und reichte ihrem Chef die Plastiktüte mit dem Messer. Sie berichtete auch, dass sie mit dem Gerichtsmediziner Schnidt, der vor Ort gewesen sei, gesprochen habe. »Er sagte, Näheres später.«

»Schon klar«, erwiderte Freisal. »Unter uns, der Tote könnte hier mit abgetrenntem Kopf liegen, Professor Schnidt würde zu bedenken geben, dass sich der Mann, bevor er verblutete, an einer Currywurst verschluckt haben könnte.«

Sein Blick blieb an der Außenwand des Pissoirs hängen. »Café Achteck«, murmelte er. »Erstmals 1878 aufgestellt.«

»Was Sie nicht alles wissen«, sagte Gutzeit lakonisch.

»Kollegin«, konterte Freisal, »weil ich so viel weiß, bin ich Ihr Vorgesetzter. Also: Vor vielen Jahren stand ich hier schon einmal und hatte zu ermitteln. Mein damaliger Kollege hatte ein Faible für Berlins altes Stadtbild, von ihm habe ich erfahren, dass der Name Café Achteck vom Volksmund ersonnen wurde und ironisch gemeint war.«

»Nämlich?«

»Hat zwar acht Ecken, das Ding, aber drin können bis zu sieben Männer gleichzeitig ihre Notdurft verrichten.«

Freisal nahm seiner Kollegin den mit Plastik ummantelten Ausweis aus der Hand. »Makaber«, sagte er. »Klein hieß Stephan.« Er deutete auf das Straßenschild hinter sich: Stephanplatz.

Nachdenklich betrachtete er die Tüte mit dem Tatwerkzeug. »Ein Tranchiermesser. Damit schneidet man Fleisch in Scheiben. Sehen Sie: Die Klinge läuft etwas konisch zu, nach oben gerundet zur Spitze.«

»Koch-Show-Wissen?«

»Wie heißt der Typ noch gleich?«, grübelte Freisal laut.

»Johann Lafer?«

»Jens Thobens.«

»Kann Ihnen nicht folgen, Chef. Wer, bitteschön, ist oder war Thobens?«

»Vielleicht Zufall …«

»Herr Freisal, hätten Sie die Güte …«

»Natürlich, Entschuldigung. Anfang der Neunziger. Die Berliner Boulevardpresse sprach vom ›Schlitzer-Jens‹. Der, so damals die Blätter unisono, hatte ›zur Jagd geblasen‹ auf Lesben, Schwule, Transen.«

»›Zur Jagd geblasen‹? Das stand da wirklich so?«

»Yellow Press eben«, meinte Freisal. »Spezialisten beim Produzieren von Mehrdeutigkeiten.« Er schaute auf das Trottoir, als suche er nach alten Spuren. »Thobens war als Kochlehrling gescheitert, ein Küchenhelfer, der zum Schwulenhasser mutierte«, erläuterte der KHK. »Und er hat ein Tranchiermesser benutzt. Gezielt zugestochen … in den Unterleib. Das erste Opfer hat die Attacke nicht überlebt und ist verblutet. Danach hat Thobens noch drei Männer schwer verletzt; Schnittwunden im Genitalbereich, lebensbedrohlich. Die drei kamen Gott sei Dank durch.«

»Und alles am Stephanplatz?«

»Der Tote, ja. Die Verletzten im Fugger-Kiez.«

»Muss man kennen?«

»Kommt darauf an.«

»Worauf?«

»Auf die eigene sexuelle Präferenz. Der Fugger-Kiez war damals die Hochburg für Leute vom anderen Ufer.«

»Dieser Thobens war also ein Serientäter«, konstatierte Gutzeit. »Den haben Sie wie überführen können? Hilft uns das hier weiter?«

»Wir haben ihn auf frischer Tat ertappt. Ein Polizeischüler hatte sich als Lockvogel zur Verfügung gestellt. Der junge Kollege hat Thobens in eine von uns per Video observierte Klappe gelockt, die über ein Glory Hole verfügte.«

»Glory was?«, fragte Gutzeit. »Könnt ich jetzt übers Internet checken, aber da Sie's wissen …«

»Glory Hole meint ein Loch in der seitlichen Kabinenwand, durch das ein Mann seinen erigierten Penis steckt, um sich von jemand Unbekanntem auf der anderen Seite der Wand befriedigen zu lassen.«

»Oh, oh, oh«, sagte Gutzeit.

»Thobens legte nicht Hand an, sondern das Messer. Böse Verletzungen. Am Stephanplatz mit tödlichem Ausgang. Vollamputation … Das Opfer war volltrunken, wie sich später herausstellte. Jede Hilfe kam zu spät. Der junge Mann ist auf dem Weg ins Krankenhaus verblutet.«

»Aber der junge Kollege …«

»Ich sagte Lockvogel, nicht Lockopfer.« Freisal schüttelte unwirsch den Kopf. »Wir hatten spekuliert, dass er auf eine Penis-Attrappe hereinfallen würde.«

»Guck mal an!«, sagte Gutzeit. »In unserem Fundus gibt es Dildos?«

»Nix da, voller Einsatz – auch in der Vorbereitung.« Der KHK berichtete, dass er damals höchstpersönlich losgestiefelt sei, um »so 'n Teil« zu besorgen.

»Hut ab!« Yasmine Gutzeit nickte anerkennend. »Aber ein bisschen komisch sind Sie sich schon vorgekommen, oder?«

»Selbstverständlich«, gab Freisal zu. »Aber letztlich schnappte für Thobens die Falle wegen des Tatwerkzeugs zu, das er benutzte: An der Klinge befanden sich DNA-Spuren seiner Opfer.«

Hajo Freisal wollte noch etwas hinzufügen, als plötzlich der Fahrer der Gerichtsmedizin hinter ihnen stand und sich räusperte. Der Kommissar drehte sich auf dem Absatz um.

»Heißen Sie Sorge, oder was?«, brummte er. »Das ist meine demente Nachbarin, die steht auch immer hinter mir, im Hausflur – aufgetaucht wie aus dem Nichts.«

»Tschuldigung, ich stehe schon gut eine Minute hier, wollte Sie nicht unterbrechen. Ich will nur darauf hinweisen, dass der Kollege und ich bereits seit fünfzehn Minuten Dienstschluss haben.«

»Wie jetzt? Sie wollen abrücken? Ja, soll ich den Leichnam bei mir aufs Dach schnallen? Vergessen Sie's, ist bloß aus Stoff … zu labil.«

»Aber der Kollege will doch nur wissen«, intervenierte Gutzeit, »ob er Klein jetzt in die Pathologie bringen kann.«

»Oder ob Sie hier noch länger brauchen«, ergänzte der Fahrer. »Würde dann die nächste Schicht anfordern.«

»Okay«, sagte Freisal, »eine Minute noch, dann haben wir's.« Er wandte sich an Gutzeit. »Gehen wir davon aus, dass die SpuSi dokumentiert hat«, er zeigte auf den schneebedeckten Boden, »dass hier kein Tropfen Blut zu sehen ist.«

Gutzeit nickte.

Freisal ließ sich Kleins Leichnam zeigen sowie auf die mit Schnidt besprochenen Besonderheiten hinweisen, bevor er dem Fahrer ein Zeichen zum Bergen des Toten gab.

Während Freisal und Gutzeit den Stephanplatz verließen, um sich in den MX-5 zurückzuziehen, ging es auf *MoabitNETZ* heiß her. *Bürgers Zorn* rief einen User auf den Plan, der mit Klarnamen postete.

»Was soll das?«, fragte Klaus Renger: »Das QM Moabit-Ost hat mit dem Bauträger Rohe nichts zu tun. Die Attacke schwächt eine Einrichtung, die Leute im Kiez zusammenbringen will.«

»Renger, ich weiß, dass du einer von denen bist, du kannst die Aktion natürlich nicht gut finden, schon klar.«

Klaus Renger hatte in dem Portal kein Hehl daraus gemacht, dass er beim QM arbeitete. Natürlich nicht, das Portal war ja eins vom QM.

»Die Aktion«, schrieb *Bürgers Zorn* weiter, »hat auch dir den QM-Sessel unterm QM-Arsch weggezogen, was? So seid ihr endlich mal aus der Deckung genommen worden, seid hervorgehoben aus der scheinbaren Harmlosigkeit spekulantenfreundlichen Tuns. Die Aktion steht für eine sich zunehmend wehrende Gesellschaft. Auch weil die Presse zum Ausverkauf des Kiezes offensichtlich einen Maulkorb bekommen hat, werden der Widerstand, die Solidarität und die Angriffe gegen Betreiber wie Unterstützer neoliberaler und kapitalistischer Gewalt nicht nachlassen. Der Widerstand wird lauter, schneller und konkreter!«

»Unabhängig von deinem Irrglauben«, erwiderte Klaus Renger, »dass das QM etwas mit den Bauvorhaben in Moabit zu tun habe: Gewalt ist kein Mittel.«

»Das Gegenteil ist bewiesen.«

»Ich frage mich, was Leute wie dich antreibt, dass du das, was geschehen ist, gut finden kannst? Macht kaputt, was euch kaputt macht? Hat sooooo ‘n Bart. Wenn du was verändern willst, bring dich ein: konstruktiv.«

»Solidarität und Mitgefühl mit aus dem Kiez Verdrängten sind der größte Motor der Bewegung, der nicht nur Rohe, dem

Bauhai, sondern auch euch, seinen Helfershelfern, Feuer unterm Hintern machen wird. Die bloße Anwesenheit mit Sitzblockaden vor anstehenden Sanierungen reicht nicht mehr aus. Wir brauchen mehr Kraft und Ausdruck. Auch gegen die Mittäter wie dein verlogenes QM, gegen die StadtPlan GmbH, diese neoliberale Betreibergesellschaft von Quartiermanagements. Würde mich nicht wundern, wenn die StadtPlan GmbH von Rohe gesponsert wird. Schau mal auf die Webseite dieser Heuchler. Da wird die Verdrängung alteingesessener Mieter als ›Wandel‹ schöngeredet. Und du bist da mittendrin, sollst die Leute ruhigstellen mit Stadtteilfesten, Mitspracherunden und so 'm Scheiß. Der Kampf geht weiter.«

»Bürgers Zorn, was du hier schreibst, ist haltlos. Deshalb schreibst du auch ohne Klarnamen, nicht wahr?«

»Bin doch nicht bescheuert. Hätte doch sofort eine Klage am Hals. Gibt halt keine echte Meinungsfreiheit. Muss mich tarnen. Selbstschutz nennt man so was.«

Funkstille.

Fakt in Sachen Quartiersmanagement war, dass seit Ende der Neunziger in den Bezirken rund dreißig »Quartiere« benannt worden waren, die der Politik zufolge ein besonderes Augenmerk verdienten. Der Senatsverwaltung für Stadtentwicklung nach war es – unter dem Label »Soziale Stadt« – darum gegangen, mit einem »partnerschaftlichen Ansatz zwischen Bewohnerschaft, Immobilienwirtschaft, lokaler Ökonomie und sozialen Einrichtungen sowie bürgerschaftlich Engagierten« die Potenziale und Defizite der Stadtteilentwicklung zu untersuchen und »zum Besseren« zu wenden. Nach fünfzehn Jahren Quartiersmanagement habe sich endlich »eine neue Art der Beteiligung der Bewohnerschaft und Investitionen in die Infrastruktur Nachbarschaften stabilisieren« können, »beginnend mit baulichen Aufwertungen des Lebens- und Wohnumfeldes, der Straßen, Frei- und Grünflächen, der Spielplätze und in Schulen, Kitas sowie Nachbarschaftseinrichtungen«. Auch sei »der Schwerpunkt zunehmend auf die Gemeinschaftsbildung und Integration der migrantischen Bevölkerung verlagert« worden.

Anders als in der Wahrnehmung von Leuten wie *Bürgers Zorn* seien die QMs dem Gemeinwohl verpflichtet: »Das Quartiersmanagement kümmert sich um den Erhalt und die Stärkung des sozialen Zusammenhaltes eines Stadtteils. Es werden unterschiedliche Projekte, Vorhaben und Maßnahmen mit einer Vielzahl von Partnern durchgeführt. Quartiersräte sind das Sprachrohr in den Kiez.« Die dafür »erforderlichen Finanzmittel werden von der EU, dem Bund und dem Land Berlin zur Verfügung gestellt.« Für alle weiteren »Förderprogramme in der Stadt« seien »die Quartiere eine bevorzugte Aktionskulisse«.

»Aktionskulisse«? *Bürgers Zorn* war dieser Begriff bekannt, und sie oder er hatte auf *MoabitNETZ* dazu geschrieben: »Nach Jahren kontinuierlicher Miet- und Stadtteilkämpfe muss das Notwendige lauter und stärker durchgesetzt werden. Sofort Baustopp für Eigentumswohnungen, Leerstand besetzen und Widerstand vervielfältigen – auf breiter sozialer Basis.« Im gleichen Atemzug wurde eingefordert: »Kostenloser Nahverkehr, Bibliotheksnutzung, Theater und Kino statt großer korrupter Bauprojekte. Wegen aktueller Krisenherde auf der Welt: Bleiberecht für alle – überall! Abschiebungen stoppen!« Die finale Forderung lautete: »Armut lässt sich nicht vertreiben, also auch alle ›SozialschmarotzerInnen‹: welcome! Reihen wir uns ein in die wieder wachsende Aufdeckungs- und Angriffskultur der Achtziger. Für eine Radikalisierung des Protests, des Widerstands und der Solidarität.«

So weit, so grundsätzlich und vehement.

Hajo Freisal stieg in den Wagen, nahm den Rucksack, der auf dem Beifahrersitz stand, auf den Schoß. Gutzeit ließ sich mit eingezogenem Kopf – das Stoffdach lag ihr, wenn sie am Wagen stand, auf Brusthöhe – in den Schalensitz gleiten; mit ihren eins achtzig saß sie recht beengt im MX-5 ihres Chefs.

»Für Sie ist das von der Höhe her ein bisschen knapp bemessen, nicht wahr?«, stellte Freisal fest. »Kann man ändern«, sagte er und entriegelte den Dachrahmen. Er warf »die Mütze«, wie er das Stoffdach nannte, schwungvoll nach hinten. Es kam scheppernd auf der Ablage hinter ihnen zum Liegen. Beim Aufprall wirbelte Schnee hoch, benetzte Freisals Mütze und Gutzeits Nacken. Wie verabredet, schüttelten sie sich synchron das feuchte Weiß von den Häuptern beziehungsweise aus dem Jackenkragen.

Damit es so im Freien sitzend nicht zu kalt werden würde, ließ der KHK den Motor an und drehte den Heizungsregler hoch. Das Gebläse gab hörbar alles.

»Klingt etwas asthmatisch«, kommentierte Gutzeit.

»Ist auch nicht mehr der Jüngste«, erwiderte Freisal. »Über 160.000 runter, der Austauschmotor.«

»Soll ich mal eben übers Präsidium checken, was mit diesem Thobens ist? Ich meine, ist der wieder auf freiem Fuß?«

»Ja, machen Sie das. Bei guter Führung und, wie es so schön heißt, ›erfolgreich absolvierter Therapie‹ wird der nach fünfzehn Jahren entlassen worden sein. Die Zeit ist rum.«

»Nehmen wir also mal an, Thobens hätte eine Therapie absolviert, erfolgreich, wäre er dennoch für uns von Interesse?«, fragte Gutzeit und tastete nach ihrem Telefon.

»Hätte, hätte … Herrentoilette!«, schnaufte Freisal. »Ich hab die Zahlen nicht im Kopf. Aber klar ist: Die Rückfallquote von Gewaltstraftätern aus dem psychiatrischen Umfeld ist nicht zu unterschätzen. Das müsste Ihnen eigentlich bekannt sein.«

»Schon gut«, beschwichtigte Gutzeit. »Kein Grund, sich aufzuregen.« Sie zückte ihr Smartphone und tippte auf die Rufnummer des Präsidiums.

»Das wär ja ’n Ding, wenn der wieder aktiv ist«, murmelte Freisal vor sich hin.

Gutzeit signalisierte ihm mit auf die Lippen gelegtem Zeigefinger, dass die Verbindung stand.

»Aha. Alles klar«, sagte sie wenige Momente später. »Und wo wohnt der Mann?« Sie blickte ihren Chef an. »Rostocker 7, verstanden. Letzte Frage: Was sagt das Einwohnermeldeamt zu einem Klein, Stephan, ursprünglich wohnhaft in Musbach? Ist der in Berlin gemeldet? Uns liegt nur der Reisepass vor.« Gutzeit nannte dem Kollegen am anderen Ende noch Kleins Geburtsdatum und wartete mit hochgezogenen Augenbrauen. »Sickingenstraße 3? Also ganz hier in der Nähe.«

Sie bedankte sich für die Informationen und legte auf. Aber bevor sie dazu kam, das Telefon wieder in der Jacke zu verstauen, stellte Freisal ihr entschlossen den Rucksack auf die Oberschenkel, legte den ersten Gang ein, rollte langsam an und rief zu dem Schutzpolizisten hinüber: »Behalten Sie die Maschine der Kollegin im Blick, bitte – danke!« Er gab Gas, sodass das Heck des an den Hinterrädern angetriebenen Wagens leicht ins Schlingern geriet; es sah beinahe so aus, als würde der MX-5 auf und davon tänzeln.

»Rostocker?«, fragte Gutzeit. Bedingt durch die Enge im Wagen und wegen des Rucksacks auf ihrem Schoß musste sie sich umständlich abmühen, das Smartphone wieder in der Jackeninnentasche zu verstauen.

»Ja, Rostocker, aber vorher kurz in die Sickingenstraße. Ist ja praktisch auf dem Weg. Sie wissen doch: Auch schlechte Nachrichten sind zeitnah zu überbringen. Vielleicht wartet eine besorgte Frau oder wer auch immer auf Klein.«

Keine schöne Aufgabe, die ihnen bevorstand, wusste Gutzeit. »Sie oder ich?«, fragte sie.

»Sie.«

»Sorry. Beim letzten Mal war ich es, die …«

»Ach was!? Und warum fragen Sie dann?«

Freisal grinste.

Nachdem er den Wagen an der Sickingenstraße eingeparkt hatte, gab Gutzeit zu bedenken: »Etwas frisch heute, nicht wahr?« Sie blickte hinauf in den offenen Schneehimmel. »Eigentlich ganz schön, aber auf der Rückfahrt schließen wir besser das Dach – nicht, dass ich mir noch was weghole.«

»Wo ist das Problem?«, fragte der KHK. »Sie hätten Ihren High-Tech-Helm doch mitnehmen können.« Als begeisterte »Ganzjahresfahrerin« hatte sich Gutzeit einen ganz besonderen Kopfschutz gekauft: mit integrierter akkubetriebener Visierheizung; der Atem der Fahrerin beschlug die Scheibe von innen nicht, weil er durch einen Mini-Abzug nach außen geleitet wurde. Auch sonst hatte sie sich gut eingedeckt, um komfortabel durch den Winter zu kommen: Heizwäsche, die energiesparend an den Kühlkreislauf des Motorrads angeschlossen wurde. Die Lichtmaschine eines Krads war jedoch nicht unendlich belastbar. Von daher wurde der Overall, den sie unter der Lederkleidung trug, über einen Wärmetauscher, indirekt mit heißem Kühlwasser des Motors verbunden, beheizt. Tausend Euro Einbaukosten. Heizvisier und Spezialdreifingerhandschuhe extra … Aber das war es Gutzeit wert – im Übrigen auch das Risiko, das sie in Sachen Bereifung einging. Sie fuhr zwar zugelassene Matsch- und Schneereifen, hatte jedoch, der besseren Bodenhaftung wegen, ein wenig Luft aus den Schläuchen gelassen und das Gummi des Vorder- und Hinterrads mit Einschraub-Spikes versehen. Spikes waren in Deutschland – im Gegensatz zu Österreich oder nordischen Ländern – verboten. Spikes, so das offizielle Argument, könnten den Straßenbelag beschädigen. Verstehe ich nicht, hatte Gutzeit gedacht. Wenn zentimeterdick Schnee liegt, kann der Straßenbelag doch nicht beschädigt werden? Vermutlich waren es keine Motorradfahrer, die den § 36 StVZO entworfen hatten, wonach ein Bußgeld von 50 Euro und ein Punkt in Flensburg fällig wurden, wenn man mit Spikes erwischt würde.

»Hätte, hätte … Ich mit Helm neben Ihnen … na super.« Gutzeit verdrehte die Augen.

»Verstanden«, sagte Freisal und griff mit der Rechten nach hinten und zog »die Mütze« mit geübtem Schwung nach vorn. »Kopf einziehen«, empfahl er, woraufhin Gutzeit im Sitz reflexhaft ein Stück nach vorne rutschte und den Kopf zwischen die Schultern senkte, um sich kleiner zu machen, dabei aber mit ihren Knien ans Armaturenbrett stieß.

»Erstaunlich«, frotzelte sie, »dass dieser Wagen auf dem europäischen Markt so erfolgreich ist – und das seit Jahrzehnten.«

»Gibt bei uns mehr Abgebrochene, als man denkt.«

»Abgebrochene – das haben Sie schön gesagt.«

»Und Ihnen lag's auf der Zunge, richtig?«

Hajo Freisal und Yasmine Gutzeit standen vor dem alten Haus in der Sickingenstraße: ein schmuckloser, grauer Altbau, vielleicht Ende der Vierziger hochgezogen. Eine Klingel- oder gar Gegensprechanlage gab es nicht. Das Kastenschloss der schweren, braunen Holztür war nicht in Funktion, die Tür nicht verriegelt. Dazu hätte es eines Buntbartschlüssels bedurft, der zum einfacheren der handelsüblichen Schlüsselsysteme gehörte und heutzutage nur noch für Wohnungstüren in Gebrauch war.

Freisal schaute auf seine Armbanduhr. Mittlerweile war es 22.15 Uhr. »Mal gucken«, sagte er, »ob jemand zu sprechen ist.«

Sie betraten den Hausflur. Auf dem stillen Portier, einem mit kleinen Rechtecken in »Vorderhaus« und »Hinterhaus« sowie die jeweiligen Etagen gegliederten flachen Holzkasten, suchten sie Kleins Namen; unter »Hinterhaus, 4. Etage« war er verzeichnet, in Kombination: »Renger/Klein« stand da zu lesen.

»Renger? Seine Freundin?«, überlegte Gutzeit laut, während sie den kleinen Hinterhof passierten und ein paar Meter weiter die Eingangstür zum Hinterhaus öffneten. Sie nahmen die Stiegen in Angriff.

»Möglich«, sagte Freisal. »Oder seine Ehefrau, die ihren Namen nicht hergeben wollte.«

»Müsste denn da nicht Renger-Klein stehen, also mit Bindestrich?«

»Ja, was weiß denn ich«, murrte Freisal. Ab der ersten Etage ächzte er hörbar.

»Is' ja schon gut«, sagte Gutzeit und zog die Augenbrauen hoch. »Warum eigentlich so genervt heute?«

»Das Training beim Eidgenossen ... lief suboptimal ... und jetzt auch noch ... Treppensteigen.«

»Nehmen Sie's sportlich.«

»Ja, ja, immer rein in offene Wunden.« Mit der Rechten hatte der Kommissar den Handlauf des Geländers umfasst und zog sich Schritt für Schritt hoch. »Mann, Mann, Mann ...« Auf dem zweiten Treppenabsatz blieb er stehen, schnaufte kurz durch, ging dann aber tapfer weiter. Gutzeit folgte ihm mit ein wenig Abstand. Sie wollte nicht, dass sich ihr Chef gedrängelt fühlte.

»Warum überholen Sie nicht?«, fragte der.

»Alte Pfadfinder-Regel«, antwortete sie. »Der Schwächere geht voran. Mangelt es eigentlich an Kraft oder Puste?«

»Letzteres.«

»Wäre Joggen was für Sie? Ich weiß, wie man da Kondition stufenweise trainieren kann. So wenig Krafttraining einem beim Abnehmen hilft, so wenig verschafft es einem Ausdauer.«

»Danke fürs Angebot«, ächzte Freisal. »Überleg ich mir. Jetzt erstmal den Berg bewältigen …«

Vierte Etage. Der KHK, sichtlich außer Atem, schaute die Kollegin streng an. »Kein Spruch jetzt, bitte – danke!« Er schnappte nach Luft.

Gutzeit beugte sich vor. »Wie jetzt? Machen sich die sechs Kilo weniger noch nicht bemerkbar?« Rasch schob sie nach: »Flach atmen, Herr Freisal.«

Stille. Bis auf Freisals Atemzüge.

Der KHK wischte sich mit dem Handrücken Schweiß von der Stirn; er atmete noch einmal durch, bevor er den Klingelknopf drückte. Nichts zu hören, auch die Klingel als solche nicht. »Kaputt?«, fragte er.

Gutzeit klopfte auf das Holz der Tür – erst zurückhaltend, dann, als sich immer noch nichts tat, energischer. Keine Reaktion. Sie schaute sich kurz um, nahm wahr, dass der Putz an der Decke bröckelte. Zwischen Hausflurwand und der oberen rechten Ecke des Türrahmens klaffte ein fingerbreiter Schlitz. »Kaputt … offenbar nicht nur die Klingel.« Sie klopfte noch einmal, dieses Mal mit der Faust. Es lärmte gehörig.

Plötzlich öffnete sich die Wohnungstür gegenüber. Der Nachbar, ein Mann mittleren Alters mit fettigen Haarsträhnen, verfärbtem Unterhemd und bekleckerten Jogginghosen, stand breitbeinig in seinem Türrahmen. In der Rechten hielt er eine geöffnete Flasche Bier.

»Wat'n hier los?!«

Gutzeit drehte sich auf dem Hacken um.

»Is' ja 'n unglaublicher Radau, wa«, nuschelte der Mann. »Kann ick helfen?«

»Wir wollen eigentlich zu Frau oder Herrn Renger«, sagte Freisal.

»Wat'n, so spät am Abend? Jehovas Zeugen, wa? Oder Versicherungsheinis? Nee, sagt mal nüscht, ick hab's: Inkasso vom Vermieter?« Der Mann nahm einen kräftigen Schluck aus der Bierflasche, rülpste und wischte sich mit dem Rücken der freien Hand ein Rinnsal Bier oder Speichel oder beides vom Kinn.

»Wissen Sie, ob Frau oder Herr Renger da ist?«, fragte Gutzeit und hielt dem Mann ihren Ausweis unter die Nase.

»Kiek mal an, die Bullerei. Wat hat'n die Schwuchtel da drüben ausjefressen?«

Freisal überhörte »ausjefressen« beflissentlich, »Schwuchtel« interessierte ihn.

»Schwuchtel? Sie mögen Ihre Nachbarn nicht, richtig?«

»Ick will mit solche Knilche nüscht zu tun ham.«

»Was spricht gegen Frau oder Herrn Renger?«, hakte Gutzeit nach.

»Wieso eijentlich Frau oder Herrn? Sie kenn' die Herrschaften nich', wa?«

»Herr ...«, Freisal schaute auf das Klingelschild.

»Friedrich is' meen Name.«

»Hier steht aber Müller-Deichhausen«, konstatierte der Kommissar. Was ist denn das für eine komplizierte Hausgemeinschaft?, dachte er und zeigte mit dem Finger auf das Schild.

»Dit is' Madame, der die Bude jehört. Bin nur Untermieter. Madame is' beruflich nach Wessiland abjeordert, für zwee Jahre.«

»Gut, Herr Friedrich, also, Sie sprachen von Schwuchtel«, hakte Freisal nach.

»Looft rum als Transe, die Flitzpiepe.«

»Konkret?«

»Renger is' een Kerl, jeht janz jerne in Fraunfummel spaziern. Hab den Knilch damit jesehn. Da schmeißte dir wech.«

»Interessant«, sagte Gutzeit. »Und Rengers Mitbewohner, der Herr Klein?«

»Kaum da. Macht een uff janz normal. Kann aber ooch sein, dat der sich nur tarnt – so als Hetoro, vastehn Se?!«

»Hetero?«

»Sag ick doch. Nee, hör mir eener uff mit den janzen Schweinkram. Neulich hab ick in der *Bild* jelesen, dass in USA überlegt wird, ob nich' doch Umerziehung wat bringen könnt. Ick meene, nüscht für unjut, Jnädigste, aber vielleicht braucht der Renger nur mal wat Orntliches zwischen die Beene … und der Drops wär jelutscht.«

»Aber Herr Friedrich.« Gutzeit spielte die Entrüstete. »Es soll tatsächlich Männer geben, die können mit Frauen so gar nichts anfangen.«

»Jnädigste, det gloob'n Se doch selber nich', wa?! Is doch allet jenetisch vorbestimmt.«

Aber vielleicht hatte Friedrich eine Idee, wo sich »die Schwuchtel« aufhalten könnte?

»Renger scheint nicht zu Hause zu sein«, stellte Freisal fest. »Wo könnten wir es noch versuchen?«

Der Mann im Unterhemd hob den linken Arm auf Kopfhöhe, winkelte ihn an, um sich mit dem Ellenbogen betont lässig an der Innenseite des Türrahmens abzustützen, rutschte aber ab und fiel nach vorne. Wortwörtlich aus dem Rahmen. Gutzeit fing den Stürzenden auf und hielt ihn mit spitzen Fingern an den nackten Oberarmen aufrecht.

»Danke, Jnädigste, ick schulde Ihn' wat«, hauchte er. »Ooch 'n Bierchen?«

Gutzeits Nasenflügel bebten; sie riss sich zusammen, um nicht angewidert ihren Kopf wegdrehen zu müssen. »Sie schulden mir nichts, alles gut«, sagte sie. »Wobei …« Sie fasste sich an die Nase. »Sie könnten mir schon einen Gefallen tun.«

»Doch 'n Bierchen?«

Gutzeit winkte ab. »Es würde genügen, wenn Sie die Frage meines Kollegen beantworteten.«

»Ick bin hier zwar nich' der Portier, aber det hat sich rumjesprochen, det die Schwuchtel öfters in die Gotzkowsky 11 jeht. Janz warme Bude, wenn man mir frajn tät. Also, nich' nur die Wäschetrockner wejen, wenn Se vastehn: Harry Fleck sein Waschsalon … macht uff jut old Zicksties. Da loofen die Wäschetrommeln bis Mitternacht. Na, da wer'n sich die Nachbarn im Haus aber bedanken, wa? Schon det is doch nicht janz normal, oda? Renger hat mir mal von den Laden erzählt, als ick hier neu einjezogen bin und jefracht hab, wo ick meene Klamotten reinjen kann. Jeh zu Harry, hat Renger jesagt, is jut und jünstig. War mal da mit meen Zeugs.«

»Und?«, fragte Freisal. Er schaute verstohlen auf seine Armbanduhr.

»Uffjepasst«, holte Friedrich aus, »die ham da ooch een Hinterzimmer. Will ja nich' wissen, wat da so abjeht an wilde Luzie.« Er wiegte den Kopf. »Ick meen ja nur ... wer schon Fleck heest ...«

»Danke, Herr Friedrich«, sagte Gutzeit. Sie wandte sich an Freisal. »Mitternacht. Das schaffen wir.«

Der KHK tippte zum Gruß an seine Schiebermütze. Eigentlich war er ein Freund des Handschlags. Aber in diesem Fall ...

»Na, viel Glück, Meesta! Und Ihn' ooch, Jnädigste.«

Sie stiegen die Stufen hinab. Bevor sie den Ausgang erreichten, hörten sie eine zweite Männerstimme.

»Friedrich, du Penner, halt det Maul! Dein Jegröhle jeht mir uff'n Sack!«

»Selbst Maul halten, Krüjer! Oda soll ick dir uff's Dach steijen?! Mach du ers' mal deine Glotze leiser, oder biste taub?«

»Saufkopp! Zieh dir am besten noch 'ne Molle rin, dann hältste wenigstens die Fresse!«

»Leck mich, Krüjer!«

Eine Tür schlug zu.

Freisal und Gutzeit blickten nach oben.

»Geht doch nichts über eine freundliche Nachbarschaft«, bemerkte der Kommissar sarkastisch.

Gutzeit hielt ihm die Haustür auf.

»Andererseits… Schwuchtel … was soll das heißen?« Freisal kratzte sich am Kopf. »Wollte der Mann einfach nur sagen, dass Renger schwul sein könnte?«

»Aber selbst wenn Renger schwul wäre, hieße das noch lange nicht, dass auch Klein auf Männer stand«, sagte Gutzeit. »Es soll auch unter Männern reine Zweckgemeinschaften geben.«

»Das finden wir raus«, gab Freisal das nächste Etappenziel vor. »Sie checken am besten den Waschsalon, einverstanden?«

Gutzeit nickte. »Vielleicht ist Renger tatsächlich dort, wie Friedrich vermutet. Oder aber dieser Fleck. Möglicherweise weiß der mehr … Harry Fleck – hört sich an wie ein Künstlername.«

Freisal startete den Wagen. »Ich fahre bei Thobens vorbei, nachdem ich Sie beim Waschsalon abgesetzt habe. Alles in allem, schätze ich, wird's, wenn er da ist, zwanzig Minuten dauern. Ich hole sie wieder ab, okay?«

»Okay«, bestätige Gutzeit.

Der KHK parkte aus und fuhr – »ja ja, mit geschlossenem Dach, auf Wunsch einer einzelnen Dame« –, für einen kurzen Moment mit dem Heck schlingernd, zu Harry Flecks Waschsalon.

In der Gotzkowskystraße angekommen, hielt Freisal in zweiter Spur. Gutzeit schraubte sich aus dem Wagen, warf die Beifahrertür zu und betrat das Ladenlokal des Waschsalons. Der KHK wartete verabredungsgemäß, bis sie sich wieder am Eingang blicken ließ.

Sie kam tatsächlich rasch zurück und reckte den Daumen. Renger war also tatsächlich vor Ort. Interessant, dachte Freisal, Friedrich war zwar hackevoll gewesen, hatte dennoch nicht gesponnen. Er blickte auf Flecks Firmenlogo, das neonbeleuchtet über dem Ladeneingang hing. Der Namenszug war umringt von stilisierten Seifenblasen – in Weiß auf wasserblauem Grund. Das Schild erinnerte Freisal an Werbung aus den Zeiten des Wirtschaftswunders. Hatte Friedrich nicht was von »Zicksties« erzählt?

Während er in Richtung Rostocker weiterfuhr, dachte der KHK darüber nach, dass er nicht informiert war, was Thobens so machte, seitdem er aus dem Gefängnis entlassen worden war. Wenn sich auch nur der kleinste Anfangsverdacht aufdrängte, wäre möglicherweise Gefahr im Verzug.

»Nachvollziehbar?«, hätte Freisal seine Kollegin gefragt, wenn sie neben ihm gesessen hätte. Nachvollziehbar – seine Standardfrage, zur eigenen Sicherheit. Der KHK schloss trotz – oder wegen? – der vielen Jahre, die er auf dem Dienstbuckel hatte, nicht aus, dass er sich in eigene Annahmen verrennen konnte. Das Tatprofil ist nicht identisch mit dem aus Thobens Vorgeschichte, würde Gutzeit womöglich feststellen.

»Ach ja? Wissen Sie mehr als ich? Der Bericht der Pathologen steht doch noch aus«, würde er gegenhalten.

»Das Messer steckte dem Mann im Bauch, keine tiefer gelegenen Stichverletzungen wie damals, wenn ich Ihre Schilderung richtig verstanden habe.«

Das musste der Pathologe noch bestätigen. Klein war immerhin vollständig bekleidet gewesen.

Hajo Freisal bog in die Rostocker Straße ein und suchte einen Parkplatz. Fehlanzeige. Er fackelte nicht lange und stellte den MX-5 auf dem Bürgersteig ab, klappte die Sonnenblende herunter, sodass das Schild »Einsatzfahrzeug der Polizei« zu sehen war. Als bedürfte es in Anbetracht des kleinen Wagens einer weiteren Legitimation, holte er die Kelle »Halt – Polizei« aus dem Handschuhfach und legte sie gut sichtbar aufs Armaturenbrett.

Wenig später stand er vor dem schmucklosen Nachkriegsgebäude mit fünf originären Etagen; die sechste, so schien es, war ein nachträglich aufgesetztes Dachgeschoss.

Soweit Freisal in der schummrigen, durch Gaslaternen beleuchteten Straße erkennen konnte, handelte es sich um ein gepflegtes Haus: beigefarbener Putz, Eingangstür und Balkone in Orange. Der Name Thobens stand auf dem untersten Klingelschild. Freisal drückte den Knopf. Es knackte. Eine männliche Stimme sprach in die Gegensprechanlage: »Wer da?« Der Kommissar erkannte sie sofort als die des ehemaligen Delinquenten.

Plötzlich war zudem ein Hund, schätzungsweise größeren Kalibers, zu hören.

»Aus!«, klang es aus dem Lautsprecher.

Mucksmäuschenstille.

»Herr Thobens?«, fragte der KHK.

»Wer will das wissen?«

»Freisal hier ... LKA Berlin.«

»Kann ja jeder sagen.«

»Bitte?«

»... dass er der Bulle ist, der mich eingebuchtet hat.«

»Herr Thobens, das ist wirklich zu viel der Ehre«, erwiderte der Kommissar. »Eingebuchtet hat Sie das Gericht. Ich habe Sie nur überführt.«

»Kann auch jeder sagen.«

Der Hund schlug wieder an.

»Schnauze, Tyson!« Gebell. »Aus, hab ich gesagt!« Gebell. »Verdammte Töle!« Ruhe.

»Herr Thobens, ich hätte einen Vorschlag: Sie lassen mich rein, damit Sie über Ihren Türspion sehen können, dass ich wirklich der von vor fünfzehn Jahren bin.«

»Warum sollte mich das interessieren, wer Sie sind? Ich erwarte niemanden. Und ich lasse auch keinen rein.«

»Bitte gehen Sie davon aus, dass es einen wichtigen Grund gibt, warum ich hier so spät am Abend bei Ihnen auf der Matte stehe.«

»Und der wäre?«

»Ein Toter. Wieder am Stephanplatz.« Stille. »Herr Thobens, was ist? Soll ich mir 'n Schnupfen holen?«

»Ein Schwuler?«

»Das weiß ich noch nicht. Können Sie mir die Frage beantworten?«

»Scheiße«, fluchte Thobens. Aus der Gegensprechanlage quäkte es: »Erdgeschoss, links.« Der Summer sprang an, Freisal drückte die Tür auf und betrat den Hausflur.

Gleich die erste Wohnung war die von Thobens. Der Kommissar stellte sich dicht vor den Spion und grinste demonstrativ. War damals so 'n Tick von mir, erinnerte er sich, den Ganoven so und nicht anders auf die Pelle zu rücken. Kann ja nicht sein, dass man selber überhaupt keinen Spaß hat im Job. Der wird sich schon erinnern …

In diesem Moment öffnete Thobens, der, wie ein Schattenwurf im kleinen runden Türglas zeigte, durch den Spion geguckt hatte. Er war dünner und grauer geworden. Trocken sagte er: »Freisal, Ihre Visage hat sich mir eingebrannt. Sie haben sich ja kaum verändert. Ja gut, fetter sind Sie schon geworden.«

»Danke für die Blumen.« Der Kommissar fasste sich an den Bauch. »Bin da am Ball«, sagte er. »Darf ich reinkommen?«

»Hab ich eine Wahl?«

»Menschen haben immer eine Wahl. Zum Beispiel sich richtig oder falsch zu verhalten.«

Thobens zog die Tür weit auf und ging voran in den Flur. Vor der Wohnzimmertür mit einem geriffelten Glasrechteck in der Mitte blieb er stehen.

Der KHK zog die Wohnungstür hinter sich ins Schloss und bemerkte sofort die charakteristische Silhouette einer bestimmten Hunderasse hinter der Glasscheibe, vor der Thobens stand: der bullige Körper nebst markant breitem Schädel mit spitzen, wie abgeknickten Ohren: ein Pitbull. Das Tier stand offenbar seitlich hinter der Tür. Lauernd? Jedenfalls regungslos. Ein Hecheln war zu hören.

»Kampfhund?«, fragte Freisal. Sein Blick hin zum Glas verriet Neugierde. Dann wandte er sich Thobens zu, schaute ihm ins Gesicht.

»American Staffordshire Terrier, genau gesagt«, erläuterte der. »Hübsche Tiere.«

»Und so friedfertig, nicht? Werden vermutlich total grundlos im Berliner Hundegesetz als gefährlich eingestuft.«

»Wenn so 'n Tier ausrastet, hat's in der Regel was mit dem Hundehalter zu tun«, gab Thobens zu bedenken. »Das eigentliche Risiko hängt oft am anderen Ende der Leine und geht auf zwei Beinen.«

»Hübsch gesagt«, bemerkte Freisal. »Warum halten Sie sich ausgerechnet solch ein Tier?«

»Muss mich schützen. Bekomme regelmäßig Anrufe mit ganz speziellen Einladungen.«

»Wie speziell?«

»Man würde gerne, Zitat, ›meinen Arsch an eine Wand nageln‹. Mich ›bald abholen‹. Man wisse, wo ich wohne. Seitdem sorge ich mich ein bisschen um meine Gesundheit.«

»Wer ist ›man‹?«

»Keine Ahnung – anonym, bisher.«

»Waren Sie damit schon bei der Polizei?«, fragte Freisal.

Thobens lächelte müde. »Sie wissen doch, es muss immer erst was passieren, bevor dein Freund und Helfer einschreitet.«

»In Ihrem Fall läge es anders, da ist ja schon einiges passiert. Im Vorfeld. Das würde anders gewichtet werden als, sagen wir mal, der Hilferuf eines Mannes, der sich vor dem Nudelholz seiner Gattin fürchtet.«

»Ich brauche keine Polizei. Tyson passt auf mich auf.« Als wollte der Hund das Gesagte unterstreichen, erschallte wieder ein Kleffen. »Aus!«, rief Thobens zur Tür hin. Ruhe. Der Hund schien aufs Wort zu gehorchen. »Alles eine Frage der Erziehung. Tyson ist schon in Ordnung.«

»Putzig«, bemerkte Freisal, »dass Sie das Tier nach dem Boxer benannt haben? Das war doch der Typ, der im Ring gerne Ohren von Gegnern an- und abknabberte?«

»Richtig.«

»Originell.«

»Ja?«

»Auch Sie hatten es ja mal auf ein bestimmtes menschliches Körperteil abgesehen.«

»Hören Sie«, sagte Thobens und wedelte abwehrend mit der Rechten, in der er ein Smartphone hielt, »das ist vorbei. Wie Sie wissen, war ich damals in die verkehrten Kreise geraten: braune Socken und so.« Thobens blickte Freisal müde an. »Da waren Feindbilder wichtig, um vor sich selbst bestehen zu können – als Küchenhilfe, als Schütze Arsch … das wissen Sie ja alles.«

»Kameradschaft Stephankiez nannte sich Ihre Truppe, richtig?«, erinnerte sich Freisal.

»Ja«, bestätigte Thobens, »da war ich am Schluss der King. Hatte alles so harmlos angefangen: gegen ein paar Schwule Front machen, Pöbeleien, Beklauen, Auf-die-Fresse-Hauen.«

»Warum eigentlich Schwule?«, wollte Freisal wissen. »Habe ich nie verstanden. War damals nicht der Kampf gegen Multikulti angesagt?«

»Multikulti hatten schon die REPs auf'm Schirm. Wir wollten uns abgrenzen. Eigene Hassobjekte halt.«

Freisal betrachtete Thobens. Er machte auf ihn einen relativ gefassten Eindruck. »Und heute?«, fragte der KHK.

»Alles friedlich. Kein Kontakt mehr zur Szene. Freisal, mir können Sie nichts vorwerfen. Alles sauber. Strafe abgerissen, bei einwandfreier Führung. Hab im Knast meine Lehre nachgeholt.«

»Koch?«, fragte Freisal.

»Gutes Gedächtnis.«

»Gute Brücke ... damals sind Sie mit einem Tranchiermesser auf Schwule losgegangen«, stellte der KHK fest. »Apropos, dürfte ich mal Ihre Küchenmesser sehen? Als Koch werden Sie doch sicherlich eine hübsche Auswahl haben?«

»Dürfen Sie. Aber es wäre freundlich, wenn Sie mir mal langsam sagten, was Sie eigentlich von mir wollen. Ein Toter am Stephanplatz, das habe ich begriffen. Ob der schwul war, wissen Sie nicht. Und weiter?«

»Tranchiermesser.«

Thobens Mundwinkel sanken nach unten. »Na ja, habe mir schon gedacht ... Eines Tages, wenn wieder was passiert, werden Sie bei mir aufkreuzen, bloß weil irgendein Hirni ...«

»Genau, Herr Thobens«, sagte Freisal und drängelte sich an dem mindestens zwei Köpfe größeren Mann vorbei. »Geht's hier lang?«

»Stopp!«, rief Thobens warnend. »Die Küche ist da.« Er zeigte auf die Tür, die rechts vom Flur abging.

Freisal marschierte schnurstracks in die Küche. Er sah den massiven Holzblock schon von Weiten, in dessen Schlitzen verschiedene Arten von Messern steckten: Schäl- und Tourniermesser, Schinken- und Lachsmesser, aber auch ein Tranchier- und Fleischmesser.

»Handgeschmiedet«, sagte Thobens mit gewissem Stolz. »Mit edlen Holzgriffen. Köche benutzten immer schon hochwertigeres Werkzeug als …«

»Mörder?«, fiel ihm Freisal ins Wort.

»Fleischer.« Thobens ließ die Provokation an sich abperlen.

»Fein, fein, so viel also zur Berufskunde«, sagte Freisal. Das Messer, das in Klein gesteckt hatte, war schon rein optisch eins der preiswerteren Sorte, dachte er. Es hatte einen schwarzen Kunststoffgriff. »Und, arbeiten Sie denn mittlerweile als Koch?«

Thobens schüttelte den Kopf. Es sei nicht so einfach auf dem Arbeitsmarkt, er sei aber zuversichtlich, weil »die Tante vom Amt« einen engagierten Eindruck mache. Wohl um die auf der Hand liegende Frage vorwegzunehmen, fügte er hinzu: »Lebe von Stütze.«

Freisal schaute wieder auf den Holzblock. »Die Messer sehen kostspielig aus«, sagte er. »Sie hatten nach Ihrer Haft einen Job, um das zu finanzieren?«

»Auf Probe. Lief schief.«

»Wo war das?«

»Kantine, Rathaus Tiergarten.«

»Empfehlenswert? Kenne nur die Markthalle gegenüber.«

»Kantinenessen halt. Ansonsten ist da die Zeit stehen geblieben: beigefarbene Mustergardinen, braun gepolsterte Chromstühle, Hängelampen aus Messing. Das Auge isst doch mit, nicht wahr?«

»Ach, wissen Sie, es gibt Polizeistationen, da ist das Linoleum auf dem Fußboden blank getreten und paart sich mit staubverdreckten Decken und abgewetzten Besuchertresen.«

»Warum erzählen Sie mir das?«

»Weil man doch wegen hässlicher Ausstattung des Arbeitsplatzes nicht gleich den Dienst quittiert. Was ist also wirklich geschehen?«

»Der Chef glaubte, mich aufziehen zu müssen. Er wusste, wo ich herkam. Hat kurz vorm Öffnen der Kantine in der Küche mit einem Fleischmesser rumgefuchtelt, demonstrativ unterhalb der Gürtellinie. Als er dann auch noch einen Schritt auf mich zu machen wollte, ist er nicht weit gekommen.«

»Warum?«

»Hab ihn mit einer Geraden gestoppt.«

»Das Anti-Aggressionstraining im Knast hat nicht viel gebracht, was?«

»In fünfzehn Jahren keine einzige Schlägerei. Ist das etwa nichts?« Thobens Lächeln wirkte bemüht. »Anti-Aggressionstraining heißt ja nicht, dass man sich bieten lässt, dass man mit einem Messer bedroht wird.«

Freisal nickte. »Letzte Frage, Herr Thobens: Wo waren Sie heute Abend, sagen wir mal zwischen 20 und 20.45 Uhr?«

»Hier.«

»Zeugen?«

»Tyson.«

Der kommt sich schlau vor, dachte der Kommissar. Thobens Lächeln war ironisch; seine Augen funkelten. Aber unterm Strich alles nur Bauernschläue. Das Grinsen trug Züge von Überheblichkeit.

»Gut«, sagte Freisal, »dann lassen wir uns das von Tyson bestätigen.« Er stiefelte entschlossen aus der Küche auf den Flur und zur Glastür des Wohnzimmers.

»Hey, Moment mal!« Thobens flitzte hinterher. »Das geht nicht so einfach.«

Jetzt roch Freisal erst recht Lunte – und hoffte, die Situation richtig einzuschätzen.

Grundsätzlich hatte er vor Hunden keine Angst. Respekt, ja, das schon. Er kannte sich mit Vierbeinern nicht besonders gut aus. Aber immerhin: Er hatte im Rahmen einer Weiterbildung auch mal in der Fighting City hospitiert, dem polizeilichen Trainingsgelände, auf dem neben Beamten mit ihren Hunden auch Spezialeinsatzkräfte trainierten, und einen Diensthundeführer der Bundespolizei zwei Wochen bei verschiedenen Einsätzen begleitet; bei Suchaktionen jedweden Kalibers: Drogen, Sprengstoff, Personen. Auch bei einer Kreuzberger Demo war er dabei gewesen. Ein sogenannter Schwarzer Block suchte Zoff mit den Vertretern des »Schweinesystems«. »Polizei, SA, SS! – Polizei, SA, SS!«, schallte es ihnen entgegen. Der Hundeführer, den Freisal begleitete, hatte sein Tier an der strammen wie kurzen Leine. Natürlich wäre es den Demonstranten des Schwarzen Blocks möglich gewesen, die Hundeführer nebst Tieren zu überrennen, aber sie taten es nicht. Einer der Vermummten aus der ersten Reihe hätte anfangen müssen, damit sich sein Tross in Bewegung setzte. Aber offenbar wollte das keiner wagen in Anbetracht der mit gespitzten Ohren auf Kommandos wartenden Tiere: kräftig gebaute Rottweiler und Schäferhunde. Freisal hatte am Tag vor dem Einsatz erfahren, dass Diensthunde nicht nur Täter oder Opfer suchen, sondern auch Personen schützen konnten. Der Beamte jedenfalls, dem er zugeteilt war, ging nach Dienstschluss mit seinem Hund nach Hause. »Es ist, als wenn du einen Kollegen mit zu dir nimmst«, hatte Mike K., Leiter der Hundestaffel, ihm erklärt. »Das ist auch wichtig, das schärft das Miteinander, nicht zuletzt das Vertrauen zwischen Mensch und Tier.«

Thobens hatte Freisal mit großen Schritten eingeholt und stellte sich jetzt mit dem Rücken an die Glasscheibe der Wohnzimmertür. »Mit Tyson ist nicht zu spaßen, Herr Kommissar.«

Freisal lächelte, schob den Mann mit der Linken zur Seite, drückte mit der Rechten langsam und ohne Hektik die Türklinke herunter. In ruhigem Ton sagte er: »Hallo Tyson, ich bin Hajo, der Freisal, einer von den Guten.« Behutsam zog er die Tür auf. »Wenn du dich benimmst, Tyson, empfehle ich dich weiter zur Hundestaffel.«

Die Tür stand offen. »Es ist nicht wahr, Tyson, dass die Berliner Polizei nur Schäferhunde führt.« Der KHK sah auf Tyson hinunter – Tyson sah zum KHK hinauf, den Kopf etwas schräg gelegt. »Ja gut, von Pitbulls weiß ich nichts«, redete Freisal ruhig weiter, »aber was nicht ist, kann noch werden.« Der KHK bückte sich, um Tyson achtsam seinen breiten Schädel zu tätscheln. Der Hund hielt still. »Und schon sind wir Freunde, nicht wahr?«

Freisal kraulte dem Tier den Kopf, drehte sich leicht nach hinten und sagte: »Thobens, Thobens …« Er ließ von Tyson ab und richtete sich wieder auf. »Das nennt man Beamtentäuschung. Aber geschenkt. Was mich wirklich ärgert, ist, dass Sie mich immer noch unterschätzen.«

Der Pitbull, der nahe dem KHK saß, war aus Porzellan.

»Woher habe Sie gewusst …?«

»Indizien«, sagte Freisal. »Erstens, das Berliner Hundegesetz: Als Vorbestrafter würden Sie keine Genehmigung zur Haltung solch eines Hundes bekommen. Zweitens: So blöd wären Sie nicht, in einem Mehrfamilienhaus so ein Tier heimlich zu halten. Drittens die atypische Reaktion des Hundes: Als Sie hier im Flur etwas laut und hektisch wurden, war von Tyson kein Mucks zu hören. Aber lassen Sie mich nicht dumm sterben: Wie und vor allem warum haben Sie das mit dem Kläffen gemacht, so rein technisch, meine ich.«

Thobens hielt sein Smartphone hoch. Es war, erklärte er, über Bluetooth mit einer mobilen Mini-Box verbunden. Er zeigte mit der Hand auf den kleinen Quader zwischen den Vorderläufen der Hundeattrappe: »Zurzeit der letzte Schrei. In jedem Elektronikhandel erhältlich. Ich kann das MP3-Gekläffe oder -Hecheln von meinem Smartphone abspielen.«

»Und was soll das?«

»Abschreckung, für den Fall der Fälle.«

»Ja gut, über die Klingelanlage …«, sagte Freisal. Er klang skeptisch.

»Ich bitte Sie«, sagte Thobens, »Tyson war auch für Sie hinter der Scheibe glaubwürdig, zumindest bis zu einem bestimmten Zeitpunkt.«

Der Kommissar kratzte sich nachdenklich am Kopf. »Herr Thobens, ich fasse mal zusammen – bei Ihnen sind alle unguten Dinge drei: kein Job, kein Hund, kein Alibi, richtig?«

Thobens verschränkte die Arme. »Ja.«

»Haben Sie Reisepläne?«

»Pläne habe ich viele.«

»Aber?«

»Ohne Moos nichts los.«

»Gut, ich erhöhe auf vier: kein Geld.«

»Das heißt jetzt was?«

»Dass Sie sich zur Verfügung halten, bitte – danke!«

»Ist das eine Anweisung?«

»Nein, eine Bitte. Sie haben schließlich kein Alibi.«

Der Kommissar stand mit dem MX-5 wieder an der Gotzkowskystraße, unmittelbar vor Harry Flecks Waschsalon. Es war mittlerweile 23.30 Uhr. Hajo Freisal zückte sein Telefon und klingelte Yasmine Gutzeit an.

»Können wir abrücken?«, fragte er. »Stehe direkt vorm Laden.«

»Im Prinzip ja.«

»Aber?«

»Wäre schade, jetzt zu gehen.«

Freisal verstand nicht. »Was soll das heißen?«

»Kommen Sie mal rein, sehen Sie selber.«

»Es wäre extrem freundlich von Ihnen, wenn Sie mir in einem knappen Aussagesatz mitteilen würden, was ich sehen sollte.«

»Renger.«

»Und weiter?«

»Och nee, Herr Freisal! Nun seien Sie mal kein Spielverderber und schauen einfach kurz rein, ja?«

»Mann, Mann, Mann. Wehe, ich komme nicht auf meine Kosten«, sagte der KHK und legte auf. Er ließ den Wagen in zweiter Spur stehen, weil weit und breit kein freier Parkplatz in Sicht war, schaltete den Motor aus, zog den Schlüssel ab, stieß die Fahrertür auf und stieg aus. Er kam dabei ins Rutschen, fing sich aber wieder. »Wenn sich die Mühe nicht lohnt«, fluchte er, »Gutzeit, dann …«

Er betrat das Ladenlokal, schloss hinter sich die Tür und blieb erstaunt stehen. Er überlegte, an was ihn dieser Waschsalon mit seiner rosafarbenen Blümchenmustertapete, einem Kronleuchter unter der Decke und der schlauchartigen, durch ein Wandgemälde imaginär verlängerten Räumlichkeit erinnerte: Wohnzimmer, Frisiersalon, Oldie-Kneipe? Indiz dafür, dass er sich tatsächlich in einem Waschsalon befand, waren die in silber und blau gehaltenen Wäschetrockner im Eingangsbereich. Das voluminöse Abzugsrohr, das unmittelbar vor dem Übergang zum hinteren Raum und direkt unter der Decke quer durch den Laden verlief, diente vermutlich der Entlüftung der Maschinen. Ein Wäschetrockner war noch in Betrieb. Die Trommel drehte summend ihre Runden. Vor der Maschine saß, Händchen haltend, ein junges Pärchen, das verträumt ins Bullauge des Frontladers schaute. Läuft bei denen ein imaginierter Film ab?, fragte sich Freisal. Wenn, dann wohl eher eine ruhige Geschichte ohne turbulente Verfolgungsjagden, kopfloses Herumgeballer, waghalsige Stunts. Wie auch immer, jedenfalls in Farbe.

Der KHK sah im hinteren Bereich, einem ursprünglich separaten Raum, dessen Wand offenbar durchbrochen worden war, Gutzeit neben einer schlanken Gestalt stehen.

Sie winkte Freisal heran. Das Licht, dass Harry Flecks Kronleuchter spendete, war gedimmt – dennoch gab es für den KHK keinen Zweifel, dass Gutzeit neben einer aufgetakelten Dame mittleren Alters stand. Etwas sehr dürre ... und flach ... und die Frisur, ein mittellanger blonder Schnitt, war übertrieben in Locken gelegt. Andererseits passte dieses Outfit zur nostalgischen Anmutung des Ladens. Damals, in den Sechzigern, war es hipp gewesen, sich Locken so groß wie Calamaris in die Haare zu drehen.

Freisal schritt gemächlich durch den Raum, registrierte das Flair des Ortes mit kriminalistischer Freude am Detail und stolperte über die Bodenschwelle zwischen dem ehemals vorderen und hinteren Raum. Den an der Wand klebenden Zettel mit der Aufschrift »*Achtung, Stufe!!!!!! Achtung, Stufe!!!!!!*« – tatsächlich zweimal hinter- beziehungsweise untereinander sowie mit jeweils sechs Ausrufezeichen versehen – hatte er nicht wahrgenommen. Möglicherweise war er zu abgelenkt von den vielen Einzelheiten: beispielsweise von den Regalbrettern, auf denen kleine, wiederverwendbare Plastikdöschen mit jeweils grünem Deckelchen standen. Den Etiketten zufolge beinhalteten die Behältnisse vorbereitete Portionen »Waschmittel Perlweiß«, »Weichspüler Sommerbrise« und so weiter. Oder war er vom Habitus der Person an der Seite seiner Kollegin zu sehr abgelenkt?

Wie auch immer.

Als Freisal stolpernd aus dem Tritt geriet, eilte die unbekannte Person spontan und mit wippender Haarpracht dem Strauchelnden zu Hilfe und fing ihn auf. Mann, Mann, Mann … was ist heute bloß los mit mir?, grollte er im Geiste. Stolpere in der Gegend herum so oft, wie im letzten Jahr zusammen nicht.

»Hallöööchen, schööööner Mann! Sollte wooohl Baaallett werden, nicht waaahr?«

Der Lockenkopf stützte Freisal am Ellenbogen und lächelte freundlich. Der Kommissar lächelte zurück. Er erkannte, die Dame war ein Herr.

»Danke«, sagte Freisal, nahm die Hand des Fremden von seinem Ellenbogen und schüttelte sie zur Begrüßung. »Freisal, `n Abend. War als Junge mal Bodenturner«, witzelte er.

Ein Warm-up, was sonst, dachte Gutzeit. Es hatte ihrem Vorgesetzten noch nie etwas ausgemacht, wenn ein Spaß auch mal auf seine Kosten ging.

»Gaaaanz entzüüückend.« Sein Vis-à-vis klimperte mit den so schwarzen wie langen falschen Wimpern; die knallroten, betont zu dick geschminkten Lippen zog es offenbar dauerhaft gen Norden. Weil bis auf das Pärchen im vorderen Teil des Ladens niemand zu sehen war, schlussfolgerte Freisal, dass die Person vor ihm wohl Renger sein musste.

»Gehöre zu ihr«, sagte der Kommissar und wies mit der Hand auf Gutzeit. »Dienstlich.«

»Ich weiß«, erwiderte Renger und klimperte erneut mit den Wimpern. Freisal schätzte ihn auf Anfang dreißig. »Ihre Kollegin hat Sie schon angekündigt.«

»Verraten Sie mir, wer Sie sind?«

»Chaaarleys Taaante – heute zuuumindest.«

»Und morgen?«

»Klauuus Reenger.«

»Charleys Tante?«, fragte Freisal. »War das nicht mal ein Film mit diesem Österreicher … dem, na, sagen Sie schon …«

»Peeeter Alexaaander«, half Renger aus. »1963«, ergänzte er wie aus der Pistole geschossen. »Davooor, in den Füüünfzigern:

mit unserem Heiiinz, dem Rühmaaann. Ist aber leeetztlich ein noch viel ääälterer Huuut.« Bei dem Wort Hut fasste er sich an die Perücke. »Wuuussten Sie daaas? Die Stooory ist von 1892. Braaandon Thooomas hat daaas geschrieben. Eine Faarce auf Moraaal: Ein Freuuund hilft zwei Kuuumpels, indem er sich für sie als Aaanstandsdaaame verkleidet, damit sie leeegitimiert sind, Daaamenbesuch zu empfaaangen.«

»Ein Mann in Frauenkleidern ... damals bestimmt ein Aufreger, was?«

»Aaaber nein! Traaavestie als sooolche war doch nichts Neues«, erläuterte Renger kennerhaft und stützte seine Rechte kokett in die vorgestreckte Hüfte. »Im Theaaater der griechischen Aaantike durften Fraaauen nicht mit auf die Büüühne – alle Rollen wurden von Määännern gespielt. Maaasken vor dem Gesicht verrieten, ob es sich um eine Määänner- oder Fraaauenfiguuur handelte.«

»Aha«, sagte Freisal. Er schaute Gutzeit auffordernd an. Konnte sie ihn nicht im Schnelldurchlauf auf den Stand der Dinge bringen?

Gutzeit verstand. In aller Kürze fasste sie zusammen, dass Klaus Renger ein Zimmer an Stephan Klein untervermietet habe. Dass die beiden Männer zusammen wohnten, habe »rein finanzielle Gründe«. Klein habe, ergänzte Renger ungefragt, eine preiswerte »Bleiiibe« gesucht, und er, Renger, noch ein Zimmer »freiii« gehabt. Klein sei »Fotoküüünstler« gewesen und habe gehofft, mal eine »Auuusstellung« machen zu dürfen.

»Künstler«, dachte Freisal laut nach. »Das klingt, was man so hört, nicht unbedingt nach geregeltem Einkommen – außerhalb von Transferleistungen, meine ich.«

»Habe ein gaaanz großes Heeerz für Küünstler«, erwiderte Renger. »Klein hat wirklich nur 250 Euuuro Selbstkosten gezaaahlt. Wir haben, was die Miete anbelangt, fiiifty-fiiifty gemacht.«

»Wie groß ist die Wohnung?«, fragte Gutzeit.

»Zweiii Zimmerchen, knapp füüünfzig Quadratmeterchen, aber mit Wooohnküüüche, Baaad – alles sehr bescheiiiden.«

Gutzeit, die an den abbröckelnden Putz im Flur des Hinterhauses denken musste, schlussfolgerte, dass »500 Euro Miete unterm Strich ganz schön happig« seien.

»Genauuu«, bestätigte Renger, »gaaanz schön stooolzer Preis, nicht waaahr? Hab ja noch Ooofenheizung.«

Aber der Berliner Wohnungsmarkt sei nun mal angespannt, da könne man als Mieter nichts machen. Dass jetzt vom Senat überlegt würde, wie man die Kurve kriegen könnte, also, dass sich der Markt wieder einkriege, damit mittelfristig wieder preiswerter Wohnraum zur Verfügung stünde, würde auch Zeit. Das sei Rengers Meinung nach überfällig, denn Künstler lebten doch immer an unterster Kante.

»Heißt das«, hakte Freisal nach, »Sie haben Klein mit durchgefüttert?«

»Neiiin, Herr Kommissaaar, wir waren doch eine reiiine Zweeeckgemeiiinschaft«, erläuterte Renger. Er artikulierte weiterhin gespielt kapriziös. »Futterrrn wie bei Mutterrrn war bei mir nicht drin. Hab ja bloooß 'n kleinen Büüürojob, halbtags.«

Dass der Mann seine Rolle affektiert anlegte, dachte Freisal spontan, war nicht unkomisch. Renger erkannte seine Wirkung und schob nach: »Zweeeckgemeiiinschaft … herrjehchen, so heißt das doch im Aaamtsdeutsch, nicht waaahr?«

»Ja«, bestätigte Freisal. »Wären Sie und Klein ein Paar gewesen, müssten wir von Wirtschaftsgemeinschaft sprechen.«

Ein Köder. Der war offenbar gut gelegt. Renger sprang an, verließ seine Rolle. Während des kurzen Moments des Schweigens nahm er die Perücke ab und sprach in normaler Stimmlage weiter – einen Tick tiefer und nicht mehr mit klischeehaft gedehnten Vokalen. Auch hatte er seine Körperhaltung verändert. Das eben noch Weiche, die fließenden Bewegungen wichen einer Straffung des Körpers von Kopf bis Fuß.

»Ihre Kollegin hat mir berichtet, Herr Freisal«, sagte Renger. »Wer macht denn bloß so was?« Er schüttelte den Kopf. »Vor allem, warum?« Renger schien für einen Moment nachdenklich. Nichts mehr da von der Unbeschwertheit seiner Tunten-Tante, dachte Freisal.

Renger schaute erst Gutzeit, dann den KHK an. »Falls Sie eine bestimmte Frage umtreibt, Herr Freisal, hier mal gleich die Antwort: Männer, denen es Spaß macht, komische Nudeln in Frauenkleidern zu spielen, sind nicht automatisch schwul.«

Nein, diese Frage hatte Freisal nicht beschäftigt, dennoch hörte er interessiert zu, als Renger jetzt seine persönliche Sichtweise offenbarte. »Travestie ist Kunst«, sagte der Mann in Frauenkleidern, »und der diese Kunst betreibt nicht zu verwechseln mit einem Transvestiten.«

Freisal nickte. »Ich weiß, Herr Renger. Ihr Nachbar, dieser Friedrich, sagte uns jedoch, er habe Sie auch privat in Frauenkleidern gesehen.«

»Das wird hier im Laden gewesen sein.« Renger zuckte mit den Schultern. »Unsere kleine VHS-Theatergruppe probt hier öfter. Das wird Friedrich in seinem Suff nicht geschnallt haben.«

»Ich habe also richtig herausgehört«, fuhr Freisal fort, »dass Sie mit Klein kein Verhältnis hatten, weil Sie, das habe ich auch verstanden, nicht homosexuell sind.« Er setzte eine Kunstpause. »Bekommen Sie's jetzt nicht in den falschen Hals, Herr Renger, aber ich muss Sie aus einem ganz bestimmten Grund fragen, ob es für Sie Anhaltspunkte gibt, dass Ihr Untermieter, Stephan Klein, auf Männer stand?«

»Was denn für ein Grund?«

»Darüber kann ich nicht reden.«

»Also, fürs Protokoll, Herr Freisal: Klein war bei mir Untermieter. Ich kannte ihn nicht näher. Kann über sein Sexualleben nichts sagen.«

»Sie teilten sich immerhin eine relativ kleine Wohnung.«

»Klein kam hauptsächlich zum Schlafen, war ansonsten auf Tour.«

»Wie, Tour?«

»Junge Leute in Berlin hängen doch nicht vorm Fernseher ab, sondern ziehen um die Häuser.«

»Letzte Frage: Seit wann wohnte Klein bei Ihnen?«

Renger dachte kurz nach. »Erst rund vier Wochen«, antwortete er ohne zu zögern.

»Danke«, sagte Freisal und nickte. Hm, ging es ihm durch den Kopf, der will aber auch rein gar nichts über Klein wissen. Hatte es in einem Monat kein einziges persönliches Gespräch gegeben? »Wir müssten uns mal Kleins Zimmer ansehen«, bat der KHK.

»Suchen Sie was Bestimmtes?«, fragte Renger.

»Der Weg ist das Ziel«, antwortete Freisal, als sei damit alles erklärt.

Renger schien nicht zu verstehen. Gutzeit erläuterte: »Oft ist es so, dass wir Dinge in der Wohnung von Opfern finden, die wir nicht gesucht haben ...«

»... die Ihnen dennoch weiterhelfen?«

Freisal nickte. »Frau Gutzeit kommt bei Ihnen morgen früh mal vorbei, einverstanden? Sagen wir, um acht Uhr dreißig?«

»Zivile Zeit«, sagte Renger – und nickte.

»Danke«, sagte Freisal und reichte Renger zum Abschied die Hand. Der KHK gab gerne die Hand – zur Begrüßung, zur Verabschiedung; er wusste: Hände lügen nicht. An der Beschaffen- oder Verfasstheit von Händen ließen sich unter Umständen Rückschlüsse auf den seelischen Zustand ziehen: Wie sicher oder unsicher, wie zufrieden oder unzufrieden, wie entspannt oder verkrampft war ein Gegenüber? Waren Hände feucht oder trocken, kalt oder warm, schwielig oder samtig? Waren Hände gepflegt oder rissig oder litt jemand gar an Onychophagie mit der Symptomatik Selbstverletzung, bekannt als Fingernagelkauen oder Hautabbeißen? Letzteres war, wusste Freisal, nicht nur unter Kindern und Jugendlichen verbreitet. Auch bei Erwachsenen war zu beobachten, dass sie manisch an den Fingern herumkauten, wenn etwas sie bedrückte. Er hatte schon Finger von Delinquenten gesehen, die am Nagelbett blutig gebissen waren. Das war dann kein harmloser Tick, dabei handelte es sich um eine Verhaltensstörung, die sich auf eine wie auch immer entstandene Nervosität gründete. Verdächtige, die unter Onychophagie litten, standen bei Freisal unter besonderer Beobachtung. Möglicherweise hatten sie an etwas zu nagen, das Gegenstand seiner Ermittlungen war.

Der routinierte Blick auf Rengers Hand gab Auskunft, dass auch der Mann vor ihm offenbar unter autoaggressiven Bissattacken litt. Die Haut am Nagelbett der Finger war angeknabbert – mehr noch: Am rechten Mittelfinger, in den Ecken des Fingernagels waren frisch verschorfte Wunden zu erkennen. War die Ursache der Ärger über einen Nachbarn, der Travestie und Transvestit nicht auseinanderhalten konnte? Freisal beschloss, das Thema bei Gelegenheit zu vertiefen.

Nachdem sich auch Gutzeit von Renger verabschiedet hatte, kam aus dem nicht einsehbaren hinteren Bereich des Waschsalons ein großer, schlacksiger Mittvierziger in weinroten Cordhosen und orangefarbenem T-Shirt in den Raum. Ein schmallippiger Dreitagebart mit Stoppelhaarschnitt und wachen Augen. Er klatschte gut gelaunt, ja beinahe schon singend in die Hände.

»Sooo, ihr Süüüßen: Feiiieraaabend! Klausimausi, gib deinen Freunden ein Küüüsschen, mooorgen ist ein neuer Taaahaaag!«

Eigentlich waren Freisal und Gutzeit schon im Gehen begriffen, blieben dann aber doch stehen. Der Kommissar fragte Renger: »Ist das jetzt echt oder auch gespielt?«

»Das ist Harry Fleck – das Original«, informierte Renger. »Ich kenne ihn nicht anders.«

»Klausimausi, du bist ja immer noooch im Fuuummel. Meiine Güüte! Nun aber huuusch-huuusch, sonst mach ich dir Beiiine.«

»Sie haben's gehört: Muss mich schleunigst umziehen, einen geordneten Rückzug antreten – der Chef will den Laden dichtmachen.«

Freisal nickte verständnisvoll, hob die Hand und verließ mit Gutzeit Harry Flecks Waschsalon.

Auf der Rückfahrt zum Stephanplatz – wieder »auf Wunsch einer einzelnen Dame mit geschlossenem Dach« – berichtete Freisal Gutzeit vom Besuch bei Thobens.

»Wirkte halbwegs aufgeräumt, der Mann.«

»Halbwegs? Sie sind also nicht überzeugt?«

Freisal grübelte laut. »Gibt es eigentlich Therapien, die erfolgreich verlaufen?« Ein sarkastischer Unterton lag in den Worten. »Thobens hat mir erzählt, er habe nach seiner Haftzeit jemanden niedergeschlagen und deshalb seinen Job verloren.«

»Der neuesten Rückfalluntersuchung des Justizministeriums nach«, wusste Gutzeit zu berichten, »sind Körperverletzer mit 22 Prozent am häufigsten mit einer erneuten Körperverletzung rückfällig geworden. Personen«, zitierte sie weiter, »die wegen eines Raub- oder Erpressungsdelikts verurteilt worden sind, werden mit elf Prozent zwar deutlich seltener wegen eines Raub- oder Erpressungsdelikts erneut verurteilt, fallen jedoch häufiger mit erneuten Straftaten aus anderen Bereichen auf.« Sogenannte »Tötungsdelinquenten« würden zwar zu 29 Prozent rückfällig, jedoch in der Regel nicht mit einem erneuten Gewaltdelikt. Nur knapp ein Prozent der Mörder und Totschläger manövrierte sich erneut mit einem Tötungsdelikt ins gesellschaftliche Aus.

Als Freisal auf Höhe MOA-Bogen in die Stephanstraße einbog, sagte er nachdenklich: »Irgendwas schmeckt mir bei Thobens nicht. Unterm Strich kam er mir nun doch zu abgeklärt vor. Ich meine, nach fünfzehn Jahren Knast wieder Besuch von der Kripo zu bekommen, mit einem alten Tatort, zumindest doch Fundort konfrontiert zu werden ... Also, mich würde das schon einigermaßen verunsichern.«

»Verständlicherweise, ja.«

»Und auch der Renger ...«

»Was ist mit dem?«

»Dass der die Nachricht vom Tod seines Wohngenossen so relativ locker weggesteckt hat ... Und dass dem zu Klein aber auch so gar nichts einfällt ...«

»Okay«, sagte Gutzeit, »erst zu Renger, dann checke ich die beiden Herren morgen übers Internet und werfe die Recherchemühle an. Der moderne Mensch treibt sich schließlich omnipräsent in sozialen Netzwerken herum. Das wird bei Renger und Thobens hoffentlich nicht anders sein.«

»Dann schauen Sie auch gleich mal nach, ob's was über Klein gibt«, ergänzte Freisal.

»Natürlich. Wenn da was sein sollte, werde ich fündig. Selbstbilder, Fremdbilder, Projektionsflächen ... Google ... Facebook ... Twitter – bin schon gespannt.«

Freisal wirkte plötzlich wieder in sich gekehrt.

»Noch was?«, fragte Gutzeit.

»Irgendwas ist mit Thobens«, grübelte Freisal.

»Beschäftigt Sie seine Messersammlung?«

»Die war hochpreisig, das Tatwerkzeug dagegen vergleichsweise Ramsch.«

»Auch damals?«

Freisal kratzte sich am Kopf. »Jetzt, wo Sie's sagen ...« Der KHK schwieg. Er grübelte. Starrte vor sich hin.

»Och nee, Herr Freisal!«, mokierte sich Gutzeit. »Soll ich jetzt Ihre Gedanken lesen?«

Freisal wandte sich wieder seiner Kollegin zu. »Tschuldigung. Also, tatsächlich ... er hat damals zu einem Messer von ähnlicher Qualität wie der unseres Tatwerkzeugs gegriffen. Andererseits hatte er meiner Erinnerung nach damals auch schon teure Messer im Schrank.«

»Dann hätte es also nichts zu sagen, dass seine aktuelle Sammlung vollständig ist?«

Freisal nickte. »Aber wichtiger scheint mir: Der Mann hat ein Jobproblem, damals wie heute.«

»Sie meinen, jemand zieht aus Langeweile los und sticht Leute ab?« Gutzeit zog ungläubig die Stirn kraus.

»Nicht doch! Bei Thobens lag's zumindest damals komplizierter. Der Gutachter attestierte ihm Persönlichkeitsstörungen: paranoide Züge sowie dissoziale Dispositionen.«

»Aha. Das heißt konkret was?«

»Thobens hatte sich eine Verschwörungstheorie gebastelt, nach der die Gesellschaft ihn bewusst durchs Rost fallen lassen hatte.«

»Und warum?«

»Die Gesellschaft benötige nichtqualifizierte Leute, die die Arbeiten erledigen, die weder vom Auskommen noch vom Ansehen was hermachen.«

»Wovon lebte Thobens damals?«

»Er war Küchenhilfe in einem Restaurant, Tiertreiber auf einem Schlachthof, Müllsortierer bei der Stadtreinigung. Akzeptanz gegenüber Werten und Normen dieser Gesellschaft, aber auch Bindungsfähigkeit sowie Empathie gegenüber Mitmenschen tendierten, dem Gutachter nach, bei Thobens gegen Null. Das wiederum habe mit mangelnder Frustrationstoleranz sowie einer sehr geringen Hemmschwelle korreliert, Gewalt gegen die Menschen, die er nicht mochte, anzuwenden.«

»Soll ich das Gutachten von damals besorgen?«, fragte Gutzeit.

»Ja. Aber stecken Sie da nicht zu tief die Nase hinein. Das zöge womöglich Ihre Aufmerksamkeit und Energie ab, die wir an anderer Stelle benötigen. Wiederholungstaten sind in diesem Bereich äußerst selten.«

»Aber wir behalten die Möglichkeit im Blick?«

»Ja. Sollten wir.«

Am Stephanplatz angekommen, sahen sie, dass auch die Fundortsicherung abgerückt war; das Pissoir und die unmittelbare Umgebung lagen nicht mehr in gleißendem Scheinwerferlicht der Polizei, sondern waren wieder schummrig beleuchtet von den Gaslaternen. Hinter Gutzeits Susi stand ein Streifenwagen mit laufendem Motor – vermutlich der Heizung wegen. Hinterm Steuer saß der Beamte, der auf das Krad aufpassen sollte. Als der Kollege erkannte, dass Gutzeit aus dem flach liegenden Wagen stieg, ließ er das Fenster auf der Fahrerseite hinunter. Gutzeit trat heran und bedankte sich. Der Uniformierte schwieg und blickte mit vorwurfsvoller Miene auf seine Armbanduhr.

»Wissen Sie«, sagte er, »ich bin ja ansonsten total unterfordert in meinem Job. Die Aktion hier war mal wieder eine echte Herausforderung, so als Parkwächter.«

»Tut mir leid, hat etwas länger gedauert. Zwischenzeitlich hat sich ergeben, dass …«

»Sie müssen sich doch bei mir, einem kleinen Polizeimeister, nicht entschuldigen«, unterbrach der Kollege sie und blickte weiter stur geradeaus. »Ihr von der Kripo seid eben schon was Besonderes, nicht wahr?«

»Wie meinen Sie das?«

»So, wie ich's gesagt habe.«

»Also, ich sehe mich nicht als was Besonderes.«

»Natürlich nicht.«

Bevor Gutzeit etwas erwidern konnte, hatte der Beamte den Blinker gesetzt, parkte vorwärts aus und fuhr leicht schlingernd davon. Gutzeit blickte in den Schnee. Die Reifenspur des linken Hinterrades verlief nur wenige Zentimeter vor ihren Stiefelspitzen. Oh, oh, oh – Glück gehabt, dachte sie.

Es war kurz vor null Uhr geworden.

Freisal war, nachdem er den Wagen bei sich ums Eck in der Bergmannstraße abgestellt hatte, zu dem Mietshaus am Chamissoplatz gestiefelt, in dem er wohnte. Er trat in den Hausflur und leerte den Briefkasten vom üblichen Wust an Anzeigenblättern und Werbeprospekten, die er sofort in den zu seinen Füßen stehenden Eimer fallen ließ. Plötzlich, ohne sich vom Briefkasten abgewendet zu haben, spürte er, dass sich unmittelbar neben ihm etwas regte. Freisal schaute nicht hin. Er ahnte, wer sich ihm auf leisen Pantoffelsohlen genähert hatte. Wie so oft, wenn er nach Hause kam – eigentlich egal, zu welcher Tages- oder Nachtzeit.

»Ist das nicht zu spät für einen Spaziergang?«, fragte er, während er den Briefkasten abschloss. Erst jetzt blickte er nach links. Tatsächlich, Frau Sorge, achtzig Jahre alt, seine Nachbarin aus der Parterrewohnung rechts, war mal wieder unterwegs. Freisal lächelte die alte Dame an. »Guten Abend, Frau Sorge«, begrüßte er sie freundlich. Frau Sorge lächelte zurück – und schwieg; dann nahm sie wie selbstverständlich Freisals Arm, den er ihr kommentarlos hingehalten hatte. Ein Ritual, gut eingeübt, dachte der Kommissar, als er sie zur Schwelle ihrer Wohnung begleitete. Seit gut einem halben Jahr ging das nun schon so. Seine Nachbarin verließ die eigenen vier Wände im Blumenkittel und in roten Pantoffeln. Aber kaum stand sie im Treppenhaus, wusste sie nicht mehr, wo sie hin wollte.

»Sie sind ein freundlicher Mann, Herr Freisal«, sagte Frau Sorge auch an diesem Abend. Erwartungsgemäß.

Freisal schmunzelte. »Ja, Frau Sorge«, erwiderte er.

»Ich nehme gerne Ihren Arm.«

»Das freut mich, Frau Sorge.«

Als er das gesagt hatte, fiel ihm auf, dass ihn Frau Sorge heute Abend sofort erkannt hatte. Das war nicht immer so, wenn sie sich im Hausflur begegneten. Manchmal hatte Freisal schon gedacht, dass es kein Zufall sein konnte, dass er von der Nachbarin regelmäßig abgefangen wurde. Vielleicht hatte sich Frau Sorge nur angewöhnt, auf ihn zu warten? Denkbar, immerhin, so sagte ihm sein kriminalistischer Instinkt, konnte seine Nachbarin aus ihrem Wohnzimmerfenster direkt auf die Straße blicken und sehen, wann er nach Hause kam. Wenn es sich so verhielt, ging das natürlich in Ordnung. Frau Sorge tat niemandem weh damit, genau zu beobachten, was vor dem eigenen Fenster geschah. Es war, so könnte man meinen, halt ihr Job, sozusagen ihr allerletzter Job …

Das Strahlen in ihren Augen signalisierte Freisal auch heute Abend, dass die alte Dame diese paar Meter, die sie untergehakt zu ihrer Wohnung geleitet wurde, genoss, dass sie diesen kurzen Weg als einen schönen Moment in ihrer zunehmend kleiner werdenden Welt erlebte. Sie wurde umsorgt, vom Pflegedienst, dem Fahrbaren Mittagstisch und so weiter, aber so wie Hajo Freisal vermochte sie vielleicht niemand am Arm zu führen: galant, mit leicht gesenktem, ihr zugewandtem Kopf. »Die andern«, hatte Frau Sorge ihm einmal gesagt, »haben es immer so eilig.«

Nachdem seine Nachbarin ihre Tür hatte ins Schloss fallen lassen, schlurfte Freisal die Stiegen hoch. Seine Wohnung lag im ersten Stock. In dem Moment, als er die Wohnungstür aufgeschlossen und einen Spalt weit geöffnet hatte, klingelte das Festnetztelefon. Der Kommissar war sich sicher, dass es nichts Dienstliches sein konnte; Gutzeit und die anderen Kollegen kontaktierten ihn ausschließlich übers Handy. Wer aber rief ihn so spät noch an? Dann fiel es ihm wie Schuppen vor die Augen. Ja, klar!, rief er innerlich und setzte sich, nachdem er die Tür hinter sich geschlossen hatte, zwei, drei Schritte hektisch gen Flurkommode in Bewegung. Dort stand das drahtlose Telefon in der Station. Er sah sofort auf das Display. Seine Vermutung war bestätigt – schnell nahm er den Hörer in die Hand.

»Inge«, sagte er erfreut. »Guten Abend.«

»Guten Abend, Hajo«, erwiderte Inge. Es mochte vielleicht eine Woche her sein, dass sie das letzte Mal miteinander telefoniert hatten. Den Hörer am Ohr, zog sich Freisal umständlich die Jacke aus.

»Zu spät?«, fragte Inge. Inge war Freisals Ehefrau, die seit geraumer Zeit von ihm getrennt lebte. »Habe es schon zweimal probiert.«

»Nein, Inge, ist nicht zu spät – komme gerade erst rein.«

»Wollte dir nicht einfach auf Band sprechen.«

»Was gibt's denn?«

»Melde mich ab, sozusagen.«

Abmelden war ein Code zwischen beiden. Obschon sie getrennt voneinander lebten, informierten sie sich gegenseitig, wenn etwas Besonderes anstand. Sie waren ja, wie Freisal zu sagen pflegte, »immerhin noch verheiratet«. Ob Inge zu ihm zurückkehrte, war noch nicht ausgemacht; nachdem sie ihn verlassen hatte, weil er zu oft und zu tief ins Glas geschaut und das nicht eingesehen hatte, war es ihre Entscheidung gewesen, den gemeinsamen Weg bis auf Weiteres unbestimmt zu lassen. Auch nach seinem Entzug. Als Freisal sie nach dem Klinikaufenthalt gefragt hatte, ob sie wieder zu ihm zurückkäme, hatte sie ihn gebeten, ihr Zeit zu lassen.

Hajo Freisal hängte mit der freien Hand die Jacke an den Haken der Flurgarderobe; er hörte aufmerksam zu, als Inge ihm freudig mitteilte: »Habe kurzfristig Urlaub nehmen können. Spanien, ganz unten, Andalusien. Stell dir vor, Hajo, da sind jetzt um die 20 Grad plus.«

»Ach, schön – wann geht's los?«

»Morgen, 7.30 Uhr, von Tegel.«

Freisal hob das rechte Bein, um den rechten Schuh abzustreifen, und kam ins Straucheln, als Inge sagte: »Single Tours.«

Er fing sich wieder, setzte sich auf den Unterschrank der Garderobe. »Single Tours?« Es schwang Skepsis mit. »Fliegst du allein?«

»Ja.«

»Aber hast du keine Bedenken? So weit weg …«

»Es ist eine Reisegruppe«, erklärte Inge. »Mach dir keine Sorgen, Hajo, da gibt's bestimmt den einen oder anderen freundlichen Herrn, der auf mich aufpasst.« Sie lachte.

Freisal atmete schwer.

»Inge, das ist jetzt nicht wirklich komisch«, sagte er. »Ich meine, als Frau … alleine unterwegs … so kurz vor Afrika.«

»Was ist los, Hajo?« Inge gluckste vergnügt. »Eifersüchtig?«

»Ich? Ha, ha – das hättest du wohl gerne«, sagte Freisal fröhlich. Stille. Nachdenklich schob er nach: »Ja, ein bisschen …« Wieder Stille. »Hör mal, Inge, ich könnte dich zum Flughafen bringen. Wär das was?«

»Hast du morgen frei?«

»Ähm …«

»Lieb von dir, Hajo, aber vergiss es. Da funkt uns womöglich ein Mord dazwischen und ich verpasse am Ende den Flieger.«

»War nur so eine Idee.«

»Dein Angebot ist wirklich lieb«, sagte Inge, »aber für mich wäre das Stress. Werde einfach ein Taxi rufen. Aber wenn du willst, melde ich mich, wenn ich angekommen bin, so kurz vor Afrika.«

»Ja, bitte mach das. Guten Flug, Inge.«

»Danke, Hajo.«

Am 22. Dezember war Freisal schon um sieben im Präsidium; seit Inge bei ihm ausgezogen war, hatte er sich angewöhnt, den Tag früh zu beginnen. Als sie noch da gewesen war, hatten sie, wenn es der Schichtdienst zuließ, zusammen gefrühstückt. Aber jetzt morgens alleine in der Küche zu sitzen, frustrierte Freisal irgendwie. Ein Müsli, zwei Kaffee, und schon hatte er Hummeln im Hintern. Er nahm sich deshalb ein, wie er es nannte, »Fresspaket« mit zur Arbeit: belegte Vollkornbrote, geschnippeltes Gemüse und Obst – alles so, wie von seiner Ernährungsberaterin Dr. Balsam angeraten.

Yasmine Gutzeit erwartete Freisal an diesem Tag erst gegen halb zehn; vorher wollte sie Kleins Zimmer bei Renger inspizieren. Ihm spukte Thobens durch den Kopf. War es vorstellbar, dass der Mann rückfällig geworden war? Gefasster Eindruck hin oder her, dachte Freisal an den zurückliegenden Abend, gehörte Thobens nicht doch zu jenen wenigen ehemaligen Delinquenten, die nach verbüßter Haftstrafe mit einer gleichen Tat auffielen? Konnte es sein, dass Thobens erneut als Gewalttäter in Erscheinung getreten war und Klein mit einem Tranchiermesser tödlich verletzt hatte?

Kurz entschlossen griff der KHK zum Telefonhörer und wählte die Nummer der Pathologie. Ihr Leiter, Professor Schnidt, war ihm gut bekannt – nicht zuletzt vom Fall Thobens. Das Todesopfer hatte der Professor obduziert.

Er war froh, dass der Chef selbst abnahm. »Morgen, Herr Professor«, begrüßte er den Pathologen. »Freisal hier. Schön, Sie so früh am Platz zu erwischen.« Internes Warm-up, sozusagen. Eine freundliche Ansprache öffnete manche verschlossene Tür – auch die von Pathologen.

»Der frühe Forensiker fängt den Wurm«, erwiderte der Rechtsmediziner gut gelaunt. »Was kann ich für Sie tun?«

»Bei Ihnen liegt ein gewisser Klein in der Kammer und …«

»Stopp, Herr Freisal«, intervenierte der Professor. »Wie Sie sich denken können, liegt hier mehr als eine Leiche. Soweit ich den Überblick habe, kommt mir Ihr Mann vom Stephanplatz erst heute Mittag auf den Tisch.«

»Will wirklich nicht drängeln und jetzt schon nach dem Gutachten fragen«, beruhigte ihn Freisal.

»Nicht?« Der Professor klang beinahe enttäuscht. »Sind Sie gesund, Herr Freisal?«

»Mir würde schon weiterhelfen«, Freisal hielt den Ball betont flach, »zu wissen, ob die Leiche noch alle Gliedmaßen beisammen hat.«

»Dem Mann steckte ein Messer im Bauch. Wovon sprechen Sie?«

»Genitalien.«

Kurze Stille am anderen Ende der Leitung.

»Das klingt mir auf der Verursacherseite nach einem alten Bekannten. Wieder draußen, der homophobe Schlitzer?«

»Ja; habe Thobens, sozusagen vorbeugend, auf dem Kieker.«

»Erinnere mich noch gut an das Opfer. War schon heftig, auch für mich als Gutachter. Aber kommen wir doch zu Ihrem Anliegen.«

»Das wäre nett.« Freisal raspelte Süßholz. »Wäre es denkbar, dass da mal jemand gucken gehen könnte, ob beim Klein noch alles dran ist?«

»Ja«, sagte der Professor. Der KHK hörte mit, wie er in den Raum rief: »Kevin, schauen Sie mal eben beim Neuzugang nach, ob es da im Genitalbereich Verletzungen gibt.« Und wieder zu Freisal: »Okay, mein Student macht sich auf die Socken. Dauert einen kleinen Moment. Er muss in den Kühli klettern.«

»Wieso das denn?«, fragte Freisal neugierig. »Bräuchte er nicht einfach nur in die Dokumentation zu schauen?« Der KHK wusste, dass Leichname vom Fahrdienst der Gerichtsmedizin vom Fundort direkt zum Leichenschauhaus gefahren und dort registriert, gewogen, auf Identifikationsmerkmale wie Tattoos oder Piercings untersucht wurden. Auch physische Auffälligkeiten oder Abnormitäten wie Verstümmelungen wurden notiert.

»Pssst!«, sagte der Professor. »Das weiß Kevin noch nicht. Der ist erst seit gestern da. Läuft mir ein bisschen zu hochnäsig durch die Pathologie. Hat noch nicht das Medizinstudium hinter sich und hält sich jetzt schon für einen Gott in weiß.«

»Ist er farbenblind?«, fragte Freisal trocken. »Ich meine, bei Ihnen trägt man doch blau?«

»Ha, ha!« Der Professor lachte glucksend. »Farbenblind! Der ist gut, den merk ich mir. Kevin soll nur mal sein überhitztes Ego abkühlen: Minus 20 Grad sind minus 20 Grad.«

Der Professor wusste, dass es »Frischlingen«, wie er Medizinstudenten nannte, ein gerüttelt Maß Überwindung kostete, allein den Kühlraum zu betreten. Bis zu vierzig Leichen lagen dort im vier Etagen hohen und elf Lagerböden breiten Aluregal. In Kunststoffbehältern. Zum Obduzieren wurde ein Leichnam mit einem Hubwagen aus dem Regalfach gehoben und in den Obduktionsraum gebracht, in dem bis zu fünf Obduktionen parallel durchgeführt werden konnten. Nicht minder gewöhnungsbedürftig war der Anblick von Asservaten, was gewaltsam entfernte Körperteile wie Finger, Nasen, Ohren und so weiter meinte. Manchmal handelte es sich dabei um Beweisstücke in Fällen von Erpressungen. An den Asservaten, die in Plexiglaszylindern mit zersetzungshemmender Flüssigkeit in einem gesonderten Regal aufbewahrt wurden, musste man vorbei, wenn man zum Leichenregal wollte.

»Soll ich später nochmal anrufen?«, fragte Freisal.

»Nein, bleiben Sie ruhig dran. Der Kühlraum liegt ums Eck, kann nicht lange dauern.« Der Professor nahm den Faden wieder auf. »Thobens ist also wieder draußen. Tja, seine Übergriffe waren schon besonders schräg. Kannte so was damals nur aus dem Kino. ›Im Reich der Sinne‹ heißt ein japanischer Spielfilm. Sie werden noch zu jung dafür gewesen sein. Thobens hat mich damals irgendwie daran erinnert: Penektomie. Die Amputation des männlichen Gliedes, jedoch nicht aus medizinischen Gründen wie Tumorbefall oder tödliche Infektion, sondern aus exzessivem Lustgewinn.«

»Den Film kenne ich nicht«, sagte Freisal. »Endet wie?«

»Die Liebesdienerin spaziert durch Tokyo, den abgeschnittenen Penis ihres Kunden in der Hand.«

»Aber Herr Professor!« Freisal tat entsetzt. »So was gucken Sie sich an?!«

»Ganz großes Kino. Wurde auf der Berlinale gezeigt. Gab erst einen Skandal, dann ein Gerichtsverfahren. Der Vorwurf der Pornografie wurde gerichtlich nicht bestätigt. Schlussendlich bekam das Werk sogar das Prädikat besonders wertvoll.«

»Berlinale, aha«, resümierte Freisal. »Thobens hat es immerhin bis ins Lokalfernsehen gebracht. Erinnern Sie sich? Die Journalisten überschlugen sich mit Spekulationen darüber, warum er junge schwule Männer angriff. Selbsthass aufgrund eigener unterdrückter Homosexualität, hieß es immer wieder. Indiz dafür, so die Presse, sei, dass Thobens es ablehnte, sich einem Test zu unterziehen. Phallo... Phallo...« Freisal kam ins Stottern; ihm war entfallen, wie die Untersuchungsmethode hieß.

»...grafie«, ergänzte der Professor und referierte, um was es beim »Erektometer«, der bei der »Phallografie« zum Einsatz kam, tatsächlich ging. »Es werden die vier Stadien sexueller Erregung des Mannes aufgezeichnet: Flakzidität, Tumeszenz, Rigidität, Destumeszenz. Die Methode geht auf den Tschechen Kurt Freund zurück. Der ursprüngliche Zweck war, junge Männer, die sich mit dem Vorwand, sie seien homosexuell, vorm Militärdienst drücken wollten, der Lüge zu überführen. Den Probanden wurde unter Beobachtung Homoerotisches vorgespielt. Verlief die dazugehörende Messung neutral, wurde der junge Mann umgehend in die Kaserne verfrachtet.«

»Und das soll funktioniert haben?« Freisal klang skeptisch.

»Natürlich nicht«, sagte der Professor. »Der Haken an der Sache war und ist, dass alle Menschen homosexuelle Anteile in sich tragen; die Frage ist, in welchem Umfang der Einzelne das zulässt. Ich war neulich mit meiner Frau im Kabarett. Wie sagte der Mann auf der Bühne so schön: ›Ich bin etwas bi – so wie Sie.‹«

»Sie machen mir einen Antrag?«

»Keine falschen Hoffnungen, der Zug ist bei mir abgefahren. Das deckt sich im Übrigen mit den Erkenntnissen der Sexualwissenschaft: Das Interesse an homosexuellen Kontakten bei männlichen Heteros ist eher in jungen Jahren vorhanden; bei Frauen soll es sich umgekehrt verhalten.«

»Ach was?« Freisal musste plötzlich an Inge denken ... an ihre Reise ... an Single-Tours. Waren die Reisenden eigentlich beiderlei Geschlechts?, fragte er sich.

»Ah, da kommt Kevin«, sagte der Professor. »Sieht etwas blass aus, der Herr Kollege in spe.« »Sicher?«, fragte er, dann wandte er sich wieder an den Kommissar. »Ihre Leiche ist vollständig und weist im Genitalbereich keine Verletzungen auf.«

»Vielen Dank, Herr Professor.«

»Keine Ursache. Den Spaß war es mir wert.«

Klein war also nicht verstümmelt worden. War Thobens damit aus dem Rennen? Nicht unbedingt, resümierte Freisal. Vielleicht hatte er, eingedenk der Möglichkeit, dass seine Homophobie immer noch bestand, nur seine Art der Gewalttätigkeit geändert? Aber hätte er dann nicht einen anderen Tatort – vorausgesetzt, das Café Achteck war tatsächlich nicht nur der Fund-, sondern auch der Tatort – wählen müssen, damit eine Verschleierungstaktik funktionieren konnte? Oder hatte er einfach nicht damit gerechnet, dass ein Beamter den Fall übernahm, der schon einmal erfolgreich gegen ihn ermittelt, ihn des Mordes sowie des mehrfachen versuchten Totschlags überführt hatte?

Bevor Freisal weiter über Thobens nachdenken konnte, betrat unverhofft Yasmine Gutzeit das Büro. Der KHK schaute auf die Uhr: 7.30 Uhr, registrierte er.

»Morgen«, sagte Gutzeit, während sie ihren Motorradhelm an den Kleiderständer hängte. Der KHK erwiderte den Gruß. Er bemerkte, dass seine Kollegin einen zerknirschten Eindruck machte.

Hajo Freisal hoffte, er könnte Gutzeit aufmuntern, indem er ihr zurief: »Was ist los? Wasser in der Wohnung? Ist doch gar nicht Ihre Zeit. Außerdem wollten Sie erst mal bei Renger aufschlagen.«

Gutzeit schwieg, bedeutungsvoll – verzog aber das Gesicht zu einer unlustigen Grimasse. Kommentarlos schritt sie zum Pad-Automaten, ließ einen Espresso in das Tässchen laufen. Neben dem Automat stand eine kleine Zimmerpalme. Während die Kaffeemaschine sich aufheizte, legte sie ihren Zeigefinger auf die Erde im Topf und prüfte, ob die Pflanze mit genügend, das heißt mit nicht zu wenig, aber auch nicht zu viel Wasser versorgt worden war. Freisal war diese Woche mit Gießen dran. Sie wechselten sich ab.

»Zu feucht«, knurrte Gutzeit. Der Automat signalisierte mit einem Piepen, dass er die notwendige Betriebstemperatur erreicht hatte. Gutzeit drückte auf den Startknopf. Brummend wurde Espresso in die Tasse gefüllt.

Oh, oh, oh, dachte Freisal. Er mochte es ganz und gar nicht, wenn negative Schwingungen im Raum waren, zumal wenn er nicht wusste, welche Ursache sie hatten. Er stand auf, ging hinüber zum Kaffeeautomaten. Er stellte sich neben Gutzeit, prüfte ebenfalls die Feuchtigkeit der Blumenerde. Tatsächlich, da war ihm heute früh ein Schwung zu viel hineingeraten.

»Stimmt«, sagte er. »Werde nächstes Mal aufpassen. Wäre ja schade um die Pflanze.«

Er folgte Yasmine Gutzeit, die sich zu ihrem Schreibtisch aufgemacht hatte, und stellte sich ihr in den Weg. Gutzeit blieb abrupt stehen.

»Häh?!«, blaffte sie Freisal an. »Was wird das denn jetzt?«

»Eine gute Frage«, sagte er ruhig, verschränkte die Arme und blickte Gutzeit in die Augen. Sie versuchte, seinem Blick auszuweichen. Klares Indiz: Unsicherheit, konstatierte der KHK und versuchte, den Blickkontakt wieder herzustellen. Es gelang. Darin hatte er Übung – Verhörübung. »Los, raus mit der Sprache. Wo drückt der Schuh?«

»Alles bestens.«

»Allerweltsfloskel. Nicht Ihr Niveau. Ihnen liegt doch was quer.«

»So?« Gutzeit nippte am Espresso.

»Ganz einfach. Wenn alles in Ordnung wäre, hätten Sie mich gefragt, ob auch ich einen Espresso will.«

Es dauerte einen klitzekleinen Moment, dann gab Gutzeit sich einen Ruck. »Ja …«

»Heißt?«

»Entschuldigung.«

»Angenommen«, sagte der KHK und gab den Weg frei. »Man kann nicht jeden Tag in Topform sein.«

Gutzeit ging zu ihrem Schreibtisch, Freisal zurück zum Kaffeeautomaten, um sich einen Espresso zu machen.

»Wollen Sie darüber reden?«

»Beziehungsknatsch.«

»Aha. Wie Sie wissen, kenne ich mich da bestens aus.« Kurze Pause. Freisal ging mit gefüllter Espressotasse zu seinem Schreibtisch, der Gutzeits direkt gegenüberstand, und setzte sich. Er nahm einen Schluck Kaffee. »Und, was ist's bei Ihnen?«

»Seit dem letzten Monat hat mein Freund keine Zeit mehr für mich«, berichtete Gutzeit. Sie hielt den Kopf gesenkt wie ein begossener Pudel.

»Immer noch der Ton-Spezi von Hör & Lausch?«

Sie hob den Kopf. »Ein Neuer. Von der SpuSi.« Sie kniff den Mund zusammen, ihre vollen Lippen wurden seltsam schmal. »Sitzt seit Wochen nach Feierabend bloß noch am Laptop. Schreibt 'nen Bestseller, sagt er. Will einen auf Beneke machen.«

»Der Kriminalbiologe?«

»Was der kann, kann ich schon lange, nur komischer, sagt er«, berichtete Gutzeit.

»Warum nicht?«, fragte Freisal. »True Storys, oder wie das heißt allerorten, scheinen doch gut zu laufen. Und wenn neben Sex and Crime noch Humor dazukommt …«

»Mag sein, hilft mir aber nicht weiter.«

»Hm. Gutzeit, wollen Sie meine Meinung hören?« Sie nickte stumm. »Lassen Sie ihn das Buch schreiben. Wäre doch zu blöd, wenn er es nicht macht und später, als alter Knacker, denkt, hätte ich doch bloß …«

»Und wo bleibe ich bei der Nummer?«

»Gute Frage. Meine Antwort: Sonntags gehört Papa mir.«

»Hä?«

»Alter Gewerkschaftsspruch, Urzeiten her – ging, glaube ich, um die Sechstagewoche oder die Ladenöffnungszeiten oder was auch immer. Jedenfalls wurde propagiert, dass Kinder ihre Eltern wenigstens einmal in der Woche den ganzen Tag zur Verfügung haben. Ersetzen Sie doch mal Papa mit Freund.«

»Sie meinen, ich sollte mit ihm eine feste Zeit verabreden, an der wir füreinander da sein können?«

»Das Buch, das er schreibt, ist es doch nicht. Werfen Sie ihm das nicht vor. Sinnvoller scheint mir, Sie bestärken ihn darin. Aber fordern Sie zugleich Zeit für sich. Zeitfenster, wie man so sagt. Wenn Sie ihm wichtig sind, lässt er sich darauf ein, jede Wette. Ist doch bloß eine Frage des Organisierens, glaube ich zumindest.«

Gutzeit lächelte. »Gewerkschaften …« Sie wiegte den Kopf. »Aber ich male kein Transparent, das sage ich gleich.«

»Miteinander reden könnte genügen«, sagte Freisal. »Der Mensch ist das vernünftige Tier. So wird behauptet.« Ach Gott, darüber ließ sich streiten.

Aber schön, Gutzeit war wieder auf der Höhe, dachte der KHK, schaltete in den dienstlichen Modus und berichtete, dass er heute früh schon mit dem Professor gesprochen hatte. »Checken Sie doch mal eben unsere Kundendatei« – er meinte das Berliner polizeiliche Informationssystem – »ob Klein gelistet ist.«

Es war noch ein Moment Zeit, bevor Gutzeit zu Renger aufbrechen müsste. Sie loggte sich ein ins System: POLIKS – polizeiliches Informations- und Kommunikationssystem, das auch über Schnittstellen zum BKA sowie dem Landeseinwohneramt verfügte. Personenanfragen waren keine große Sache, binnen Sekunden war mit einem Ergebnis zu rechnen. So verhielt es sich auch mit Stephan Klein: negativ.

»Okay«, sagte Freisal. »Wir wissen aber, dass Klein aus Baden-Württemberg stammt. Wir sollten die Stuttgarter Kollegen einbeziehen. Ein so junger Kerl … also, der wird wohl noch Eltern oder sonstwie Verwandte, Bekannte im Ländle haben, oder?«

»Anzunehmen, ja.«

»Von denen müsste dann jemand herkommen, Klein identifizieren«, stellte Freisal fest.

»Leiern Sie Amtshilfe an?«, fragte Gutzeit. »Sollte wohl am besten über Claus gehen, oder? Der könnte den bürokratischen Ball schön flach halten.«

»Ja«, stimmte Freisal zu. »Bei Claus genügt ein Telefonat. Unsereins muss sich mit Formularen herumärgern. Ach, da fällt mir noch ein Spruch ein: ›Wer selbst bei Feueralarm auf den Dienstweg vertraut, verbrennt sich in Gänze den Verstand.‹«

»Nett.«

»Wie, nett?! Is' immerhin …«

»… von Twain, ich weiß.«

»Von mir.«

»Nein.«

»Doch.«

»Sie dichten?«

»Wehe, Sie petzen: Seit ich Twain gelesen habe, probiere ich's halt auch dann und wann aus mit Gedankenblitzen. Aber wirklich nur für den Hausgebrauch.«

»Haben Sie noch einen?«

Freisal legte den Kopf in eine Art Denker- und Dichterpose. »Manche Leute haben Stroh im Kopf. Ich frage mich, warum ausgerechnet das nicht entflammbar ist.«

Jetzt reckte Gutzeit ihren rechten Daumen. »Nicht schlecht, Herr Specht.«

»Danke. Vorschlag«, sagte Freisal, »während ich über Claus die Württemberger kontaktiere, eruieren Sie, ob und womit sich die Herren Thobens, Renger, Klein in der Parallelgesellschaft 2.0 verewigt haben, okay?«

»Einverstanden«, sagte Gutzeit. »Aber vorher …«

»… Charleys Tante, klar.«

Gutzeit trank ihren Espresso aus, schnappte sich ihren Helm und machte sich auf den Weg.

Freisal griff zum Telefonhörer, um sich bei Kriminalrat Claus anzumelden. »Herr Claus ist nicht im Haus«, gab die Vorzimmerdame des Kriminalrats Auskunft.

»Wann ist er wieder zu sprechen?«

»Hat sich freigenommen.«

»Er ist also zu Hause?«

»Herr Claus sagte, er wolle nicht gestört werden. Sein Handy hat er ausgestellt. Er ist sehr beschäftigt mit …« Die Kollegin stockte, sie war sich nicht sicher, ob sie es ausplaudern sollte.

»Salaternte?«, half Freisal nach.

»Salaternte«, bestätigte sie.

»Im Winter?«

»Selbstverständlich.«

Möglicherweise, dachte Freisal, ist die Dame von Claus auch nur indoktriniert worden? Hm …, sinnierte er weiter, ist aber eigentlich eher politisch oder ideologisch üblich. Er war mit der Wortwahl nicht zufrieden. Infiziert?, fragte er sich. Nee, zu medizinisch. Bevor Freisal ein Begriff einfiel, der das, was er meinte, am besten beschrieb, hörte er: »Feldsalat.«

»Ach was?«

»Ist, genau genommen, erst im Januar fällig.«

»Guck an.«

»Aber der Herr Kriminalrat wird schon wissen, was er macht.«

»Ganz bestimmt«, sagte Freisal, bedankte sich bei der Kollegin und legte auf. Muss zu Claus – aufs Feld, dachte er. Erntehelfer.

Er erhob sich und entschwand.

Kriminalrat Claus stand in Wintermantel und Gummistiefeln in seinem Zehlendorfer Garten, als seine Frau Hilde den KHK an der Eingangstür des Reihenendhauses freundlich begrüßte.

»Herr Freisal, gehen Sie am besten ums Haus herum«, bat sie beim Anblick des Schnees an den italienischen Schuhen ihres Besuchers.

Der Kommissar marschierte also ums, wie Claus scherzhaft sagen würde, »Scheibenhäuschen« herum. Er kam kurz ins Rutschen, fing sich aber sofort wieder. Mann, Mann, Mann …, grollte er.

Er hatte gedacht, dass er den Garten von Claus kenne; das letzte Mal war er vor gut drei Jahren, zum Einzug, Gast gewesen. Da war die Grünfläche noch konventionell mit Pflanzen, Büschen und einem künstlichen Teich gestaltet. »Vom Voreigentümer so übernommen«, hatte Claus erklärt. Freisal hatte damals den Eindruck gehabt, als hätte das irgendwie entschuldigend geklungen. Aktuell jedenfalls – er staunte schon etwas mehr als üblich – stellten sich die 150 Quadratmeter als reine Nutzfläche dar. So was hatte der KHK im Kontext Reihenendhaus noch nicht gesehen: Bis an die Terrasse heran waren Salat- und Kräuterbeete in Reih und Glied angelegt. Der alte Rosenstock rechts an der Terrassentrennwand zum Nachbarn fungierte möglicherweise als letzte Bastion einer Zierpflanze. Die arme Frau Claus … Aber er irrte sich, Hilde war voll mit von der Salate-Partie. Sie betrieb einen Salat- und Kräuterstand auf dem Zehlendorfer Wochenmarkt: *Kohl- und Kräuter-Manufaktur Claus* hieß es auf dem Schild am Stand.

»Respekt«, sprach Freisal Claus von hinten an. Der hatte sich gerade auf ein grünes Schaumstoffbrettchen gekniet und war damit beschäftigt, äußere Blätter des Feldsalats abzuschneiden. »Muss man da nicht den ganzen Salat herausnehmen?«, fragte der KHK (als Warm-up).

Ohne sich zu Freisal umzudrehen, erwiderte Claus: »Das heißt nicht rausnehmen, sondern stechen.«

Wortklauber, dachte Freisal, erwiderte aber: »Und warum stechen Sie nicht?«

»Wenn ich nur die Blätter abschneide, wächst der Salat bald wieder nach.« Claus kam in die Senkrechte, drehte sich zu Freisal hin. »Aber um das zu erfahren, stehen Sie doch sicherlich nicht in meinem Garten.«

Freisal klärte Claus ohne weiteres Warm-up auf, um was es ihm ging. »Deshalb bemühen Sie sich hierher?« Claus drückte ihm das Schälchen mit den abgeschnittenen Salatblättern in die Hand und stiefelte hinüber zur Terrasse. Dort lag auf dem Gartentisch sein Handy.

Der KHK war ihm nachgegangen und sah, dass Claus einfach so eine Nummer eintippte. Hatte die Vorzimmerdame nicht gesagt, er sei nicht auf Empfang? Claus bemerkte den irritierten Blick.

»Sie sind mir auf den Leim gegangen, was?« Das Lächeln steigerte sich zum Grinsen. »Hab mein Büro angewiesen, jedem zu sagen, dass ich nicht erreichbar wäre.« Claus wartete offenbar auf Verbindung. »Ein Beamter in meiner Position muss natürlich rund um die Uhr erreichbar sein.«

»So?« Freisal wusste, dass das nun wirklich Quatsch war. Ein Kriminalrat ist kein Polizeipräsident und auch Claus hatte noch ein paar Nasen vor sich. KOR – Kriminaloberrat, KD – Kriminaldirektor, und LtdKD – Leitender Kriminaldirektor. Und weil Berlins Verwaltungen zwar gerne und trendbewusst von »flachen Hierarchien« redeten, jedoch das Gegenteil lebten, leistete man sich beim LKA obendrein auch noch einen Direktor.

Freisal stellte das Salatbehältnis auf den Tisch, stemmte die Hände in die Hüfte. »Das heißt, ich hätte mir den Weg …?«

»Seit wann sind Sie denn so leichtgläubig?«, fragte Claus. »Sie hätten es doch wenigstens mal versuchen können.«

»Hätte, hätte …« – Freisal biss sich auf die Zunge.

Plötzlich stand Hilde Claus in der Terrassentür und reichte dem Besucher einen Zettel. »Hab gehört, Sie interessieren sich für Salate?« Sie hielt ihm ein Plastikbeutelchen mit Feldsalat hin. »Probieren Sie's mal aus. Feldsalat mit Topinambur.« Das Rezept auf dem Zettel sei einfach umzusetzen.

Freisal nickte, bedankte sich, verstaute das Rezept in der linken Jackeninnentasche, das Plastikbeutelchen mit dem Salat in der rechten Außentasche. Hilde Claus schloss die Terrassentür von innen, ihr Mann hatte signalisiert, dass die Telefonverbindung stand. Claus entfernte sich zwei, drei Meter von der Terrasse. Macht heute einen auf 007, wunderte sich der KHK. Er nutzte die Zeit, das Rezept wieder vorzukramen. *Kohl- und Kräuter-Manufaktur Claus* prangte oben auf dem Papier. Dann: »Zutaten für 4 Personen: 150 g Feldsalat, 300 g Topinambur, 1 festfleischige Birne, 50 g Walnusskerne, 1 TL scharfer Senf, 6 EL Olivenöl, 2 EL Birnenbalsam-Essig, 5 EL Brühe, Salz, Pfeffer, Zitronensaft.«

Frau Claus öffnete die Tür noch einmal einen kleinen Spalt weit. »Für sich alleine teilen Sie die angegebenen Mengen einfach durch vier.« Freisal nickte. Hilde Claus ergänzte: »Wirklich ganz einfach: Salat putzen, waschen und trocken schleudern. Topinambur schälen, auf dem Gurkenhobel in feine Scheiben schneiden, mit Zitronensaft mischen. Die Birne vierteln und ohne Kerne in dünne Scheiben schneiden. Dann in einer erhitzten Pfanne mit Olivenöl Topinambur bissfest braten.«

»Danke«, sagte der Kommissar. »Das schaue ich mir später in Ruhe an.« Er steckte den Zettel wieder weg.

Der Kriminalrat kam zurück. Seine Frau schloss die Terrassentür.

»Und?«, fragte Freisal.

»Was soll das heißen, und? Meinen Sie möglicherweise, ob ich Erfolg hatte?«

»Ja.«

»Selbstverständlich«, sagte Claus. »Die Kollegen Spätzle sind mit im Boot.«

Internet-Nutzer hinterließen in virtuellen Räumen reale Spuren, wusste Gutzeit. Schnuppe, ob fahrlässig oder vorsätzlich, ob größere oder kleinere, ob schmalere oder breitere. Oftmals waren es augenscheinliche Fährten, die User im echten Leben nie und nimmer hätten legen wollen. Dass in sozialen Netzwerken zudem gerne und oft gepöbelt, getrollt, gedroht wurde, lag nach Gutzeits Einschätzung auf der Hand, denn es war eine weit verbreitete Fehleinschätzung, dass man im Netz anonym agieren könne und mit keinerlei Konsequenzen zu rechnen habe. Von einem Kollegen aus dem Referat Wirtschaftskriminalität hatte sie erfahren, dass es nur professionellen Hackern gelang, eigene wie die Spuren Dritter so weit zu manipulieren oder zu verwischen, dass eine Identifizierung von Akteuren so gut wie unmöglich war. Aber die Ottonormalanwender fühlten sich mit Pseudonymen, die sie sich gaben, subjektiv sicher, bildeten sich dies jedoch, objektiv betrachtet, nur ein. Gutzeits Freund von der SpuSi hatte gewitzelt: »Wer behauptet, dass das Internet ein abzusichernder Ort ist, ist entweder Vertreter für Security-Software, Zertifizierungs-Anbieter oder einfach nur naiv.«

Andererseits, da war sich Gutzeit auch sicher, für Strafverfolgungsbehörden war der allgemein laxe Umgang mit Technik und der Einbildung, sie zu beherrschen, von Vorteil: Das Internet ließ sich als »Komplementärmedium« nutzen (um sich als Ermittlerin ein möglichst vollständiges Bild von mutmaßlichen oder tatsächlichen Tätern sowie Opfern zu machen). Das Sondieren von »straftatrelevanten Informationen« wurde nicht zuletzt deshalb auch im Standardwerk für angehende Kriminalisten, *Kriminalistisches Denken*, entsprechend gewürdigt. Mitte 2000 hatte Gutzeit zu den ersten Studierenden gehört, denen deutlich gemacht wurde, dass das Internet nicht nur irgendeine, sondern eine »gleichberechtigte Quelle zur Datenerhebung zu den polizeilichen Informationssystemen« darstelle. Damit war noch nicht einmal die Möglichkeit der Entschlüsselung einer IP-Adresse gemeint, was Spezialkenntnis und -möglichkeiten verlangte, sondern öffentlich Zugängliches. Es empfehle sich bei Ermittlungen, »vorerst die in der kriminalistischen Praxis einfach erhältlichen Informationsquellen abzuschöpfen«. So habe man »unter Umständen« eine »wesentlich größere Datenbasis«, die es wiederum ermögliche, »vorhandene Ausgangsdaten« wie Name, Alter, Wohnort »einer ersten Würdigung zu unterziehen und weitere Erkenntnisse in Bezug auf den Ausgangssachverhalt zu gewinnen«.

Was hieß das im Fall Klein? Wer war Klein? Warum war er nach Berlin gezogen? Wovon lebte er in der Stadt? Wenn nur diese drei Fragen halbwegs erschöpfend beantwortet werden konnten, ließen sich vielleicht auch Bezugspersonen ringsum identifizieren (in realen oder virtuellen Räumen). In der Regel waren Gewaltdelikte bekanntlich Beziehungstaten. Aber auch in diesem Fall? Oder sollte sich erweisen, dass die Ausnahme die Regel bestätigte? Wie auch immer: »Daten aus dem Internet sind oft zuverlässiger, als zu erwarten wäre«, stand im besagten Lehrbuch. Das konnte Gutzeit aus ihrer bisherigen Praxis bestätigen. Warum allerdings, und das hatte sie einmal in der Kantine angemerkt, immer noch, in der neunten Auflage, explizit Google als »in erster Linie« wichtig empfohlen wurde, war ihr schleierhaft geblieben. Natürlich wusste sie, dass Google weltweit mit rund 66 Prozent Gesamtsuchrate weit vorn lag. Aber sie wusste auch, dass diese Zahl kein Indikator für Ergebnissicherheit war.

Sie erziele, hatte Gutzeit Freisal und Claus erst neulich in einer gemeinsamen Pause eröffnet, zufriedenstellende Ergebnisse auch mit bei weitem weniger bekannten Suchmaschinen wie Baidu – die könne, allgemein gesprochen, rund elf Prozent an Suchanfragen für sich verbuchen, dicht gefolgt von Yahoo! mit gut neun Prozent Suchrate.

»Ein Fall von Schleichwerbung im Polizei-Lehrbuch?«, hatte Freisal scherzhaft geunkt. »Ich benutze immer nur T-Online oder web.de.«

»Ach herrje!«, prustete Gutzeit.

»Muss ich mehr wissen?«, fragte Freisal.

»Man kann immer mehr wissen«, sagte Claus und sah vom Rucola auf. »Die Kollegin meint, dass die von Ihnen genannten Suchmaschinen gar keine originären Suchmaschinen sind.«

»Aber ich erhalte doch Ergebnisse, wenn ich da was ins Suchfeld eintrage«, protestierte der KHK.

»Na dann.« Claus wandte sich wieder seinem Salatteller zu. »Probieren Sie's mal mit dem Stichwort Internetschulung.«

Freisal neigte sich zu Gutzeit hinüber. Er tuschelte ihr etwas zu, absichtlich so laut, dass Claus es mithören konnte: »Macht Rucola eigentlich unlustig?«

»Kollege Freisal«, erwiderte Claus – ohne diesmal vom Teller aufzublicken –, »die Firmen, die Sie nannten, greifen eins zu eins auf Google zurück.«

»Ups.« Freisal schien peinlich berührt. »Ist das denn wahr?«

Gutzeit nickte.

»Sollte ich mich mit der Materie näher beschäftigen?«

»Nicht, wenn es Ihnen schnuppe ist, ob Sie einen Riesen noch größer machen oder kleineren Unternehmen eine Chance geben. Nicht zu vergessen, dass Google eine eher unbeschwerte Haltung in Belangen des Datenschutzes hat.« Sie erinnerte daran, dass das Unternehmen 2010 zugegeben hatte, »versehentlich« Nutzungsdaten aus offenen WLANs für seine Street View abgegriffen zu haben. Der Bundesdatenschutzbeauftragte hatte Google bei Androhung eines Bußgeldes von 300.000 Euro aufgefordert, mitzuteilen, welche Daten im Einzelnen erfasst worden waren. Die

Staatsanwaltschaft Hamburg ermittelte parallel wegen »des Verdachts des unbefugten Abfangens von Daten«.

»Eijei – das war mir alles nicht bekannt«, gab Freisal zu.

»Und?«, fragte Claus und legte sein Besteck auf den leer geputzten Teller und stand auf. »Ansonsten mit Ihrer Medienkompetenz alles im Lot?«

Freisal roch Lunte. »Mein VHS-Kassettenrekorder läuft noch prima«, konterte er.

»Auch Ihr Dienst-Smartphone? Schon ausgepackt?« Claus zog grinsend von dannen.

Der KHK fixierte Gutzeit. »Haben Sie gepetzt?«, frage er.

»Claus hat mich auf dem Flur dazu mal befragt. Was hätte ich sagen sollen?«

»Die Wahrheit. Hatte immerhin den Karton schon mal auf dem Tisch.«

»Karton angeguckt ... wow! Herr Freisal«, flüsterte Gutzeit, »unter diesen Umständen müssen Sie sich nicht mit den Hintergründen des Softwareriesen belasten – finden Sie erst mal einen Weg zur Hardware.«

»Das ist jetzt aber schon ein bisschen gehässig.« Freisal war bewusst, dass er mit seiner Aversion gegen Smartphones und dem Gebrauch seines Uralthandys nicht auf der Höhe der informationstechnologischen Zeit war.

Gutzeit konnte es sich offenbar nicht verkneifen, nachzulegen: »Bitte bedenken Sie, die Gewährleistung für das Gerät beträgt nur zwei Jahre.«

Die Beschäftigung mit Harry Flecks Waschsalon im virtuellen Raum brachte wenig Erkenntnisse, aber doch einige interessante Informationen zutage. Yasmine Gutzeit hatte die Firmenwebseite aufgerufen, las in der Rubrik »Küchen-Fleck«, dass man einen gesonderten Raum, der als Wohnküche ausgebaut war, für Veranstaltungen mieten könne: »Früher oder später sitzen alle in der Küche!«, lautete die Überschrift, weil es »in der Küche einfach immer am gemütlichsten« sei. »Wir stellen Ihnen unsere mit den modernsten Geräten ausgestattete Wohnküche, in der bis zu zwanzig Personen Platz finden, zur Verfügung.« Im »Ambiente der Sechzigerjahre« könne man ganz ohne Stress Gastgeber sein: »Mit Freunden gemeinsam kochen, Gerichte austauschen und probieren, zu Spieleabenden einladen oder Geburtstage feiern« ... jedenfalls freue sich Harry Fleck »auf einen schönen Abend«. Neben dem Text war ein Bild von Harry platziert. Waschsalon mit Wohnküche für Veranstaltungen – so schräg wie interessant, konstatierte Gutzeit. Just in dem Moment, als sie auf »Firmenservice« klickte und zur Kenntnis nahm, dass Harry Fleck auch gerne für »Friseurbetriebe, Hotels, Pensionen und verschiedenste Kleinunternehmen« die Trommeln seiner »Miele professionell« Waschmaschinen – natürlich nur mit »das beste Sunil« betrieben – befüllte, betrat Hajo Freisal das Büro.

»Claus hat mich verarscht«, sagte er, während er die Jacke auszog und über die Stuhllehne legte. Seine Mütze hängte er an den oberen rechten Rand des flachen Computerbildschirms. Er erklärte, dass der Kriminalrat entgegen der Auskunft seiner Sekretärin telefonisch erreichbar gewesen wäre.

»Ach, Sie haben das vorher nicht ...?«

»Sprechen Sie's nicht aus, Gutzeit«, beschwor Freisal seine Kollegin. »Hatte in Erfahrung gebracht, dass Claus frei hat und zu Hause ist. Also bin ich da natürlich hin zu ihm ... in den Gemüsegarten.«

»Sie müssen das positiv sehen. So hatten Sie wenigstens Gelegenheit, ein wenig Schlitten zu fahren.«

Die Miene des KHK verfinsterte sich. »Mann, Mann, Mann! Ich hätte nur vorher bei ihm anrufen müssen!« Freisal schüttelte kurz den Kopf. »Und bei Ihnen?«

»Bei Renger war nicht viel zu gucken«, berichtete Gutzeit. »Schätzungsweise sechzehn Quadratmeter. Abgezogene Diele, spartanische Einrichtung der Marke ›Schraubst du noch oder wohnst du schon?‹, Holzbettgestell mit Kästen drunter, daneben ein kleiner Tisch, bestehend aus zwei Metallböcken und einer Holzplatte drauf, davor ein Stuhl. An der gegenüberliegenden Wand so 'n offenes Pax.«

»Pax? Kenne ich nur im Kontext von Friedensbewegung, katholische.«

»Hä?«

»Pax Cristi. Friede Cristi, auf Deutsch.«

»Ach so. Nein, nein – das Pax, das ich meine, ist … ist ein Schranksystem: eine Seite zum Hängen, andere Seite mit Zwischenböden oder wie man sich das auch immer zusammenstellt. Praktisch, habe ich selber.«

»Die spinnen, die Schweden.« Freisal runzelte die Stirn. »Pax alleine ist meines Wissens ein Friedensgruß, auch Friedenskuss in der Messe. Was hat das mit einem Möbelstück zu tun?«

»Sie mögen diese Läden nicht, richtig?«

»Nicht besonders, stimmt. Einbahnstraßen beim Shoppen finde ich doof. Außerdem lasse ich mich nicht gerne ungefragt duzen.«

»Wie Sie meinen.« Gutzeit aktivierte ihr Smartphone, das auf dem Schreibtisch lag, öffnete den Bilder-Ordner, reichte das Gerät Freisal hinüber. »Hier, sehen Sie selbst.«

Der Kommissar schaute sich die Aufnahmen von Kleins Zimmer an. »Das Bettzeug ist aufgeschlagen. Scheint zerwühlt. Der Laptop auf dem Tisch ist aufgeklappt. War das Teil in Betrieb, als Sie es vorfanden?«

»Nein. Ich hatte im Übrigen gleich einen Kollegen von der SpuSi dabei. Den Laptop und das benutzte Bettzeug haben wir mitgenommen. Wird alles von den Technikern gescheckt, also, was auf dem Rechner ist und ob es DNA-Spuren auf dem Stoff gibt, die nicht zum Toten passen.«

»Gut. Und sonst?«

»Nichts Auffälliges. Sieht eher so aus, als wäre Klein nur zum Schlafen dort gewesen. Richtig gewohnt … eingerichtet … ich weiß nicht. Gibt keine persönliche Note in dem Zimmer.«

Gutzeit zoomte über den Touchscreen Details heran. »Alles sehr zweckmäßig: Kleidung im offenem Pax, Bücher auf dem Boden gestapelt.«

»Was sind das für Bücher?«, fragte Freisal. »Kann ich nicht erkennen.«

»Alles über Fotografie. Lehrbücher, aber auch Fotobände und Ausstellungskataloge. Und Sammelordner. Mit Negativen.«

Gutzeit scrollte zu den Bettkästen.

»Was ist da drin?«, fragte Freisal.

»Bettwäsche links, rechts eine Fotoausrüstung.«

»Auch zur KTU gebracht, zum Auslesen?«

»Auslesen? Da ist nichts auszulesen, das ist ein Apparat für Rollfilm. Analoge Fotografie.«

Freisal schob das Smartphone zurück. »Danke«, sagte er.

»Ach so, ja, natürlich: Das Zimmer haben wir versiegelt – für alle Fälle.«

»Wie hat Renger darauf reagiert?«

»Er war davon nicht begeistert. Er dachte tatsächlich, er könne das Zimmer umgehend weitervermieten.«

Freisal machte sich Notizen. Gutzeit widmete sich wieder der Webseite von Harry Flecks Waschsalon. Auch »Matratzeninnenreinigung« war dort im Angebot: »Millionen kleine Tierchen tummeln sich in unseren Betten. Mit ein paar grundsätzlichen Maßnahmen gegen Staub und Verschmutzungen kann die eigene Schlafstätte jedoch im Nu zurückerobert werden.«

Beinahe schon prosaisch, dachte Gutzeit und schmunzelte.

Aus einem für ihn selbst unbestimmbaren Impuls heraus zog Hajo Freisal die Schublade seines Schreibtischs auf, in dem es von kleinen wie quadratischen Blättern, Kugelschreibern, Heftklammern und Dienststempeln nur so wimmelte. Er starrte in die Schublade wie das Kaninchen auf die Schlange.

»Was ist los?«, fragte Gutzeit.

»Müssen wir uns nicht vor dem Weglaufen vor Veränderungen hüten?«, orakelte ihr Chef.

»Reden Sie vom Chaos in Ihrer Schublade?«

»Chaos? Unsinn – bei mir hat alles seinen Platz.«

Mit beiden Händen kramte Hajo Freisal den Karton mit dem Smartphone hervor, hielt die aufwendig gestaltete Verpackung aus mattschwarzer Pappe nahezu feierlich auf ausgestreckten flachen Händen, setzte sie behutsam wie ein rohes Ei auf der Schreibtischplatte ab. »Fragen Sie mich nicht, warum, aber ich spüre deutlich, dass jetzt die Gelegenheit wäre …«

»Sie wollen sich von Ihrem Museumsstück trennen?«

»Wissen Sie, man sollte sich nicht immer so sperren – gegenüber den technischen Neuerungen und überhaupt.«

Gutzeit verdrehte die Augen, griff zu dem Plexiglasbehältnis mit Büroutensilien auf ihrem Schreibtisch, zog die Schere heraus und reichte sie Freisal über den Tisch. »Sie müssen erst das Plastikband vom Karton lösen.«

»Eine Schere hab ich selber«, sagte der KHK und begann, in seiner Schublade zu kramen.

»Nun nehmen Sie schon, bevor Sie sich in der Rumpelkammer noch verletzen.«

»Na, wenn ich Ihnen damit einen Gefallen tun kann …« Er nahm die Schere entgegen und entfernte den stramm am Karton anliegenden, fingerbreiten Kunststoffstreifen. Dann ging er daran, das ausgepackte Smartphone in Betrieb zu setzen.

»Sagen Sie mal, Gutzeit«, fragte er über den Tisch, »muss da nicht auch eine SIM-Karte rein?«

»Wie kommen Sie denn da drauf? Smartphones brauchen nur viel Liebe, Licht und gute Laune.«

»Na, danke auch«, erwiderte der KHK. »Schließe ich aus Ihrem kollegialen Ratschlag, dass ich meine alte SIM-Karte verwenden kann?«

Gutzeit hob den rechten Daumen, ohne ihren Blick vom Bildschirm abzuwenden. »Interessant«, murmelte sie.

»Dass man keine neue SIM-Karte braucht?«

»Bringen Sie erst mal das Smartphone in Gang ... alles andere wäre jetzt möglicherweise zu viel Input für Sie.« Sie klickte weiter, von Link zu Link, hinter denen sich möglicherweise oder gar tatsächlich Infos zu einem gewissen Stephan Klein verbargen. Unter dem Auswahlmenü »Bilder« erschien tatsächlich auch das Konterfei von jenem Stephan Klein auf ihrem Bildschirm, den sie am Abend zuvor tot unter einer kalten weißen Plane gesehen hatte.

»Bingo!«

Freisal fingerte sichtlich genervt an seinem neuen Telefon herum, in dem er jetzt seine SIM-Karte platzieren wollte. Seine Zungenspitze strich dabei über die Unterlippe. Es kostete ihn einige Mühe, die filigrane Kartenhalterung zu entriegeln. »Wurstfinger«, schimpfte er. »Aber auch ihr werdet noch schmaler!«

»Geduld, Herr Freisal, das wird schon.«

Gutzeit klickte auf das Schwarz-Weiß-Porträt von Klein. Eigentlich ein hübscher Bursche, dachte sie. Was kann man nur gegen ihn gehabt haben?

»Geduld? Ja ... was Geduld ist, kann nur der ermessen, der einen steinreichen, kranken Erbonkel hat. – Twain!«

Er schloss das Gehäuse und schaltete das Smartphone an. »Na, also.« Er gab seine PIN ein und das Gerät begrüßte ihn mit einer Melodie.

»Willkommen im Club!«, sagte Gutzeit trocken.

Freisal betrachtete den Desktop des Gerätes. Ihm fiel auf, dass darauf auch Icons von Microsoft Explorer und Google abgelegt waren. »Hier ist ja nur Google drauf«, sagte er nahezu entrüstet.

»Das können Sie ändern«, informierte ihn Gutzeit leichthin. »Datenschutz hin oder her, für den Anfang würde ich empfehlen, diese Grundeinstellungen zu belassen. Sie sollten den Umgang mit dem Gerät erst mal üben. Am besten gleich das Netzteil anschließen, der Akku ist nicht voll aufgeladen.«

»Mach ich«, sagte Freisal und tat wie empfohlen. »Aber nicht, dass ich mir später von Ihnen anhören muss, dass ich immer nur Google aufrufe.«

»Versprochen«, sagte Gutzeit und kam umgehend zur Sache. »Darf ich mal eben um Ihre Aufmerksamkeit bitten? Es gibt tatsächlich ein Foto von Klein im Netz. Der dazugehörige Link führt zu einer Galerie. Auf deren Webseite ist Stephan Klein unter der Rubrik ›Wir über uns‹ verzeichnet.«

Freisal stand von seinem Stuhl auf, ging um seinen Schreibtisch herum und schaute Gutzeit über die Schulter. Das geöffnete Browserfenster bildete die Homepage der Galerie Moabit ab, die sich, so stand es im Impressum, in der Turmstraße 75, im Erdgeschoss des Brüder-Grimm-Hauses befand. Das Gebäude, so unter »Historie« nachzulesen, im neunzehnten Jahrhundert als mit Stuck verziertes Schulhaus erbaut, hatte im Laufe der Zeit Glättungen der Fassade hinnehmen müssen; durch das Einsetzen großer Fensterfronten im Erdgeschoss sowie der ersten Etage erinnerte es an die Bausünden der Siebziger.

»Und? Was läuft da so in der Galerie?«

Gutzeit klickte auf »Aktuelles«, dort war über die ganze Seite ein Blumentopf abgebildet. Darüber stand in serifenloser Schrift *Keimzeit*. Neugierig klickte sie weiter auf »Archiv«. Dort war die vorherige Ausstellung zu betrachten – in einer Slide-Show. Gemeinsam schauten sie sich die automatisch wechselnden Bilder an. Zu sehen waren zwei Holzstühle aus verschiedenen Perspektiven, die in der Mitte des ansonsten leeren, weiß getünchten Ausstellungsraums standen. Auf Bild vier oder fünf waren dann doch noch Menschen abgebildet: Sie saßen sich auf den Stühlen gegenüber.

»Das da« – Freisal zeigte auf die korpulente Frau in Schwarz mit auffallend wuseligen Haaren mit roten Strähnchen, die auf dem rechten Stuhl saß – »ist bestimmt die Künstlerin.«

»Könnte sein«, meinte Gutzeit. »Die Indizien sprechen dafür.« Auch auf allen weiteren Bildern saß stets diese Frau auf dem rechten Stuhl, während auf dem linken immer andere Leute Platz genommen hatten. »Wohl Ausstellungsbesucher.«

»Was denn für 'ne Ausstellung?«

»Och nee, Herr Freisal! Das ist doch eine Performance: ›Look in My Eyes – The Communication of Face to Face‹ – steht da doch.«

Sie wechselte zu einem zweiten Browserfenster. In einem »Kiezportal« namens *MoabitNETZ* gab es ebenfalls einen Hinweis auf einen Stephan Klein. Sein Post lag ein gutes halbes Jahr zurück, konnte aber aus dem Archiv des Blogs aufgerufen werden: »Hey, Bürgers Zorn, krieg dich mal wieder ein. Das Quartiersmanagement ist für dich der falsche Blitzableiter. Wende dich an das Bezirksamt, die genehmigen Bauvorhaben.«

Gutzeit scrollte ein Stück nach oben, um den Post von *Bürgers Zorn*, auf den sich die Antwort bezog, zu lesen: »Alle in einen Sack und Knüppel drauf. Jetzt lädt das QM auch noch zu Plauderrunden mit dem Baustadtrat ein, anstatt von dem Typen offensiv Milieuschutz einzufordern.« Noch weiter oben ein Post gegen Gentrifizierung eines sogenannten Runden Tisches, auf den sich *Bürgers Zorn* bezogen hatte.

»Wir halten es für eine nachvollziehbare Diskussion für dringend erforderlich, dass der Bezirk seine Datenbasis des Grobscreenings öffentlich zugänglich macht«, hieß es da. Mit »Grobscreening« war eine Stadtteilkarte gemeint, die in Belangen von Bauvorhaben sogenannte »Beobachtungsgebiete« einerseits, »Verdachtsgebiete« andererseits farblich markierte. Ein rot gekennzeichnetes »Verdachtsgebiet«, in dem kein »Milieuschutz« angestrebt wurde, erstreckte sich nördlich von Alt-Moabit von der Beusselstraße bis hinüber zum östlichen Ende der Perleberger Straße. »Ansonsten können wir«, so der Runde Tisch weiter, »nicht nachvollziehen, warum große Teile Moabits herausfallen, warum sie nur als Beobachtungsgebiet eingestuft werden, obwohl dort großer Verdrängungsdruck herrscht. Wir können zudem nicht nachvollziehen, warum eben diese Daten als sensibel eingestuft werden. Sie sollten unbedingt vor der Diskussion im nächsten Bauausschuss veröffentlicht werden. Das erfordert ein seriöses transparentes Vorgehen. Sinnvoll ist gewiss, dass Verdachtsgebiete vorrangig behandelt werden. Aber die Mitglieder der BVV und das Bezirksamt sollten sich im Vorhinein auf ein Verfahren für die Beobachtungsgebiete abstimmen, damit diese nicht in Vergessenheit geraten. Alle Gebiete, in denen eine Bevölkerungsdynamik zu erkennen ist, sollten bei Bauanträgen im Blick behalten werden, damit ggf. schnell weitere Milieuschutzsatzungen erlassen werden können. Die Mitglieder des Stadtentwicklungsausschusses haben ja eine Kontrollfunktion, die sie verantwortlich wahrnehmen sollten, da ihnen die Bauanträge in geheimer Sitzung vorgestellt werden. Das Bezirksamt sollte zeitnah einen Aufstellungsbeschluss verabschieden, mit dem Veränderungen in Moabit schon jetzt verhindert werden könnten.«

»Verstehe ich nur bedingt«, sagte Freisal. »Was ist das bloß für eine Technokraten-Sprache?«

»Es geht um Gentrifizierung.«

»Schon klar. Aber im Detail? Aber müssen wir vielleicht auch nicht wissen.«

»Schwer zu sagen«, meinte Gutzeit. »Vielleicht doch, wenn nämlich der Klein, der hier gepostet hat, tatsächlich unser Klein ist. Wie gehen wir weiter vor?«

»Arbeitsteilung«, schlug Freisal vor. »Ich schaue bei der Galerie vorbei. Sie klopfen beim Quartiersmanagement an und finden heraus, ob unser Klein der Klein mit den Posts ist.«

Die Bürotür öffnete sich, die Dienstpost wurde gebracht. Darunter die Mappe mit dem Bildmaterial und dem Bericht der kriminaltechnischen Untersuchung, in der die Auffindesituation am Stephanplatz beschrieben war. Fotos vom Opfer waren beigelegt. Professor Schnidts Gutachten ließ noch auf sich warten.

»Immerhin haben wir jetzt Bildmaterial vom Opfer«, sagte Freisal, der die Kladde entgegengenommen und kurz gesichtet hatte. Er übergab Gutzeit eine der Nahaufnahme des Toten. »Immer schön an der Frau behalten«, empfahl er. »Vielleicht müssen Sie das Bild dem einen oder anderen Zeitgenossen unter die Nase halten.«

»Ja, vielleicht«, sagte Gutzeit, und in dem Moment, als der KHK und sie begannen, sich auf ihre jeweiligen Wege zu machen, rockte Freisals neue Errungenschaft. Es erklangen harte Gitarrenriffs – gegen die Freisal im Grunde genommen nichts einzuwenden hatte –, die aber zunehmend von einem schwülstigen Soundteppich überlagert wurden.

»Meine Fresse«, sagte der Kommissar erschrocken. »Was ist das denn für 'n Lärm?«

»Premiere! Bei Ihnen klingelt's.«

»Klingeln nennen Sie das?« Freisal nahm das Gerät mit spitzen Fingern vom Schreibtisch; er schien unschlüssig, wie er mit der Situation umgehen sollte.

»Och nee, Herr Freisal! Nun gehen Sie schon ran – den Klingelton können Sie später noch ändern.«

»Ja, ja«, sagte Freisal; er tippte mit dem Zeigefinger auf den grünen Button »Anruf annehmen« und hielt sich das Gerät ans Ohr. »Hallo?«

Das Telefon rumpelte munter weiter vor sich hin; der offenbar synchron zugeschaltete Vibrationsalarm brummte in kurzen Intervallen.

Freisal wurde sichtlich nervös. »Funktioniert nicht.« Er tippte noch mal auf den Button. »Mistding. Schon kaputt?« Hektisch versuchte er es noch einmal, vergebens. »Gibt's doch gar nicht.«

»Nicht tippen – wischen müssen Sie, mit dem Zeigefinger.«

Freisal wischte. Tatsächlich, der Sound und das elektronische Zucken brachen abrupt ab. Er legte sich das Gerät erneut ans Ohr. Bevor er sich melden konnte, vernahm er auch schon eine ihm bekannte Stimme.

»Störe ich?«, tönte Kriminalrat Claus aus dem Hörer. »Was dauert denn da so lange?«

»Sagen Sie bloß, Sie haben schon …«

»Selbstverständlich. Man muss nur die richtigen Leute kennen.«

»Lassen Sie mich raten. Der Stuttgarter Polizeipräsident – Ihr Schwager?«

»Nun werden Sie mal nicht albern, Kollege. Sie wissen, dass meine Frau und infolgedessen auch ihr Bruder aus Lübeck stammen. Ich war vor Jahren vom LKA Baden-Württemberg zu einer internen Informationsveranstaltung eingeladen. Ein paar Namen hab ich mir gemerkt.«

»Sind aber fix«, sagte Freisal, um die Zeit zu überbrücken, die er benötigte, die Option des Telefons zum Mithören zu finden. Er musste passen und winkte Gutzeit heran. Die nahm ihm das Gerät unumwunden aus der Hand.

»Hallo Herr Claus, Gutzeit hier. Ich spiele mal kurz die technische Assistenz des Kollegen Freisal«, sagte sie und aktivierte die Freisprecheinrichtung. »So, jetzt kann ich mithören.« Dann legte sie das Smartphone auf den Tisch.

»Kann losgehen«, sagte Freisal fröhlich.

»Will Sie nur zeitnah informieren, dass die Württemberger schon unterwegs sind nach Musbach, um dort die Eltern von Klein aufzusuchen und zu befragen.«

»Sehr gut«, sagte Freisal.

»Sehr fix«, sagte Gutzeit.

»Sehr personalintensiv«, meinte Claus.

Freisal schaute Gutzeit irritiert an. »Wovon reden Sie?«, fragte er Claus.

»Sehr aufwendig, so ein Telefongespräch mit Ihnen.«

»Ach so ... nun ja ... wir müssen uns noch ein bisschen einfummeln in die Technik«, erklärte Gutzeit. »Smartphone, Sie wissen schon.«

»Na, dann.« – Claus verabschiedete sich und legte auf.

Freisal blinzelte. »Danke«, sagte er zu Gutzeit.

»Wofür?«

»Das Sie ›wir‹ gesagt haben.«

»Kein Ding«, entgegnete Gutzeit gönnerhaft. »Wenn ich Sie mal zitieren darf.«

»Sie dürfen.« Freisal nahm das Smartphone in die Rechte und beäugte es kritisch. »Hilft wohl nichts. Üben, üben, üben ...«
Bevor Freisal und Gutzeit ihrer Ermittlungswege zogen, verabredeten sie, sich gegen Mittag »auf halber Strecke« zu treffen, um neue Erkenntnisse auszutauschen.

»Wo genau?«, fragte Gutzeit.

»Markthalle«, schlug Freisal vor. »Auf einen Espresso. Bei Paschke.«

Hajo Freisal trat sich den Schnee von den Füßen, bevor er die Tür zu dem rechteckigen, langgezogenen Raum an der Turmstraße 75 öffnete. Was er sah, ließ ihn spontan überlegen, ob er sich in einer Galerie befand oder sich in der Tür geirrt hatte: Auf einem Ständerwerk aus hellem Holz waren, die gesamte Breite der Ladenfront entlang, also über gut zwanzig Meter, aneinandergereihte und mit Blumenerde befüllte Balkonkästen aus Plexiglas angebracht. Der eine und andere junge Pflanzenkopf strebte gen Beleuchtungskörper unter der Decke. In jeden Kasten waren in die Blumenerde Holzschildchen gesteckt. Darauf standen unterschiedliche Hinweise: »Schnellkeimer«, »Kühlkeimer«, »Kaltkeimer«, »Lichtkeimer«, Dunkelkeimer«. Kriminalrat Claus hätte vermutlich einen fachlich fundierten Vortrag improvisieren können … Aber auch ohne Claus' Beistand schlussfolgerte der KHK sofort, dass es sich um unterschiedliche Pflanzenarten handeln musste. In einer Galerie?

Freisal sprach den jungen Mann, schätzungsweise Anfang zwanzig, an, der ein paar Meter entfernt stand und damit beschäftigt war, die Pflanzenkästen zu wässern. Mit bedeutungsschwangerer Miene hob er die blaue Zehnlitergießkanne, benetzte die Blumenerde, setzte die Kanne am Rand des Kastens ab, ging einen Schritt weiter, hob sie erneut, und so weiter und so fort.

Der KHK schaute sich verunsichert um; er suchte nach Indizien, ob er hier auch wirklich richtig war. Bisher hatte er tatsächlich der Vorstellung angehangen, dass es sich immer dann um moderne Kunst handeln müsse, wenn er Abbildungen oder Objekte nicht verstand. Aber hier hatte er das, was er sah, nicht nur nicht verstanden, sondern, schlimmer, er wäre nicht mal auf die Idee gekommen, dass er es mit Kunst zu tun hatte.

Der Kommissar kratzte sich am Kopf; er hatte an der Schaufensterscheibe des Ladens, in dem er stand, zweifelsfrei *Galerie*

Moabit gelesen. Wird sich alles aufklären lassen, sprach er sich Mut zu und ging hinüber zum Blumengießer. Der junge Mann, der eine Jeans trug, die am Knie zerrissen war, schien ihm etwas blass zu sein. Ein Nachschattengewächs? Oder war es hipp, als blutarm zu gelten? Jedenfalls trug er sein schwarzes Haar zum Dutt gebunden. Freisal fiel spontan ein Artikel im *Tagesspiegel* von letzter Woche ein, dort hatte er gelesen: »Männer, die ihre weiblichen Anteile zelebrieren, auf Stöckeln, in Röcken, mit wallenden Mähnen – wunderbar. Aber Herren mit Dutt? Bitte nicht. Wider die Infantilisierung durch die grassierenden Hipster.«

Hajo Freisal versuchte wie gewohnt, erst einmal irgendwie ins Gespräch zu kommen. Gut gelaunt sagte er: »Pflanzen-Kölle ist überall.«

Der junge Mann blickte teilnahmslos. Seine Mimik signalisierte, dass er derartige unqualifizierte Ansprachen kannte, überwiegend von Leuten, die Reprints bei IKEA tatsächlich für Kunstwerke hielten.

»Falsch«, erwiderte der Dutt trocken und schob, nachdem er die Kanne wieder angehoben hatte, nach: »Blume 2000.«

Der Schlacks hat Humor, dachte Freisal. Andererseits, kann er dann Künstler sein? Was der KHK in den handelsüblichen Talk-Shows bisher als Künstler wahrgenommen hatte, waren Typen beiderlei Geschlechts, die sich vor allem wichtig nahmen und ernst guckten, wenn sie zu ihrer Kunst befragt wurden.

»Haben Sie eine Frage zur Ausstellung?«, signalisierte der Dutt Gesprächsbereitschaft. Er schritt dabei wie gehabt die Behältnisse ab.

Ausstellung? Wo jetzt?, dachte Freisal. Er sprang über seinen Schatten und gab unumwunden zu: »Hab von Kunst keine Ahnung.«

»Eher an Gärtnern interessiert?«

»Wegen …«

»… Pflanzen-Kölle. Was Sie hier sehen, nennt man tatsächlich Installation.« Der Dutt wies mit der freien Hand auf die Holzschildchen. »Da stehen Informationen drauf.«

Freisal trat an ein Schild heran und las laut: »Schnellkeimer«.

»Sonnenblumen«, ergänzte der Dutt. »Benötigen zum Keimen 15 bis 20 Grad Celsius; einen Kasten weiter, beim Kaltkeimer, finden Sie Bärlauch. Der braucht vier Grad Celsius. Können wir ihm hier nicht bieten. Wurde deshalb vorgezogen.« Noch weiter hinten, der Dutt zeigte mit dem ausgestreckten Zeigefinger ans Ende der Reihe, seien »Lichtkeimer, genauer gesagt Fingerhut« gesetzt. Der benötige eine Lichtstärke von 1000 Lux und eine Lichtwärme von 6000 Kelvin. »Nur mal so zur Orientierung«, erläuterte der Dutt, »im Schatten hat Tageslicht im Sommer 10.000, in der prallen Sonne sogar 1.000.000 Lux.« Er relativierte: »Aber 1000 Lux genügen dem Lichtkeimer.«

Freisal hatte jetzt auch die Pflanzenlampen bemerkt, die Tageslicht simulierten – mit einem auffallend weißen Licht, das über die Blumenerde streute. Der Dutt schien in seinem Element; vielleicht hatte ihn animiert oder motiviert, dass Freisal tatsächlich interessiert zuhörte. Oder war seine Redseligkeit damit zu erklären, dass mit dem KHK seit langem mal wieder ein Besucher die Galerie betreten hatte?

»Die im benachbarten Kasten gesetzte Rizinus-Pflanze, ein Dunkelkeimer, benötigt zum Wachsen, wie der Name der Gattung schon sagt, keine besondere Lichtquelle.«

»Wirklich interessant«, sagte Freisal. »Aber … ähm … was ist das Künstlerische daran?«

»Kunst muss kein Werk mit Rahmen und Leinwand oder aus Stein oder Metall sein. Auch eine Idee, ein Prozess, ein Konzept kann Kunst sein. ›Keimzeit‹ lebt von der Originalität der gebildeten Analogie – die Installation mit den Pflanzen ist ein Sinnbild.«

»Sinnbild wofür?«

»Für die Bedingung von Kunstproduktion, sozusagen durch die Blume gesprochen. Kunst bedarf regelmäßiger Pflege in Form von guten Rahmenbedingungen, damit sie keimen kann.«

»Konkret?«

»Durch künstler- oder projektbezogene Materialzuschüsse, Stipendien, Atelierförderungen oder, oder, oder.«

»Okay«, sagte Freisal. »So überzeugend, wie Sie davon reden, könnte man meinen, die Idee zu dieser Installation stammt von Ihnen.«

»Nein, ich bin nur der kuratorische Assistent der Galerie«, sagte der Dutt. »Also Mädchen für alles, wie Sie sehen.« Er stellte die Gießkanne ab, ging drei, vier Meter zum Prospektständer, griff sich das aktuelle Programmblatt und reichte es dem Kommissar. »Bitteschön! Hier steht alles drauf.«

Freisal nahm das A-5-Blatt entgegen. »Danke«, sagte er.

»Kann ich noch etwas für Sie tun?«

»Ja, unbedingt.« Der Kommissar nestelte seinen Dienstausweis hervor. »Bin eigentlich wegen Stephan Klein hier.«

Der Dutt blickte überrascht. »Polizei? Was ist mit Stephan?«

»Herr Klein ist Opfer eines Gewaltverbrechens geworden.«

»Was?!« Der Dutt riss die Augen auf.

»Er wurde gestern Nacht tot aufgefunden – am Stephanplatz.«

Der Dutt hielt sich erschrocken die Hand vor den Mund. Bestürzung, die auf Freisal echt wirkte. »Aber wie … warum …?«

»Noch vollkommen unklar«, sagte der KHK. »Ich hätte da ein paar Routinefragen.«

Der junge Mann ging zum flachen, unmittelbar vor der Fensterfront verlaufenden Heizkörper, über dem ein Brett als Sitzgelegenheit montiert war. Er setzte sich aufs Holz, stemmte die Ellenbogen auf die Knie und legte die Hände vors Gesicht. Weint er?, fragte sich Freisal, während er ebenfalls hinüber zur Sitzgelegenheit schritt und dort Platz nahm. Er ließ eine gute Minute vergehen, bevor er den Dutt fragte, wie er heiße.

»Thomas Seidel«, antwortete er. Er sei Vorsitzender des Trägervereins der Galerie.

Keine preiswerte Lage, die Turmstraße, vermutete Freisal und wollte wissen, wie ein Verein das denn finanziell stemme. Gab es Mäzene, Sponsoren, öffentliche Zuschüsse?

Seidel schnaubte in ein Taschentuch, atmete tief durch. Er rang sichtlich um Fassung. Seine Miene spiegelte Hilflosigkeit und Entsetzen. Er blickte auf den Fußboden, als suche er dort die passenden Worte. Er versuchte ganz offensichtlich, sich auf die Beantwortung der Frage zu konzentrieren.

Die Galerie würde in Kooperation mit dem Bezirksamt betrieben, erläuterte er schließlich. Das Amt stelle die Räume, die Infrastruktur sowie eine halbe – seine – Stelle für die Koordination. Im Gegenzug kümmere sich der Verein um die Ausstellungsgestaltung. Das Programm gestalteten freiberufliche Kuratoren – auf Honorarbasis.

»Was hatte Stephan Klein damit zu tun?«

»Er war Mitglied im Verein.« Aber er, Seidel, sei letztlich der Einzige, der neben den Kuratoren aktiv mitarbeite. Ihm stünde nur eine 400-Euro-Aushilfe zur Verfügung, die den Künstlern beim Auf- und Abbau ihrer Installationen helfe. Für die Aufsicht – »Man kann so einen Laden in Moabit ja nicht unbeobachtet lassen« – engagiere man bedarfsweise ebenfalls 400-Euro-Kräfte.

»Warum packen hier nicht mehr Leute aus dem Verein mit an?«

»Es gibt nur fünfundzwanzig Mitglieder. Alle kommen aus dem Dunstkreis der Künstler, aber auch aus Lokalpolitik und Verwaltung. Unterm Strich aber Karteileichen, wenn's ums Anpacken geht.«

»Auch Herr Klein?«

»Stephan war die Ausnahme. Er engagierte sich für die Galerie. Jedenfalls bis vor drei, vier Wochen.«

»Was war passiert?«

»Unser Ausstellungsprofil hat sich geändert: weg von Bildern und Skulpturen hin zu Installationen. Installationen waren nicht Stephans Ding. Er selbst hat ja fotografiert: Makroaufnahmen, Winziges ganz groß machen, wissen Sie. Er zeigt Welten, die beim normalen Betrachten verborgen bleiben: Strukturen von Blattoberflächen als filigrane Landschaften, bewegtes Wasser als skulpturähnliche Gebilde, verglimmende Streichholzköpfe in der Anmutung galaktischer Feuerbälle. So was halt. Nichts wirklich Neues.« Klein, so Seidel, sei aus der Vereinsarbeit ausgestiegen, weil unter den neuen Bedingungen keine Ausstellung mehr für ihn drin war.

»War denn vorher mal davon die Rede?«

»Schon, aber eine Zusage hat es nie gegeben.« Seidel berichtete weiter, dass Klein die neue Programmatik nicht akzeptieren wollte. Noch vor vier Wochen, am Abend der Vernissage zu »Keimzeit« habe er versucht, ihn umzustimmen, die neue Linie zu überdenken. »Er hat vorgeschlagen, das alte Profil noch enger zu fassen, hier einen Raum für zeitgenössische Fotografie zu etablieren.« Unabhängig davon, dass er, Seidel, auf die künstlerische Ausrichtung der Galerie gar keinen direkten Einfluss habe, habe er den Gedanke als absurd empfunden. Als er Klein das auch gesagt habe, hätte der ihn wüst beschimpft und behauptet, Seidel würde auch nur mit der Masse schwimmen. Auf Installationen würde nur gesetzt, weil es gerade angesagt sei in Berlin.

»Stimmt das denn?«, fragte Freisal.

»Jedenfalls lässt sich mit Fotografien keine Aufmerksamkeit gewinnen. Aber genau das braucht eine Bezirksgalerie: Aufmerksamkeit.«

»Wer sagt das?«

»KGB.«

»Weißrussland?«

»Was? Ach so, nein, KGB ist die Abkürzung für Kommunale Galerien Berlin. Soll witzig sein, die Abkürzung.«

»Aufmerksamkeit … hm. Und das funktioniert über Installationen wie ›Keimzeit‹?«

»Vor allem über die parallel laufenden Zusatzveranstaltungen: Diskussionsrunden, Workshops, Führungen.«

»Aha.« Freisal runzelte die Stirn. »Alles fürs Publikum.«

»Ehrlich gesagt, mehr noch für Leute, die uns finanzieren. Wenn der Kulturstadtrat zu einer unserer Podiumsdiskussionen eingeladen wird, das eine und andere Grußwort bei Vernissagen sprechen darf, freut er sich wie Bolle.«

»Und behält die Galerie in guter Erinnerung?«

»Ja. Politiker setzen sich gerne an die Spitze von populären Bewegungen, im Fall von ›Keimzeit‹ der implizierten Forderung, dass Kunst und Kultur nachhaltiger gefördert gehören.«

»Ach, und das geht so einfach?«

»Fürs nächste Haushaltsjahr haben wir die Zusage, dass wir die Galerie weiter betreiben können. Kunst ist fiskalisch reine Kür-, keine Pflichtaufgabe. Unsere Arbeit steht latent unter dem Vorbehalt, dass der Senat mal wieder einen Haushaltsstopp verhängt und dem Bezirk die Daumenschrauben anzieht.«

Während Freisal noch überlegte, warum Politiker eher Installationen als Fotoausstellungen fördern sollten, kam Seidel auf Stephan Klein zurück.

»Stephan hat mir an diesem Abend seinen Austritt aus dem Verein erklärt. Ich sagte ihm, das müsse er schriftlich machen. Das tat er dann auch an Ort und Stelle. Auf dem Rand des Programmblatts zur Installation.«

»Und weiter?«

»Er verließ wutentbrannt die Veranstaltung.«

»Klein war also kein Mitglied mehr. Er steht aber immer noch auf Ihrer Galerie-Webseite.«

»Das muss geändert werden«, sagte Seidel. »Internet macht auch eine 400-Euro-Kraft. Werde sie darauf hinweisen.« Er schüttelte wieder den Kopf, hielt sich die Hände vors Gesicht. Diesmal war sich der KHK sicher: Der Dutt weinte.

»Der Tod von Herrn Klein nimmt Sie sehr mit, nicht wahr?«, fragte Freisal einfühlsam. Seidel nickte, nahm dann die Hände vom Gesicht. Er wischte sich Tränen weg.

»Wie war denn ansonsten, also, außerhalb der Galerie, Ihre Beziehung zu Stephan Klein?«

»Wir verstanden uns gut«, berichtete der Dutt. Er habe Klein in der Galerie vor ungefähr einem Jahr kennengelernt. Er war als Besucher gekommen, als Vereinsmitglied gegangen. Es habe ihm wohl gefallen, was man ausstellte. Damals noch Gegenständliches.

»Das habe ich verstanden – aber darüber hinaus, meine ich.«

Seidel schien nach Worten zu suchen. Er gab sich einen Ruck, sagte dann, dass Klein ihm am selben Abend erzählt habe, dass er händeringend eine Unterkunft suche. Er sei aus seiner Einzimmerwohnung in der Stephanstraße rausgeflogen, das Haus würde saniert. Seitdem schliefe er mal dort, mal da. Das sei kein Zustand gewesen.

»Der Wohnungsmarkt in Berlin«, Freisal fasste sich ans Kinn, »ist eng für bezahlbaren Wohnraum.«

»Deshalb habe ich Stephan auch spontan angeboten, bei mir einzuziehen. Wegen des Auszugs einer Bekannten war ein Zimmer frei geworden.«

»Heißt das, Sie haben Klein das Zimmer angeboten, obwohl Sie ihn damals noch nicht näher kannten?«

»Ich bitte Sie: Er hatte immerhin die Eintrittserklärung in den Verein unterschrieben. Da konnte ich ihn nicht hängen lassen. Außerdem war er ein sympathischer Typ.«

Freisal nickte. »Wie sympathisch?«

»Die Chemie stimmte.«

»Und sonst?«

»Was meinen Sie?«

»Lief da was zwischen Ihnen?«

»Wie kommen Sie darauf?«

»Gegenfragen sind uncool – einfach nur antworten, bitte. Danke.«

»Nein.«

»Nein, was?«

»Da lief nichts. Hören Sie mal, bloß weil zwei Männer zusammenziehen …«

»… müssen sie nicht schwul sein, schon klar.«

»Und warum fragen Sie das dann?«

»Es wäre für die Ermittlung unter Umständen wichtig, zu wissen, ob Klein homosexuell gewesen ist.«

»Davon ist mir nichts bekannt.« Seidel überlegte kurz. Dann fragte er Freisal: »Und wieso wäre das vielleicht wesentlich?«

»Das darf ich Ihnen nicht sagen.«

Jetzt nickte Seidel. »Ermittlungstaktik nennt man das, nicht wahr?«

»Ja«, bestätigte Freisal. »Klein ist dann bei Ihnen wieder ausgezogen. Wann genau?«

»Drei Tage nach der Vernissage von ›Keimzeit‹, wegen des neuen Ausstellungskonzeptes. Stephan hat es persönlich genommen, dass seine eigene Ausstellung nicht mehr möglich war.

Stinksauer war er. Auf mich. Dabei hatte ich das doch gar nicht entschieden.«

»Ach? Ich hatte verstanden, Ihr Verein bestimmt die Programmatik?«

»Sie wissen doch, Fördervereine ...«

»Nein, weiß ich nicht.«

»... sind oftmals potemkinsche Dörfer ... werden gegründet, um das zu machen, was die öffentliche Hand nicht darf: unkompliziert Gelder akquirieren ... verwalten ... ausgeben und so weiter.«

»Klingt nach Geldwaschanlage, wenn Sie mich fragen.«

»Alles legal, sauber verbucht. Jedenfalls: Veränderungen werden hinter den Kulissen verhandelt.« Seidel überlegte. »Bleibt das unter uns?«

»Was denn?«

»Interna. Haben mit Stephan nichts zu tun. Ich darf darüber eigentlich nicht reden.«

»Eigentlich ... Sie sagen's: Erst mal hören.«

»Intransparenz ist kultiviert. Kommt nur so viel an der Basis an, wie unbedingt notwendig. Auch ich wurde von der Programmänderung überrascht, das heißt, erst in dem Moment informiert, als es nicht mehr anders ging.«

»Wer hat entschieden?«

»Die kleinen Könige im Amt.«

»Aber Ihr Verein ...«

»... ist abhängig von den Leuten, die in Hinterzimmern Strippen ziehen, richtig.«

»Klartext, bitte. Was für Hinterzimmer?«

»Büro der Stadträtin, der Amts- und Fachbereichsleitungen. Macht des Faktischen nennt man das wohl.«

»Wirklich? Keine Partizipation an Entscheidungsprozessen?«

»Erst bei der Umsetzung.«

»Wusste Klein von den, wie Sie es nennen, Hinterzimmern? Ist es denkbar, dass er im Amt war, um auf den Putz zu hauen? Könnte er gegen irgendjemanden dort vielleicht etwas, was auch immer, in der Hand gehabt haben?«

»Weder noch«, schien sich Seidel sicher. »Dass Stephan mir den Schwarzen Peter zuschob, sagt doch alles, oder? Glaub nicht, dass er jemanden persönlich im Amt kannte.«

»Gut, danke«, sagte Freisal. »Kann bis hierher unter uns bleiben.« Er schaute Seidel ins Gesicht. »Klingt Ihrerseits nicht unbedingt so, als seien Sie zufrieden mit den, wie Sie sagen, kleinen Königen. Warum machen Sie dann noch mit?«

»Von irgendwas muss man leben«, antwortete Seidel. »Ist ja nicht ehrenrührig, Pflanzen zu gießen, oder?«

Oha! Das klang hübsch sarkastisch. Waren demnach die anfangs erläuternden Worte zu ›Keimzeit‹ für den Otto-Normal-Besucher einstudiert, obwohl der Dutt sich, in der Tiefe seines Herzens, vom neuen Galeriekonzept distanzierte?

»Will noch mal auf die Situation zurückkommen«, nahm Freisal einen anderen Faden wieder auf, »als Klein bei Ihnen wohnte. Wie kann ich mir Ihre kleine WG vorstellen? Hatte Klein oft Besuch auf seinem Zimmer ... Partys geschmissen ... Hat er mit Ihnen nächtelang über Kunst und Kultur diskutiert?«

»Stephan war ein Einzelgänger, wortwörtlich. War viel unterwegs, solo – bloß die Kamera an seiner Seite. Freundschaften sind mir nicht bekannt. Bei mir kam er nur zum Pennen vorbei.«

»Das klingt so, als hätten sie in der Wohnung aneinander vorbeigelebt.«

»Wenn Sie so wollen, ja. In der Regel. Dass wir abends mal auf'n Bier zusammensaßen, war die Ausnahme. Kam auch nur in der Zeit unmittelbar nach seinem Einzug vor.«

»Wissen Sie noch, über was Sie damals gesprochen haben?«

»Stephans Fotografie.« Seidel schien kurz in sich zu gehen. »Ich glaub«, sagte er dann leise, »Stephan nahm die Welt um sich herum am liebsten durch ein Objektiv wahr. Darüber hat er stundenlang reden können. Er monologisierte gerne. Nicht sehr kommunikativ, letztlich.«

»Konkret?«

»Er erzählte, dass er das, was er sah, gerne in seine Einzelteile zerlege. Gott, sagte er einmal, ist nur im Detail zu erkennen.«

»Klingt gut, heißt aber was?«

»Was mit dem bloßen Auge nicht wahrnehmbar ist, zog Stephan an. Wenn Sie mich fragen, eine Art Flucht vor der Wirklichkeit.«

»Wessen Wirklichkeit?«

»Der Normalos … also Ihrer, meiner.«

Freisal zog die Stirn kraus. Er bezweifelte, dass er und Seidel in der gleichen Wirklichkeit lebten; jeder, wusste der KHK, lebte in seiner ureigenen Wirklichkeit, die mehr oder eben weniger konform ging mit dem, was in der Gesellschaft als normal galt.

»Stephan schraubte sich«, erläuterte Seidel, »Nahlinsen vors Objektiv, um so zehnmal näher an Motive herankommen zu können, als es ohne diese spezielle Optik möglich ist.«

»Hm.« Freisal grübelte. »Was meinen Sie, Herr Seidel: War Stephan Klein ein glücklicher Mensch?«

Seidel dachte nach. »Ein Gute-Laune-Typ war er jedenfalls nicht. Eher ein Nachdenklicher. Überlege gerade, ob man als erfolgloser Fotograf überhaupt glücklich sein kann?«

Freisal nickte verständig, wenngleich er zum Thema Glück einiges zu sagen hätte, zu diesem, seiner Meinung nach, nichts weiter als temporären Gefühl vollkommener Zufriedenheit. Immer glücklich zu sein, schien ihm nicht möglich; Leute, die das Gegenteil behaupteten, standen für ihn entweder unter Drogen oder verdrängten ihre Überschuldung.

Aber unabhängig davon kamen dem KHK Seidels Auskünfte zu Klein, unterm Strich, recht vage vor. Sehr viel Allgemeinplatz, war ihm aufgefallen. Dennoch wollte er da im Moment nicht nachhaken. Seidels Betroffenheit schien authentisch. Freisal wusste, dass sich Betroffene, rückt man ihnen zu hastig und zu intensiv auf die Pelle, bedrängt fühlen können und für längere Zeit dichtmachen.

»Meinen Informationen nach wohnte Klein zuletzt bei einem gewissen Klaus Renger. Sagt Ihnen der Name etwas?«

»Renger … Renger …« Der Dutt schien zu grübeln. Offenbar ergebnislos, er schüttelte den Kopf. Traurigkeit schien ihn wieder zu übermannen.

»Das alles nimmt Sie ganz schön mit«, stellte Freisal fest.

»Ja«, sagte Seidel. »Ich meine, Stephan war so jung wie ich … und nun ist er …«

»Danke für Ihre Auskünfte«, sagte Freisal und stand von der Sitzgelegenheit auf. Er reichte dem Dutt seine Visitenkarte. »Falls Ihnen noch was einfällt, was uns weiterhelfen könnte.«

Seidel nahm die Karte entgegen. »Ja.«

Der KHK knöpfte sich die Winterjacke zu und schlug den Kragen hoch. »Auf Wiedersehen«, sagte er und trat hinaus auf den verschneiten Bürgersteig. Unmittelbar danach drehte er sich noch einmal um, sah durch die Glastür in den Ausstellungsraum. Hajo Freisal war irritiert, wusste aber nicht, was ihm merkwürdig vorkam.

Freisal saß im MX-5 und schaltete die Heizung an; er spürte plötzlich, dass es von hinten zog. Im MX-5 zog es eigentlich immer, das Stoffverdeck verschloss den Fahrzeugraum nur bedingt. Aber heute schien es heftiger zu sein. Er blickte nach hinten – und sah das Malheur: ein kleiner Riss im Stoff, nahe der kleinen Rückscheibe. Auch der stabilste Stoff wird eben irgendwann mal porös, dachte er. Ab in die Werkstatt, flicken lassen … Doch gerade in diesem Moment schoss ihm eine Frage durch den Kopf, die ihn, genau besehen, schon die ganze Zeit beschäftigte: Was ist Kunst?

Dem KHK fiel es wie Schuppen von den Augen, dass er das gleich recherchieren könnte, jetzt, wo er Smartphone-Nutzer war. Er nestelte das Gerät hervor, wischte über den Icon von Google. Nichts geschah. Es ließ sich keine Verbindung ins Internet herstellen, es wurde weitergeblättert zur zweiten Seite des Desktops. Hier waren ebenfalls Icons für Verbindungen mit bestimmten internen Systemanwendungen oder externen Webadressen vorinstalliert: Kalender, Kamera, Uhr, aber auch Messenger, Microsoft Explorer, Skype. »Brauche ich das?«, brummte Freisal. Er wischte zurück zur ersten Seite. Eher aus Versehen tippte er mit dem Zeigefinger auf Google. Daraufhin tat der Apparat, was der Kommissar von ihm wollte. Die Verbindung ins Internet wurde aufgebaut. Von wegen wischen, Gutzeit, dachte er, tippen muss man.

Er überlegte, wer in Sachen Kunst Auskunft geben könnte. Bei allem Respekt, aber man konnte doch nicht immer nur Wikipedia befragen. Es musste doch auch direkte Quellen geben. Richtig, blitzte ihm ein Gedanke auf, die Universität der Künste. Kaum hatte er »UdK« als Suchbegriff eingegeben, erhielt Freisal mehrere Links zu den Fakultäten, auch jene zu Musik, Darstellende Kunst und Bildende Kunst. Freisal tippte auf letztere.

»Kunst ist nicht lehrbar, sie kann nicht mit einer wissenschaftlichen Methode vermittelt werden. Grundlage der Lehre ist deshalb die künstlerische Praxis.« Freisal kratzte sich die Stirn. Das half ihm jetzt nicht wirklich weiter. »Am Studienbeginn steht – unabhängig vom Spezialisierungswunsch – eine gemeinsame Grundlehre«, hieß es weiter. »Darin lernen die Studierenden handwerkliche und künstlerische Gestaltungsgrundlagen kennen, ehe sie im dritten Semester in eine Fachklasse wechseln.«

Mann, Mann, Mann … Einerseits war Kunst also nicht lehrbar, andererseits gab es eine Grundlehre? Widersprüchlich, konstatierte der KHK. Im Verhör käme ein Delinquent mit derart unverständlich formulierten Kausalketten nicht durch. Freisal checkte dann doch, was Wikipedia dazu zu sagen hatte.

»Das Wort Kunst bezeichnet im weitesten Sinne jede entwickelte Tätigkeit, die auf Wissen, Übung, Wahrnehmung, Vorstellung und Intuition gegründet ist (Heilkunst, Kunst der freien Rede). Im engeren Sinne werden damit Ergebnisse gezielter menschlicher Tätigkeit benannt, die nicht eindeutig durch Funktionen festgelegt sind. Kunst ist ein menschliches Kulturprodukt, das Ergebnis eines kreativen Prozesses.«

Ah, Butter bei die Fische, dachte der Kommissar. Dass »Keimzeit« tatsächlich Kunst war, schloss er aus folgender Aussage: »Das Kunstwerk steht meist am Ende eines kreativ-schöpferischen Prozesses, kann aber seit der Moderne auch der Prozess selbst sein.«

Interessant! Futter für eine nächste Diskussion in der Kantine. Prozess also … Und dann: Darstellendes Spiel. Er würde gegenüber Claus bei Gelegenheit darauf abheben, dass auch Strafverteidiger, Staatsanwälte, Richter … genau genommen auch die Kripo … alles Künstler seien. In einem kreativ-schöpferischen Prozess, der sich Wahrheitsfindung nennt. Er erinnerte sich an das Standardwerk für Kriminalisten, *Kriminalistisches Denken*, das ihm da wohl recht gab: »Nicht zu unterschätzen ist die Bedeutung der Fantasie. Kriminelle sind in der Regel nicht Menschen, die ihre Taten aufgrund logischer Überlegungen und klarer Planung begehen.« Was für eine Rolle spielte er, Freisal, da besetzungstechnisch? Haupt- oder Nebenrolle? Komparserie? Claus würde vielleicht Wasser in den Wein schütten und trocken anmerken: »Bühnentechnik.«

»Requisite?«

»Beleuchtung.«

Also doch kein Künstler? Claus würde versuchen – ein Akt der Mitarbeitermotivation –, Freisal zu trösten, indem er nachschöbe, dass Beleuchtung nicht zu unterschätzen sei. Nur so käme Licht ins Dunkel des Spiels. Als Argumentationshilfe würde Claus umgehend den Bühnenverein googeln und von dessen Webseite zitieren: »Im modernen Theater ist Beleuchtung weit mehr als bloße Technik. Vielmehr stellt sie ein künstlerisches Gestaltungsmoment dar, das wesentlich zum Gelingen und zum Charakter einer Inszenierung beiträgt.«

So gesehen, könnte Freisal versöhnt denken, sind auch wir Beleuchter … letztlich … also, irgendwie … jedenfalls auch Künstler.

Der KHK ging offline und nahm deshalb nicht zur Kenntnis, dass sich, so Wikipedia, bildende Kunst auch »durch den Kunstbetrieb und den Kunstmarkt, zu dem etablierte Vertreter der Kunstkritik, des Kunsthandels, Sammler und die Kunstmuseen gehören« definiere. Dennoch resümierte er treffend, dass der Begriff Kunst dehnbar schien wie eine Schlangenfrau. Ihm fiel ein, dass man bei Medizinern, wenn etwas schiefging, von Kunstfehlern sprach. Und dann gab es noch die Kochkunst, wenngleich diese in Küchen, nicht Galerien zelebriert wurde.

Aber was nicht ist, kann ja noch werden, sinnierte Freisal gut gelaunt. Kochen als Installation … oder vielleicht doch besser Performance … Jedenfalls könnte man verbrannte Pizzen an die Galeriedecke schmeißen, so oft, bis mindestens ein Teigprodukt kleben bliebe. Künstlerische Botschaft: Liebe Eltern, eure Kinder werden immer fetter. Führt ihnen nicht pausenlos Kohlenhydrate zu. Oder so.

Yasmine Gutzeit parkte ihre Susi auf dem Trottoir unmittelbar vor der mit einer milchigen Bauplane notdürftig vor Wind geschützten, Ladenscheibe des QM-Büros. Sie nahm den Helm ab und unter den Arm. Das High-Tech-Teil draußen auf den Sitz zu legen oder an den Lenker zu hängen, ohne ihn im Blick zu haben, kam nicht infrage.

Sie klopfte an den Holzrahmen der Eingangstür, die mangels Scheibe mit Folie bespannt war. Weil auf das Klopfen niemand reagierte, drückte sie die Klinke. Die Tür war verriegelt. Sie klopfte erneut, energischer. Im Laden brannte schließlich Licht.

Dann näherte sich von innen ein Schatten; ein Schlüssel wurde zweimal im Schloss umgedreht. Als die Tür – oder das, was von ihr noch übrig war – von einer jungen Frau geöffnet wurde, sagte Gutzeit mit Blick auf die Plane: »Einbruchssicher ist aber anders.« Es sollte ein Art Warm-up werden. Sie empfand wie ihr Chef, dass Warm-ups geschmeidigere Einstiege in Gespräche ermöglichten. In der Regel. Aktuell? Weniger. Von der jungen Frau vor ihr ging eher eine frostige Stimmung aus.

»Wollte sagen«, versuchte Gutzeit noch die Kurve zu kriegen, »die Polizei berät Sie gerne, wie Sie Ihren Laden besser schützen können.«

Sie zückte ihren Dienstausweis und trat über die Schwelle. Die junge Frau schloss die Tür beziehungsweise den Türrahmen hinter sich wieder ab – zweimal.

Gutzeit nahm sofort wahr, dass die Wände des Ladens beschmiert waren. Sie konzentrierte sich aber erst einmal voll und ganz auf ihr Gegenüber und kam ohne weiteres Geplänkel zur Sache.

»Was? Stephan ist tot?« Die junge Frau bekam große Augen. Überraschung? Ernüchterung? Schock?

»Kannten Sie Klein näher?«

»Näher? Nicht wirklich. Ich habe ihn öfter auf den öffentlichen Sitzungen unseres QM gesehen, genauer gesagt beim Runden Tisch gegen Gentrifizierung.«

»Ich frage, weil Sie so betroffen wirken.«

»Natürlich bin ich betroffen ... ein so junger Mann!«

»Verstehe«, sagte Gutzeit. »Was genau ist der Runde Tisch?«

»Eine Informations- und Diskussionsrunde von und mit Leuten aus dem Kiez, mehr oder weniger direkt betroffen von den Sanierungsmaßnahmen hier.«

»Hat Klein da eine bestimmte Funktion gehabt?«

»Er diskutierte mit. Das Thema interessierte ihn. Er war wohl selbst mal rausgeflogen aus einer Wohnung wegen Sanierung.

Aber seit Wochen habe ich ihn nicht mehr bei den Veranstaltungen gesehen.«

Die Frau berichtete weiter, dass sie »die Meetings« zwar mitorganisiere, aber ansonsten nicht viel mehr sagen könne. Sie sei nur die Praktikantin und helfe dem Chef, dem Leiter des QM, dass der Laden laufe.

Wie auf Zuruf trat jetzt »der Chef« aus einem mit einer unbeschädigten Tür abgetrennten Raum. Gutzeit staunte – es war Klaus Renger! Wieder ohne Tanten-Verkleidung.

Renger reichte ihr die Hand. »Hallo, Frau Gutzeit – ja, ich bin hier der Chef vom Ganzen.«

»Chef klingt wichtig.«

»Alles nur halbtags.« Renger schmunzelte. »Tja, man sieht sich im Leben mindestens zweimal.« Seine Lockerheit klang aufgesetzt. Immerhin hatte sein Laden einen Anschlag hinter sich. Es gab aber, wusste Gutzeit, auch Fröhlichkeit, die der seelischen Entlastung diente.

»Sie sind ja gut drauf«, entgegnete sie. »In Anbetracht …« Sie schaute demonstrativ zu den abgedeckten Fensteröffnungen und beendete den Satz bewusst nicht. »Versuchen Sie«, hatte ihr Freisal einmal geraten, »bei Befragungen durch Satzauslassungen den zu Befragenden zu animieren, Ihren Gedanken aufzugreifen.«

»Es hilft doch nichts«, sagte Renger, »mit gesenktem Haupt durch die Gegend zu marschieren, nur weil ein paar Vollpfosten ausrasten.« Er deutete auf die mit schwarzer Farbe beschmierten Wände nebst Decke. »Alles mit Parolen eingesaut«, stellte er fest. »Darunter auch der Feindbild-Klassiker: ›Kampf dem Kapital‹. Aber positiv betrachtet«, Renger zuckte mit den Schultern, »muss man den Kaputtmachern immerhin einen gewissen Sprachwitz bescheinigen.« Sein Finger zeigte gen Decke. »VerrROHE woanders!«, stand da gesprayt.

Immer wieder erstaunlich, dachte Gutzeit, wo sachbeschädigende Pinsel geschwungen oder Spraydosen geschüttelt wurden. Selbst an waghalsigen Orten wie Bahnbrücken in schwindelerregender Höhe oder in stockfinsterer Tiefe eines U-Bahnschachtes.

»Als wir uns vorhin in Ihrer Wohnung getroffen haben«, sagte Gutzeit freundlich, »habe ich nicht verstanden, dass Sie beim Quartiersmanagement arbeiten.«

Das klang nicht vorwurfsvoll, sondern nach einer sachlichen Feststellung. Der Mann, der vor ihr stand, hatte heute so gar nichts von Charleys Tante. In hellblauen Jeans und mausgrauem Jackett, darunter ein weißes Hemd, wirkte er für sie eher wie das Bild eines jungdynamischen Geschäftsführers irgendeines Startups. Obwohl Gutzeit Renger keinen Anlass gegeben hatte, reagierte er dennoch verschnupft.

»Wir haben nicht darüber gesprochen. Hätten Sie danach gefragt, hätte ich's Ihnen natürlich gesagt. Ist ja kein Geheimnis.«

»Natürlich«, sagte Gutzeit. Sie überging Rengers Empfindlichkeit; wahrscheinlich, dachte sie, war der Mann wegen des Einbruchs in seinen Laden angefasster, als er mit dem lockeren Spruch den Anschein erweckt hatte.

Renger rieb sich demonstrativ die Arme. »Es zieht«, sagte er. »Darf ich Ihnen einen Kaffee anbieten? Hinten haben wir noch zwei Räume. Dort ist geheizt. Den Bereich haben die Vandalen verschont. Vielleicht waren sie zu doof, die Verbindungstür zu knacken, weil die keine Scheibe hat.«

»Was für Räume?«

»Eine ehemalige Wohnung, die zum Laden gehört: Büro, Teeküche, Klo. Die Zwischentür war abgeschlossen. Besser war es, wie wir jetzt wissen.«

»Sie sind von der Infrastruktur her weiterhin arbeitsfähig?«, fragte Gutzeit.

»Ja. Nur für Meetings, den Runden Tisch und so, müssen wir mal gucken, dass wir woanders unterkommen. Wird etwas dauern, das Aufräumen, das Renovieren …«

Die Praktikantin war gedanklich offenbar noch bei den Sprayern. »Vielleicht«, sagte sie, »wollten die nur den Raum hier verwüsten, weil der von außen einsehbar ist?«

»Als eine Art Demonstration?«, fragte Gutzeit.

»Vielleicht«, meinte Renger. »Die suchen ja Öffentlichkeit – auf allen Wegen, mit allen Mitteln. Das würde auch rundlaufen mit dem, was bei uns auf dem Portal zum Vorfall gepostet wurde.«

»Könnte sein, ja. Hab schon mal reingeguckt heute Morgen«, sagte Gutzeit.

Renger wies mit der Hand den Weg in den hinteren Trakt. »Jetzt aber wirklich … ist echt frisch hier.«

Er ging voran und sagte: »Auf *MoabitNETZ* kann jeder seine Meinung sagen. So soll es auch sein. Aber manche User schießen übers Ziel hinaus.«

»Auch *Bürgers Zorn*, wie ich gesehen habe. Der freut sich ja regelrecht über den Anschlag hier. Wissen Sie, wer hinter diesem Pseudonym steckt? Und warum löschen Sie solche Einträge nicht?«

»Wir versuchen erst einmal, mit jedem User zu diskutieren. Ich weiß, das ist eine Gratwanderung – aber demokratisch.«

»Auch wenn jemand keine Argumente liefert, sondern sich als Troll offenbart?«

»Trolle fliegen raus«, erklärte Renger. »*Bürgers Zorn* ist für mich ein Grenzfall mit seiner Gewaltverherrlichung. Ist das eigentlich strafbar, was der da postet?«

Gutzeit dachte nach. »Nein«, sagte sie. »Paragraf 131 StGB geht von Schriften aus, die, ich zitiere mal eben aus dem Gedächtnis, Gewalttätigkeiten gegen Menschen verherrlichend oder verharmlosend schildern. *Bürgers Zorns* Posts sind demnach vom Recht auf Meinungsfreiheit gedeckt. Er redet lediglich Sachbeschädigungen das Wort. Das ist nicht schön, aber, zumindest in diesem Fall, sicherlich nicht strafbar.«

Renger führte Gutzeit in sein Büro und bat die Praktikantin, die ihnen unaufgefordert gefolgt war, »mal eben zwei Kaffee« zu organisieren. Dabei lächelte er onkelhaft. Die junge Frau lächelte zurück, beinahe schon devot, und als sie wenig später mit zwei Crema zurückkam, lächelte sie immer noch (oder schon wieder).

Ach du liebe Güte, dachte Gutzeit, offenbar ist die Generation Praktikum doch noch nicht Geschichte. Oder hieß das heute Generation Willfährigkeit? Es passte wie die Faust aufs Auge, dass Renger die Praktikantin anschließend fortschickte. In die Teeküche.

»Bist du mal so lieb und räumst ein bisschen auf?«, bat er lächelnd.

Die Praktikantin zog lächelnd von dannen, Gutzeit zog die Stirn kraus. »Vielen Dank!«, rief sie der jungen Frau noch hinterher. Dann konzentrierte sie sich wieder auf Renger.

»Wie viele Leute arbeiten hier?«

»Drei halbe Stellen. Der Rest läuft über Ehrenamt und Praktikantinnen. Die Kolleginnen sind jetzt alle im Winterurlaub, bis auf die Praktikantin hier ...«

»... für die Teeküche«, merkte Gutzeit ironisch an.

Renger hatte den Kopf schief gelegt und blinzelte nervös. Ist das Unsicherheit?, fragte sich Gutzeit. Oder Verlegenheit? Ist er sich seiner Kleines-Mäuschen-geh-mal-putzen-Nummer plötzlich bewusst geworden?

Sie nahm noch einen Schluck Kaffee. »Mal Hand aufs Herz, Herr Renger: Kann man davon eigentlich leben, so als Teilzeit-Quartiersmanager, meine ich?«

»Ist eng, aber für mich, zeitlich betrachtet, genau richtig.«

Redete sich Renger da was schön? Aber die Erklärung schien nachvollziehbar.

»Wie ich Ihnen schon sagte, ich studiere nebenbei. Bauingenieur. In Dresden.«

»Respekt! Dresden liegt rund 200 Kilometer entfernt. Mit dem Wagen braucht man doch mindestens ...«

»Fernstudium, grundständig. Abschluss Bachelor.«

»Alle Achtung«, sagte Gutzeit. »Hier der Job, dort die Theatergruppe ...«

Ihr Handy klingelte. Sie nestelte es hervor, sah, dass Freisal dran war. »Entschuldigung«, sagte sie zu Renger. »Ganz kurz.«

Sie trat zwei, drei Meter weg, nahm das Gespräch an und informierte Freisal, dass sie sich noch mitten im Gespräch befände.

Ob es bei der Verabredung in der Markthalle bliebe, wollte Freisal wissen. Gutzeit bejahte. Sie sei bald fertig.

Der KHK informierte die Kollegin in Kurzform über sein Treffen in der Galerie mit Seidel, auch darüber, dass Klein nach seinem Rausschmiss aus der Stephanstraße bei Seidel gewohnt hatte, die WG sich jedoch wegen unterschiedlichen Ansichten darüber, wie sich die Galerie künstlerisch aufstellen sollte, entzweite. »Also gut«, schloss er. »Werde vermutlich vor Ihnen in der Halle sein. Trinke dann schon mal einen Espresso auf Ihre Kosten.«

»Bis gleich, Herr Freisal«, erwiderte Gutzeit und legte auf.

Sie wandte sich wieder an Renger. »Wir waren bei der Fülle Ihrer Tätigkeiten«, nahm sie den Faden auf.

»Klingt alles wilder, als es ist. Die Uni geht von zwanzig Stunden in der Woche aus, der man sich dem Studium widmen muss. Passt also.«

»Der Markt für Bauingenieure gibt's hoffentlich her.«

»Bezirksämter, Senat, Wohnungsbauunternehmen ... alle suchen Leute, die vom Bauen Ahnung haben. Berlin will ja zukünftig wieder mehr in den sozialen Wohnungsbau investieren.«

»Na, viel Glück«, sagte Gutzeit. »Um auf Klein zurückzukommen: Ich habe bisher verstanden, dass er sich auch mal im QM engagiert hat. Weil er selbst aus einer Wohnung hier im Kiez rausgeflogen ist.«

»Woher wissen Sie das denn?«

»Ihre Praktikantin ...«

Ach so, ja, stimmt. Schon länger her. Altbau-Sanierung, war seine erste eigene Wohnung in Berlin, hat er beim Runden Tisch erzählt. Zwar nur ein Zimmer, aber die Wohnung im Stephankiez hat ihm wohl viel bedeutet.«

»Gleich nach dem Rauswurf ist Klein zu Thomas Seidel von der Galerie Moabit gezogen? Kennen Sie Herrn Seidel?«

»Ja, flüchtig. Wie man sich in Moabit eben so kennt. Aber ich weiß nicht, ob Stephan nicht zwischendurch noch bei anderen Bekannten gewohnt hat.«

»Herr Renger, Sie kennen sich da doch bestimmt aus: Wird man bei Sanierungsmaßnahmen nicht eigentlich in eine andere Wohnung umgesetzt?«

»Ja, aber Stephan wollte das nicht. Von dem Rohe nehme ich doch keine andere Wohnung an. Aus Prinzip nicht, hat er gesagt. Rohe war seitdem ein rotes Tuch für ihn. Vollkommen irrational,

Absender

Name **Vorname**

Straße

PLZ/Ort

E-Mail

Alter **Beruf**

Aktuelle Informationen finden Sie im Internet unter www.bebraverlag.de. Einfach den QR-Code scannen!

Tel.: 030 / 440 23 810 Fax: 030 / 440 23 819 post@bebraverlag.de

Bitte als

Postkarte

freimachen

Antwort

be.bra verlag GmbH
– Kundenbetreuung –
KulturBrauerei Haus S
Schönhauser Allee 37

D-10435 Berlin

Liebe Leserin, lieber Leser,

wir freuen uns über Ihr Interesse an unserem Verlagsprogramm. Auch in Zukunft möchten wir Sie gern **kostenlos** über wichtige Themen informieren (per Post und E-Mail). Deshalb bitten wir Sie, diese Karte ausgefüllt an uns zurückzusenden. Oder füllen Sie einfach unser Formular aus unter **www.bebraverlag.de/gewinnspiel.**

Als Dank für Ihre Mitarbeit verlosen wir unter den Einsendern pro Monat ein Buch aus unserem Programm, das Ihren Interessen entspricht. (Der Rechtsweg ist ausgeschlossen)

Diese Karte habe ich folgendem Buch entnommen:

....

Ich interessiere mich für:

- ☐ Zeitgeschichte
- ☐ Geschichte
- ☐ Berlin
- ☐ Brandenburg
- ☐ Sachsen
- ☐ Japan Edition
- ☐ Krimis
- ☐ Wissenschaft
- ☐ E-Books

be.bra verlag

Aufmerksam wurde ich auf das Buch durch:

- ☐ Zeitung/Zeitschrift
- ☐ Fernsehen/Radio
- ☐ Verlagskatalog
- ☐ Lesung
- ☐ ....

INFOS, NEWS UND GEWINNSPIELE FINDEN SIE IM INTERNET:

www.facebook.com/bebra.berlin
www.google.com/+bebraverlag
www.youtube.com/bebraverlag

www.bebraverlag.de

wenn Sie mich fragen. Klein wurde letzten Endes von der Polizei aus der Wohnung getragen. Mit seiner Verweigerungshaltung war er bei Rohe natürlich an der richtigen Adresse.«

»Wie meinen Sie das?«

»Kennen Sie Peter Rohe nicht?«

»Gegenfragen sind uncool.« Gutzeit lächelte milde. »Was meinen Sie mit richtige Adresse?«

»Rohe ist ein harter Hund. Schon immer gewesen.«

»Wie, schon immer?«

»Es gab mal Zeiten, da ging in West-Berlin nichts ohne ihn.«

»West-Berlin? Woher wissen Sie das? Sie sprechen von der Zeit vor '89? Das können doch nicht Ihre eigenen Erfahrungen sein?«

»Am Runden Tisch sitzen auch Ex-Hausbesetzer aus den Achtzigern. Mittlerweile ergraut und gut situiert – aber immer noch mit echtem Revoluzzer-Herz.«

Revoluzzer-Herz, meine Güte, dachte Gutzeit. Ironie? Sie ließ Renger weiterreden.

»Die können die eine und andere Anekdote zum Besten geben, wie das damals war unter Lummer und Konsorten. Die stellen auch gerne Literatur, die längst vergriffen ist, ins Bücherregal hier.« Renger stand auf, ging zum Regal hinüber, zog ein Taschenbuch heraus. »*Filz & Co.* heißt das hier. Ist von 1986. Interessante Lektüre.« Er las eine Passage vom Klappentext vor: »Die Autoren haben Streifzüge durch Upper Class und Unterwelt veranstaltet; herausgekommen ist eine Milieustudie zu den Cliquen und Sitten derer, die in Restberlin das Sagen haben.«

»Restberlin?«

»Linker Verlag halt.« Renger schlug das Buch auf. »Hier ist ein Zettel eingeklebt, darauf steht: ›Liebe Leserin, lieber Leser, das Landgericht Berlin ist der Meinung, dass wir die Wahrheit nicht verbreiten dürfen. Auf Seite 125 haben wir sie geschwärzt. Wenn Sie eine ungeschwärzte Seite haben möchten, sobald die nächste Instanz anderer Ansicht ist, schreiben Sie uns bitte.‹«

Obschon Gutzeit nicht verstand, auf was Renger hinaus wollte mit seiner Geschichtsstunde, hörte sie geduldig zu. Er blätterte zu besagter Stelle und las weiter vor: »›Der Bauunternehmer …‹

– der Name, um den es an dieser Stelle geht, ist unkenntlich gemacht – spendete in den letzten beiden Jahren 20.000 Mark und blieb exakt um einen Pfennig unter dem Betrag, der nach dem Parteiengesetz veröffentlich werden muss; eine unnötige Vorsichtsmaßnahme, denn die CDU interessierte das Parteiengesetz wenig.‹«

»Scharfer Tonfall«, konstatierte Gutzeit. »Weiß man heute, welcher Name …?«

»Nach rund dreißig Jahren verblassen offenbar auch Filzstifte – jedenfalls scheint hier die Druckerschwärze durch.« Er hielt die aufgeblätterte Seite ins Licht der Neonlampe über sich. »Hier kann man was lesen von …«

»… Rohe?«

»Rohe.«

»Verstehe. Würden Sie mir das Buch leihen? Scheint wirklich interessant zu sein. Vielleicht sollte ich mal reingucken. Von wegen Hintergrundwissen.«

Renger übergab ihr die Lektüre. »Wiedersehen macht Freude«, sagte er.

»Versprochen«, sagte Gutzeit. Sie blätterte die Seiten durch. »Hm … dieser Rohe ist also ein Mann mit einer gewissen Historie.«

»Kann man so sagen, ja.«

»Zudem habe ich begriffen, dass er Klein von der Polizei räumen ließ. Wissen Sie zufällig, ob Klein Rohe mal persönlich begegnet ist? Ich meine, ist das denkbar, dass Klein nach der Räumung mit Wut im Bauch und im Eifer des Gefechts bei dem vorbeigeschaut hat, um ihm einfach nur mal die Meinung zu geigen?«

»Hm.« Renger dachte nach. »Möglich, denn Klein konnte ja ziemlich impulsiv sein. Aber ich denke, das kann der Seidel besser einschätzen.«

»Warum Seidel?«

»Na ja, im Gegensatz zu mir ist der mit Klein auch um die Häuser gezogen.«

»Sagt wer?«

»Seidel.«

»Wem?«

»Mir.«

»Wann?«

»Auf der letzten Vernissage. ›Keimzeit‹. Eine Installation. Läuft noch in der Galerie Moabit.«

»Aber wenn Sie wissen, dass Seidel mit Klein um die Häuser gezogen ist, dann kennen Sie diesen Herrn doch näher?«

»Näher, nein, das würde ich nicht sagen. Aber in Moabit kennen sich alle Kulturakteure untereinander, das bleibt nicht aus. Man nimmt sich zumindest wahr – nicht zuletzt in der einen oder anderen Kneipe, dem einen oder anderen Club. Aber auch die jeweiligen Projekte werden zur Kenntnis genommen. Geht gar nicht anders, Moabit ist doch ein Dorf. Man besucht sich auch gegenseitig. Künstler müssen ja wissen, wer was wie realisiert; es ist hilfreich, herauszufinden, was man selber tun muss, um beim nächsten Mal den entsprechenden Fördertopf vor der Konkurrenz abzugreifen.«

»Es geht auch hier immer nur um Geld?«

»Wenn Sie mich nicht verpetzen, verrate ich Ihnen ein Geheimnis: Man lässt sich in der Szene gerne mal inspirieren vom Schaffen anderer. Es gibt zwei Fraktionen: Die einen wollen neue Trends setzen, die anderen ahmen gesetzte Trends nach. Wichtig ist aber immer, dabei zu sein, aufzufallen, zumindest doch das eigene Künstler-Ego geschmeichelt zu bekommen.«

»Zu welcher Fraktion gehörte Stephan Klein?«

»Weder noch, denke ich. War Anachronist. Versuchte sein Glück mit Makrofotografie: Kleines groß zeigen.« Renger gähnte. »Verstehen Sie?«

»Damit lässt sich kein Blumentopf gewinnen, meinen Sie?«

»Zu konservativ.«

»Nicht hipp genug?«

Renger zuckte mit den Schultern. »Jede Zeit hat ihren Geschmack – und nur darum geht's: um Geschmack und um das Gefühl, innovativ oder progressiv gewesen zu sein. Auch dann, wenn das Rad, das man eben erfunden zu haben glaubt, sich irgendwann schon mal gedreht hat.«

»Klingt desillusioniert. Wo steht da Ihre Travestie?«

»Konventionelle Unterhaltung, nicht mehr, nicht weniger. Hat aber mit dem Job hier nichts zu tun. Als Sozialmanager, wenn Sie so wollen, bringe ich auch die Leute zusammen, die mir persönlich auf den Keks gehen mit ihrem Hype als Künstler.«

Gutzeit ließ das Statement sacken. »Herr Renger, nur noch eins: Als wir Sie bei Harry Fleck antrafen, sagten Sie ... Moment, bitte ...« Sie zückte ihren kleinen Notizblock, blätterte zur entsprechenden Seite. »Sie sagten: Klein war bei mir Untermieter. Ich kannte ihn auch nicht weiter.« Sie steckte den Block wieder weg. »Also, dafür, dass Sie Klein nicht weiter kannten, habe ich heute eine ganze Menge erfahren. Wie kommt's auf einmal?«

»Als Sie mich bei Harry Fleck erwischten, hatte ich gerade geprobt, war voll drin in der Rolle ... und dann von Ihrer traurigen Nachricht schon ein wenig perplex. Sie werden vielleicht gemerkt haben, dass ich das durch Albernheit zu kaschieren versucht habe.«

»Sie wollten Ihre Betroffenheit überspielen?«

»Ja. Ich glaube, ich war überfordert in dem Moment.«

»Aha.« Gutzeit klang nicht wirklich überzeugt. Renger schien das zu spüren.

»Ich finde das nachvollziehbar, dass ich bei der Nachricht von Stephans Tod nicht automatisch auf dessen künstlerische Ambitionen gekommen bin.«

»Für heute vielen Dank, Herr Renger.« Gutzeit überreichte ihm ihre Visitenkarte. »Die Dinger verteile ich gerne«, sagte sie. »Oft fällt einem im Nachhinein doch noch was ein.«

Hajo Freisal stellte seinen Wagen in der Moabiter Arminiusstraße ab; er hatte Glück, ein Parkplatz war in dem Moment frei geworden, als er von der Jonasstraße in die ebenso kurze wie schmale Straße vor der Markthalle einbog. Genau besehen, war der Parkplatz auch vorher schon unbesetzt gewesen. Eine Kolonne Fahrzeuge der Stadtreinigung hatte ihn blockiert, deren Fahrer sich Verpflegung für die Mittagspause holten. Vor der Markthalle Moabit war das Angebot an Parkplätzen ganz besonders endlich.

Der Kommissar betrat die Halle. Er stutzte, als er den Gitarristen sah und hörte, der sich im Eingangsbereich verdingte. Er stand hinter seinem aufgeklappten Gitarrenkoffer, sein Oberkörper schwang im Rhythmus mit. Der Musiker drehte den Kopf zur Seite und zeigte einen inbrünstigen Gesichtsausdruck. Er schien den Groove zu leben, den er aus seiner Akustikgitarre herauskitzelte. Der Mann beherrscht sein Instrument, dachte Freisal, und das war, wusste er, in Sachen Straßenmusik nicht immer der Fall.

Der Kommissar schlurfte links ums Eck. Hier betrieb Gerhard Paschke seinen Kiez-Imbiss. Freisal war da mal Stammkunde gewesen, als er noch heiß und fettig gegessen hatte (gerne Eisbein mit Kartoffeln und Sauerkraut). Das war jetzt zwar passé, aber Paschke zauberte seit Neuestem – »uff Wunsch eenes einzelnen Herrn« – Salatteller: mit Schafskäse oder Putenstreifen und, »wejen die Fijur, wa«, mit Essig und Öl.

Für 13 Uhr war in der Halle erstaunlich wenig los.

»Ist ja heute wie leergefegt hier«, begrüßte er Paschke. »Gibt's woanders Freibier?«

»Keene Ahnung.« Paschke hob die Hand zum Gruß. »Vermutlich immer detselbe: Kaum haut Frau Holle uffs Kissen, traut sich keener mehr raus. Aber det wird schon wieder, spätesten morjen ham sich alle dran jewöhnt, det Winter is'.«

»Wollen wir mal hoffen. Anderenfalls wird das Eisbein dem eigenen Namen gerecht.«

»Wer den Schaden hat … Aber wat soll ick machen? Der Herr Kommissär fällt ja fürs Eisbeen weg wejen seine Abnehmerei.«

»So ist es, Paschke.«

»Willste wieder so ’n Teller mit Grünzeug und Pute oder Schafskäse oder …?«

»Nicht so schnell«, sagte Freisal. »Muss erst mal ankommen.« Er überlegte kurz. »Weiß noch nicht.« Seufzend tastete er nach seinem kleinen Chinabüchlein, das er bei sich führte, um zu notieren, was er tagsüber aß und trank. »Mach mir erst mal einen Espresso.«

Just in dem Moment, als Freisal sein Büchlein auf dem Tisch ablegte und den Kaffee notierte, ließ Paschke die Espressomaschine brummen. Er steckte seinen Kopf über den Tresen. »Und?«

»Bitte?«

»Kommt deine Kollejin ooch noch?«, fragte Paschke mit Süffisanz in der Stimme. »Is’ ja ’n janz bezauberndes Jeschöpf, wa.«

»Ach, Paschke …«

»Wat denn?!«

»Meine Kollegin steht nicht auf Grufties.«

»Musst nich’ von dir uff andere schließen.«

»Alles klar. Du denkst aber schon noch an meine Bestellung?«

Pascke brachte den Espresso an den Tisch. Er sah das Chinabüchlein. »Mensch Hajo, musst du da echt jeden Schluck rinpinseln?«

»Natürlich.«

»Echt?«

»Echt.«

»Also, mal unter uns.« Paschke drehte sich kurz um, als hätte er Konspiratives mitzuteilen. Er senkte sogar die Stimme. »Mir würd det ja kolossal uff’n Jeist jehen, jeden Krümel uffzuschreiben.«

»Und?«

»Wat?«

»Hilft mir das jetzt weiter?«

»Nee. Ick meen ja bloß.«

»Na, danke!«

»Keene Ursache«, sagte Paschke und grinste schief. Dann riss er die Augen weit auf. »Kiek ma' an, die Sonne jeht uff!«

Freisal schaute in Richtung Eingang. Gutzeit schritt zielstrebig auf den Imbiss zu. Als sie den Stehtisch erreicht hatte, begrüßte sie die Männer. »Tag, die Herren!«

»Die Dame ...«, sagte Paschke. »Sie mal wieder in der heiljen Halle zu sehen, dit ehrt mir.«

Gutzeit schmunzelte. »Freut mich, dass Sie sich freuen.« Sie zeigte mit der Rechten auf Freisals Espresso. »So einen hätte ich auch gerne.«

Paschke dienerte gekonnt. »Für Sie, Frau Gutzeit, mach ick ooch 'n Doppelten zum Preis für eenen!«

Freisal schaute ihn streng an. »Du sabberst schon wieder«, sagte er.

Paschke wischte sich über den Mund. »Langweiljer Knilch«, mokierte er sich. »Man wird doch noch mal flirten dürfen.«

»Alles gut«, sagte Gutzeit gut gelaunt. »Aber ein einfacher Espresso genügt voll und ganz.«

»Wenn Se meen'...« Paschke trollte sich hinter den Imbisstresen, nahm das Bajonettsieb aus der Halterung der Maschine, lud Kaffeepulver nach.

»Eigentlich doch ein ganz Lieber, der Herr Paschke.« Gutzeit lächelte Freisal an.

»Wie Sie meinen.« Der KHK nippte am Espresso. Dann wurde er dienstlich. »Was war beim QM?«

»Sie werden's nicht glauben«, sagte Gutzeit. »Der Chef des Ladens ist Charleys Tante. Also Klaus Renger. Ganz ohne Frauenkleider.«

»Was Sie nicht sagen ...«

Aber bevor Freisal selbst auch nur ein Wort mehr sagen konnte, rockte sein Smartphone dazwischen. Der KHK zottelte das Gerät aus der Jackentasche und legte es auf den Stehtisch. »Guck mal an«, sagte er mit Blick aufs Display und ließ den Sound weiterwummern. Ohne Gutzeit anzuschauen, fuhr er fort: »Seien Sie ehrlich, Sie denken, ich wüsste jetzt nicht weiter, stimmt's?«

»Haben Sie etwa heimlich geübt?«

»Sicherlich«, sagte Freisal ironisch und schob nach: »Im Ernst: Bin doch nicht grenzdebil. Will sagen, Sie haben mir doch vorhin gezeigt, wie's geht.« Er schüttelte demonstrativ den Kopf, lächelte kurz zu Gutzeit hinüber, nahm souverän das Gespräch an und fand auch sofort den Freisprechbutton.

Gutzeit reckte den rechten Daumen.

»Herr Kriminalrat, ich höre«, sagte Freisal.

Claus berichtete, dass den Erkenntnissen der Stuttgarter Kollegen zufolge Stephan Klein vor gut einem Jahr aus seinem Elternhaus ausgezogen sei und sich auf nach Berlin gemacht habe. »Unmittelbar davor hat es Streit in der Familie gegeben.« Es sei der Mutter zufolge um die Zukunft des Sohnes gegangen; nach Kleins Abitur sei für sie und ihren Mann klar gewesen, dass ihr Sohn natürlich Betriebswirtschaft studieren würde. Bei genauerem Hinhören sei deutlich geworden, dass es den Eltern ausschließlich um den Erhalt des Geschäfts gegangen war. Stephan Klein, so Claus weiter, sei als einziges Kind der alleinige natürliche Nachfolger für die seit zwei Generationen bestehende Genussmanufaktur.

»Sie können sich die Firma ja mal im Netz angucken«, sagte der Kriminalrat und gab die Internetadresse durch. »Die Mutter von Stephan Klein ist völlig fertig: Nervenzusammenbruch, liegt im Krankenhaus.«

»Dann fällt sie schon mal aus in Sachen Identifizierung des Toten«, stellte Freisal fest.

»Ja, aber ihr Mann, Kleins Vater, ist ja auch noch da. Er soll sich übrigens gerade irgendwo in Brandenburg, bei einem Geschäftstermin, aufhalten.«

Gutzeit rief auf ihrem Smartphone die Firmenwebseite der »Genussmanufaktur« auf und las vor: »Schinken hat bei der Familie Klein Tradition: Seit 1945 stellen wir im kleinen Örtchen Freudenstadt-Musbach mitten im Schwarzwald unseren Schwarzwälder Schinken her: geräuchert über heimischem Tannenholz und Wacholderzweigen. Wir produzieren auch schmackhaften Bauchspeck und unsere beliebte Salami, verfeinert mit edlem Kirschwasser.«

»Wie es sich darstellt«, so Claus, »sind Stephan Kleins Eltern mit der Zeit gegangen, das heißt, sie offerieren ihre Produkte nicht nur am regionalen Ladentresen, sondern auch weltweit über einen Online-Shop für Groß- und Einzelhändler und Endverbraucher.«

Gutzeit klickte den Shop an. Eine lange Produktliste von »Leckerem wie Erlesenem« konnte im Direktvertrieb über den virtuellen Einkaufskorb erworben werden.

Als Freisal die appetitlich fotografierten Wurstwaren sah, ertappte er sich dabei, wie er sich mit der Zunge über die Lippen leckte.

»Das Internet-Geschäft«, so Claus weiter, »ist bei den Kleins immer größer geworden. Es wäre für ihren Sohn das richtige Arbeitsfeld gewesen, hat die Mutter gesagt. Gerade zum Einstieg in die Firma. Ihr Sohn habe zu den elektronischen Medien, die immer mehr im Kommen seien, den besseren Draht. Social-Media-Marketing eben. Auch für die Kleins sei das mittelfristig wichtig. Das hat sich offenbar bis in die Schwarzwälder Provinz herumgesprochen.«

»Wo liegt dieses Musbach genau?«, fragte Freisal.

»Musbach ist ein aus Obermusbach und Untermusbach bestehender Stadtteil von Freudenstadt«, kam es wie aus der Pistole geschossen von Claus. »Idyllische Lage«, ergänzte er, »auf einer Hochebene, umgeben von dichten Tannenwäldern und grünen Wiesen.«

»Sie kennen den Ort näher?«

»Ja, Sie denn etwa nicht?«

»Gegenfragen sind uncool, Herr Kriminalrat.«

»War schon dreimal dort, im Urlaub.«

Während Claus begann, von Musbach zu schwärmen und dem KHK endgültig klar wurde, weshalb sich sein Chef so in die Recherche gehängt hatte, gab Gutzeit den Ort Freudenstadt bei Yahoo! ein. Wenige Klicks weiter war sie auf der Webseite der Stadt. Auf der Startseite bewarb der Ortsvorsteher »die Schönheit der geografischen Lage«, aber auch »die Tatsache, dass der größte Arbeitgeber der Region bei uns zu Hause ist:

die Genussmanufaktur Klein«. Mit 260 Mitarbeitern produziere die Firma jährlich zwei Millionen Schinken und habe damit den »kleinen beschaulichen Ort deutschlandweit bekannt gemacht«.

Kriminalrat Claus berichtete weiter, dass die Kleins den Angaben der Mutter nach das E-Business teuer »outsourcen« müssten, obwohl das doch für einen jungen Menschen wie ihren Sohn ein Einfaches gewesen wäre. Aber die Kleins, so schlussfolgerte Claus, hatten die Rechnung wohl ohne den Sohn gemacht. »Der hatte, so die Stuttgarter Kollegen, unmittelbar nach seiner Kaufmannslehre in Papas Betrieb beschlossen, auszusteigen: Raus aus der Idylle, weg vom Schinken.«

»Eigene Wege gehen«, meinte Gutzeit.

»Auch ohne Judith Kretschmann«, bemerkte Claus.

»Wer ist das?«

»Kleins Verlobte. Die soll ziemlich sauer auf ihren Freund gewesen sein, weil er sie sitzen gelassen hat. Muss man sich mal vorstellen: Kretschmann und Klein kannten sich seit der Grundschule, waren schon als Teenager ein Paar. Also, die Kretschmann habe Klein heiraten wollen, sagt Frau Kretschmann.«

»Konnte das Mutter Klein bestätigen?«

»Nein, an dem Punkt war sie schon nicht mehr vernehmungsfähig. Gibt erst mal keinen Grund, an dieser Aussage zu zweifeln.«

»Wie hat die Kretschmann die Nachricht aufgenommen?«

»Beherrscht, sagt der Stuttgarter Kollege. Ja gut, zwei, drei Tränen, vielleicht auch vier. Jedenfalls kein Kollaps.«

»Herr Claus«, hakte Gutzeit nach, »ich lese hier im Internet, dass die Kleins jährlich zwei Millionen Schinken absetzen. Wäre durchaus lohnenswert gewesen, da einzuheiraten. Hat die Dame ein Alibi für gestern Abend?«

»Ja«, bestätigte Claus. »Die Kretschmann spielt Fußball. Beim Sportverein in Musbach. Sie war beim Training, 20.30 bis 22 Uhr.«

»Training? Im Winter?«, fragte Freisal.

»Ja, in einer Halle.«

Gutzeit gab parallel »SV Musbach« ins Smartphone ein. »Schau an«, sagte sie. »Nichts für die Sportschau, aber immerhin ... Ich zitiere: ›Mit einer starken Leistung gegen den FV Bellenberg im November haben sich die Damen des SV Musbach drei wichtige Punkte gesichert. Damit liegt Musbach auch weiterhin im Soll, die angestrebten 15 Punkte bis zur Winterpause einzufahren. Gleichzeitig konnte man sicherstellen, dass man den Anschluss zum oberen Tabellendrittel beibehält.‹«

»Landesliga«, ergänzte Claus kennerhaft.

»Schön, schön«, erwiderte Freisal hörbar gelangweilt. Fußball allgemein, Frauenfußball insbesondere, konnte er nichts abgewinnen. »Die Dame hat also ein Alibi.«

»Na ja, man muss nicht selber Hand anlegen, wenn man jemandem Böses will«, gab Gutzeit zu bedenken.

»Haben Sie diesbezüglich einen Anhaltspunkt, Kollegin?«, hakte Claus nach.

»Nein.«

»Wie Sie wissen, halte ich nichts von wilden Spekulationen«, sagte Claus.

»Aber ...«

Aber kam bei Claus gar nicht gut an, wusste Freisal. Also fragte er: »Noch mal zum Vater von Klein. Sie sagten, er sei in Brandenburg unterwegs?«

»Gestern soll er im Gewerbegebiet Brandenburgpark, Ludwigsfelde, zu tun gehabt haben: Treffen mit einer E-Business-Firma. Wegen der Optimierung der Shop-Lösung. Das hat die Computerbude den Stuttgartern im Übrigen schon telefonisch bestätigt. Frau Klein hat gesagt, dass sie ihren Mann heute am frühen Abend zurückerwarte.«

»Der Vater des Toten könnte demnach immer noch in Ludwigsfelde sein.«

»Oder nutzt die Zeit für eine Berlin-Stippvisite«, sagte Claus.

»Wissen die Kollegen auch, wo der Senior übernachtet hat?«, fragte Gutzeit.

»Landhotel Fontane, am Ort, genauer gesagt: am Gröbener Fließ.«

»Wow, fix die Kollegen.«

»Beinahe so schnell wie wir«, erwiderte Kriminalrat Claus ironisch. »Sie und Ihre Kollegin sind ja auch nicht von der langsamen Truppe.«

»Danke«, sagte Freisal. »Ein Lob zur rechten Zeit …«

»Gegen Angriffe kann man sich wehren, gegen Lob ist man machtlos.«

»Twain?«, fragte Freisal neugierig.

»Freud«, sagte Claus. »Nicht nur Twain hatte Witz.«

»Aha. Der Rest aus Baden-Württemberg schriftlich?«

»Ja.«

»Wir sollten auch die Brandenburger einbeziehen«, stellte Freisal fest.

»Machen Sie das, meinen Segen haben Sie«, sagte Claus. »Ich behalte dann mal die Schwarzwälder im Blick.« Er legte auf.

»Wäre es denkbar, dass Kleins Vater seinen beruflichen Aufenthalt im von Berlin nur rund fünfzig Kilometer entfernten Ludwigsfelde dazu genutzt haben könnte, seinen Sohn in der Hauptstadt zu treffen? Zwischen Geschäftstreffen und geplantem Rückflug liegt doch einiges an Zeit«, überlegte Gutzeit laut.

»Um seinen Sohn doch noch umzustimmen, denken Sie?«

»Möglicherweise.«

»Aber sie gerieten wieder in Streit? Vater ersticht Sohn?«

»Wäre nicht das erste Mal, dass sich Familienmitglieder gegenseitig an die Gurgel gehen«, konstatierte Gutzeit.

»Stimmt«, musste Freisal einräumen. »Zudem finden statistisch gesehen die meisten Familienkräche um Weihnachten herum statt. Da entlädt sich der übers Jahr angestaute Frust über die bucklige Verwandtschaft.«

»Muss ein herber Schlag für Kleins Vater gewesen sein«, sagte Gutzeit, »als ihm sein Sohn offenbarte, dass er als Nachfolger ausfällt.«

»Anderseits gibt's viele Firmenchefs, die mangels Kindern ihre Nachfolge außerfamiliär regeln müssen.«

»Aber die Genussmanufaktur ist in zweiter Generation in Familienbesitz.«

Freisal tippte mit dem Zeigefinger auf das Smartphone. »Hm … Es geht in so einer Konstellation bestimmt nicht nur um Schinken, auch um Emotionen.« Er schaute auf seine Armbanduhr. Früher Mittag. »Wie lange fliegt man nach Stuttgart?«, fragte er.

»Neunzig Minuten, schätze ich. Worüber denken Sie nach?«

»Wenn der Senior erst am frühen Abend in Musbach zurück erwartet wird, ist er vielleicht wirklich noch hier in der Gegend.«

»Okay. Bitten wir die Kollegen in Brandenburg, das zu checken. Auch, wo sich Kleins Vater rund um die Tatzeit, also gestern Abend, aufgehalten hat«, schlug Gutzeit vor.

»Ja, tun Sie das. Am besten gleich.«

Gutzeit rief das LKA Brandenburg an und informierte den Kollegen am anderen Ende der Leitung, dass Amtshilfe nötig sei. Sie schilderte in Kurzform den Fall – und: »Eilt etwas.«

»Verstehe«, sagte der Brandenburger Kollege. »Die Ludwigsfelder sollen checken, ob der Mann noch im Hotel anzutreffen ist. Weiß er eigentlich schon vom Schicksal seines Sohnes?«

»Anzunehmen – vorausgesetzt, seine Frau hatte vor ihrem Zusammenbruch noch Gelegenheit, mit ihm zu sprechen, versteht sich.«

»Und wenn er da selbst irgendwie mit drinsteckt, weiß er es sowieso«, warf Freisal ein. »Kollege, wenn Sie den Senior erwischen, bitte auch daran denken: Er müsste vor dem Rückflug seinen Sohn in Berlin identifizieren.«

»Was ist, wenn er schon im Flieger sitzt?«

»Dann veranlassen Sie bitte, dass er den nächstmöglichen Flug zurück nimmt.«

»Ja«, sagte der Brandenburger. »Letzte Frage, technischer Natur: Mit Ihrem Amtshilfegesuch ist bis wann zu rechnen?«

»Wird zeitnah abgesetzt«, sagte Gutzeit, verabschiedete sich und legte auf. »Hab's gleich«, sagte sie zu Freisal. Tatsächlich, keine Minute später: »Ab damit!«

»Wie jetzt? Alles schon eingetütet?«

»Kein Ding. Die wesentlichsten Antragsformulare habe ich als interaktive PDF-Dateien unter ›Vorlagen‹ abgespeichert: Von A wie Amtshilfe über H wie Haftbefehl bis U wie Urlaub.«

»Wow!« Freisal nickte anerkennend. »Wie das geht, müssen Sie mir unbedingt mal zeigen.«

Gerhard Paschke trat an den Stehtisch und stellte das Espressotässchen für Gutzeit vor ihr ab. »Hab jewartet, bis Sie fertich sind mit Ihr'm Jespräch. Eijentlich Selbstbedienung, Herrschaften«, sagte er. »Aber bei Ihnen, Frau Gutzeit, mach ick mal 'ne Ausnahme, wa. Nich', det Ihr Käffchen noch kalt wird.«

Gutzeit lächelte.

»Sehr freundlich von dir«, ging der KHK dazwischen. »Aber jetzt keine Wurzeln schlagen, bitte.« Freisal wedelte mit der Hand. »Danke! Wir haben Dienstliches zu besprechen.«

»Is' ja schon jut.« Paschke zog wieder ab.

Gutzeit nahm einen Schluck, dann noch einen.

»Wie war's in der Galerie?«, fragte sie. »Erzählen Sie mal: Was macht die Kunst?«

»Sie keimt«, antwortete Freisal trocken, kramte den Ausstellungszettel hervor, den er von Seidel bekommen hatte, und schob ihn zu Gutzeit hinüber.

Yasmine Gutzeit überflog den Text, der auf dem Galerie-Flyer stand. »Konzeptkunst. Klasse!«

»So?«, bemerkte Freisal. »Sie verstehen was von Kunst?«

»Sie etwa nicht?«

»Gegenfragen …«

»… sind uncool, ich weiß. Also, verstehen wäre wohl zu viel gesagt. Letzten Sommer war ich im Martin-Gropius-Bau. Im Lichthof. Da gab es die Installation Stools von Ai Weiwei: 6000 Schemel sollten die Landflucht der Chinesen symbolisieren … wie die Menschen ihre Vergangenheit zurückgelassen haben.«

»Ach was!?«

Gutzeit erläuterte ungefragt, aber engagiert: »Sie müssen wissen, bei Konzeptkunst spielt die Ausführung des Werks nicht die erste Geige. Wichtig ist vielmehr die Idee, die dahintersteckt.«

»Auch bei Wikipedia nachgelesen?«

»Das gibt meine solide Halbbildung her«, konterte Gutzeit. Sie blickte auf den Galeriezettel. »Aber hier steht es ja.« Sie las vor: »Keimzeit geht es um die Entmaterialisierung des Kunstwerks und um die Einbeziehung des Betrachters als solchen. Wichtig sind dem Künstler gesellschaftliche Kontexte und die Möglichkeit von gedanklichen Verknüpfungen.«

»Das haben die aber schön gesagt«, feixte Freisal. »Klingt für mich blutarm, abgehoben, technisch … man könnte auch sagen: keimfrei.«

»Nicht Ihre Sache, war schon klar.«

»Kann man so pauschal nicht sagen. Ich warte bloß auf die Installation, bei der jemand versucht, in einem runden Raum in die Ecke zu pinkeln.«

»Och nee, Herr Freisal! Was wir nicht verstehen oder verstehen wollen, müssen wir doch deshalb nicht ablehnen.«

»Ich lehne nicht ab. Ich mache mich lustig.«

»Ist das nicht das Gleiche?«

Freisal dachte nach. »Könnte sein«, gestand er ein. »Ziehe den Beitrag vorläufig zurück.«

»Besser ist es.«

Der KHK kam zur Sache. »Gutzeit, lassen Sie uns mal unsere Erkenntnisse gedanklich verknüpfen, um die Kontexte, die für uns von Relevanz sind, herauszufinden.«

Gutzeit nickte. »Wie gesagt: Der QM-Mann ist uns bekannt. Charleys Tante.«

»Renger. Interessant.« Freisal wurde abermals unterbrochen. Sein Smartphone lärmte schon wieder und er zuckte vor Schreck kurz zusammen. »Den Sound ... Gutzeit ... den müssen Sie mir unbedingt ändern«, sagte er, während er das Telefon aus der Tasche nestelte. »Eine Nummer mit 0711«, stellte er fest. »Stuttgart.«

»Die Kollegen vom LKA Baden-Württemberg?«

»Wüsste nicht, wer sonst von da unten anrufen sollte.« Er tippte auf den Telefon-Button.

»Wischen müssen Sie«, erinnerte Gutzeit.

»Weiß ich doch«, behauptete Freisal. »Wollte nur testen, ob Ihre Konzentration hier oder bei unserem Charmeur hinterm Tresen ist.« Er nahm das Gespräch an.

Es meldete sich das LKA Stuttgart. Der Kollege wollte »mal eben« telefonisch durchgeben, was sie »so zwischenzeitlich noch herausgefunden« hätten. Das komme alles schriftlich, aber vermutlich könne man die Informationen sofort brauchen. Man habe zwar – »des Dienstweges wegen« – zunächst erneut Kriminalrat Claus kontaktiert, der aber habe gesagt, man solle besser mit dem ermittelnden Beamten Freisal direkt sprechen.

»Am Apparat. Meine Kollegin Gutzeit steht neben mir und wird gleich mal mithören.«

»Gut«, sagte der Stuttgarter.

»Moment noch, Kollege.« Freisal drückte den Freisprech-Button und legte das Telefon auf den Tisch.

»Auch von mir einen guten Tag, Kollege, Gutzeit hier.«

Der Stuttgarter kam ohne Vorrede zum Wesentlichen. »Wir haben noch mal nachgehakt. Wegen der Beziehung des Klein zu dieser Kretschmann. Sie hat zu Protokoll gegeben, dass sie nicht wisse, warum, aber sie habe gespürt, dass sich Klein von ihr, Zitat, ›irgendwie entfernt‹ habe, gut ein halbes Jahr bevor er, wieder Zitat, ›tatsächlich verschwunden‹ war. Es sei zwischen ihnen schwieriger geworden.«

»Was heißt schwierig?«, fragte Gutzeit.

»Kretschmann hat mir zu verstehen gegeben, dass Klein mit ihr keinen Sex mehr wollte. Er hätte wohl das Interesse an ihr verloren.«

»Das hat sie einfach so hingenommen?« Gutzeit klang skeptisch.

»Nein«, erläuterte der Kollege. »Sie sagte, sie habe eine Woche nach Kleins Aufbruch nach Berlin versucht, ihn zu erreichen. Sie habe seine neue Adresse nicht gekannt, hatte aber natürlich seine Handynummer. Als sie ihn telefonisch erreichte, habe sie ihm ein Treffen in Berlin vorgeschlagen. Sei aber nichts zu machen gewesen, sagte die Kretschmann. Klein habe ihr gesagt, dass er endlich seinen eigenen Weg finden müsse. Es täte ihm leid für sie, aber er spüre, dass er keine andere Wahl habe. Er müsse Altes hinter sich lassen, um Neues anfangen zu können. Das beträfe auch Beziehungen.«

»Klingt nach totalem Bruch mit dem alten Umfeld«, stellte Gutzeit fest.

»Ich weiß nicht«, wandte Freisal ein. »Wenn Klein alte Zöpfe konsequent abschneiden wollte, hätte er dafür gesorgt, nicht über alte Kanäle erreichbar zu sein, oder?«

»Gut, dass Sie's erwähnen, Kollege«, sagte der Stuttgarter. »Nach dem besagten Gespräch, so gab die Kretschmann zu Protokoll, habe sie Klein nicht mehr erreichen können. Die Nummer sei nicht vergeben, hieß es. Demnach hat Klein sehr wohl auch technisch die Brücke hochgezogen.«

»Das kommt in den besten Familien vor.« Freisal zuckte mit den Schultern. »Neue Flamme, neues Glück.«

»Kann man so sagen«, erwiderte der Stuttgarter Kollege. »Jedoch in diesem Fall möglicherweise: anderer Energieträger, andere Wärme.«

»Meine Herren, bitte«, intervenierte Gutzeit. »Wir haben einen Mord aufzuklären.«

Der Stuttgarter schaltete um auf behördliche Sachlichkeit. »Wir glauben, eine begründete Annahme zu haben, warum zwischen den beiden nichts mehr lief. Bei der Durchsuchung des ehemaligen Zimmers von Klein im elterlichen Haus fanden wir einen Schuhkarton im Kleiderschrank. Darin Bücher. Das Zimmer ist übrigens von den Eltern so belassen worden, wie es ihr Sohn verlassen hatte. Zitat seiner Mutter: »›Für den Fall, dass Stephan doch noch zurückkommt.‹«

»Berlin-Reiseführer?«, fragte Freisal.

»Die verlorene Sprache der Kräne«, zitierte der Stuttgarter einen Buchtitel.

»Sachbuch? Industrieromantik?«

»Roman«, klärte der Kollege auf. »Ich lese Ihnen der Einfachheit halber den Text vor, der auf der Buchrückseite steht: ›Philip ist Mitte zwanzig und zum ersten Mal in einen Mann verliebt. Die überforderte Reaktion seiner Eltern hat Gründe: Sein Vater Owen ist selbst schwul, hat jedoch nie den Mut aufgebracht, seine Neigung auszuleben. Durch Phillips Coming-out zerbricht die Idylle der Eltern und die Familie muss sich der Realität stellen.‹«

»Das sagt uns nun was?«, fragte Gutzeit.

»Es wirft die Frage auf, ob Stephan Klein homosexuell war. Er könnte sich zumindest für homoerotische Geschichten interessiert haben. Es lagen noch mehr Bücher dieser Art im Karton. Zum Beispiel ...«

»Danke, genügt fürs Erste«, unterbrach Freisal. »Den Sachverhalt haben wir verstanden. Also, Kollege, nehmen wir mal an, Klein war homosexuell«, fuhr er fort, »dann stellt sich die Frage, ob er in Berlin auch diesbezüglich sein Leben neu gestalten wollte, richtig?«

»Ja«, pflichtete der Stuttgarter bei, »was man so hört ... Also, bei Ihnen in der Hauptstadt wären wohl die besten Voraussetzungen dafür gegeben.« Süffisanz lag in der Stimme.

»Inwiefern?«, wollte Gutzeit wissen, die einen unsäglichen Herrenwitz witterte.

»Bei einem homosexuellen Bürgermeister kann eine gewisse Toleranz der Bevölkerung gegenüber Schwulen unterstellt werden, meine ich.«

»Wowi ...«, setzte Freisal an, kam jedoch nicht weit, denn Gutzeit schaltete sich ein.

»Wowereit war gestern, heute heißt unser Häuptling Müller. Über dessen sexuelle Orientierung ist mir nichts bekannt. Interessiert mich auch nicht. Von hier aus, Kollege, Dank und Gruß nach Stuttgart!«

Entschlossen wischte sie den roten Button nach links, um das Gespräch zu beenden.

Freisal nippte am Espresso. »Warum so empfindlich?«, fragte er. »Seit wann stören Sie meine dummen Sprüche?«

»Ab und an muss man euch Kerlen Ansagen machen, sonst dreht ihr noch völlig durch. Das ist alles«, behauptete sie.

Oha, dachte Freisal – sagte aber: »Moment mal, in aller Freundschaft, Gutzeit, aber ich bin nicht Ihr ›Kerl‹, damit das klar ist. Nein, geschätzte Kollegin, ich bin Hans-Joachim Freisal, der, erstens, über achtzehn, zweitens nicht mehr erziehbar und, drittens, Ihr Vorgesetzter ist.«

»Was soll das jetzt, die Ich-bin-Ihr-Vorgesetzter-Leier? Ist doch gar nicht Ihr Stil«, sagte Gutzeit erstaunt. Immerhin hatte ihr der KHK schon in der ersten Woche ihrer Zusammenarbeit – sie war frisch von der Hochschule gekommen – gepredigt, dass Hierarchien keine Argumente ersetzten: »Im Zweifelsfall setzt man sich über Vorgesetzte hinweg, wenn es der Ermittlungsarbeit dient. Wäre aber von Vorteil, nicht erwischt zu werden.« Freisals Worte.

»Okay, nehme den Vorgesetzten zurück«, sagte er jetzt. »Aber, bitte, lassen Sie Ihren Frust über Ihren Freund nicht bei mir oder einem Stuttgarter Kollegen ab. Der ist uns behilflich, den Fall zu lösen.«

Schweigen.

»Sehen Sie's doch mal so«, nahm Freisal den Faden wieder auf, »Herrenwitze sind eigentlich Konzeptkunst: Der Witz als solcher ... ähm, also das Werk an und für sich ist doch nur von untergeordneter Bedeutung, wichtig ist die Idee, die dahintersteckt.«

»Welche Idee?«

»Der Prozess hin zur Erkenntnis, nicht jedes Wort auf die Goldwaage zu legen und sich zuzugestehen, dummes Zeug zu reden.«

Gutzeit wiegte den Kopf. Gewagt, dachte sie, hatte aber den guten Willen ihres Chefs erkannt, die Kurve zu kriegen – und ließ es durchgehen.

»Einverstanden.« Sie rang sich ein Lächeln ab. »Sorry meinerseits, wegen Kerle und so.«

»Na, darauf einen Dujardin«, zitierte Freisal eine Uraltwerbung für Weinbrand, hob seine Espressotasse und nahm einen letzten Schluck. Dann orderte er bei Paschke mit hochgehaltener Hand und zwei ausgestreckten Fingern zwei weitere.

Beim zweiten Kaffee tauschten sie sich darüber aus, was sie bei den Befragungen Rengers und Seidels hatten in Erfahrung bringen können. Es fiel auf, dass es, wie Gutzeit anmerkte, da und dort gewaltig holperte. »Insbesondere bei Seidel, oder? Hatte der Ihnen nicht gesagt, dass er Renger nicht weiter kenne, dass er Klein nur wegen der angespannten Wohnungslage Unterschlupf geboten habe?«

»Stimmt, er hat nicht gerade den Eindruck erweckt, als würde er Klein wirklich kennen«, bestätigte Freisal.

»Andererseits soll Seidel, das hat zumindest Renger mir gegenüber behauptet, mit Klein um die Häuser gezogen sein.«

»Mann, Mann, Mann«, seufzte Freisal. »Wissen Sie, was das bedeutet?«

»Ja. Wir sollte uns Seidel noch mal gemeinsam vornehmen.«

»Richtig.« Freisal glotzte auf Gutzeits Ledermontur. »Weil ich da gerade Ihre Jacke im Blick habe …«

»Vergessen Sie's. Ohne Helm, bei dem Wetter … und zu zweit … wirklich zu gefährlich.«

»Können Sie Gedanken lesen?«

»Ihre manchmal schon.«

Freisal ging zum Zahlen zu Paschke; er nestelte sein Portemonnaie heraus, sah dann aber, dass er kein Kleingeld bei sich hatte. Er zückte einen Fünfziger und hielt Paschke den Geldschein hin.

»Wat wird 'n dit?«

»Dreiundvierzig zurück, bitte.«

»Bin ick 'ne Bank, oder wat?«

»Was denn? Ein Euro Trinkgeld dabei.«

»Vier Espressos mit 'nem Fuffi zahlen wollen... Ick gloob's ja nich'.« Paschke schüttelte den Kopf. »Nee, nee, meen Lieba, det zerbombt mir meen Wechseljeld.« Paschke wedelte mit der Rechten in der Luft herum. »Lass mal stecken – zahlste beim nächsten Mal.«

»Danke. Musst du dir merken, mein kleiner Kopf ist zu voll für so was.«

»Ja, ja, mach's mal jut, Herr Kommissär«, sagte Paschke. »Und tschüs ooch, die Dame«, rief er Gutzeit zu. Die nickte freundlich und hob grüßend die Hand.

Freisal stand etwas unschlüssig vor der Fahrertür des MX-5.

»Was ’n los?«, fragte Gutzeit. »Schlüssel vergraben?«

»Eigentlich zu kurz, um zu fahren«, erwiderte Freisal. »Zu Fuß sind’s doch höchstens zehn Minuten zur Galerie.«

»Ach? Erst Susi fahren wollen, jetzt den Wagen stehen lassen?«, erwiderte Gutzeit. »Gut, jeder Gang …«

»… macht schlank, ich weiß«, sagte Freisal. Er schloss dennoch den Wagen auf.

»Was denn jetzt?«

»Lassen Sie uns erst mal den Baufritzen anrufen«, schlug der KHK vor. »Immerhin hat Renger gesagt, dass es möglich wäre, dass Klein Rohe auf die Pelle gerückt ist. Im Wagen haben wir mehr Ruhe.«

Gutzeit nickte. Als beide im Wagen saßen, drehte Freisal den Zündschlüssel um. »Wegen der Heizung«, begründete er ungefragt. »Suchen Sie mal die Nummer von diesem Rohe. Sie kennen sich mit dem Gerät besser aus.«

»Okay«, sagte Gutzeit. Sie zückte ihr Smartphone, suchte und fand übers Internet Rohes Büronummer. »Schalten Sie mal gleich auf laut«, erbat Freisal.

Gutzeit runzelte die Stirn. »Muss den Gesprächspartner erst fragen, ob er damit einverstanden ist.«

»Papperlapapp. Das können Sie dann immer noch machen.«

»Rückwirkend, meinen Sie?«

»Na, vorwirkend geht ja nicht. Nun seien Sie mal nicht päpstlicher als der Papst. Ich muss den ersten Pieps mithören können. Die ersten Sekunden können Hinweise geben: Bestimmte Leute pokern verbal, werden dann aber seltsam freundlich, wenn sie Polizei hören. Ich will den ganzen O-Ton haben.«

»Okay«, sagte Gutzeit. »Aber wenn das Kriminalrat Claus wüsste …«

»Rohe Bauträgergesellschaft, guten Tag. Mein Name ist Katrin Meyer, was kann ich für Sie tun?«, flötete eine Frauenstimme.

»Kriminalpolizei, Gutzeit, guten Tag. Ich würde gern Herrn Rohe sprechen.«

»Tut mir leid, Herr Rohe ist gerade in einer Besprechung. Um was geht es denn?«

Und schon hat sich die Dame verraten, dachte Gutzeit. Aller Erfahrung nach war Besprechung insofern eine Finte, als man damit Anrufer entweder abzuwimmeln oder vorzusortieren versuchte: in wichtig, unwichtig, eilig, nicht eilig. Oder aber: unsererseits kein Gesprächsbedarf. Hatte diese Katrin Meyer nicht richtig zugehört?

»Frau Meyer, noch mal von vorn: Sie sprechen mit der Kriminalpolizei. Ich möchte mit Ihrem Chef verbunden werden.«

»Tja …«

»Wäre es Ihnen lieber, wenn ich mit einem Streifenwagen vorfahre, um Ihren Chef persönlich aus der Besprechung zu bitten?«

Klasse!, freute sich Freisal, ganz meine Schule. Jetzt aber nicht übertreiben, Gutzeit, wieder locker lassen, die Dame braucht ja noch Luft zum Atmen. Er streckte seiner Kollegin mit der Rechten den erhobenen Daumen hin, bedeutete ihr zugleich mit der Linken, dass sie etwas Gas wegnehmen solle.

»Hallo, Frau Meyer, sind Sie noch dran?«

»Kleinen Moment bitte – ich verbinde.«

Na, geht doch, dachte Gutzeit. Abrupt erklang Pausenmusik – sterile Plastikklänge wie von einem Uralt-Spielzeug-Computer der Marke Commodore oder, vielleicht schlimmer, Atari; das Geklimper, dass durch die Leitung waberte, sollte wohl Mozarts Kleine Nachtmusik sein.

»Mann, Mann, Mann, was dauert denn da so lange?!«, fragte Freisal mit Blick auf das Smartphone in Gutzeits Händen.

»Vielleicht muss sie Rohe tatsächlich aus einer Besprechung …«

»Ja, ja, sicher. Oder ihm den Finger aus der Nase holen. Wir wissen's nicht.«

Die Musik, die aus dem Telefon quäkte, brach jäh ab. »Frau Gutzeit«, meldete sich die Telefondame zurück, »Herr Rohe wäre jetzt zu sprechen.«

»Prima, danke.«

»Auf Wiederhören« – und schon wieder erklang das Mozartimitat.

»Besprechung?«, merkte Freisal an, »Dafür ging's zu schnell.«

Amadeus wurde erneut gekappt und eine ältere, sonore Männerstimme meldete sich: »Rohe. Mit wem spreche ich?«

Gutzeit stellte sich vor und fragte ohne Umschweife, mal gleich vorweg, ob ihr Kollege neben ihr mithören dürfe.

»Keine Einwände.«

Weil es dem Stil des Gesprächspartners offenbar nicht entsprach, sich mit einem ›Guten Tag‹ zu melden, verzichtete auch Gutzeit auf weitere Begrüßungsfloskeln und schilderte, um was es ihr ging.

»Stephanplatz. Am Pissoir. Ein Toter.« Sie berichtete weiter, dass sie gehört habe, dass der Tote, ein gewisser Stephan Klein, Rohe persönlich gekannt habe; er habe ihn mindestens einmal persönlich aufgesucht.

»Langsam, langsam«, intervenierte Rohe. »Gekannt wäre mir zu viel der Nähe zu einem warmen Bruder.«

»Soll heißen?«

»Klein war hier, ja.«

»Wann?«

»Irgendwann in der vorletzten Woche.«

»Genauer?«

»Kann ich nicht sagen … war ja kein Termin.«

»Was wollte er?«

»Eine Show abziehen. Hab ihn aber hochkantig rauswerfen lassen.«

»Von wem?«

»Meinem Fahrer, zugleich mein Leibwächter.«

»Ein so gefährliches Geschäft, das Sie betreiben?«

»Baubranche eben: Bauneider einerseits, Baugegner andererseits«, erklärte Rohe. »Ich sage nur: Tempelhofer Feld.«

»Bürgerbefragung?«

»Befragung … Nun ja, will mich mit der Bewertung gegenüber einer Behörde mal dezent zurückhalten.«

»Sie müssen sich nicht zurückhalten, Herr Rohe. Was sprach denn Ihrer Meinung nach dagegen? Sind Bürgerbefragungen nicht ein gutes Instrument der Partizipation an politischen Entscheidungsprozessen?«

»Kann man so sehen, muss man aber nicht.«

»Sondern?«

»Kein Kommentar.« Kurze Stille. »Deshalb rufen Sie an?«

Freisal übernahm. »Guten Tag, Herr Rohe«, sagte er. Im Gegensatz zu Gutzeit war er offenbar der Meinung, dass diese Begrüßungsfloskel nicht schaden konnte. Er stellte sich als Leiter der Ermittlungen vor und hakte ohne Warm-up nach: »Sie sagten eben was von ›warmem Bruder‹ und ›Show‹?«

»Die Jungs waren so warm, die sparen sich im Winter das Geld für die Heizung.«

Gutzeit verdrehte die Augen.

Freisal tippte sich mit dem Zeigefinger an die Schläfe, blieb aber betont sachlich. »Das klingt jetzt aber schon etwas homophob.«

»Ja, und?«, bestätigte Rohe trocken. »Ist das neuerdings strafbar?«

»Sie machen aus Ihrem Herzen keine Mördergrube.« Das war durchaus positiv gemeint – und offenbar auch so rübergekommen.

»Wissen Sie, ich werde demnächst siebzig. Mich mit allen gesellschaftlichen Existenzen auseinanderzusetzen, da fehlt es mir schlicht an Lebenszeit. Will schon lange nicht mehr alles verstehen und tolerieren.«

»Ihr gutes Recht«, sagte Freisal ernst. Einfältigkeit war ja tatsächlich nicht verboten. »Sie sprachen von ›warmem Bruder‹ …«

»Hätte auch ›schwule Milchgesichter‹ sagen können.«

Der KHK schüttelte den Kopf. Mit einer Handbewegung bat er Gutzeit, wieder zu übernehmen.

»Meinem Kollege ist aufgefallen«, sagte die, »dass Sie in der Mehrzahl sprachen. Wer außer Klein war denn noch bei Ihnen?«

»Kenne ich nicht, hat sich mir nicht vorgestellt.«

»Wie sah er denn aus?«

»Junger Mann – als Mädchen verkleidet.«

Renger?, dachte Gutzeit spontan. Sie schaute Freisal fragend an. Er signalisierte mit kreisendem Zeigefinger, dass sie das Gespräch am Laufen halten sollte.

»Wie jetzt, Mädchen?«, fragte sie.

»Jungspunt mit Dutt.«

Seidel, schloss Freisal. Da traf es sich gut, dass sie diesen Herrn gleich sehen würden.

»Kurz zur ›Show‹, wie Sie es nannten: Was wollte Klein von Ihnen konkret?«

»Er suchte Streit.«

»Um was ging es?«

»Er war dagegen, dass wir das Haus, in dem er mal zur Miete wohnte, saniert hatten.«

»Verstehe ich nicht.«

»Was verstehen Sie nicht?«

»Den Grund des Besuches. Sie sprachen eben in der Vergangenheitsform: ›saniert hatten‹, sagten Sie. Also, die Sanierung ist durch?«

»Ja. Die ersten Neueigentümer sind gerade eingezogen.«

»Wollte sich Klein also bei Ihnen nachträglich beschweren? Wenn ja, warum wollte er das? Dadurch hätte er seine Wohnung auch nicht wiederbekommen.«

»Er hätte sie im Übrigen erwerben können; er wusste als einer der Ersten von der Sanierung.« Wollte Rohe einen Scherz machen?, dachte Freisal. »Ja gut, möglicherweise hätte es mit der Bonität gehapert. Natürlich vermitteln wir auf Wunsch auch Finanzierungen. Aber so ganz ohne Eigenkapital …«

Der Kommissar runzelte die Stirn. Rohe lenkt ab, war er sich sicher. Er gibt Antworten auf Fragen, die nicht gestellt wurden. Er ließ das Gespräch dennoch laufen, wie es lief. Überhebliche Menschen, wusste er, lässt man am besten erzählen. In der Regel geben sie so schneller Dinge preis, als ihnen bewusst ist (und lieb sein konnte). Der KHK hakte nach: »Woher wollen Sie das eigentlich so genau wissen? Kleins Verhältnisse, meine ich. Vielleicht hätte er sich den Kauf der Wohnung leisten können, wollte es nur nicht.«

»Der Knabe war mir bekannt. Er hat sich ja nicht gerade zurückgehalten, gegen mich öffentlich zu wettern: auf *Moabit-NETZ*, so heißt ein Portal.«

»Sie lesen, was da gepostet wird?«

»Selbstverständlich! Ich lese … also, ich lasse von meiner Sekretärin alles lesen, was mein Geschäft, meine Person betrifft«, sagte Rohe. »Sie informiert mich dann. Manchmal guckt sie auch genauer hin, wer hinter bestimmten Äußerungen steckt. Oder sie erkundigt sich anderweitig.«

»Erkundigen? Anderweitig? Heißt?«

»Moabit ist ein Dorf, Herr Freisal. Die Akteure in Belangen der Stadtentwicklung sind von ihrer Anzahl her überschaubar. Letztlich kennt doch jeder jeden … aus dem Bauausschuss, dem Quartiersmanagement, den Communitys sowieso: Sanierungs-Befürworter und -Gegner sind nicht nur mir bekannt. Sollte man auch kennen in unserem Business. Freund und Feind … War schon immer so, wird auch so bleiben.« Rohe klang gelangweilt. »Machen wir's kurz, Herr Freisal: Der Klein fiel uns auf, da haben wir ein bisschen herumgefragt und im Internet gestöbert. Er war in der Kunstszene unterwegs. Hatte mit der Galerie Moabit zu tun, haben wir mitbekommen.« Rohe wurde plötzlich leutselig. »Kunst … na ja… das roch immer schon nach Leuten, die an der zweiten Million arbeiten, weil's mit der ersten nicht geklappt hatte, was?«

Freisal schwoll der Kamm. Was für ein Zyniker! Immerhin war der Anlass ihres Gesprächs das Opfer eines Gewaltdelikts. Er gab Gutzeit ein Zeichen, dass sie wieder übernehmen solle.

»Herr Rohe, darf ich auf die Frage meines Kollegen zurückkommen?«

»Welche Frage?«

»Was Klein genau von Ihnen wollte, also, was Hintergrund seiner, wie Sie es nannten, ›Show‹ war.

»Belangloses Zeug.«

»Nämlich?«

»Vorwürfe.«

»Konkret?«

»Betraf eine uralte Sache – war gar nicht mehr wahr.«

»Konkret!«

»Das Milchgesicht hielt mir einen Wisch unter die Nase, angeblich ein Schriftstück von jemandem, der, sagen wir mal, noch eine Rechnung offen hätte. So oder so, kalter Kaffee, glauben Sie mir.«

»Mal hören!«, ermunterte Gutzeit ihn.

»Ging um eine alte Sache, wie gesagt. Selbst wenn da was dran gewesen wäre ... also, wenn das Dokument echt gewesen wäre ... alles verjährt. Hab das Papier meinem Rechtsanwalt übermittelt.«

Klein, so Rohe weiter, habe gefordert, entweder er, Rohe, zöge sich aus Moabit zurück oder Klein würde dafür sorgen, dass das Schriftstück bei der Staatsanwaltschaft sowie in der Öffentlichkeit lande. Offenbar habe sich Klein, weil er seine Wohnung verlassen musste, ihn als Feindbild Nummer eins auserkoren und geglaubt, dass diese »naive wie absurde Forderung, sich aus Moabit zurückzuziehen«, ihn beeindrucken könnte.

»Warum nicht?«

»Warum doch?«

Gutzeit atmete tief durch. »Wie haben Sie reagiert, Herr Rohe?«

»Wie schon gesagt, ich habe die Herrschaften raus aus meinem Büro und an die frische Luft setzen lassen.«

»Und das Papier?«

»Eingezogen.«

»Für Ihren Anwalt, sagten Sie. Aber warum? Um was es darin auch immer gegangen ist: Es war doch verjährt, wenn ich Sie richtig verstanden habe? Und Klein hatte doch sicher eine Kopie?«

»Er drohte mit der Veröffentlichung. Ich habe das Papier einbehalten, damit wir uns für den Fall der Fälle schon damit beschäftigen konnten. Gute Krisenkommunikation beginnt vor dem Eintreten einer Krise. Betriebswirtschaft, erstes Semester. Natürlich, es wäre lästig geworden, sich erklären zu müssen – mehr aber auch nicht.«

»Herr Rohe«, mischte sich Freisal wieder ein, »noch zwei Fragen. Die erste: Warum hat Ihrer Meinung nach der Mann mit dem Dutt Klein begleitet?«

»Vermute, als Zeuge. Als Beschützer hätte er nicht getaugt. Hänfling. Hätte ich das Fenster geöffnet, wäre er beim ersten Luftzug davongeweht.«

»Zweite Frage«, setzte Freisal nach. »Um was genau ging es eigentlich in dem Dokument? Habe bisher verstanden, dass Klein versucht hatte, Sie damit zu erpressen. Finger weg von Moabit oder so ähnlich. Ist das richtig? Was hatte er gegen Sie in der Hand?«

»Erpressung klingt zu dramatisch«, versuchte Rohe, den Ball flach zu halten. »Dazu war's auch zu stümperhaft eingefädelt.«

»Butter bei die Fische!« Freisal wurde hörbar ungeduldig.

»Das Papier«, erläuterte Rohe, »sollte das Geständnis eines ehemaligen Mitarbeiters sein. Es ging um die Achtziger. Damals war der Mann bei mir Bauleiter. Er hatte in einem Prozess für mich ausgesagt, in dem es um Subventionsbetrug gegangen war. Als Bauleiter hatte er einen Fehler durchgehen lassen, den man mir als haftender Bauträger hatte ans Zeug flicken wollen.«

»Streitwert?«

»Die genaue Summe weiß ich nicht mehr, das ist, wie gesagt, zu lange her. Irgendwas von einer halben Million habe ich in Erinnerung. Deutschmark, versteht sich. Wenn Sie der Vorgang – warum auch immer – näher interessiert, wenden Sie sich an meinen Anwalt.«

»Wären Sie oder Ihr Anwalt bitte so freundlich, uns das Schreiben zukommen zu lassen?«, setzte Gutzeit nach.

»Warum? Verstehe ich nicht, dachte, Sie sind von der Mordkommission, nicht vom Finanzamt.«

»Eben«, betonte Gutzeit. »Und Mord, Herr Rohe, verjährt nicht.«

»Bitte? Helfen Sie mir auf die Sprünge?«

Och nee, dachte Gutzeit, macht der jetzt tatsächlich auf begriffsstutzig? Sie antwortete betont formell: »Sie besitzen ein Beweisstück, das möglicherweise zur Aufklärung eines Gewaltdeliktes beitragen könnte. Wären Sie also bitte so freundlich?«

»Werde es meinem Anwalt gerne ausrichten. Mal gucken, wann ich ihn erreiche.«

»Herr Rohe, damit uns das Dokument nicht noch abhandenkommt«, mischte sich Freisal wieder ein, »noch heute wird von uns jemand in der Kanzlei Ihres Anwalts vorbeigucken und um Herausgabe des Schriftsatzes bitten.«

»Ohne richterlichen Beschluss?«

»Benötigen wir so etwas? Wäre natürlich auch machbar – verursachte aber einiges an Aufsehen. In der Kanzlei, meine ich. Und dann noch die Journalisten, wenn die davon Wind bekommen ... Ich denke, das können wir uns alles schenken, finden Sie nicht auch?«

Rohe schwieg.

Er erinnerte sich nur ungern an den Prozess wegen Subventionsbetrug, den er in den Achtzigern hatte durchstehen müssen. Abgesehen von einer Ordnungswidrigkeit hatte die Staatsanwaltschaft ihm damals nichts am Zeug flicken können. Unmittelbar nach dem letzten Prozesstag hatte er seinem ehemaligen Bauleiter, der durchaus hilfreich für ihn ausgesagt hatte, vor dem wilhelminischen Eingangsportal des Gerichtsgebäudes an der Turmstraße auf die Schulter geklopft und ihm ein A5-Kuvert überreicht. Schmiergeld für eine Falschaussage?, fragte sich eine Fernsehjournalistin vom Sender Freies Berlin, die die Übergabe zufällig beobachtete. Die Journalistin gab den Männern an Kamera und Ton ein Zeichen, damit sie ihr folgten, hin zu Rohe, um ihn anzusprechen.

Peter Rohe, ganz Profi und geübt im Umgang mit Medienvertretern, lächelte sympathisch in die Kamera: »Gut, dass Sie gleich nachfragen. Nicht, dass ein falscher Eindruck entsteht.«

»Darf man erfahren, was in dem Umschlag ist?«

»Selbstverständlich: Eine Abfindung für meinen Mitarbeiter. Das gehört sich doch so. Der Bauleiter und ich haben beschlossen, dass sich nach jahrelanger wie vertrauensvoller Zusammenarbeit unsere Wege trennen sollten. Es ist für die Firma besser so. Wir wollen gemeinsam einen Imageschaden abwenden.«

»Und das ist Ihnen wie viel wert?«

»Das würde ich Ihnen gerne sagen, weiß jedoch nicht, ob es dem Bauleiter recht wäre, wenn ich da Auskunft gäbe. Aber fragen Sie ihn doch selbst. Wenn er den Betrag nennen will, bitteschön, an mir soll's nicht liegen. Sehen Sie, ich war immer schon für größtmögliche Transparenz im Geschäft. Immerhin verbaue ich Steuergelder, da muss man ganz besonders umsichtig sein, oder?«

Bevor die Journalistin den Bauleiter befragen konnte, hatte der sich bereits auf leisen Sohlen aus dem Staub gemacht. Um eben diesen Bauleiter und besagten Umschlag ging es in dem Dokument, das ihm Stephan Klein vorgelegt hatte.

Rohe lenkte ein. »Wenn Sie so wild darauf sind, werde ich meinen Anwalt entsprechend instruieren.«

»Danke, Herr Rohe, für Ihr Entgegenkommen«, sagte Freisal und hätte sich am liebsten auf die Zunge gebissen. Aber er wusste, Floskeln tun dann und wann Not. Er gab seiner Kollegin ein Zeichen, sich den Namen und die Adresse von Rohes Advokaten geben zu lassen.

Wenig später verabschiedete sich Gutzeit und legte auf.

»Harter Hund, was?«

»Allerdings«, bestätigte Freisal. »Empathie gegenüber Leuten, die einfach nur anders ticken, gleich null. Und das in unserem Kulturkreis ... im 21. Jahrhundert.« Der KHK schüttelte den Kopf. »Der ist wahrscheinlich mit gewetztem Messer im Anschlag unterwegs, alleine schon, um die Konkurrenz auszustechen.«

Gutzeit nickte. »Wichtiger ist die Frage, ob wir ...«

»... mit Rohe einen Verdächtigen an der Angel haben«, komplettierte Freisal den Gedanken. »Ich denke, möglicherweise.«

»Hängt wovon ab, meinen Sie?«

»Von diesem Papier. Wenn der Erpressungsversuch substanziell und eben nicht stümperhaft war, wie Rohe behauptet, und Rohe tatsächlich alte Subventionsleichen im Keller hat ...« Freisal wurde wieder von seinem Telefon unterbrochen. Er nestelte das wie schon gewohnt im Viervierteltakt lärmende Gerät hervor, blickte aufs Display. »Unsere Zentrale«, sagte er und ging dran.

Der Kollege am anderen Ende meldete einen Anrufer für den Kommissar in der Leitung, der die Durchwahlnummer nicht gekannt und deshalb die allgemeine Einwahl gewählt habe. »Übernehmen Sie?«

»Ja, danke«, sagte Freisal. Aber wie? Er wandte sich an seine Kollegin. »Gutzeit, schnell … was muss ich machen, wenn ich ein Gespräch übernehmen will?«

»Nichts, einfach dranbleiben.«

»Herr Freisal?«, fragte eine Männerstimme.

Freisal drückte den Freisprech-Button und freute sich sichtlich, dass es ihm auf Anhieb gelungen war, die Mithörfunktion zu aktivieren. »Na, das ist ja wie auf Zuruf«, witzelte er.

»Warum?«, fragte der Anrufer.

»Wir sprachen gerade von Ihnen. Indirekt.«

»Hoffe, nur Gutes.«

»Tut mir leid, Herr Thobens: Wir gehen gerade die Tatverdächtigen durch.«

»Hab's mir gedacht, dass ich auf Ihrer Liste lande.«

»So?«

»Die Geschichte holt einen halt immer wieder ein.«

»Wird das ein Geständnis, Herr Thobens? Dann sollten wir uns besser im Präsidium treffen. Für den Fall schicke ich Ihnen ein Taxi – in Blau und Silber.«

Schweigen.

»Hallo? Herr Thobens? Hat es Ihnen die Sprache verschlagen?«

»Ich hatte …« Thobens zögerte, brach ab.

»Herr Freisal und ich sind gerade unterwegs und haben's etwas eilig«, mischte sich Gutzeit ein. »Kommen Sie bitte zur Sache.«

»Ich habe gelogen, als mich Herr Freisal gestern befragte. Hab's mir noch mal überlegt … das mit dem Alibi.«

»Dann packen Sie bitte jetzt aus. Meine Kollegin hört mit.«

»Am fraglichen Abend«, begann Thobens, »war ich beim Treffen des CGH e.V. – das können rund zehn oder elf Leute bezeugen.«

»Und was, bitteschön, soll das sein: CGH? – Club Guter Herzen, oder so ähnlich?«

Gutzeit empfahl Freisal nonverbal, vielleicht doch nicht allzu sehr am Gute-Laune-Rad zu drehen. Nicht dass Thobens sich am Ende nicht ernst genommen fühlte und auflegte.

»Spaß beiseite«, schob Freisal nach. »Klären Sie uns bitte auf, Herr Thobens, wir sind ganz Ohr.«

»Christen gegen die eingetragenen Partnerschaften von Homosexuellen. Wir treten ein für die biologische Zweckbestimmung von Mann und Frau.«

»Biologische Zweckbestimmung?«, wiederholte Freisal verblüfft. »Thobens, Thobens – ich dachte, Sie wären über so krudes Zeug mittlerweile erhaben.«

»Wieso krude?«

»Zweckbestimmung ... Haben Sie noch nie davon gehört, dass das Leben als solches so wenig Zweck hat wie einen Sinn ergibt?« Freisal kam in Fahrt. »Sie kommen mir mit Biologie? Wissen Sie, andere Leute benutzen Religionen. Oder Politik. Alles unbrauchbar. Mann, Mann, Mann, Thobens, in was für Kreisen eiern Sie denn da schon wieder rum?«

»Natürlich macht Leben Sinn«, wagte Thobens einen Widerspruch.

»Unsinn, das Leben ist sächlich, kann gar nichts machen; Leben als solches kann etwas ergeben, nämlich das, was Sie daraus machen.«

»Äh ...«

»Im Knast gab's doch eine Bibliothek, richtig?«

»Ja.«

»Haben Sie sich da nur Kochbücher ausgeliehen? Die haben genug Wälzer in Sachen Sinnsuche: Jeder Mensch, Thobens, wirklich jeder Mensch, unabhängig von Biologie, muss für sich ganz alleine dem Leben einen Sinn geben. Das kann man nicht delegieren.«

Gutzeit ergriff das Wort.

»Hier Yasmine Gutzeit, Kollegin von Herrn Freisal.« Sie zückte ihren Notizblock. »Bitte nennen Sie mir die Anschrift und Rufnummer dieses Vereins. Wir müssen natürlich überprüfen, was Sie sagen.«

»Selbstverständlich«, erwiderte Thobens. Er gab die gewünschten Daten durch.

»Danke, Herr Thobens. Sie halten sich bitte zu unserer weiteren Verfügung, ja?«

»Natürlich.«

»Ach, und noch was«, ließ sich Freisal wieder vernehmen.

»Ja?«

»Schlagen Sie doch mal beim Alten Fritz nach: Jeder soll nach seiner Fasson glücklich werden.«

»Kenne ich. Ist bekannt. Nicht bekannt ist, dass der König selbst schwul war. Er stand auf lange Kerls. Einige Männer aus seiner königlichen Schutztruppe soll er regelmäßig ins Schloss eingeladen haben.«

»Was ist denn das für eine wilde Geschichte?«, polterte Freisal.

»Schmeckt Ihnen nicht, ist schon klar. Wir haben aber einen Historiker in der Gruppe, der weiß so was.«

»Nee, nee, Thobens, lassen Sie mal stecken.« Freisal winkte genervt ab. »Jetzt auch noch der olle Fritz ... Wir melden uns wieder, wenn's was gibt. Schönen Tag noch.«

Er wischte Thobens vom Display.

»Mann, Mann, Mann! Immer wieder erstaunlich, was manche Leute sich im Kopf zurechtlegen, um die eigene missratene Existenz zu rechtfertigen.«

»Tja, und andere Leute schwingen sich zu selbsternannten Patrioten auf, um mal eben das Abendland zu retten«, gab Gutzeit zu bedenken.

»Unübersichtliche Zeit«, grummelte Freisal. »Nicht nur Einfaltspinsel wie Thobens sind überfordert: intellektuell, emotional.« Er holte zum Rundumschlag aus. »Denken wir an unsere Häuptlinge. Tun so, als hätten sie irgendwas im Griff.«

»Sie denken mal wieder an den Flughafen?«

Freisal nickte.

Gutzeit ließ das Seitenfenster der Beifahrertür einen Spalt hinunter – winterliche Kälte hin oder her.

Nachdem sie im Präsidium angerufen und einen Kollegen gebeten hatte, Thobens »Alibi zu checken« und danach »mal eben« bei Rohes Anwalt das besagte Beweisstück »zu erbitten«, kam sie noch mal auf Thobens zurück.

»Herr Freisal, der Alte Fritz ... also, was Leute so behaupten ... verwegener geht's nicht. Aber auch das sollten wir nicht so an uns herankommen lassen.«

»Ja. Hab mich schon wieder abgekühlt, Sie können das Fenster gerne wieder schließen.«

Freisal legte den ersten Gang ein, gab im Leerlauf ein paar Mal Gas. »Das klingt, was?«, sagte er eher zu sich selbst. »Mein lieber Schwan: 126 PS sind 126 PS.«

Er ließ die Kupplung kommen und manövrierte den MX-5 aus dem Parkhafen. Mit sich und der Welt versöhnt, lenkte der KHK den Wagen wenige Meter weiter in die Bremer Straße, um dann rechts in die Turmstraße einzubiegen.

»Herr Freisal, ich will Ihnen ja nicht den Spaß verderben …«

»Dann lassen Sie's doch.«

»Ich will's nur verstehen: Wir wollten zu Fuß gehen«, erinnerte Gutzeit ihn.

Freisal schwieg – und lächelte zufrieden vor sich hin. Dachte er nach?, überlegte Gutzeit. War ihr Chef plötzlich so tief in Gedanken an Rohe oder Thobens oder Seidel versunken, dass er darüber vergessen hatte, dass er den Wagen stehen lassen wollte?

»Hallo?! Erde an Freisal – Erde an Freisal!«

»Ja doch: Wir sind gleich bei Seidel angekommen.«

»Herr Freisal, ich habe eine Frage an Sie gerichtet.«

»Ich weiß.«

»Würde es Ihnen etwas ausmachen, mir eine Antwort zu geben?«

»Wir arbeiten nun schon seit drei Jahren zusammen, Gutzeit«, stellte der KHK fest. »Haben Sie in dieser Zeit schon einmal erlebt, dass ich Dienstwege ab zehn Metern freiwillig zu Fuß erledige?«

»Ach, kommen Sie«, widersprach Gutzeit. »Da hat sich doch zwischenzeitlich was verändert: Sie nehmen ab, Sie machen Sport …«

»Alles richtig, aber …«

»Ja?«

»… man soll nichts übertreiben.« Der KHK pfiff ein Liedchen und steuerte den Wagen Richtung Brüder-Grimm-Haus.

»Interessant«, murmelte Gutzeit, als sie neben ihrem Chef vor der Ladenscheibe der Galerie Moabit stand; sie schaute neugierig durchs Glas in den Ausstellungsraum.

»Was ist interessant?«, fragte Freisal.

»Den Lebenszyklus der Botanik auf Kunst und Kultur zu übertragen.«

»Sehr interessant ...« Freisal zog die Stirn kraus. »Aber das behalten Sie mal besser für sich, wenn wir da jetzt reingehen.«

»Warum?«

»Nicht dass dem Seidel vor Stolz ein zweiter Dutt wächst.«

»Och nee, Herr Freisal! Sie können manchmal richtig spießig sein.«

»Ich bin spießig.«

»Wer's glaubt ... David Beckham trug schon vor über zehn Jahren Dutt.«

»Beckham wechselt sein Outfit schneller als die Polizei erlaubt. Ganz schlechtes Beispiel.«

Sie betraten die Galerie. Bis auf Seidel, der an einem Informationstisch nahe dem Eingang saß, war keine weitere Menschenseele vor Ort.

»Ein bisschen leer ist's aber schon«, merkte Gutzeit diskret an, während sie mit Freisal auf den Tisch zusteuerte.

»Das Publikum ist bei Pflanzen-Kölle, wegen der größeren Auswahl vermutlich.«

»Hallo!« Seidel stand vom Tisch auf und schritt den Besuchern entgegen. »Gibt's noch Fragen?« Er reichte erst Gutzeit, dann dem Kommissar die Hand.

»Wissen Sie, Herr Seidel«, sagte Freisal, »das wirklich Grausame an meinem Job ist, dass es immer mehr Fragen als Antworten gibt.«

Seidel lächelte etwas gequält. Gutzeit stellte sich vor, blickte sich kurz um, als suche sie weitere Personen.

»In der Woche ist's schon ein wenig mau hier«, versuchte Seidel das bescheidene Besucheraufkommen zu rechtfertigen. »Aber kommen Sie mal zu einer unserer Vernissagen oder Finissagen – da ist's hier proppevoll.«

Seidel, huschte es Freisal durch den Kopf, war offenbar voll im Ich-begrüße-grundsätzlich-alle-Galeriebesucher-freundlich-Modus (schnuppe, was er selbst von ›Keimzeit‹ hielt). Proppevoll … sicherlich, bezweifelte Freisal in Gedanken. Vermutlich die Lokalpolitik und die bucklige Verwandtschaft des Künstlers …

Es war vielleicht nicht das Schlechteste, dass erst einmal Gutzeit das Gespräch führte. Der KHK spürte seine innerste Abwehrhaltung gegenüber dem, was hier als Kunst postuliert wurde. Bei mir keimt's schon wieder, spürte er deutlich. Die Analogie der Topfpflanzenwelt zu Kunst- und Kulturförderung war ihm einfach zu bemüht.

»Nun ja«, sagte Gutzeit beinahe schon kennerhaft. »Die Turmstraße ist nun mal nicht die Auguststraße.«

Freisal sah sie fragend an. Was war denn das für eine Aussage?

»Ihre Kollegin kennt sich aus«, sagte Seidel anerkennend. Dann wandte er sich direkt an Gutzeit. »Das Galerienviertel in Mitte zieht natürlich mehr Leute an, nicht zuletzt kunstbegeisterte Touristen.«

Ah, dachte Freisal. Aber bevor sich das Treffen zur Fachsimpelei über Berliner Kulturstandorte entwickeln konnte, ging er doch lieber dazwischen und gab so knapp wie bestimmt die Richtung der Zusammenkunft vor.

»Herr Seidel, was wir zu besprechen haben, hat weniger mit Kunst, mehr mit Stephan Klein zu tun.«

»Wie kann ich helfen?«

Gottchen, so jung und schon so abgebrüht?, dachte der Kommissar. »Es wäre extrem freundlich von Ihnen, wenn Sie mir zur Abwechslung alles sagten, was Sie tatsächlich wissen. Sehen Sie, normalerweise komme ich ja nur einmal bei zu Befragenden vorbei. Spätestens beim zweiten Mal läuft's andersherum: Man kommt zu mir, ins Präsidium. Notfalls auch mit Tatütata und

Blaulicht. Ganz großer Auftritt ... beinahe Kunst ... ähm, wie im Kino, wollte ich sagen. Sie haben heute Glück, weil die Kollegin und ich eh in der Gegend waren. Wie war das denn nun mit Ihrer Beziehung zu Klein?«

Er berichtete von der »Befragung des Herrn Renger«. »Nebulös dabei ist«, schloss er dann, »dass Ihnen zu Renger nichts eingefallen ist – aber Renger einiges zu Ihnen.«

Seidel schien zu überlegen, wie er reagieren sollte. Gutzeit nutzte den Überraschungsmoment, indem sie ihn auf den Kopf zu fragte: »Herr Seidel, waren Sie und Herr Klein ein Paar?«

»Was spielt das für eine Rolle? Stephan ist tot.«

»Sie sagen's«, übernahm Freisal. »Und genau deshalb beantworten Sie doch einfach die Frage meiner Kollegin, bitte – danke!«

Seidel schwieg; es schien, als suchte er nach den passenden Worten.

»Renger hat gesagt«, führte Gutzeit aus und baute damit eine goldene Brücke, »dass Sie mit Klein ganz gerne um die Häuser gezogen sind. Die Frage nach Freundschaft drängt sich auf, das verstehen Sie doch sicherlich.«

»Freundschaft ja – aber ein Paar?«

»Bitte keine Fragen wiederholen«, erbat Freisal. »Einfach nur antworten.«

»Schön wär's gewesen«, offenbarte sich Seidel. Sein anfänglich beinahe schon dynamisches Auftreten fiel plötzlich in sich zusammen. Seine Stimme wurde leiser, er rieb nervös die Handflächen aneinander.

Da ist doch was im Busch, dachte Freisal. Hitzeschub oder Kältesturz? Was keimt denn da? Hände lügen nicht, wusste er und gab deshalb und entgegen der hygienischen Empfehlung des polizeilichen Betriebsarztes auch gerne Fremden die Hand.

»Kommen Sie, setzen wir uns«, sagte Seidel. »Muss da wohl weiter ausholen.« Er ging voran zu den Sitzgelegenheiten, dem langen Brett am Fenster. Bequem war das nicht, wie Freisal von seinen ersten Besuch her wusste – aber wenn's der Wahrheitsfindung diente ...

Seidel setzte sich als Erster, Freisal und Gutzeit ließen sich links und rechts von ihm nieder und nahmen ihn flankierend in die Mitte.

»Ganz langsam und bitte von vorne, Herr Seidel«, sagte Gutzeit einfühlsam. »Was bedeutet, schön wär's gewesen?«

»Stephan wollte bei mir nur wohnen, aber ich ... ich wollte mehr von ihm. Er nicht von mir.«

»Sie waren nicht sein Typ?«

»Das war nicht der Punkt.«

»Sondern?«

»Stephan war hetero.«

»So? Woher wollen Sie das so bestimmt wissen?«, hakte Freisal nach.

»Er hat's mir gesagt. Nachdem ich ihn am Abend seines Einzugs angebaggert hatte.«

»Ich frage wieder direkt, Herr Seidel«, sagte Gutzeit. »Sind Sie sich dennoch nähergekommen?«

»Na ja«, erwiderte Seidel, »nach drei, vier Bieren ... am besagten Abend ... Aber mehr als Knutschen war nicht drin. Stephan wollte nicht.«

»Und das haben Sie dann akzeptiert?«, wollte Freisal wissen.

»Ja, was denn sonst!?«, brauste Seidel auf.

»Nun bleiben Sie mal locker. Wir checken grundsätzlich alle Möglichkeiten. Mehr nicht.«

Gutzeit war Seidels Ausbruch merkwürdig vorgekommen. Ohne Umschweife fragte sie: »Herr Seidel, jetzt mal Klartext: Haben Sie versucht, sich an Klein zu vergehen?«

»Und ihn dann abgestochen?!«, polterte Seidel los. »Weil Stephan gedroht hat, mich anzuzeigen, wie?«

»Jetzt reißen Sie sich mal zusammen, Herr Seidel! Die Frage meiner Kollegin war doch überschaubar«, mischte sich Freisal wieder ein. »Die Frage nach einem etwaigen Motiv können wir immer noch bereden.«

Stille. Der Mann brauchte offenbar Zeit. Keimzeit eben, sinnierte der Kommissar sarkastisch. Leise sagte Seidel dann: »Ich bin Klein nicht gegen seinen Willen zu nahe gekommen.« Wieder Stille.

»Ich glaube Ihnen, Herr Seidel«, sagte Freisal ruhig. »Wäre es anders, müssten wir gegen Sie sofort offiziell ein Ermittlungsverfahren einleiten.«

»Ja«, sagte Seidel. Er klang erleichtert. »Aber warum denn eigentlich? Was hätte das eine mit dem anderen zu tun?«

Mann, Mann, Mann – der Dutt ist ja so was von naiv! Der KHK überließ die Erläuterung seiner Kollegin. Für so was fehlte ihm der Nerv.

»Klein könnte Opfer einer Verdeckungstat geworden sein«, gab Gutzeit zu bedenken. »So nennt man das zumindest in unserem Geschäft.«

»Ich fasse mal zusammen, Herr Seidel« – wieder der KHK – »erlaubt ist, was Spaß macht – und niemanden schädigt, versteht sich.«

»Stephan war betrunken. Am nächsten Tag wusste er schon nichts mehr davon. Zu viel Alkohol halt.«

Gutzeit überlegte. In Kleins Musbacher Zimmer war homoerotische Literatur gefunden worden.

»Herr Seidel, mal am Rande gefragt«, ergriff sie das Wort. »Kennen Sie das Buch *Die verlorene Sprache der Kräne*?«

»Kultbuch.«

»Warum?«

»Coming out – betrifft jeden Schwulen. Irgendwann, irgendwo, mit irgendwem. Eine spannende Geschichte. Habe ich schon vor fünf oder sechs Jahren gelesen.«

»Das Buch wurde in Stephan Kleins ehemaligem Zimmer in Musbach … also, in seinem Zimmer im Elternhaus gefunden. Von daher dachten wir …«

»Falsch gedacht.« Seidel stockte.

Worum war es in dem Buch noch mal gegangen, versuchte sich Freisal zu erinnern. Ein junger Erwachsener, der sich zum ersten Mal in einen Mann verliebt, die Eltern kommen damit nicht klar. Richtig, der Vater des jungen Mannes war selbst schwul und hatte es der Familie verheimlicht.

»Das mit dem Buch«, begann Seidel, »wusste ich. Stephan hatte mir davon erzählt. Er hatte es zu Hause in einem Schrank … in einem Schuhkarton, und …« Seidel stockte.

»Und weiter?«, fragte Gutzeit.

»Sein Vater hat, wie Stephan es nannte, homosexuelle Präferenzen, ohne sie jemals ausgelebt zu haben. Homosexuelle Präferenzen ...« Seidel musste schmunzeln. »Schon an der Wortwahl erkennt man, dass Stephan ein Hetero war. Homosexuelle Präferenzen klingt nach Krankheit. Sein Vater hatte zurückgesteckt, so als erfolgreicher Unternehmer ... in einem katholischen Nest im Schwarzwald.«

»Sie meinen, die Geschichte im Buch spielte sich in Musbach real ab?«, fragte Gutzeit.

»Scheint so, glaubt man Stephan«, bestätigte Seidel.

»Gut«, sagte Freisal. »Demnach gehörte das Buch Kleins Vater? Stephan Klein wusste von dessen ›homosexuellen Präferenzen‹. Er hat seinen Vater aber nicht geoutet, richtig?«

»Ja. Ich meine, nein, das hat er nicht«, sagte Seidel.

»Lässt das auf ein starkes Vertrauensverhältnis zwischen Vater und Sohn schließen?«, fragte Gutzeit. »Wenn ja, warum ist Klein dann weg aus Musbach? Er hatte doch eine Freundin, die auf ihn wartete, ein florierendes Unternehmen ...?«

»Bitte kein Rätselraten«, intervenierte Freisal. »Es soll ja auch Heterosexuelle geben, die zu Hause ausbrechen, weil sie ihren eigenen Weg suchen. In diesem wie in tausend anderen Fällen: Berlin.«

»So oder so«, fügte Seidel hinzu, »den eigenen Vater nicht geoutet zu haben, muss nicht notwendigerweise etwas mit einem Vertrauensverhältnis zu tun haben. Zwischen einem Vater und einem Sohn besteht ja faktisch eine Beziehung – in Abhängigkeit.« Das klang wissend, mehr noch: erfahren.

»Kommen wir noch einmal auf Sie zurück, Herr Seidel«, sagte Freisal. »Nachdem Ihnen klar war, dass mit Klein nichts lief, ging es wie weiter?«

»Ich weiß nicht, ob das wirklich hierher gehört.«

»Herr Seidel«, sagte Gutzeit freundlich, »alles, was Sie uns anvertrauen, bleibt, soweit nicht straftatrelevant, unter uns.«

»Stephan war ein hübscher Kerl.« Seidel seufzte. »Wenn ich schon nicht sein Lover werden kann, dachte ich, lässt er sich vielleicht wenigstens ...«

»Wir hören«, forderte Freisal.

»… angucken.«
»Wie, angucken?«
»Nackt halt.«
»Heißt?«
»Ohne Klamotten.«
»Och nee, Herr Seidel!«, ging Gutzeit dazwischen. »Hat er für Sie Modell gestanden? Für Nacktfotos?«
»Nein«, erwiderte Seidel. Er schien nachzudenken. Dann gab er sich einen Ruck. »Stephan putzte für mich. In der Wohnung … nackt.«
Na holla, dachte Freisal. »Sehen Sie, geht doch«, sagte er aber.
Nacktputzen, warum auch nicht?, dachte Gutzeit. Sie wunderte sich über sich selbst, dass ihr spontan eine Frage durch den Kopf schoss, die für die Ermittlungen nun wirklich nicht von Relevanz war: mit oder ohne Kittelschürze?
»Warum hat Klein das mitgemacht?«, wollte der KHK wissen. »Ich meine, wenn er doch eine andere Präferenz hatte?«
»Stephan war kein prüder Spießer. Eben einer, der auch mal einen Spaß mitmachte. Außerdem …« Seidel stockte wieder. »Stephan war immer klamm. Er hat das Geld gut gebrauchen können.«
»Es floss Bares?«, hakte Gutzeit nach.
»Nein, er wohnte dafür mietfrei.«
»Mietzins in Naturalien, ein klarer Deal. Mehr interessiert uns nicht.« Freisal überlegte. »Aber wenn Klein und Sie sich so weit, sagen wir mal, haben arrangieren können, warum ist er dann wieder bei Ihnen ausgezogen? Bei unserem ersten Gespräch haben Sie gesagt, er sei sauer auf Sie gewesen, weil sich das Konzept der Galerie geändert hatte und er wusste, dass er hier keine Ausstellung mehr bekommen würde.«
»Das stimmte nicht«, gestand Seidel ein. »Da gab es andere Gründe. Der wahre Grund für Stephans Auszug war, dass die Hexe über mir damit gedroht hat, mich beim Vermieter zu verpfeifen. Ich hatte ihr gesagt, Stephan sei mein Gast. Sie war der Meinung, Gäste einzuquartieren sei nur vier Wochen lang erlaubt. Da wohnte Stephan schon lange bei mir.«

»Was hatte die Hexe gegen Ihren Gast einzuwenden?«, fragte Freisal.

»Ich glaube, ich bin ihr, so wie ich nun mal herumlaufe, einfach nicht geheuer.«

Der Kommissar wiegte den Kopf, nahm dabei unwillkürlich Seidels Dutt ins Visier. Bei allem Respekt, dachte er, aber komisch sieht das Ding schon aus – da können wir den Dutt drehen und wenden, wie wir wollen. Dennoch: Kein Grund, jemandem ans Bein zu pinkeln.

»Hab hier zwar nur einen Halbtagsjob, aber immerhin im öffentlichen Dienst. Wollte keine Angriffsfläche bieten. Wer weiß, zu was sich so was – vertragswidrige Nutzung von Wohnraum heißt das wohl – hochschaukeln kann.«

»Haben Sie nicht probiert«, fragte Gutzeit, »beim Vermieter anzuklopfen, bevor es die Hexe tun konnte? Ich meine, einfach in die Offensive gehen und darum bitten, Klein offiziell als Untermieter aufnehmen zu dürfen.«

»Doch, habe ich. Hat nicht geklappt. ›Nüscht jejen Sie persönlich, aber dit jibt doch bloß Scherereien – zwee Kerle, eene Wohnung‹, hat der Vermieter gesagt. Da war nichts zu machen. Stephan hat das verstanden und dann Renger wegen eines Zimmers gefragt.«

»Rengers Vermieter hatte kein Problem mit einer Männer-WG«?, wollte Freisal wissen.

»Nein, aber Kunststück: Das Haus, in dem er wohnt, gehört der Renger Bau- und Immobiliengesellschaft, also Renger senior, Rengers Vater.«

»Rengers Vater ist auch im Baugeschäft tätig?, grübelte Freisal laut. Und still und leise: Wieso will Renger dann, wie er Gutzeit gesagt hat, nach dem Studium bei einer Behörde landen?

»Von Renger senior wussten Sie noch nicht?«, fragte Seidel.

»Nein«, antwortete Gutzeit. »Muss man da vielleicht noch mehr wissen?«

»Renger senior ist einer der größten Konkurrenten von Rohe. Ganz bestimmt wird der Sohn bei seinem Alten einsteigen«, unkte Seidel. »Wäre ja auch seltsam, wenn nicht, oder? Gemachtes Nest.«

»Dass es auch anders kommen kann, hat Klein bewiesen«, gab Gutzeit zu bedenken. »Auf und davon aus dem schönen Schwarzwald, weg von der lukrativen Schinken-Produktion.«

»Sie können Renger und Stephan nicht miteinander vergleichen«, sagte Seidel. »Stephan war ein sensibler Mensch, Renger ist ein kühler Rechner. Muss er vermutlich auch sein. Was man so mitbekommt, ist QM-Arbeit kein Zuckerschlecken. Den Laden am Laufen zu halten bedeutet Buhlen um Fördermittel über die Betreibergesellschaft. Wird aber alles nicht zu seinem Schaden sein. Der wird noch ganz groß rauskommen als Chef von Renger-Bau. Sein Alter ist schon um die Siebzig.«

»Woher wissen Sie das alles?«, hakte Gutzeit nach.

»Renger junior hat Renger senior mal durch Moabiter Kultureinrichtungen geführt. Auch hier in der Galerie waren sie, informationsweise. Vielleicht ließe sich da was sponsern. War aber alles heiße Luft. Da kam nie Geld rüber. Vielleicht wollten die Rengers einfach nur Immobilien abchecken, schon mal taxieren. Wenn Sie mich fragen, die Anti-Gentrifizierungsbewegung kann sich über kurz oder lang auch den Junior auf den Schirm holen.«

»Wie kommen Sie jetzt darauf?«, fragte Gutzeit.

»Ich sag's offen: Renger hat für mich das Zeug zum gnadenlosen Mieterverdränger.«

Hm, dachte Freisal. Warum nur schoss sich Seidel so unvermittelt auf Renger ein?

Der Dutt kam derweil in Fahrt. »Renger junior kungelt jetzt schon mit den Leuten aus der Baubehörde. Alles unter dem Deckmäntelchen QM. Runder Tisch nennen die das.«

»Ich weiß«, sagte Gutzeit. »Und weiter?«

»Renger will doch bloß die Verdrängung der Altmieter aus Moabit weichspülen.«

»Na, na, na. Wenn Sie so was behaupten, müssen Sie schon Fakten nennen.«

»Es ging um die Galerie. Die Behörde überlegt, das Haus abzustoßen. Tafelsilber verscherbeln, Haushaltslöcher stopfen. Kultur hat keine Lobby im Bezirk. Alle quasseln davon in Sonntagreden, aber keiner der Bezirksfürsten hat den Mut, dafür ernsthaft anzuecken bei den Majestäten im Senat. Wenn Sie mich fragen: Der Bezirk müsste mehr auf Konfrontationskurs zum Regierenden und seinen Apparatschicks gehen. Bis es quietscht, wie es mal hieß – nur in die umgekehrte Richtung.«

Gutzeit sagte: »Passiert aber nicht? Warum?«

»Die feuchtesten Träume von Lokalpolitikern bestehen darin, auch mal oben anzukommen, am ganz großen Ruder der Stadtpolitik stehen zu dürfen. Die wären natürlich schön blöd, es sich mit ihren Majestäten zu verscherzen.«

»Ihre Ansicht mag stimmen, Herr Seidel, aber bleiben wir mal konkret bei der Galerie hier«, verlangte Freisal. »Sie sagten, gefährdet. Warum?«

»Weiß nur, dass der Unterhalt kostet. Ja, Kunst und Kultur kosten nur und bringen, zumindest kurzfristig gedacht, nichts ein. Aber das läuft bei Kitas und Schulen auch nicht anders.«

»Gibt es Ihres Wissens schon Pläne für das Haus, konkrete Ideen oder Bewerber, die in den Startlöchern stehen?«

»Vielleicht noch ein Aldi oder Netto oder Penny«, sagte Seidel.

»Herr Seidel«, schaltet sich wieder Gutzeit ein, »bei aller möglicherweise berechtigten Kritik, bitte bleiben Sie konkret.«

»Ich weiß nichts Konkretes, aber ich schließe auch nichts aus.« Es klang resigniert. »Die Politkaste wird's schon ruinieren.«

Oh, oh, oh, dachte Gutzeit, so was Ähnliches habe ich doch erst kürzlich gelesen? Im Internet? Von *Bürgers Zorn.*

»Herr Seidel«, fragte sie wieder sehr direkt, »posten Sie ab und zu bei *MoabitNETZ* unter Pseudonym? Sind Sie *Bürgers Zorn*?«

»Ich kenne die Kommentare, die Sie meinen – ja, ab und an schaue ich da hinein. Nein, ich stecke nicht dahinter. Aber ehrlich gesagt freue ich mich, dass es noch andere Aktivitäten gibt als die des politikernahen QM.«

»Aktivitäten … beispielsweise gegen den QM-Laden?«

»Meine Meinung dazu«, sagte Seidel, »ist eindeutig: Gewalt ist Kacke, natürlich, aber wenn man sich nicht anders Gehör verschaffen kann, halte ich Sachbeschädigung für legitim.«

»Aha.« Freisal stutzte. »Wie war das noch mal mit öffentlichem Dienst und dass da was hochgespielt werden könnte? Mutig von Ihnen, Herr Seidel. Aber ich schätze Leute, die mit offenem Visier durchs Leben gehen.«

»Moment mal«, warf Seidel ein. »Es gilt aber schon, dass das hier alles vertraulich …«

»Unser Wort steht«, erwiderte Freisal. »Wissen Sie zufällig, wer hinter …«

»… *Bürgers Zorn* steckt? Nein, das weiß ich nicht. Aber es dürfte für Sie doch keine Schwierigkeit sein, das herauszufinden. Im Zweifelsfall mit Unterstützung der NSA.«

Feiner Tipp, dachte Freisal, aber die haben den Kopf, was man so hört, voll damit, zu rechtfertigen, Europa ausspioniert zu haben. Aber im Ernst: Über IP-Adressen ließen sich Nicknames knacken, dazu bedurfte es keines Geheimdienstes.

»Sie haben also nichts gepostet«, rekapitulierte Gutzeit. »Renger aber schon. Er hat *Bürgers Zorn* öffentlich widersprochen. Mich erstaunt nur, wie gelassen und sachlich Renger da in dem Portal gegen die tollkühnsten Anwürfe agiert.«

»Sag ich doch, ein kühler Kopf«, meinte Seidel.

»Und Klein?«

»Was?«

»Wie stand Klein zum Reizthema Gentrifizierung? Immerhin war er aus seiner ersten Wohnung wegen Sanierungsbedarf rausgeflogen.

»Ein schwieriges Thema.« Seidel senkte den Kopf. »Anfangs hat er, als direkt Betroffener, noch versucht, sich da einzubringen am Runden Tisch. Konstruktiv. Aber als er merkte, dass das auch bloß eine Plauderrunde ist, hat er sich davon wieder verabschiedet.«

»Sie sagten eben, anfangs noch konstruktiv. Und dann? Destruktiv?«

»Stephan hat den Rauswurf aus seiner ersten Wohnung nicht wirklich verdaut. Vielleicht war es Nostalgie, dass er da immer wieder hin wollte: in die Stephanstraße, zur Nummer 61. Er wollte gucken, wie weit die Sanierungsarbeiten schon vorangekommen waren. Wir haben das verbunden mit dem einen und anderen Kneipenzug. Sind oft versackt. In der Dart-Pinte Ecke Rathenower.«

»Verstehe«, sagte Freisal und wuchtete sich von der tief liegenden Sitzgelegenheit hoch. »Wann haben Sie Klein das letzte Mal gesehen?«

»Auf der letzten Kneipentour.«

»Präzise bitte – danke!«

Seidel schwieg.

Auch Gutzeit stand auf. Mensch, dachte sie, wir sind doch auf seiner Seite. So grundsätzlich. Was soll bloß dieses Herumgezicke?

»Herr Seidel«, sagte der Kommissar aufmunternd. »Ihre Antwort – bitte heute noch. Meine Kollegin und ich haben noch was vor.«

»Am Abend von Stephans Tod.«

Freisal und Gutzeit nahmen wieder Platz. Der KHK atmete tief durch.

»Herr Seidel, Sie kommen tatsächlich jetzt erst damit heraus, dass Sie womöglich die letzte Person gewesen sind, die Klein lebend gesehen hat? Was soll das werden?«

»Entschuldigung, aber Sie hatten mich nicht danach gefragt.«

Ist dem Mann der Dutt ins Hirn gewachsen?, dachte Freisal böse. Er polterte: »Dass die Information für uns von Relevanz sein könnte, ist Ihnen nicht in den Sinn gekommen?! Sagen Sie mal, was sollen wir davon halten?« Er taxierte Seidel von der Seite. »Hat es zwischen Ihnen und Klein Streit gegeben?«

Seidel überlegte.

»Lassen Sie sich mit der Antwort Zeit. Alles, was Sie jetzt sagen, kann gegen Sie verwendet werden.«

Seidel saß mit hängenden Schultern da und starrte auf den Fußboden.

»Haben Sie das verstanden, Herr Seidel?«, fragte Freisal.

Der Dutt schwieg. Der KHK schlug wieder mit der flachen Hand auf die Sitzfläche neben sich, diesmal so hart, dass das Holz für den Bruchteil einer Sekunde vibrierte. Seidel erschrak, riss den Kopf hoch und schaute den Kommissar mit großen Unschuldsaugen an. Tja, mein Lieber, wenn du jetzt nicht allumfänglich auspackst, können wir dir auch nicht mehr helfen, dachte der.

»Haben Sie gehört, was ich gefragt habe?«

»Ja«, kam es leise.

»Haben Sie es auch verstanden?«, hakte Gutzeit nach.

»Ja.«

»Dann legen Sie mal los«, ermunterte sie den jungen Mann. »Damit uns nichts verloren geht, würde ich gerne das, was Sie uns zu sagen haben, aufnehmen.« Gutzeit nestelte ihr Smartphone hervor, hielt es nahe an Seidels Mund.

»Ja«, sagte der erneut.

»Ich hoffe stark«, sagte Freisal, »da kommt jetzt noch ein bisschen mehr.«

Gutzeit sprach aufs Gerät, wer sich im Moment der Tonaufnahme wo aufhielt: »Im Rahmen der Befragung des Herrn Seidel am 22. Dezember in der Galerie Moabit berichtet dieser von seinem Treffen mit Stephan Klein am mutmaßlichen Abend von dessen Tod.«

Seidel gab zu Protokoll, Klein und er hätten sich »gestern ab ungefähr 19.30 Uhr« auf in den Stephankiez gemacht. Stephan Klein sei an diesem Abend angetrunken zu dem verabredeten Treffen gekommen. Sie seien auch am Haus mit der Nummer 61 vorbeigegangen. »In diesem Haus hat Stephan früher gewohnt.« Diesmal, so Seidel weiter, habe in einer der Wohnungen Licht gebrannt. »Nicht in irgendeiner Wohnung, sondern in der ersten Etage, die Stephan hatte verlassen müssen, weil Rohe sie mit der Zweizimmerwohnung im Vorderhaus zusammenlegen wollte.«

»Guck mal«, hatte Klein zu Seidel gesagt. »Da sind schon Leute drin.«

»Ansonsten alles duster«, konstatierte Seidel.

»Die ersten Eigentümer.«

»Sieht so aus.«

Klein schaute auf den Boden; offenbar fand er, was er gesucht hatte: einen lose sitzenden Pflasterstein auf dem Trottoir unmittelbar vor dem Hauseingang. Der Eingangsbereich des mausgrauen, mit weißem Stuck herausgeputzten Hauses war teilweise noch Baustelle, der Zugang nicht in Gänze befestigt. Als Klein den Stein tatsächlich hochhob und Anstalten machte, ihn in eines der beleuchteten Fenster zu werfen, schlug Seidel ihn ihm aus der Hand.

»Bist du bescheuert, Stephan?!«

»Ist doch nur 'n kleines Steinchen«, erwiderte Klein und bückte sich erneut, um ihn wieder aufzuheben. Seidel drängte ihn weiter.

»Spielverderber«, schimpfte Klein.

»Du würdest wirklich schmeißen?«, fragte Seidel.

»Macht kaputt, was euch kaputt macht!«

»Mann, Stephan, das hat sooon Bart.«

»Mir doch egal.«

»Mir nicht.«

»Hast mal wieder Schiss um deinen Job, was?«

»Das hat damit nichts zu tun«, sagte Seidel. »Steine haben noch nie Argumente ersetzt.«

»Klugscheißer. Aber gut ...« Klein dachte nach.

»Wie, gut?«, fragte Seidel.

»Ich werde dann mal argumentieren gehen.«

»Was willst du?«

»Ich klingle und sage guten Abend.«

»Warum sollten die sich ausgerechnet mit einem Krawallbruder wie dir unterhalten wollen?«

»Ich kann auch nett sein«, sagte Klein. »Und wenn gewünscht auch putzen. Ja, hey ... vielleicht suchen die ja noch einen Putzmann?«

»Stephan, du bringst da was durcheinander. Leute in der Preisklasse haben ihre Putze. Die vergeben keinen Putzjob, wie du ihn meinst.«

»Wir werden sehen.«

Klein ging zur Haustür, legte seinen Finger auf den glänzend neuen, silberfarbenen Klingelknopf; er war entschlossen, die Eigentümer »seiner Wohnung« spontan zu besuchen.

»Du willst doch nicht wirklich Streit anfangen?«

»Keine Sorge, werde nicht lange bleiben. Einfach mal guten Abend sagen.«

»Sicher?«, fragte Seidel.

»Sicher«, erwiderte Klein.

»Okay – ich warte in der Dart-Pinte ums Eck.«

Ungefähr dreißig Minuten später habe er die Kneipe wieder verlassen, weil er nachsehen wollte, wo Klein blieb. Just in dem Moment sei er ihm auch schon entgegengekommen. Er blutete am Kopf und wankte.

»Ich wollte ihn gleich ins Krankenhaus bringen«, sagte Seidel. »Aber Stephan wollte nicht. Auf meine Frage, was denn um Himmels willen passiert sei, hat er nicht geantwortet. Vielleicht stand er unter Schock. Ich habe ihn dann untergehakt. Eher schon gestützt. Wo ich mit ihm hingehen sollte, wusste ich nicht. Beim Gehen würde mir schon was einfallen, dachte ich. Jedenfalls konnten wir so ja wohl nicht mehr, wie ursprünglich geplant, zurück in die Dart-Pinte. Dann, am Stephanplatz, musste ich pinkeln. Bin rein ins Pissoir. Vorher habe ich Stephan draußen an der Metallwand angelehnt. Als ich keine Minute später wieder raus kam, lag er am Boden. Möglicherweise war seine Verletzung am Kopf doch schwerer, als ich vermutet hatte. Ich wusste nicht, was ich machen sollte. Habe Panik bekommen, in etwas hineingezogen zu werden, was mich … was mich nichts anging. Deshalb habe ich mich davongestohlen und über das Festnetztelefon der Dart-Pinte die Feuerwehr gerufen.

»Haben Sie kein Handy?«, fragte Gutzeit mit skeptischem Blick.

»Das habe ich nicht benutzt, weil ich vermeiden wollte, über meine Nummer identifiziert zu werden.«

Gutzeit nickte. »Danke, Herr Seidel.« Sie stoppte die Tonaufnahme, steckte ihr Smartpone wieder ein. »Die Feuerwehr ist tatsächlich anonym alarmiert worden.«

»Was hätte ich machen sollen?«, fragte Seidel. Es klang weinerlich. »Ich kann einfach kein Blut sehen.«

»Dennoch«, sagte Freisal, »könnte der Ablauf, bevor Sie die Feuerwehr gerufen haben, auch anders gewesen sein.«

»Wie, anders?«

»Weil Klein bei seinem Besuch der Eigentümer seiner ehemaligen Mietwohnung, wie und warum auch immer, verletzt wurde, gerieten Sie genau darüber mit ihm in Streit. Vielleicht hatte es eine tätliche Auseinandersetzung mit den neuen Mietern gegeben? Vielleicht hatten Sie Angst, dass Kleins Verhalten die Galerie in Verruf bringen könnte? Immerhin steht er ja noch auf Ihrer Webseite und Sie legen ja viel Wert darauf, dass, wie Sie so schön sagten, nichts hochkocht.«

»Wir wissen nicht, ob Klein nicht schon eine Stichverletzung im Bauch hatte, als er aus der Wohnung zurückkam«, fuhr Gutzeit fort, »aber nehmen wir mal an, er war schon schwer verletzt, als sie ihn trafen. Haben Sie ihm, nachdem sie realisierten, dass ihm ein Messer im Bauch steckte, den Rest gegeben?«

»Absurd«, sagte Seidel. Es klang entsetzt.

»Warum?«, hakte Gutzeit trocken nach.

»Ich habe kein Messer gesehen.« Zumindest von der Tonlage her klang Seidel glaubhaft. »Ja, es stimmt«, sagte er schließlich, »wir hatten uns gestritten.«

Mann, Mann, Mann … Dutt, Dutt, Dutt, dachte Freisal zornig. Dich kriegen wir nicht mehr groß: Immer nur Stückchen für Stückchen für Stückchen …

»Um was ging's?«, fragte er. »Nun aber wirklich raus mit der Sprache!«

»Immer die alte Leier – seine Bilder … Ausstellungen … das neue Galerieprofil.«

»Tja, Herr Seidel«, sagte Gutzeit. »Wie's aussieht, müssen wir Sie vorläufig festnehmen wegen des dringenden Tatverdachts, Herrn Klein erstochen zu haben.«

Seidel sah sie erschrocken an. »Ich muss meine Aussage noch einmal korrigieren.«

»Natürlich können Sie Ihre Aussage ändern. Extrem hilfreich wäre, wenn sie diesmal stimmte«, erwiderte Gutzeit. Sie zog das Smartphone wieder hervor und schaltete es ein.

»Als ich aus dem Pinkelhäuschen herauskam, stand Klein wankend am Eingang. Er hat mich als feige Sau beschimpft, weil ich nicht mitgegangen war zu den Wohnungseigentümern. Wenn ich dabei gewesen wäre, sagte er, wäre die Situation nicht eskaliert. Er versperrte mir den Weg und hielt sich unter der Jacke den Bauch.

Warum, konnte ich nicht erkennen. Ein Messer habe ich nicht gesehen. Ich sagte, er solle mich vorbeilassen. Als er das nicht tat, habe ich ihn zur Seite geschubst. Er fiel hin.«

»Auf das Messer?«

»Das weiß ich nicht. Ich habe kein Messer gesehen, wie oft soll ich das noch sagen?!«

»Wirklich nicht mal einen Griff, der zu einem Messer gehören könnte?«

»Sie wollen, dass ich etwas zugebe, das nicht wahr ist«, rief Seidel verzweifelt. »Ich kann mich nur wiederholen: Von einem Messer weiß ich nichts. Stephan hatte die rechte Hand unter der Jacke, aber ich wusste nicht, warum. Ich dachte, es hätte ihn vielleicht wer in den Magen geschlagen oder ihm eine Rippe gebrochen.«

»Herr Seidel«, sagte Gutzeit. »Sie halten sich bitte zu unserer Verfügung. Anderenfalls lassen wir Sie festnehmen.«

»Ich mache, was Sie sagen.«

»Damit Ihr Dienstherr nichts mitbekommt, nicht wahr?«, merkte Freisal sarkastisch an.

Er legte die Stirn in Falten und hievte sich in die Senkrechte.

Gutzeit saß am Lenkrad des MX-5, ihr Chef neben ihr. Sie hatten sich aufgemacht zur Stephanstraße 61. Freisal hatte die Kollegin gebeten zu fahren, um währenddessen noch den einen oder anderen Anruf zu erledigen. »Ein paar Fakten klären.«

»Die Berichte liegen vielleicht schon im Präsidium«, hatte Gutzeit angemerkt. »Wollen wir vielleicht doch besser vorher ...«

»Nee, keine Lust«, unterbrach Freisal, »ständig zwischen Präsidium und zu Befragenden hin- und herzueiern. Bei den Straßenverhältnissen. Sie sehen doch, die Leute sind überfordert mit den paar Flocken am Boden.« Er zeigte auf die Autos vor ihnen. »Schleichen wie Schnecken.«

Die Wohnungseigentümer, zu denen sie wollten, waren ihnen namentlich nicht bekannt; Seidel hatte auch auf Nachfrage keine Auskunft geben können.

»Hoffe, dass wir nicht allzu lange suchen müssen«, sagte Gutzeit.

»Glaub ich nicht«, meinte Freisal. Er klang zuversichtlich. »Seidel hat uns doch die Lage der Wohnung präzise beschrieben. Zweitens soll es sich um Eigentümer handeln, die, sozusagen, als Vorhut ins Haus gezogen sind. Drittens erinnere ich mich, dass ich gestern ebendort habe Licht brennen sehen.«

Während Gutzeit von der Turmstraße in die Stromstraße abbog, hatte Freisal Professor Schnidt in der Leitung. Der gab kurz und bündig Auskunft, dass sein Gutachten unterwegs sei. Freisal bedankte sich für die schnelle Arbeit, hätte dennoch gern das Wesentliche fernmündlich übermittelt bekommen.

»Mir liegt gerade ein neuer Kunde auf dem Tisch«, zickte der Professor.

»Verstehe«, sagte Freisal. »Und ich bin gerade unterwegs in besagter Angelegenheit. Vielleicht könnten Ihre Informationen jetzt schon entscheidend weiterhelfen.«

»Man soll Kunden nicht unnötig warten lassen«, stellte Professor Schnidt sarkastisch fest.

»Wenn sich der Kunde beschweren sollte, schieben Sie's auf die Kripo. Verweisen Sie an unser Beschwerdemanagement.«

Professor Schnidt gab sich geschlagen. »Aber wirklich nur kurz: Klein starb nicht an dem Stich in den Bauch – nicht am ersten Stich, meine ich. Am Verletzungskanal lässt sich erkennen, dass das Messer zweimal gestoßen wurde. Erst der zweite Stoß war tödlich, traf die Aorta abdominalis.«

»Ähm …«

»Volkstümlich Bauchschlagader. Wäre aber immer noch zu unpräzise. Wir sprechen in diesem Fall von der Bauchaorta oberhalb der Nierenarterien, die ist, vereinfacht gesagt, für die arterielle Versorgung auch von Milz, Bauchspeicheldrüse und Leber zuständig. Also, unterm Strich lässt sich zusammenfassend sagen: Der Mann ist nicht gestorben, weil er beim ersten Stich zu viel Blut verloren hätte, entscheidend war der zweite, tiefere Stoß hinein in den Leib: Er ist innerlich verblutet.«

»Hätte ihm geholfen werden können?«

Professor Schnidt konnte mit solchen hypothetischen Fragen offenbar wenig anfangen. »Bin ich Jesus?«, fragte er bissig zurück.

»Nein, aber trotzdem, Ihre Einschätzung …«

»Der erste Stich wäre mit ein paar Nähten vermutlich keine große Sache gewesen. Aber bei inneren Verletzungen … das hängt wirklich vom konkreten Fall und vor allem seinen Umständen ab.«

»Was für Umstände?«

»Beispielsweise, in welcher Verfassung der Betreffende auf dem OP-Tisch landet. Sagen wir mal so, wenn das Opfer innerlich schon viel Blut verloren hat, kann man's vergessen.«

»Verstehe ich das richtig«, fragte Freisal, »es liegen nicht zwei Stiche, sondern ein Stich vor, der durch Nachdrücken des Messers den Tod Kleins verursacht hat?«

»Korrekt.«

»Das ist doch eine ganze Menge, Herr Professor«, sagte Freisal.

»Auf Wiederhören!«

Nachdem Gutzeit die Birkenstraße passiert hatte, setzte sie den Blinker. Aber sie sollte nicht weit kommen: Der Zugang zur Stephanstraße nahe der Auffahrt Putlitzbrücke war dicht, das heißt blockiert. Ein Sattelschlepper stand quer. Ein fünfachsiger LKW, der, der Beschriftung nach, Edeka im MOA-Bogen belieferte. Möglicherweise war er ins Rutschen geraten? Jedenfalls stand das Fahrerhäuschen mit seiner Zugmaschine im rechten Winkel zum vielleicht sechzehn oder siebzehn Meter langen Auflieger. Links und rechts des relativ schmalen Fahrdamms, auf Höhe des Hoteleingangs, schienen PKW beschädigt worden zu sein.

»Schätzungsweise ein Vierzigtonner«, erläuterte der KHK im Tonfall eines Kenners. »Das sind rund vierzig MX-5. Der hat sich ganz blöd verkeilt ... das dauert. Kommen Sie, wir nehmen die Birkenstraße.«

Das war leichter gesagt, als getan. Denn einfach so auf der Putlitzstraße zu wenden, um dann links in die Birkenstraße einzubiegen, war nicht möglich.

»Wir sitzen fest«, sagte Gutzeit. »Müssen rechts über die Putlitzbrücke, rüber nach Wedding. Da können wir wenden.«

»Zu kompliziert«, sagte Freisal. Er schnappte sich das mobile Blaulicht aus dem Handschuhfach, setzte es in Funktion und hielt es von innen dicht an die Windschutzscheibe. Das Armaturenbrett des MX-5 war zu schmal, als dass er das Rundumlicht dort hätte abstellen können. Normalerweise platzierte der KHK den Magnetfuß des Blinklichts auf die Motorhaube, was aber – zumindest bei geschlossenem Dach – mit einigem Aufwand verbunden gewesen wäre: »Aussteigen, Lichtorgel positionieren, einsteigen. Muss auch mal so gehen.«

Freisal hielt das blitzende Licht auf den flachen Händen wie einen Geburtstagskuchen – die Arme weit gen Frontscheibe gestreckt. Gutzeit schaltete das Signalhorn zu.

»Auf geht's!«, sagte er. »Zurück auf die Putlitzstraße, einfach rein in den Gegenverkehr. Aber immer schön links halten, am besten auf dem Fahrradstreifen.« Auf der gegenläufigen Spur waren vielleicht fünfzehn, maximal zwanzig Meter als Geisterfahrer zu überwinden.

»Wie Sie meinen«, erwiderte Gutzeit und wendete. In der Putlitzstraße kam ihnen ein SUV entgegen. Die Beifahrerin des hochachsigen Geländewagens streckte ihren Arm weit aus dem Seitenfenster und zeigte den Stinkefinger.

»Haben Sie das auch gesehen?«, fragte Freisal.

»Ja.«

»Unschön. Und nicht billig. Gerichte bewerten so was in der Regel als Beleidigung allererster Güte.«

»Kostenpunkt?«

»Ab 600 Euro – kommt auf die Einkünfte des Täters an.«

Als der SUV vorbeirollte, hielt Freisal das Blaulicht nur noch mit der Linken vor die Windschutzscheibe, mit der Rechten klappte er die Sonnenblende herunter, um über den Schminkspiegel das Nummernschild des SUVs zu sehen. Aha, dachte er, nicht nur auffallen wollen mit betont voluminösen Reifen, sondern zudem mit einem extravaganten Nummernschild: B-ND 007. »Hübsches Schild«, murmelte er. »Das lege ich mir auf Wiedervorlage.«

Gutzeit fädelte sich souverän auf der korrekten Straßenseite ein, lenkte den Wagen Richtung Perleberger Brücke, von wo sie von der anderen Seite in die Stephanstraße einbiegen konnte.

Freisal legte das Blaulicht zur Seite und zückte sein Telefon. »Ein Glück, dass ich die Rufnummer immer auf die SIM-Karte gespeichert habe«, sagte er. Dann suchte er unter »Kontakte« die KTU, jedoch unter »T«, weil er sie als »Techniker« abgespeichert hatte.

Er rief die Durchwahlnummer auf, wischte über das Touchscreen und stellte die Verbindung her sowie den Freisprechmodus an. Als abgenommen wurde, hielt er sich nicht mit großen Vorreden auf. »Gibt's Neues?«, fragte er.

»Ja«, sagte der Techniker. »Wir haben uns das Papier von Rohe angeguckt: Er hat recht.«

»Womit?«

»Das Ding ist getürkt. Es ist datiert auf den 6. Dezember dieses Jahres.«

»Nikolaus?«

»Egal jetzt. Nicht egal ist, was Rohes Anwalt uns gegenüber behauptet hat: Der Mann, der das Papier verfasst haben soll, war schon am 9. November …«

»Mauerfall …«

»Auch egal. Der Bauleiter ist verstorben. Dieses Jahr. Wir haben das über POLIKS, Schnittstelle Sterberegister, gecheckt.«

»Warum hat Ihnen Rohes Anwalt das eigentlich gesteckt? So ganz ohne Not?«

»Der Advokat tat so, als kooperiere er immer schon gerne mit der Strafermittlung – solange er für seinen Mandanten keine Nachteile befürchten muss, versteht sich. Wohl eine Frage von Imagepflege.«

»Aha. Also, das Papier ist ein Fake. Aber von wem? Von Rohe selbst? Hat er uns, warum auch immer, nur eine wilde Geschichte von Erpressung aufgetischt, um von was auch immer abzulenken?«

»Papier ist nicht gleich Papier. Gehe auch noch zu Rohe und besorge einen Vergleichsausdruck. Mikroskopisch betrachtet, druckt kein Laserdrucker gleich. Es gibt immer Abweichungen. Früher, bei Schreibmaschinen, waren es die Typen-Hämmerchen beziehungsweise deren Anschlagstiefe auf dem Papier. Heutzutage ist es der Toner beziehungsweise der Farbauftrag in seiner strukturellen Breite wie Tiefe. Das hängt auch mit den Lasertrommeln zusammen, denn …«

»Kurzfassung genügt, bitte – danke!«

»Okay: Laserdruck ist nicht gleich Laserdruck.«

»Hm. Wenn wir also wissen wollen, wer das Dokument fabriziert hat«, dachte Freisal laut mit, »müssen wir herausfinden, von wessen Drucker das Papier ausgespuckt wurde. Oder? Was meinen Sie?«, wandte er sich an Gutzeit.

»Was soll ich meinen?«, quäkte es in der Leitung.

»Sie waren nicht gemeint, sondern die Kollegin neben mir«, klärte Freisal auf. »Kleinen Moment – gleich wieder Sie.«

»Wenn Klein«, begann Gutzeit, »das Schreiben selbst fabriziert hat, wird er es dort ausgedruckt haben, wo er wohnte: bei Renger.«

»Oder aber bei Seidel«, warf Freisal ein.

»Dann hätte uns Seidel schon wieder nicht alles erzählt, was er weiß«, sagte Gutzeit.

»Alles reine Spekulation.«

»Hallo?«, quäkte es aus dem Apparat. »Wollen Sie vielleicht später noch mal anrufen?«

»Alles geklärt, Kollege, jetzt wieder Sie: Ich gebe Ihnen vier Adressen durch. Es geht um die Herren Seidel und Renger«, sagte Freisal. »Von den dortigen Druckern nehmen Sie bitte jeweils einen Vergleichsausdruck. Wir müssen wissen, wo und bei wem Klein das Papier ausgedruckt hat.«

»Sagen Sie mal, Herr Freisal«, fragte der KTU-Mann, »woher wollen Sie eigentlich wissen, dass das Papier von diesem Klein stammt?«

»Eine Annahme«, entgegnete der. »Sie stützt sich auf die Aussage von Rohe. Bei dem ist Klein damit immerhin aufgeschlagen.«

»Das sagt aber nicht, dass das Papier auch Klein gefertigt haben muss. Und wieso eigentlich vier Adressen?«, hakte der Techniker nach. »Sie sprachen von zwei Personen.«

»Jeweils Privat- und Dienstadresse natürlich. Büro im QM-Laden und die Galerie.« Freisal nannte die Anschriften. »Ach, noch was, Kollege: Bitte lassen Sie sich über Kriminalrat Claus genehmigen, beim Provider des QM anfragen zu dürfen, wer sich eigentlich hinter dem Pseudonym *Bürgers Zorn* im Portal *MoabitNETZ* verbirgt. Mir steckt hier im Fall ein bisschen viel Bausanierung drin. Vielleicht bringt's was, zu wissen, wer sich da so ausdrucksstark tarnt. Bekommen Sie das hin?«

»Machbar. Die Tatwaffe ist im Übrigen schon beim Kollegen unterm Mikroskop. Ich melde mich, sobald es dazu Neues gibt.«

»Bin unterwegs zu erreichen«, sagte der KHK.

»Hört man – am Straßenlärm«, sagte der Techniker und legte auf.

Die silberfarbene Klingelanlage in der Stephanstraße 61 kündete davon, dass hier saniert, zumindest modernisiert worden war. Bis auf den Namen Becker waren keine Klingelschilder belegt. Familie Becker wohnte demnach in der ersten Etage links. Das stimmte mit Seidels Aussage überein. Hier also hatte Klein geklingelt, gestern, vielleicht zwanzig oder dreißig Minuten vor seinem Tod.

»Ja, bitte?«, meldete sich eine Frauenstimme.

»Freisal, guten Tag. Ich möchte gern zu Herrn oder Frau Becker.«

»Wer sind Sie?«

»Kriminalpolizei. Ich hätte zwei, drei Fragen.«

Einen Moment lang Schweigen. Dann, von weiter weg, als spräche die Person hinter sich: »Da ist jemand, der sagt, er sei von der Polizei.« Eine männliche Stimme antwortete: »Na, dann mach halt auf.«

Der Summer ging und das elektronische Schloss öffnete sich. Freisal und Gutzeit betraten das frisch geweißte Treppenhaus; über den Stiegen lag eine anthrazitfarbene Teppichbahn, Stufe um Stufe eingefasst von Teppichstangen im Chromlook.

Edel, edel, dachte der Kommissar. Macht einen gepflegten Eindruck. Hübsch, wenn alles so neu ist. Es roch noch ein wenig nach Farbe.

Auf dem Treppenabsatz der ersten Etage wartete ein Mann, schätzungsweise Anfang dreißig, in Hausschuhen, Jeans und einem Flanellhemd in Baumfälleroptik: dunkelbau mit schwarzweiß abgesetzten Karos. »Entschuldigen Sie«, sagte der Mann, derweil die Ermittler die letzten Stufen nahmen, »dass wir Sie nicht gleich hereingelassen haben. Aber Sie glauben ja nicht, wer hier so alles klingelt.«

»Verstehe«, sagte Freisal und atmete einmal tief durch. Er stellte sich und seine Kollegin vor; sein Gegenüber reichte ihnen die Hand. »Karsten Becker, angenehm.«

»Wer will denn hier so alles hinein?«, fragte Gutzeit.

»Zeitungsabos, Versicherungen, sogar Leute, die einem Teppichreinigungsautomaten zur Miete andrehen wollen. Vor zwei Wochen standen auch die Zeugen Jehovas auf der Matte.« Er zeigte auf den Fußabtreter vor der Türschwelle. *Welcome!* stand dort. »Da fühlt sich leicht jeder angesprochen«, grinste Becker, offenbar gut gelaunt oder einfach nur stolz, Miteigentümer dieses schönen Hauses zu sein.

»Vor vierzehn Tagen – das können Sie zeitlich so genau zuordnen?«, frage Gutzeit.

»Natürlich – das war der Tag unseres Einzugs.«

Jetzt war sich Gutzeit sicher: Der Mann war wirklich stolz. Und hatte vermutlich allen Grund dazu: Besitzer einer Eigentumswohnung in einem frisch sanierten Haus, in einem Ortsteil, der vielleicht bald zu den angesagten Kiezen in Berlin gehörte. Gutzeit hielt die Kopie des Bildes aus Kleins Reisepass in ihrer Hand und streckte sie Becker hin. »Bitte schauen Sie. Schon mal gesehen?«

»Aber ja! Gestern Abend, so gegen acht herum.« Becker schien kurz nachzudenken. »Die Tagesschau hatte gerade begonnen.«

»Kennen Sie den Mann näher?«

»Nein.«

»Wissen Sie, wie er heißt?«

»Ja, er hat seinen Namen genannt. Am Anfang dachte ich an einen Scherz: Stephan sei sein Name, sagte er, also wie der Kiez hier – fand ich schon mal sympathisch.«

»Dürfen wir kurz hereinkommen?«, fragte Gutzeit. »Wir hätten ein paar Fragen. Routine. Wir versuchen, uns ein Bild von Stephan Klein zu machen.«

Plötzlich stand eine zierliche Frau, vielleicht Mitte zwanzig, rot gefärbter Kurzhaarschnitt, neben Karsten Becker. »Was gibt's?«, fragte sie schroff.

»Ah, Liebes!« Becker legte den rechten Arm um ihre Schulter. »Darf ich vorstellen: Uta, meine Frau.« Freisal beantwortete Uta Beckers Frage ungewöhnlich direkt, so ganz ohne Warm-up (was vielleicht daran lag, dass er ein bisschen außer Puste war): »Stephan Klein ist tot.«

Karsten Becker sah ihn überrascht an. »Tot? Gibt's doch nicht.« Fassungslos sagte er, während er seine Frau anblickte: »Also … gestern … der Mann war doch quietschfidel und …«

»… mies drauf, wolltest du sagen?«, ergänzte Uta Becker. Sie löste sich aus der Umarmung. »Aber kommen Sie doch erst mal herein«, wandte sie sich an die Ermittler.

»Danke«, sagte Gutzeit und betrat nach Freisal den Wohnungsflur. Die Wände waren weinrot gestrichen, mit Weiß abgesetzt, die Dielen offenbar abgezogen und hochglänzend imprägniert worden. Das Weinen eines Kleinkindes war zu hören.

»Unsere Tochter«, sagte Uta Becker. »Sie ist sehr sensibel.«

»Schreit viel?«, fragte Gutzeit. »Erste Zähnchen?«

»Nein, dafür ist sie mit ihren vier Monaten noch zu klein. Aber vielleicht nimmt Mia wahr, dass Fremde die Wohnung betreten.«

Wie jetzt?, dachte Freisal. Er hatte zwar keine Kinder, aber dass ein Kleinkind einfach so mitbekam, dass Gutzeit und er im Flur standen, konnte er sich nicht recht vorstellen.

»Bitte gehen Sie mit meinem Mann doch schon mal vor in die Küche, ich komme gleich nach. Muss rasch zu Mia, gucken, was los ist.«

»Mia, ein hübscher Name«, sagte Gutzeit zu Karsten Becker. »Kommt woher?« (Es interessierte sie nicht wirklich – aber: ein Warm-up in Ehren ...)

Becker, ganz stolzer Papa, sprang sofort an. »Mia ist die Kurzform von Maria«, sagte er. »Maria stammt bekanntlich aus der Bibel, abgeleitet von Mirjam. Und Mirjam wiederum soll ›die Widerspenstige‹ bedeuten.«

»Das Stimmchen dazu hätte die Kleine«, stellte Freisal fest.

»Ja.« Becker schmunzelte. »Gerne auch in der Nacht. Aber vielleicht übt sie schon für spätere Auftritte in der Scala.«

Er wies mit der Hand den Weg in die Küche.

»Also, dieser junge Mann, Stephan Klein, ist tot«, sagte Becker nachdenklich. »Wie, sagten Sie, ist er umgekommen?«

»Das sagten wir noch gar nicht«, stellte Gutzeit fest.

»Erstochen«, informierte Freisal kurz und knapp.

»Du meine Güte!« Becker schüttelte den Kopf: »Wer um Gottes willen macht denn bloß so was!«

Freisal und Gutzeits Blicke trafen sich.

Karsten Becker ging voraus. Er bückte sich und hob einen schwarzen Wollhandschuh auf, legte ihn auf die weiß lackierte Holzkommode zu seinem Pendant. »Ups«, sagte er. »Muss runtergefallen sein.« Das klang, zumindest in Freisals Ohren, entschuldigend. Herrschte bei den Beckers penibelste Ordnung? War Becker ein Pedant? Wenn schon, gibt Schlimmeres, dachte der KHK.

»Hat bei uns alles seinen angestammten Platz«, sagte Becker.

»Warme Sachen in Griffnähe«, sagte Gutzeit. »Kann man gut gebrauchen in dieser Jahreszeit.«

»Nichts verlegt sich leichter als Handschuhe.«

Aha, also doch pedantisch, war sich Freisal nun gewiss.

Sie folgten Becker in die großzügig geschnittene Wohnküche, in dessen Mitte ein großer ovaler Holztisch stand. Daran konnten leicht sechs bis acht Personen Platz nehmen.

»Aber um noch mal kurz auf den Namen unserer Tochter zurückzukommen«, nahm Becker den Faden wieder auf, »wie immer gibt's mehrere Deutungsmöglichkeiten, auch bei Mirjam. Im Hebräischen soll der Namen für wohlbeleibt stehen, im Ägyptischen für Geliebte.«

Freisal und Gutzeit sahen sich wieder an. Der Mann war das, was man eloquent nannte. Ein bisschen zu eloquent.

Sie setzten sich an den Küchentisch und nahmen Beckers Angebot an, eine Tasse Tee mitzutrinken.

»Abendtee«, sagte er, »ist sehr bekömmlich. Kann man auch tagsüber trinken.« Er stellte mit der Rechten Tassen vor Freisal und Gutzeit und goss mit der Linken ein. Ach guck mal an, ein Linkshänder, dachte der Kommissar.

Er blickte auf die Uhr an der Küchenwand. Was denn da so drin wäre im Abendtee, wollte er wissen. »Hoffe, kein Baldrian – wir müssen noch ein bisschen durchhalten«, scherzte er und überlegte zugleich, dass Gutzeit und er es nach dieser Befragung für heute eigentlich gut sein lassen könnten. Der Stundenzeiger stand immerhin schon auf 16 Uhr.

»Kräuter«, erklärte Becker. »Kamille, Pfefferminze, Hagebuttenschalen, Zitronenmelisse, Brombeerblätter, Lindenblüten, Süßholzwurzeln, Anis und Himbeeraroma.«

»Wow – das merken Sie sich alles?«, staunte Freisal.

»Eigene Mischung«, sagte Becker, als sei das selbstverständlich. »Bin Inhaber der größten Teemanufaktur – mit eigenen Teeläden! – Deutschlands. Tausend Sorten haben wir auf Lager, für Groß- und Einzelhandel, aber auch für Privatkunden: Premiumsegment, läuft prächtig. Der Bio-Tee sowieso. Wir achten auf Qualität. Das schließt auch die Arbeitsbedingungen unserer Zulieferer mit ein.«

»Vermutlich Fernost?«, fragte Gutzeit.

»Ja. Und bei denen muss man genau hingucken, denn unter Arbeitnehmerfreundlichkeit verstehen die nicht von Hause aus das, was in Europa zählt. Unsere Kunden, die bis zu 40 Euro je 100 Gramm ausgeben, haben da schon gewisse Ansprüche, nicht nur in Belangen des Geschmacks.«

Freisal und Gutzeit hoben beinahe synchron die Tässchen, die ihnen Becker gefüllt hatte, nahmen je einen kleinen Schluck – und nickten anerkennend.

Die Teegefäße waren vielleicht sechs Zentimeter hoch und hatten einen Durchmesser von ungefähr fünf Zentimetern; eher Schälchen denn Tässchen, ohne Henkel und mit filigranen Landschaftsbildern, Blau auf weißem Untergrund, bemalt.

Wohl um weiter die Zeit zu überbrücken, bis seine Frau wiederkäme, plauderte Becker, der sich ebenfalls ein Schälchen eingegossen und den Ermittlern gegenübergesetzt hatte, weiter: »Das Service ist ein Freundschaftsgeschenk einer chinesischen Teeplantage. Gefertigt in siebzig Arbeitsschritten: Tonerde mit Wasser gemischt, mehrmals geknetet, geformt, glasiert. Jedes einzelne Gefäß wird kunstvoll mit der Hand bemalt und dann bei 1.300 Grad gebrannt.«

Dieser Becker mit seiner Detailfreude, dachte Freisal, wäre bestimmt ein prima Gesprächspartner für Claus.

Teekultur war offenbar eine lukrative Angelegenheit, dachte Gutzeit. Sie schaute sich unauffällig um. Wer konnte sich schon in diesem Alter eine solche Eigentumswohnung leisten? Beckers Art, den Tee zu zelebrieren … darüber zu reden … strahlte Erdung, Bodenständigkeit, Solidität aus. Oder war das alles nur Klischee? Lebten die Beckers letztlich wie viele Bundesbürger auf Pump? Jeder Erwerbstätige stünde durchschnittlich mit gut 50.000 Euro in der Kreide, hatte sie erst neulich in der *Welt* gelesen. Sie verwechselte da jedoch etwas, gemeint gewesen waren die auf die Bevölkerung umgerechneten Staatsschulden. Korrekt gemerkt hatte sie sich aber, dass fast jeder zehnte Erwachsene in Deutschland überschuldet war: 6,7 Millionen Menschen seien nicht in der Lage, ihre Zahlungsverpflichtungen in absehbarer Zeit zu begleichen, hieß es in dem Artikel. »Bei durchschnittlichen Schulden von rund 32.600 Euro pro Kopf summiert sich der Schuldenberg auf knapp 217,8 Milliarden Euro.« Betroffen seien hier primär »Verbraucher vor allem in der Unterschicht und unteren Mittelschicht«. Und wozu gehörten die Beckers?, fragte sich Gutzeit.

»Ein florierendes Geschäft, das mit Tee?«, hakte sie nach.

»Die Teebranche hat zwar keinen leichten Stand in Deutschland«, antwortete Becker, »aber etwa 650 Millionen Euro Umsatz sind da schon drin: mit Schwarz-, Grün-, Kräuter- und Früchtetees. Beim Kaffee ist es etwa sechsmal so viel. Beim Tee gibt's im Gegensatz zum Kaffee auch schon mal einen wetterbedingten Einbruch, so dass ein sommerlicher November uns das Geschäft vermiesen kann.« Es ginge da, erläuterte Becker, dem Teeverband nach schon seit Jahren mal drei Prozent runter, mal drei Prozent rauf, weitestgehend aber bleibe alles beim Alten.

Das Alte konnte wirtschaftlich nicht übel sein – zumindest für die, die in der ersten Liga mitspielten, sinnierte Freisal. Auch er schaute sich unauffällig um. Schicke Küche. Allein schon der Holztisch, an dem sie saßen, war vom Design her zwar eher schlicht – rechteckig, stabil, gut –, aber von der Verarbeitung her wahrscheinlich nicht billig. Vermutlich gehörte Becker zur Premium League. Hatte er das Geld für die Wohnung als Barvermögen gehabt?

Gutzeit war es langsam genug mit der Detailfreude des professionellen Tee-Liebhabers, so dass sie zufrieden nickte, als endlich Uta Becker den Raum betrat.

»Mia schläft jetzt«, sagte sie und setzte sich mit an den Küchentisch neben ihren Mann und goss sich ebenfalls ein Schälchen ein. »Wo waren wir stehen geblieben?«

»Die Beamten sagen, dieser Klein ist erstochen worden«, berichtete Becker seiner Frau.

Sie nahm es kommentarlos zur Kenntnis.

»Sie sagten vorhin, Mia reagiere auf die Anwesenheit von Fremden«, wandte sich Gutzeit an Uta Becker. »Wir würden gerne mehr darüber erfahren.«

»Konkret zum Besuch von Herrn Klein«, sagte Freisal, um die Sache gleich einzugrenzen. Nicht dass Becker etwa noch eine Delegation aus China aus dem Hut zauberte. »Was meinten Sie, Frau Becker, damit, als Sie vorhin sagten, dass Klein mies drauf gewesen sei?«

»Er ist unverschämt geworden«, sagte sie. »Mein Mann musste ihn letztlich rausschmeißen.«

»Was war passiert?«, fragte Gutzeit.

»Na ja, vielleicht doch der Reihe nach …«, warf Karsten Becker ein.

»Gerne.«

»Anfangs«, so Becker weiter, »war doch alles sehr nett.«

Gutzeit zog unwillkürlich die Braue nach oben. Na, da bin ich aber mal gespannt, dachte sie. Freisal legte seine Hände flach auf den Tisch, schaute Becker an. Hatte es Streit gegeben? Wenn, dann wohl kaum über Tee ... Bin ganz Ohr.

Karsten Becker begann zu erzählen, dass am Tag zuvor zur fraglichen Zeit Klein bei ihnen geklingelt, sich als Nachbar aus dem Kiez vorgestellt und gesagt habe, dass er »vom Quartiersmanagement« käme, um die »neuen Nachbarn« zum Einzug zu begrüßen.

»Das war, wie sich später herausstellte, gelogen. Er wollte sich damit nur Einlass verschaffen«, funkte Uta Becker dazwischen.

»Liebes, lass mich mal«, bat ihr Mann. »Alles nacheinander, damit's die Beamten auch verstehen können.«

»Aber vergiss nicht ...«

»Uta, bitte.« Becker schaute sie für einen kurzen Moment streng an. »Meine Frau«, fuhr er dann fort und tätschelte dabei ihren rechten Arm, »hat diesen Stephan Klein gefressen, sozusagen. Er ist ihr ziemlich auf den Geist gegangen. Aber dazu gleich.« Er berichtete weiter, dass er Klein die Tür geöffnet und ihn auf ein »nachbarschaftliches Glas Wein« eingeladen habe. Er habe zwar bemerkt, dass »der schon etwas angesäuselt« gewesen sei, aber er habe dennoch »einen sympathischen Eindruck« gemacht. Wenig später, in der Küche, habe Klein dann berichtet, dass er zuvor als Mieter in der kleinen Wohnung im Hinterhaus gelebt habe.

»Die sanierte Wohnung«, erklärte Becker, »besteht jetzt aus der ehemaligen Wohnung aus dem Hinterhaus und einer großen Wohnung aus dem Vorderhaus.«

Uta Becker ergänzte: »Die Küche, in der wir sitzen, war aber immer schon eine Wohnküche.«

Karsten Becker nickte. »Klein hörte mir ruhig zu, als ich ihm sagte, dass wir sehr glücklich sind mit der Wohnung. Wir wohnen ja schon seit langem in Moabit. Aber vorher nur zur Miete.« Er schaute seine Frau an. »Das direkte Wohnumfeld war uns zunehmend auf die Nerven gegangen, nicht wahr, Liebes?«

»Das ist noch harmlos gesagt«, konstatierte Uta Becker. »Kannst doch sagen, wie's war: alles Asoziale. Über uns ein Arbeitsloser, der bis nachts mit seinen Kumpels Party machte. Rücksichtslos. Unter uns eine alleinerziehende Mutter, vollkommen überfordert mit ihrem achtjährigen Jungen, den sie pausenlos angeschrien hat. Furchtbar. Auf derselben Etage, uns gegenüber, ein alter Zausel, der seinen stinkenden Müll stundenlang vor die Wohnungstür stellte, bevor er ihn runter brachte. Ekelhaft.«

»Tja.« Karsten Becker zuckte mit den Schultern und gab sich betont gelassen. »Da konnte man wirklich nichts machen. Wir hatten uns zu entscheiden.«

»Inwiefern?«, hakte Gutzeit nach.

»Krieg oder Auszug.«

»Da war Mia schon unterwegs«, ergänzte Uta Becker.

»Das heißt«, Freisal versuchte sich zeitlich zu orientieren, »Sie hielten die Situation noch ein Dreivierteljahr aus?«

»Ja, die Sanierung des Hauses hier stand noch an«, erklärte Karsten Becker. »Aber als wir das Bauschild gesehen hatten, war uns sofort klar: Das ist eine Alternative. Wir wollten ja in Moabit bleiben. Zentraler geht's kaum – ratzfatz in der West-City, ruckzuck am Alex.«

»Kommen wir auf Klein zurück«, bat Freisal. »Er hat sich das alles in Ruhe angehört?«

»Eigentlich schon. Aber ab dem zweiten Glas Wein wurde er sonderbar. Erzählte plötzlich was von Verdrängung alteingesessener Mieter, die hier im Haus stattgefunden hätte, damit billige Mietwohnungen zu teuren Eigentumswohnungen umgewandelt werden konnten.«

»Stimmt das denn so?«, hakte Gutzeit nach.

»Nein. Das Haus stand bis auf die von Klein bewohnte Wohnung leer. Der Eigentümer hatte das Haus heruntergewirtschaftet, ein alter Mann Anfang achtzig. Der soll, als noch mehr Leute in dem Haus wohnten, immer zum Monatsanfang persönlich bei den Mietern vorbeigekommen sein, um sich die Miete in bar abzuholen. Kaum vorzustellen, was?«

»In Anbetracht moderner Kommunikationssysteme und dem Online-Banking war der Vermieter vielleicht eine Art Fossil«, merkte Freisal an. »Es soll ja auch immer noch Leute geben, die kein Smartphone besitzen …«

»Jedenfalls klärte ich Klein auf, dass das Haus von Amts wegen einen Problemfall dargestellt hatte: Es bröckelte zunehmend Putz von der Hauswand und das Bauamt hatte sich entschlossen, den Bürgersteig vor dem Haus in voller Fassadenbreite mit einem Holzdurchgang zu sichern. Die Rechnung dafür sollte der Hauseigentümer begleichen, er zahlte aber nicht. Soll wohl pleite gewesen sein.«

»Hätte er das Haus nicht verkaufen können?«, fragte Gutzeit.

»Meines Wissens«, sagte Karsten Becker, »gab es durchaus entsprechende Angebote von Rohe-Bau. Aber da sei nichts zu machen gewesen, heißt es. Der Alte war wohl sehr eigen. Die Erben sollen das dem Rohe gegenüber mal so oder so ähnlich gesagt haben. Die verkauften dann auch an Rohe, als der alte Besitzer verstorben war.«

»Die Geschichte klingt plausibel«, stellte Freisal fest. »Aber Klein überzeugte sie nicht?«

»Sie hätten ihn erleben sollen: Er kam dann erst so richtig in Fahrt. Erzählte was von Lügen, die Rohe im Amt verbreitet habe, dass das Haus einsturzgefährdet sei, wenn man da nicht bald was unternehme.«

»Denkbar?«, wollte Gutzeit wissen.

»Unsinn«, erwiderte Karsten Becker. »Das Bauamt hatte ein eigenes Gutachten erstellt, da lebte der Alteigentümer noch. Klein behauptete, dass das alles so nicht stimme, ohne es weiter zu begründen. Ich hatte den Eindruck, er dachte nur an seine kleine Wohnung, der er wohl sehr nachhing. Er behauptete, dass es sich in dem Haus habe prima leben lassen, auch die Ofenheizung sei für ihn in Ordnung gegangen; wenig Miete zahlen sei sein Interesse als Künstler, der nun mal wenig verdiene. Auf schicke Häuser könne er verzichten. Er mache Fotokunst, hat er noch gesagt. Da sei das Einkommen bescheiden.«

»Genau, Fotografie«, meldete sich Uta Becker zu Wort. »Er deutete an, dass er im Sommer sogar beim ›Ortstermin‹ mitgemacht habe. Das ist so ein über mehrere Tage stattfindendes Kunstfestival, bei dem Kunst in Moabit auch an öffentlichen Plätzen gezeigt wird.« Klein, so Uta Becker weiter, habe auf eine mobile Plakatwand die Makroaufnahme eines mit Photoshop verfremdeten Blutegels gezogen. Sie erinnere sich, das Bild gesehen zu haben. »Schaute man genau hin«, sagte sie, »konnte man erkennen, dass da das Konterfei von Peter Rohe hineinmontiert war.« Das Bild habe tatsächlich groß und breit vor dem Rathaus Tiergarten gestanden – und damals habe sie über den satirischen Begleittext schmunzeln müssen.

»*Virus Investoribus Immobiliensis Moabitae. Definitiin (lat.): Parasitäres Kleinstlebe, ähnelt einem -> Virus, gehört zur Gattung der Spekulanto Folitus Urbanitius. Spricht mit doppelter Zunge und sorgt mit seinem giftigen Stachel am Hinterteil für die Übertragung virulent um sich greifender Geldgier und rücksichtsloser Investitionssucht. Die Folgen sind von nicht unerheblicher gesellschaftlicher Bedeutung. Durchläuft eine Art umgekehrten Verpuppungsprozess: Tritt als schöner Falter auf und entpuppt sich als gefräßige Raupe.*« Unter dem Stichwort »*Lebensraum und Verbreitung*« hieß es unter anderem: »*Lebt allein in Büschen, Bäumen oder gut ausgestatteten Großraumbüros. Vermeintlicher Einzelgänger, knüpft aber überall Kontakte zwecks subversiver Verbreitung seiner Gattung. Möchte nicht frühzeitig bei seinem Tun gestört oder in der Öffentlichkeit beim Namen genannt werden und tarnt sich gerne als ›Aufwertung‹, ›Revitalisierung‹ oder ›notwendiger Wandel‹.*« Außerdem schleiche sich das Virus »*zunächst unbemerkt in kleine Teile innerstädtischer Viertel*« ein, verdränge »*den Ureinwohner*« und zöge »*scharenweise Artgenossen*« nach sich, »*bevor es auf den nächsten Profit versprechenden Stadtteil überspringt*«. Als »*Vorbeugungsmaßnahmen und Behandlung*« wurde am Ende des Textes empfohlen: »*Derzeit ist noch keine Impfung möglich. Es empfiehlt sich jedoch erhöhte Aufmerksamkeit, das Bilden von Interessensgemeinschaften kollektiven und selbstorganisierten Protests, gründliche Eigeninitiative und tiefgehende Information, z.B. via Massenmedien.*« Gewarnt wurde abschließend, dass das Virus »*zunächst meist harmlos«* wirke, jedoch bei *»Befall eines Stadtviertels umwälzende und nicht mehr kontrollierbare Veränderungen der bestehenden Strukturen«* herbeiführe.

»In einfachem, preiswertem Wohnraum zu leben«, sagte Karsten Becker, »war für Klein offenbar mit Freiheit gleichzusetzen.« Er schüttelte den Kopf. »Dass Leute wie wir kämen, ihm die Freiheit streitig machten, fände er, ich zitiere, ›zum Kotzen‹; er müsse jetzt bei einem Typen wohnen, einem angehenden Bauingenieur, der seiner Meinung nach auch bald seine Finger im Sanierungsgeschäft drin habe.«

»Hat Klein gesagt, wen er konkret meinte?«, fragte Gutzeit.

»Einen Fuzzie vom Quartiersmanagement, hat er gesagt. Ein Name fiel nicht. Aber seiner Meinung nach stecken alle unter einer Decke. Damit meinte er wohl … also, wenn ich das richtig verstanden habe … konkret das QM, das Bauamt, Rohe und wen nicht noch alles.«

»Paranoid, wenn Sie mich fragen«, kommentierte Uta Becker trocken. »Der blendete vollkommen aus, dass Gentrifizierungsprozesse letztlich von Leuten wie ihm, den Künstlern, angestoßen werden, weil sie durch ihr Schaffen einen Stadtteil an und für sich aufwerten.«

»Ist das so?«, fragte Gutzeit. Sie hatte sich mit der Materie nicht weiter beschäftigt.

»Aber ja! Ist doch immer das Gleiche, überall: Erst kommen Künstler, dann die Besserverdienenden, die den Bedarf nach gehobenem Wohnraum signalisieren, der letztlich von Investoren gedeckt wird«, erläuterte Karsten Becker. »Sehen Sie: Als Käufer einer Wohnung in einem Sanierungsgebiet kommt man an dem Thema nicht vorbei.«

»Obwohl«, wandte Uta Becker ein, »wollen wir mal die Kirche im Dorf lassen: Die Stephanstraße 61 ist zwar hübsch geworden, hier ist technisch alles auf dem neuesten Stand, aber von gehobenem Wohnraum oder sogar Luxussanierung zu sprechen, ist absurd. Leute wie dieser Klein zielen doch auf die Falschen. Ich meine, wir haben doch keine Kloschüssel aus Marmor oder Wasserhähne aus Blattgold.«

»Ach, so was gibt's?«, hakte Freisal nach. Auch er kannte sich da nicht wirklich aus.

»Schauen Sie sich mal auf dem Immobilienmarkt um, Sie werden staunen, was es alles gibt, Herr Freisal«, empfahl Karsten Becker. »In Tegel kann man Luxushausboote für 'ne runde Million erwerben.« Becker fasste sich an den Kopf. »Dabei können sich die Dinger gar nicht fortbewegen. Habe mir das im Internet mal angeguckt ... Der Bauherr sagt blumig, dass die Investition in so ein schwimmendes Eigenheim ›ideeller Natur‹ sei. Das Wasser unter der Hausgrundfläche kann man nämlich nicht kaufen, sondern nur pachten. Mal ehrlich, so 'n Teil wird man doch, wenn der erste Lack ab und der Reiz des Neuen verflogen ist, nur mit großem Verlust wieder los, vermute ich.«

Gutzeit überlegte. Dann sagte sie: »Ich frage mich die ganze Zeit: Was bringt Gegner von Stadtteilsanierung wie den Klein bloß so auf die Palme?«

»Da gibt's meines Wissens keine einheitliche Front«, meinte Karsten Becker. »Leute wie Klein trauern ihrem billigen, aber einsturzgefährdeten Wohnraum nach, halten Dreck auf den Straßen für eine Gegenkultur zum Establishment. Ich kann die Leute schon besser verstehen, die es problematisch finden, wenn Luxusneubauten entlang des Spree-Ufers hochgezogen werden. Da können vom Preisniveau tatsächlich nur Leute einziehen, die durchaus strukturelle Umwälzungen in Gang setzen könnten – weil sie entsprechende Ansprüche haben: Markenboutiquen, Edelitaliener, Feinkostläden und so weiter.«

»Gibt's darauf hier schon Hinweise oder ist das bloße Vermutung?«, fragte Freisal. »In Sachen Preisniveau, meine ich.«

»Gehen Sie mal in die Markthalle an der Arminiusstraße«, empfahl Becker.

Der KHK nickte wissend. Natürlich war es nicht zu übersehen, dass es dort zunehmend schick und schicker wurde. Kürzlich war ein aufwendig gestalteter Stand mit angeschlossener Champagnerbar eingeweiht worden, an dem im Steinofen zubereiteter Elsässischer Flammkuchen zu haben war. Paschkes Kiez-Imbiss und der Discounter am Eingang der Halle fielen manchen Besucher möglicherweise als vergleichsweise einfach gestricktes Angebot auf.

»Wenn das überhand nimmt«, sagte Karsten Becker nachdenklich, »findet vielleicht wirklich eine Verdrängung des durchschnittlich verdienenden oder von Stütze lebenden Moabiters statt. Wenn kein Aldi oder Penny mehr zu finden ist, um sich preiswert zu versorgen.«

»Quatsch«, zischte Uta Becker. »Ein Horrorszenario. Daran glaub ich nicht. Immerhin gibt's ja Bebauungspläne. Die müssen von der Politik abgesegnet werden.«

»Aber ist das nicht der Knackpunkt, Uta? Die Gegner vertrauen da der Politik nicht mehr«, gab Karsten Becker zu bedenken.

»Mag ja sein«, erwiderte sie. »Aber jeden Politiker unter Generalverdacht zu stellen, dass er mit der Bauwirtschaft oder wem auch immer kungelt, ist mir zu einfach. Es gibt im Bezirk öffentliche BVV-Sitzungen und Bebauungspläne, vieles wird öffentlich verhandelt, veröffentlicht und …«

»Alles richtig«, wandte ihr Mann ein. »Aber wir wissen auch, dass der Faktor Zeit eine wichtige Rolle spielt.«

»Wie meinen Sie das?«, fragte Freisal, der den kleinen Disput der Eheleute interessiert verfolgt hatte.

»Es soll schon vorgekommen sein, dass kurz vor den Sommerferien ein Projekt durchgewunken wurde im Bauausschuss.«

»Andererseits«, sagte Freisal, »gibt's ein bundesweit bekanntes Projekt, das nach Genehmigung und Baubeginn wegen des öffentlichen Protestes gestoppt wurde.«

»Sie denken an den Flughafen?«

»Nein, den musste doch niemand stoppen, der tritt ja quasi von allein auf der Stelle. Ich denke an Stuttgart 21 und …« Wie aufs Stichwort lärmte Freisals Smartphone. »Tschuldigung«, sagte er und schaute aufs Display. »Wenn man vom Teufel … Stuttgart.«

»Wegen des Bahnhofs?« Uta Becker blickte irritiert.

»Nein, wegen Klein – der kommt aus der Ecke dort«, erklärte der KHK, erhob sich, nahm das Gespräch an und ging auf den Wohnungsflur. »Der Anruf kommt aber aus Brandenburg, aber das zu erklären wäre jetzt zu kompliziert.«

Im Flur stellte sich Freisal vor die Kommode, auf der Karsten Becker den heruntergefallenen Handschuh abgelegt hatte; der Bequemlichkeit wegen stützte er sich ein wenig ab. Während er gespannt zuhörte, was der Kollege aus Brandenburg zu sagen hatte, schob er nebenbei das Paar Handschuhe ein Stück in die Mitte der Ablage; es schien ihm, als habe Becker es etwas zu weit vorn an der Kante abgelegt.

Hajo Freisal war ganz Ohr, als der Kollege ihm mitteilte, dass man Klein senior noch im Landhaus Fontane angetroffen habe. »Auf den allerletzten Drücker. Der Mann saß schon auf gepacktem Koffer, hat einen erschütterten Eindruck gemacht. Vom Ereignis will er vormittags von seiner Frau erfahren haben. Er sagte, er habe sich an die Berliner Polizei wenden wollen, um seinen Sohn zu sehen. Wir seien ihm da zuvorgekommen.«

»Alibi?«

»Ja, am gestrigen Abend war er unterwegs. Frankfurt/Oder, Rotlicht. Er hat uns die Quittungen zeigen können.«

»Quittungen reichen nicht. Da müssen Sie schon vor Ort … Gibt es weitere Details?«

»Die will Ihnen Kriminalrat Claus übermitteln.«

»Wie kommt denn Claus dazu?«

»Wir haben Klein gefragt, ob er sich vor seinem Abflug in der Lage sähe, seinen Sohn zu identifizieren. Claus hat ihn an der Landesgrenze abgeholt, um ihn erst in die Gerichtsmedizin, dann zum Flughafen zu fahren. Er wollte rasch zurück zu seiner Frau, als wir ihn unterrichteten, dass sie nach ihrer Befragung einen Zusammenbruch erlitten hat.« Kurze Stille. »Sagen Sie mal, Herr Freisal, ist das bei Ihnen in Berlin eigentlich usus, dass Kriminalräte Zeugen durch die Gegend chauffieren?«

»Bei uns ist manches anders«, erläuterte Freisal sarkastisch. »Erinnern Sie noch: Berlin wollte zwar Olympia ausrichten, ist jedoch mit dem zuverlässigen Betrieb des ÖPNV nicht erst seit gestern total überfordert.«

»Was hat das mit Ihrem Kriminalrat zu tun?«

»Ähm … also, genau genommen nichts. Das war eher grundsätzlich gemeint.«

»Aber dass Kriminalrat Claus Sie nicht umgehend informiert …«

»Kollege, das wird in Brandenburg nicht anders sein: Ein Kriminalrat ist einem Kriminalhauptkommissar gegenüber nicht berichtspflichtig, oder?« Freisal fiel auf, dass er ihn, Claus, verteidigt hatte … weil er, Claus, sich, wie es neudeutsch hieß, »pro-aktiv« in die Ermittlungen einbrachte. Hm … dass ich den Klugscheißer mal in Schutz nehmen würde, hätte ich mir allerdings auch nicht träumen lassen, dachte er. »Claus wird sich schon bei mir melden – sobald er halt kann«, sagte Freisal und verabschiedete sich, nachdem er sich beim Brandenburger für dessen Unterstützung bedankt hatte.

Kaum aufgelegt, rockte das Smartphone erneut. Schau an, wenn man vom Teufel spricht … Es war Claus.

Der Kriminalrat informierte seinen KHK, dass er sich »mal eben eingeschaltet« habe, als er davon erfahren hatte, dass sich der Vater des Opfers in der Nähe Berlins aufhalte.

»Sie mögen Musbach wirklich, nicht wahr?«

»Das hat damit nichts zu tun«, stritt Claus ab. »Ich dachte, ich könnte Sie ein wenig entlasten. Klein senior hat ein Alibi«, berichtete Claus.

»Das hat der Brandenburger Kollege, mit dem ich eben gesprochen habe, schon angedeutet. Er sagte, Details dazu kämen von Ihnen.«

»Natürlich von mir«, plusterte sich Claus auf, »von wem auch sonst? Jedenfalls hat mir der Mann zu Protokoll gegeben, dass er sich unmittelbar nach den Verhandlungen in Ludwigsfelde einen Abstecher an die deutsch-polnische Grenze genehmigt habe. Es war ihm schon unangenehm, darüber Auskunft zu geben: Er war die ganze gestrige Nacht dort versackt.«

»Soll vorkommen.« Freisal zuckte gleichmütig mit den Schultern. »Ist denn der Alkohol da immer noch so billig?«

»Das habe ich nicht gefragt. Die Preislisten bestimmter Etablissements können Sie sich aber von den polnischen Kollegen mailen lassen, falls für den Fall von Bedeutung.«

»Etablissements …?«

»Rotlicht«, sagte Claus im Tonfall größter Geheimnisträgerschaft. »Table-Dance mit Anfassen.«

»Wow!«, sagte Freisal. »Hat's da ein Landei krachen lassen? Gut, gut, Table-Dance ... anfassen ... und sonst?«

»Von Mann zu Mann.«

»Ach was!?« Freisal riss die Augen auf. »Das ist allerdings interessant.«

»Den Laden haben im Übrigen die polnischen Kollegen längst auf dem Schirm«, sagte Claus. »Hab mich bei denen schlau gemacht: Da sollen auch Jugendliche unter achtzehn mit von der Partie sein. Auf dem Tisch, versteht sich.«

»Hat das Klein senior bestätigt, das mit den Jugendlichen?«

»Davon wisse er nichts. Ihm sei gesagt worden, die Männer seien alle volljährig.«

Freisal schwieg, dachte nach.

»Sind Sie noch dran?«, fragte Claus.

»Die verlorene Sprache der Kräne«, nuschelte Freisal in den Hörer.

»Was ist los?« Claus schien irritiert.

»Nur so ein Gedanke. Später mehr. Wir sind hier gerade in einer wichtigen Zeugenbefragung. Jedenfalls eine interessante Info, die Sie mir da gegeben haben. Sehr interessant!«

Während Freisal mit Kriminalrat Claus telefonierte, hatte Gutzeit erfahren, dass die Beckers Stephan Klein nahezubringen versucht hatten, die Gentrifizierung differenzierter zu betrachten. Aber sie seien auf kein Verständnis gestoßen, im Gegenteil: Klein habe plötzlich begonnen, sie zu beschimpfen, »Kapitalistenschweine« und »Mieterverdränger« hatte er gebrüllt. Von diesem Krach sei das Kind wach geworden. »Mia hat geweint«, berichtete Uta Becker.

»Und genau deshalb«, sagte Karsten Becker, »habe ich Klein dann auch gebeten zu gehen. Kann ja nicht sein, dass die eigene Gastfreundschaft dermaßen ausgenutzt wird, oder?«

»Und ist er gegangen?«, wollte Gutzeit wissen.

»Nein«, sagte Uta Becker. »Er blieb sitzen und polterte weiter, dass er schon wisse, wie man Leute wie uns auch wieder loswerde.«

»Nämlich?«

»Immer schön Lärm machen. Vor dem Haus … nachts oder früh am Morgen. Am Sonntag.«

»Er hat uns gedroht, stellen Sie sich das mal vor«, sagte Karsten Becker. »Der brüllt erst Mia aus dem Schlaf und droht uns dann.«

»Das konnten wir uns nicht gefallen lassen, fand ich«, pflichtete ihm seine Frau bei. »Ich sagte meinem Mann, er solle bitte Mia trösten gehen, ich würde den Herrn hinausbegleiten.«

»Warum Sie, warum sollte das nicht Ihr Mann tun?«

»Ich dachte, dass er eher auf eine Frau hört – so giftig, wie er meinen Mann angeschaut hat.«

»Hatten Sie denn keine Angst?«

»Klein war ja kein Hüne. Und ich bin nicht ängstlich.«

»Na ja, trotzdem …«

»Vor Jahren habe ich mal bei so einem VHS-Kurs teilgenommen: Aikido für Frauen. Da habe ich gelernt, dass es in erster Linie eine Frage der mentalen Haltung ist, sich gegen männliche Gewalt zur Wehr setzen zu können. Natürlich, Technik gehört auch dazu: den Schwung des Angreifers als Mittel zur Selbstverteidigung nutzen. Durch Ausweichmanöver den Angreifer ins Leere laufen lassen, ihn aus dem Gleichgewicht bringen.«

»Verstehe«, sagte Gutzeit. »Ihr Mann hat den Raum verlassen, Sie sind geblieben. Und weiter?«

»Nachdem mein Mann zu Mia rübergegangen war, habe ich ganz ruhig und freundlich versucht, Klein klarzumachen, dass er zu gehen habe. Er ist aber sitzen geblieben, versuchte, auf das Thema Gentrifizierung zurückzukommen. Also hab ich eine Notlüge vom Stapel gelassen: Ich sagte, ich müsse für morgen Essen vorbereiten, und wandte mich von ihm ab, um keine weitere Konfrontationsfläche zu bieten. Seine Aggression sollte einfach ins Leere laufen. Ich ging hinüber zur Küchenzeile und tat so, als würde ich tatsächlich damit beginnen zu kochen. Ich kramte im Besteckkasten, legte mir Messer und Schneidebrett raus und …«

»Ja?«, fragte Gutzeit.

»Es hat funktioniert: Klein stand auf, sagte kein Wort mehr und verließ unsere Wohnung.«

»Kompliment«, sagte Gutzeit. »Da haben Sie wirklich Nerven bewiesen.«

»Coole Nummer«, pflichtete Karsten Becker bei. »Ich hätte wahrscheinlich mit der Polizei gedroht.« Er wandte sich Gutzeit zu und fragte: »Vielleicht noch einen Tee?«

»Danke, sehr freundlich, aber ...«

In diesem Moment betrat Freisal die Küche. »Vielen Dank, Herr Becker, aber wir müssen wieder.«

Yasmine Gutzeit hatte verstanden und erhob sich vom Stuhl.

»Sollten wir noch Fragen haben«, sagte Freisal, »melden wir uns noch mal.«

»Oder Ihnen fällt noch was ein«, ergänzte Gutzeit und überreichte ihre Visitenkarte. »Dann melden Sie sich bitte. Erst einmal vielen Dank!«

»Ja, gerne«, sagten Uta und Karsten Becker gleichzeitig.

Freisal und Gutzeit standen vor dem MX-5.

Der KHK warf seiner Kollegin den Schlüssel hinüber. »Fahren Sie bitte – danke!«

»Was ist los?« Gutzeit fing den Schlüssel auf.

»Sie sind disziplinierter. Rutschen weniger.«

»Weniger Gas geben – wo ist das Problem?«

»Ich hab kein Problem, aber die anderen.«

Gutzeit schloss die Beifahrertür auf und ging um den Wagen herum, um auch die Fahrertür zu öffnen. »Zentralverriegelung war damals noch Luxus, was?«, frotzelte sie beim Einsteigen.

»Zentralverriegelung ist was für Schattenparker«, konterte Freisal.

»Schon klar ... unnötige technische Errungenschaften. Aber immerhin: Auch Sie haben zum Smartphone gefunden.«

»Falsch«, sagte Freisal. »Das Smartphone hat mich gefunden. Es wurde mir regelrecht aufgedrängt.«

»Wie war das noch mal mit den Formularen, die ich bei Ihnen aufs Gerät schieben soll?«

»Bitte in die Keithstraße«, sagte der KHK, statt auf die Frage zu antworten. »Sie müssen ja noch ihre Susi holen.«

Unterwegs glichen sie ihre Erkenntnisse ab. »Seidel hat mit seiner Vermutung den Nagel auf den Kopf getroffen«, stellte Gutzeit fest. »Da hat Kleins Vater wohl tatsächlich im Schrank seines Sohnes …«

»Möglich. Wir wissen's nicht. Müssen wir auch nicht wissen. Holger Klein hat ein Alibi, das genügt.« Freisal berichtete Gutzeit, was der Kollege aus Brandenburg und Claus ihm mitgeteilt hatten.

»Oha, Table-Dance von und für Männer«, sagte Gutzeit. »Und Klein senior mittenmang. Interessiert Sie das nicht näher, so rein akademisch?«

»Nein«, sagte Freisal. »Die Nase in die Unterwäsche anderer Leute zu stecken hat nichts Akademisches, sondern Voyeuristisches.«

»Breitseite?«, fragte Gutzeit. »Was ist wirklich los?« Sie trat hart auf die Bremse und hielt am rechten Straßenrand. Der Wagen rutschte, kam aber ein Sekundenbruchteil später zum Stehen. »Raus mit der Sprache! Kann ja nicht sein, dass Sie mich einfach so angiften. Will jetzt wissen, warum.«

»Habe gerade festgestellt …«

»Ja?«

»… kommt Ihnen aber bestimmt kindisch vor.«

»Bestimmt. Will's trotzdem hören.«

»Also … Inge hat sich noch nicht gemeldet. Müsste doch längst gelandet sein. Ist heute von Tegel weg, nach Spanien.« Er guckte auf seine Armbanduhr. »Das war vor knapp acht Stunden. Nach Andalusien fliegt man doch höchstens …«

Gutzeit erkannte den Ernst der Lage. »Herr Freisal, jetzt mal ehrlich«, sagte sie in ruhigerem Tonfall. »Inge ist eine erwachsene Frau, richtig?«

»Richtig.«

»Uns liegen keine Meldungen vor, dass ein Flugzeug abgestürzt ist, richtig?«

»Richtig, aber …«

»Ja?«

»Ich sorge mich halt.«

»Hm, wirklich? Gibt doch gar keinen Grund dafür. Möglicherweise … vermissen Sie Inge?«

Freisal schaute Gutzeit an. »Na hören Sie mal …«

»Ja?«

»Das … also, das … trifft irgendwie zu.« Sie mussten grinsen. »Entschuldigen Sie mein Geraunze«, sagte Freisal. »War nicht in Ordnung.«

»Schwamm drüber«, sagte Gutzeit.

Sie gab Gas, scherte aus und brachte dabei den Wagen für einen klitzekleinen Moment mit dem Heck ins Schlingern; aus den Augenwinkeln bemerkte sie, dass sich Freisals temporärer Gemütsnebel lichtete. Er lächelte beinahe schon versonnen.

»Wissen Sie, was mir nicht aus dem Kopf geht«, sagte sie. »Ganz am Anfang hat Uta Becker doch angedeutet, dass ihr Mann Klein vor die Tür gesetzt hat.«

»Ja, und?«

»In der Geschichte, die ich mir eben angehört habe, war es nicht Karsten, sondern Uta Becker selbst, die ihn rausgeschmissen haben will.« Gutzeit berichtete, was das Paar erzählt hatte, während er zum Telefonieren in den Flur gegangen war.

»Ich glaube«, konstatierte Freisal, »das nennt man Widerspruch. Aber vielleicht war bei der ersten Schilderung nur der Wunsch Vater des Gedankens.«

»Na ja, in diesem Fall Mutter des Gedankens«, korrigierte Gutzeit.

»Ach!? Werden jetzt schon Sprichwörter mit der Gender-Keule bearbeitet? Wie auch immer, wir behalten das bitte auf dem Schirm.«

Nachdem Hajo Freisal gegen 17.30 Uhr – mal wieder später als gewollt – den Hausflur am Chamissoplatz betreten, seine Nachbarin ihn am Briefkasten abgefangen und er sie an ihre Türschwelle zurückgebracht hatte, stapfte er die Stiegen hoch in seine Wohnung.

Er holte sich Paprika, Gurken, Eisbergsalat aus dem Kühlschrank und wusch das Gemüse, um sich zum Abendbrot einen

Salat zu schnippeln. Das neue Dienst-Smartphone hatte er neben die Salatschüssel auf den Tisch gelegt; die blaue Diode blinkte munter *Standby*.

Mann, Mann, Mann, dachte Freisal. Kaum ein Tag am Mann, das Teil, schon bin ich infiziert. Gab es einen Grund, dass das Telefon dort lag? Der Arbeitstag ging doch erst morgen weiter. Das war ihm, sinnierte er, mit dem alten Gerät nicht passiert. Tatsächlich, das Uralt-Handy hatte entweder im Flur oder – bei Bereitschaft – auf dem Nachttisch gelegen. Aber in der Küche? Begann hier eine neue Abhängigkeit? Alkohol und Tabak waren passé – war nun die Technik dran? So weit kommt's noch, dachte er. Weg damit!

Er trocknete sich die Hände ab, wollte das Smartphone in den Flur verbannen, da fiel ihm ein virtueller Briefumschlag am unteren Displayrand auf. Mittendrin stand eine Eins. Was hatte das denn nun schon wieder zu bedeuten?

Freisal tippte auf das Symbol. Es öffnete sich das SMS-Menü. »Bin gut angekommen. Unterkunft und Wetter klasse. Leute sind nett. LG! Inge.«

Den KHK überkam ein schlechtes Gewissen. Er hatte Inge Unrecht getan vorhin im Auto. Die SMS war, so die Information des Gerätes, schon vor Stunden angekommen. Er hatte offenbar ihren Eingang nicht bemerkt. War das akustische Signal dafür auf stumm geschaltet? Wie bekam man es laut? Gutzeit muss mir das Ding morgen neu einstellen, dachte er. Und entgegen seinem Entschluss beließ er das Handy nun doch in der Küche – auf Standby. Vielleicht, dachte er, ruft Inge noch an? Andererseits hatte Inge seit ihrer Trennung nie versucht, ihn über die Dienstnummer zu erreichen. In Ausnahmefällen hatte es höchstens mal eine SMS gegeben.

»Hajo, so eilig kann's doch gar nicht sein«, sagte sie immer, »dass es nicht Zeit hätte, bis ich dich privat erreiche. Ganz privat, meine ich, also auf deinem Festnetz.«

Freisal lächelte. Inge hatte, als sie das sagte, einfach nur recht gehabt. Er schaltete das Smartphone aus und brachte es in den Flur.

Hajo Freisal war zeitig ins Bett gegangen. Es hatte sich für ihn als echte Alternative herausgestellt, mit Lesestoff in die Federn zu gehen statt vor der Glotze zu sitzen und sich »Gelaber in Talk-Shows« oder verfilmte Landarzt-Romane anzutun. Und immer Uralt-Deutsche-Touren-Masters mit dem ehemaligen Weltmeister Hans-Joachim Stuck angucken, erschien ihm auf Dauer auch unbefriedigend (bei aller Liebe zur DTM, zu Stuck, zu Autorennen sowieso).

An diesem Abend hatte er die Unterlagen durchgeblättert, die er sich hatte zukommen lassen: »Querfeldeinrennen. Für Hobby-Piloten. Lüneburger Heide. Sind Sie dabei?«

Freisal schwelgte, als er von der Veranstaltung las, in alten Erinnerungen: Er war seinerzeit mit seinem MX-5 dabei gewesen, das heißt, auf der Piste – vor rund zwanzig Jahren. Würde ich das heute immer noch packen?, fragte er sich. Er wusste: Die Bedeutung der Präzision beim Runter- und Raufschalten in den Kurven war nicht zu unterschätzen. Es ging da zwar nur um Sekunden, aber die summierten sich zu Erfolg oder Misserfolg. Oder wäre dabei sein wirklich alles? Selbst wenn, würde er das aktuell körperlich überhaupt durchstehen? Rein konditionell? Im Wagen war ja Helmpflicht angesagt. Die beworbene Rallye, für die er die Teilnahmebedingungen in den Händen hielt, würde im nächsten Sommer stattfinden. Konnte sein, dass da unterm Helm 40 Grad Celsius und mehr herrschten. Er hatte noch gut in Erinnerung, dass seinerzeit, in den Achtzigern, Wettbewerbsteilnehmer, die die klimatischen Bedingungen unterschätzt hatten, schon nach einem Viertel der Strecke aufgeben mussten. Erste-Hilfe-Trupps versorgten damals überwiegend abgesackte Kreisläufe verhinderter Piloten.

Über diesen Gedanken war Hajo Freisal um ungefähr 21 Uhr eingeschlafen.

Dass der KHK am 23. Dezember schon früh um sechs Uhr im Präsidium auftauchte, war seinem neuen Lebensrhythmus geschuldet. Als es bei ihm noch, wie er sagen würde, jeden Abend »hoch die Tassen!« hieß, hatte er sich selten vor neun Uhr im Büro sehen lassen – »natürlich entsprechend verkatert«. Geschichte, würde Freisal sagen.

Professor Schnidts makabrer Spruch ging ihm durch den Sinn: »Der frühe Forensiker fängt den Wurm.« Und der frühe Kommissar? Der hatte, war sich Freisal sicher, zumindest etwas mehr Muße, die vorhandenen Fakten eines zu lösenden Falles auf sich wirken zu lassen. Was liegen im Fall Klein für Erkenntnisse vor?, fragte er sich, als er sich bei Wikipedia über Gentrifizierung schlau machte. Soweit er verstand, was er da las, hatte Uta Becker die zentralen Punkte zu diesem Phänomen wiedergegeben. Besonders interessant fand er folgende Aussage: »Je aktiver Kunst und Kultur in einem Quartier zu beobachten sind, desto wahrscheinlicher, dass dieses Quartier über kurz oder lang das Aktionsfeld von Stadtsanierungen mit ›Aufwertung von Stadtteilen‹ wird.« Im Zuge dessen sei stets eine Abwanderung von alteingesessenen Bewohnern zu beobachten. Landläufig spräche man auch von »Verdrängung«, die einsetze, weil »die direkten und indirekten Lebensunterhaltkosten steigen«: von »Wohnraum einerseits, Dienstleistung und Handel andererseits«.

Aha, dachte Freisal – er nahm das mal so zur Kenntnis, ohne die Fakten zu bewerten. Beurteilen hingegen musste er, wen Klein am Abend seines Todes getroffen hatte, nachdem er bei den Beckers rausgeflogen war. Wen außer Rohe, Renger, Seidel und eben die Beckers gab es da noch, der oder die Klein persönlich kannte? Oder war es in diesem Fall, entgegen aller Erfahrung, die Ausnahme, die die Regel bestätigte? Hatte man es mit keiner klassischen Beziehungstat zu tun, sondern mit einer zufälligen Begegnung der tödlichen Art? Hatte Klein, als er Seidel entgegen kam, kurz zuvor jemanden getroffen, den er nicht kannte, der ihm trotzdem – warum auch immer – ein Messer in den Bauch stieß? War aus einer harmlosen Pöbelei – gegen wen auch immer – Totschlag geworden? Alles schon dagewesen, wusste Freisal. Am Alexanderplatz waren solche Vorkommnisse eine Zeitlang fast schon an der Tagesordnung gewesen. Nicht ohne Grund hatte die Schutzpolizei am Alex Stellung bezogen, zeigte Präsenz – am Tag wie in der Nacht.

Aber was gegen eine Zufallsbegegnung zwischen Täter und Opfer sprach, war die Auskunft von Professor Schnidt, dass das Messer, das im Bauch von Klein steckte, nachgestoßen worden sei. Dass war, Freisals Einschätzung nach, kein Tötungsmuster, auf das die Erklärung »im Affekt« passte, sondern ein Gewaltakt, der darauf schließen ließ, dass jemand Klein hatte umbringen wollen. So etwas geschah nicht im Vorübergehen, weil einem die Nase des anderen nicht passte, war sich Freisal sicher.

Ergo: Wer wollte Klein töten? Ihn ausschalten? Und warum? Bevor Hajo Freisal über diese Fragen weiter nachgrübeln konnte, klingelte sein Dienstapparat. Der Pförtner war dran. Er teilte ihm mit, es sei Besuch für ihn da. Ein alter Mann. Er sei aus dem Stephankiez hergekommen, weil er in der Zeitung »vom Toten am Café Achteck« gelesen habe.

»Schicken Sie ihn bitte rauf«, sagte der KHK.

»Geht nicht, er weigert sich, seinen Hund draußen anzuleinen. Er sagt, er hat das Tier aus dem Tierheim, war mal ausgesetzt und dreht durch, wenn er es alleine lässt.«

»Was machen wir da?«, fragte Freisal und schob auch gleich die Antwort nach: »Ich komme runter. Aber lassen Sie ihn mit Hund ins Foyer. Draußen ist's mir zu ungemütlich.«

»Aber auf Ihre Verantwortung.«

»Auf wessen auch sonst?«

Die Wetterlage hatte sich insofern geändert, als die Temperaturen leicht angestiegen waren; offenbar ausreichend, um den Schnee zum Schmelzen zu bringen. Grauer Matsch lag auf den Bürgersteigen, die Straßen waren schon wieder so gut wie frei. Weiße Weihnacht? Wer's glaubt, hatte Freisal gedacht, als er in aller Herrgottsfrüh vom Chamissoplatz ins Präsidium gefahren war.

Im Foyer sah der Kommissar schon von weitem den unverhofften Besucher: ein klappriger, krummer Mann, der in der Linken einen Gehstock, mit der Rechten einen älteren, auch schon etwas buckligen Golden Retriever an der Leine hielt (der arttypisch, also immer etwas sorgenvoll dreinblickend, auf seinen Hinterläufen saß).

»Morgen!«, begrüßte Freisal den Mann gut gelaunt und stellte sich kurz vor. »So früh schon unterwegs? Noch Weihnachtsgeschenke besorgen, was? Im Ernst: Extra aus dem Stephankiez hergekommen? Alle Achtung. Was gibt's denn?«

»Bin immer früh unterwegs«, sagte der Mann. »Bin schon über achtzig. Will die Zeit nutzen, die mir noch bleibt. Herbert Wachsmuth, mein Name.«

»Verstehe, Herr Wachsmuth«, murmelte Freisal und streichelte dem Hund – »der hat aber auch so was von einem treuen Blick« – über den Kopf.

»Es ist eine Sie«, klärte der Alte auf. »Braucht auch nicht viel Schlaf. Legt sich selten vor elf Uhr aufs Ohr und ist trotzdem um fünf Uhr putzmunter. Wie ich.«

»Das passt dann ja«, sagte Freisal. »Also, Herr Wachsmuth, was führt Sie zu mir?«

»Ja, also, das war schon merkwürdig. Vorgestern Abend, als wir noch eine Runde Gassi gegangen sind in der Stephanstraße. Wohne ja eigentlich in der Birkenstraße. Aber wir gehen jeden Abend um den MOA-Bogen rum, dann ein Stück rein in die Stephanstraße und rechts wieder in die Rathenower. Vorgestern auch. So gegen halb zehn. Molli hat sich gefreut ...«

»Wer ist Molli?«

Der Hund sah zu Freisal auf, spitzte die Ohren und hechelte aufgeregt. Zumindest eine Antwort auf diese Frage hatte sich erübrigt.

»Wegen des Schnees ... Sie hat versucht, mit der Schnauze die Flocken zu fassen zu bekommen. Das war bei der Hausnummer 40 oder 41; im Schnee gewälzt hat sie sich auf Höhe 50 oder 51. Ich musste aufpassen, dass wir uns da mit der Leine nicht verheddern.«

»Aha. Und dann ...«, versuchte Freisal den Alten zu bewegen, aufs Wesentliche zu kommen.

»Dann hat Molli tatsächlich noch mal ein großes Geschäft gemacht. Habe ich natürlich weggeräumt.« Der Alte zeigte auf das Bündel schwarzer Beutelchen, das an der Hundeleine hing.

»Sehr gut«, lobte Freisal. Mit alten Leuten soll man geduldig sein, dachte er. Seit er von der Demenz Frau Sorges wusste, war ihm klar: Manches braucht nun mal so seine Zeit. Frau Sorges Weg vom Briefkasten zu ihrer Wohnungstür – vielleicht fünf oder zehn Meter – konnte schon mal fünf Minuten und länger dauern, wenn sie eben nicht nur vergessen hatte, wo sie, als sie ihre Wohnung verlassen hatte, hin wollte, sondern auch nicht wusste, wer denn eigentlich der freundliche Herr war, der ihr den Arm hinhielt. »Kann ja nicht mit jedem mitgehen«, hatte sie argumentiert und erbeten, dass sich Freisal erst mal vorstellte.

»Ja, Frau Sorge«, hatte der sich betont einsichtig gegeben und der alten Dame erklärt, dass er Hans-Joachim Freisal, ihr Nachbar aus dem ersten Stock war. Danach war Frau Sorge zu bewegen, weiterzugehen (auf ihren roten Pantoffeln und am Arm des KHK).

»Sie wollten mir wegen vorgestern etwas sagen?«, gab Freisal dem Alten einen kleinen mentalen Stups.

»Als Molli und ich auf der Höhe Stephanstraße 61 angekommen waren – das ist das neu gemachte Haus –, fiel mir eine Person auf, die es eilig hatte, deshalb vielleicht auch ausrutschte, jedenfalls hinfiel. Nachdem sie aufgestanden war, schloss sie hektisch die Eingangstür auf und verschwand im Haus.«

»Von wo aus haben Sie das gesehen?«

»Molli und ich waren gerade auf dem Bürgersteig gegenüber.«

»Aus welcher Richtung ist denn die Person gekommen?«

»Stephanplatz.«

»Könnten Sie die Person beschreiben.«

»Bitte?« Der Mann fasste sich mit der Linken hinters Ohr. »Die Batterie …«

Der Kommissar ging näher an den Mann heran und sagte laut: »Wie sah sie aus, die Person?«

»Mein Hörgerät …«, sagte der Alte und fingerte an dem Gerät herum.

Freisal machte noch einen Schritt auf ihn zu und versuchte, besonders laut und deutlich zu artikulieren. »Wie sah die Person aus?«

Der Alte zog vor Schreck den Kopf weg. »Was schreien Sie denn so?«, fragte er ärgerlich. Es war offenbar doch nicht die Batterie, sondern nur der Lautstärkenregler. »Bin doch nicht taub.«

»Natürlich nicht«, sagte Freisal. Er wartete.

»Eine Frau ... schmächtig und schmal ... und kurze Haare.«

»Sie hatte trotz Schneefalls keine Mütze auf?«

»Hätte sie eine Mütze aufgehabt, hätte ich ja die Haare nicht sehen können«, sagte der Alte, was für den Kommissar die Glaubwürdigkeit des Zeugen unterstrich. »Ich bin zwar alt, schwerhörig und laufe am Stock, aber die Augen, das sag ich Ihnen: nach wie vor wie 'n Falke.«

»Das glaube ich Ihnen aufs Wort.« Freisal lächelte. »Wann war das denn genau?«

»Halb zehn – aber das sagte ich doch schon.«

»Ach ja, richtig«, sagte Freisal. Und dachte: Test bestanden. Er legte dem Alten dankend die Hand auf die Schulter. Immerhin hatte er Uta Becker beschrieben, zumindest traf die grobe Beschreibung auf sie zu. Aber noch war es keine Gewissheit, dass Wachsmuth tatsächlich Karsten Beckers Frau gesehen hatte – nahe dem Fundort, zu einer Uhrzeit, die als Tatzeit gelten konnte.

Freisal überlegte kurz, dann klopfte er an die Scheibe des Pförtners in der Loge. »Bitte ordern Sie mir einen Wagen, am besten einen VW-Bus. Herr Wachsmuth und Molli müssen mit.«

Er wandte sich wieder dem Alten zu. »Ich vermute richtig, dass Sie ohne Auto hergekommen sind?«

»Von den Augen her könnte ich ja noch fahren ...«

»Aber die Ohren, stimmt's?«

»Hab den Führerschein längst abgegeben, ist ja schon nicht mehr wahr.«

»Sehr vernünftig«, sagte Freisal anerkennend. »Glauben Sie, Sie würden die Person, die Sie gesehen hatten, wiedererkennen?«

»Was sagten Sie?«

Freisal wiederholte sich; diesmal ging er näher an den Mann heran, ohne die Stimme zu heben. »Natürlich erkenne ich die Frau wieder. Bin zwar alt, schwerhörig und laufe am Stock ...«

»... aber Augen wie 'n Falke – sehr gut.«

Freisal sprach noch einmal den Pförtner an und bat darum, einen Stuhl für den Besucher zu organisieren; dann wollte er rasch seine Jacke holen gehen und gleich wiederkommen.

»Was denn für 'n Stuhl?«, kam es unwillig zurück. »Hier gibt's nur meinen Drehstuhl.«

»Fein«, sagte Freisal. »Ist doch was.«

»Aber …«

»Nix, aber. Sie sehen doch, der Mann läuft am Stock, also, kein Zicken, bitte – danke!«

Freisal ließ sich mit Wachsmuth und Molli zur Stephanstraße fahren. Während der Alte seinem Hund erklärte, dass sie jetzt in einem Polizeiauto säßen und nicht wieder in einen BVG-Bus mit schlecht gelauntem Busfahrer einsteigen müssten, versuchte Freisal, Gutzeit zu erreichen. Er wusste, dass 7.15 Uhr zwar eine gewagte Zeit war, aber, so konstatierte er auch, daran sei ja nicht er, sondern der alte Mann am Stock schuld.

Gutzeit ging nach dem dritten Klingeln dran. Geraschel von Bettzeug war zu vernehmen, auch ein tieferes Brummen im Hintergrund (vielleicht das Schnarchen eines Mannes).

»Ja?«

Oh, oh, oh, dachte Freisal. Das klang nicht wirklich wach.

»Moin!«, sagte er fröhlich.

»Och nee …«

»Aber doch. Hier ist Ihr Chef. Gut gelaunt, putzmunter. Gibt Arbeit.«

»Mein Dienst heute beginnt …«

»… jetzt, richtig. Ein Zeuge hat gesehen, dass eine Frau, deren Beschreibung auf Uta Becker passt, am fraglichen Abend hektisch auf der Stephanstraße unterwegs war. Um die Tatzeit herum. Das wird sie uns erklären müssen, vor allem, warum sie gestern nichts davon gesagt hat, sondern stattdessen ellenlang über Stadtteilsanierung referierte.«

»Sorry, ich brauch erst mal 'n Kaffee.«

»Den macht Ihnen der Säger an Ihrer Seite«, behauptete Freisal frech. »Ist das eigentlich Ihr Schmusi von der SpuSi?«

»Hallo?« Gutzeit klang plötzlich sehr wach. »Was geht Sie das an?«

»Nichts. Aber sollte er es sein, bringen Sie ihn am besten gleich mit. Wir sehen uns bei den Beckers. Ach, noch was: Ihr Schmusi soll mal gleich einen seiner Kollegen dazu bitten: mit dem Köfferchen, für die Spurensuche. Vier SpuSi-Augen sehen mehr ... Bis gleich.«

Nachdem Freisal aufgelegt hatte, blickte er nachdenklich aus dem Fenster des Wagens. War Uta Becker tatsächlich die Frau, die der Alte gesehen hatte? Waren die Beckers tatsächlich mit Klein derart aneinandergeraten, dass ...? Hatte tatsächlich Uta Becker und eben nicht ihr Mann Klein an die frische Luft gesetzt?

»Das arme Kind«, sagte er seufzend.

Der Alte schnappte es auf und sagte mit erhobenem Zeigefinger: »Nein, es war eine Frau.«

»Ja, natürlich«, sagte Freisal. »Wir werden gleich wissen, ob wir von derselben Dame sprechen.«

Uta Becker hatte den Summer betätigt, nachdem der KHK sich mit Namen gemeldet und gesagt hatte, dass er »noch mal zwei, drei Fragen« hätte.

Als sie wenig später die Wohnungstür öffnete, war sie überrascht, vier Personen vor sich zu sehen: den Kommissar, zwei Uniformierte und einen alten Mann, den sie nicht kannte, mit einem Hund. Der Alte nickte kurz und stumm – das verabredete Zeichen, dass er Uta Becker identifiziert hatte.

Herbert Wachsmuth wurde von den beiden Uniformierten die Stufen nach unten eskortiert.

»Darf ich eintreten?«

»Sicher«, sagte Uta Becker. Sie war noch im Morgenmantel – farbenfrohes Modell Chinablume, dachte Freisal –, strich sich durch die Haare, entschuldigte sich: »Bin noch nicht wirklich im Tag angekommen.«

»Meine Kollegin auch nicht, sie kommt nach«, sagte Freisal freundlich, als wäre damit sein frühes Klingeln zu entschuldigen. War es offenbar. Zumindest wurde er ohne weitere Frage wieder in die Wohnküche gebeten. Dort saß Karsten Becker. Er trug ein Sakko und schien auf dem Sprung zu sein.

»Guten Morgen, Herr Freisal«, grüßte er. »Was verschafft uns denn so früh die Ehre?«

»Fragen, die sich nun doch noch stellen.«

»Aha. Auch 'n Tee? Einen Morgentee aus unserem Hause, der belebt immens.«

Abendtee, Morgentee – vermutlich gibt's auch einen Vormittagstee, Mittagstee, Nachmittagstee und so weiter, dachte Freisal. Gib der Sache einen Namen – und die Leute glauben dran.

»Danke, nein, bin schon versorgt«, sagte er und blieb vor dem Tisch neben Karsten Becker stehen. »Sie sind auf dem Weg zur Arbeit?«

»So gut wie.« Becker goss sich ein Tässchen nach. Das Teeservice stand auf einem Tablett in der Mitte des Tisches. Vermutlich stand es immer da, jedenfalls hatte der KHK es gestern auch schon ebendort wahrgenommen.

Uta Becker nahm ihrem Mann gegenüber Platz. »Wollen Sie sich nicht auch setzen?«

»Nein, danke!«, antwortete Freisal, ging zielstrebig zur Küchenzeile mit dem Messerblock, lehnte sich mit dem Rücken an und verschränkte die Arme. »Frau Becker, Herr Becker«, begann er ohne Warm-up. »Hatte vergessen zu fragen, ob von Ihnen jemand, nachdem Klein Ihre Wohnung verlassen hatte, noch mal draußen gewesen ist?«

Uta Becker schaute ihren Mann an; Karsten Becker schaute seine Frau an. »Worauf wollen Sie hinaus?«, fragte sie.

»Gegenfragen sind uncool«, erwiderte Freisal. »Oder war meine Frage nicht verständlich? Dann wiederhole ich sie natürlich gerne.«

»Verständlich ... doch ... also ...«, begann Karsten Becker stockend.

»Um die Sache abzukürzen, Herr Becker«, unterbrach der Kommissar. »Was Sie nicht wissen können: Ihre Frau wurde eben an der Wohnungstür von jemandem wiedererkannt, der sich erinnert, sie zur vermuteten Tatzeit auf der Stephanstraße gesehen zu haben.«

»Aber von wem denn?«

»So ein Opa mit Hund«, sagte Uta Becker. Es klang despektierlich.

Freisal stellte klar: »Der alte Mann läuft am Stock und ist schwerhörig – hat aber Augen wie ein Falke.«

»Das sagt er?«, hakte Uta Becker nach.

»Bei Bedarf mache ich mit dem Herrn einen Sehtest, aber das steht jetzt nicht zur Debatte. Also, Frau Becker, warum sind Sie noch mal vor die Tür gegangen?«

»Hatte Zigaretten vergessen. Musste noch mal los. Ins MOA-Center. Edeka hat länger auf.«

Freisal schnupperte.

»Hm. Nichts zu riechen«, stellte er fest. »Sie rauchen sicher nur auf dem Balkon, nicht wahr?«

»Die Wohnung hat keinen Balkon.«

»Ach so?« Freisal signalisierte mit einem Lächeln, dass er das wusste. Zudem lag die Hausnummer 61 ziemlich weit entfernt vom MOA-Center. Nein, so ein Fußmarsch hätte schon ein Weilchen gedauert. »Kann ich mal die Zigarettenschachtel sehen?«

Uta Becker setzte zur Antwort an, aber es klingelte an der Wohnungstür. »Kleine Unterbrechung«, sagte Freisal. »Wird meine Kollegin sein.« Er löste sich von der Küchenzeile, blickte neben sich auf den Messerblock. »Eine schicke Messersammlung haben Sie hier übrigens«, sagte er. Vermutlich Massenware, dachte er. Zumindest kein Vergleich mit dem Edelwerkzeug von Thobens. »Bitte bemühen Sie sich nicht, ich finde den Weg.«

Kaum war er auf dem Flur, begannen Uta und Karsten Becker zu tuscheln. Der Kommissar machte auf dem Absatz kehrt. »Selbstverständlich können Sie sich beraten, was nun ist mit der Zigarettenschachtel. Lasse mal eben meine Kollegin ins Haus. Wegen mir brauchen Sie nicht zu flüstern.«

»Mia schläft noch«, sagte Karsten Becker leise. Er legte seinen rechten Zeigefinger auf den Mund. Freisal nickte verständnisvoll und zog die Küchentür leise hinter sich zu.

Ohne zu fragen, wer geklingelt hatte, drückte er den Summer, öffnete die Wohnungstür, trat in den Hausflur.

Gutzeit und zwei Kollegen stiefelten nach oben. Obschon die Stufen mit einem Teppich gedämpft waren, hörte man, dass da jemand zu faul war, die Füße zu heben.

Hajo Freisal guckte übers Geländer nach unten. »Pssst!«, zischte er. Gutzeit hob den Kopf. »Mia schläft. Lasst mal nicht die Holzfäller raushängen, schaltet um auf Ballerina.«

Wie auf Zehenspitzen staksten die drei weiter. Der Schmusi von Gutzeit trug einen silbernen Koffer, der die üblichen Chemikalien für Schnelltests zum Identifizieren von biologischen Spuren enthielt; sein Kollege trug die, wie es unter Kollegen scherzhaft hieß, »Hutschachtel«: ein zusammenlegbarer Kunststoffwürfel, genauer gesagt ein ungefähr dreißig mal dreißig Zentimeter großer Hohlkörper, dessen Wände innen schwarz verkleidet waren. Wurden die Wände des Würfels zum Quader zusammengesteckt, fehlte die sechste Wand. Diese offene Seite wurde auf zu untersuchende Stellen gelegt. Auf den Innenseiten der Blackbox waren kleine, akkubetriebene Schwarzlichter angebracht. Durch das Guckloch auf der nach oben zeigenden Wand wurden auch solche Blutspuren, die mit dem bloßen Auge nicht zu sehen waren, durch die Ultraviolettstrahlung in der Blackbox wieder sichtbar.

Nachdem Freisal sie über den Stand der Dinge informiert hatte, baute der Kollege Schmusi rasch die Box zusammen und stellte sie auf den Treppenabsatz. Er kniete sich darüber, schaute durchs Guckloch und schob den Quader langsam über den Teppich auf dem Treppenabsatz, mal vorwärts, mal seitwärts. Dann stoppte er abrupt.

»Kollege«, sagte er zu Freisal, »Sie stehen mitten in einer Pfütze Blut.«

Der KHK zog reflexhaft seinen rechten Fuß weg. »Sicher?«, fragte er.

»Noch ist es eine Annahme.« Die Blackbox wurde weiter über den Boden geschoben. »Absolute Sicherheit haben wir gleich.«

Die Beckers saßen immer noch in der Wohnküche und redeten leise miteinander. Zwischenzeitlich hatte Uta Becker, stellte Freisal fest, offenbar Gelegenheit gefunden, sich in Jeans und ein Sweatshirt zu kleiden. In ihren Armen lag Mia – und schlief den Schlaf der Gerechten. Wunderbar, dachte Freisal ganz ohne Ironie, dieses Gottvertrauen von Kindern. Er fragte aber: »Und? Was hat Ihre Beratschlagung ergeben?«

Er hatte sich wieder mit dem Rücken an die Küchenzeile gestellt; Gutzeit war im Türrahmen stehen geblieben.

»Hab gehört«, sagte sie, »dass Sie, Frau Becker, vorgestern Abend noch mal losgegangen sind, um Zigaretten zu kaufen.«

»Das war gelogen«, gestand Uta Becker frank und frei – aber auch betreten.

»So?«, sagte Freisal. »Schön, dass Sie uns nichts untersuchen lassen, was gar nicht stattgefunden hat.«

»Sie schulden uns eine Erklärung, Frau Becker«, drängte Gutzeit.

Die Beckers wandten sich ihr zu.

Freisal fiel auf, dass seine Kollegin forsch und hart wirkte. Er vermutete, dass sie auf ihren Kaffee verzichtet hatte, um schnell hier zu sein. Richtig so, dachte er, bloß keine Dogmen aufkommen lassen. Muss halt auch mal ohne Aufputschmittel gehen. Dennoch, jetzt bloß nicht wegen Koffeinmangels die Lara Croft geben. Er signalisierte Gutzeit mit angedeutetem Kopfschütteln, nicht mehr Druck als notwendig aufzubauen.

»Es war so«, setzte Uta Becker an, »nachdem Klein die Wohnung verlassen hatte, bin ich ihm nachgegangen. Ich wollte ihn zur Rede stellen.«

Aha, ging doch.

»Ich wollte ihm klarmachen, dass er seine Wut gegen Stadtsanierer nicht an einer Familie auslassen darf.« Uta Becker stockte. »Mia ist doch noch so klein, so empfindlich – auch gegen Lärm. Ich sagte ihm, wenn …« Sie stockte wieder.

»Ja?«, ermunterte Gutzeit sie.

»Wenn er sich noch einmal in unser Privatleben drängelt, würde er mich richtig kennenlernen.«

»Sie haben ihm gedroht?«, fragte Freisal. »Wie, richtig kennenlernen?«

»Gedroht ... ja, das kann man so auffassen«, bestätigte Uta Becker. »Krach kann zur Hölle werden. Hab ich alles schon mal durchgemacht. Das kommt mir nicht noch einmal unter, schon gar nicht im neuen Haus.« Sie schaute ihren Mann sorgenvoll an. »Wenn mich Nachbarn terrorisieren«, sagte sie leise, »kann es sein, dass ich mich vergesse.«

»Ach komm, Liebes«, intervenierte Karsten Becker, »das klingt jetzt dramatischer, als es ist. Ich weiß, du spielst auf unsere letzte Wohnung an, aber ...«

»Stopp, stopp«, bat Freisal. »Ihre Frau sagte terrorisieren. Das ist ein hartes Wort.« Er nahm in aller Ruhe und wie nebenbei sein Smartphone aus der Tasche. Mist – das hatte er übersehen. Heute früh hätte er doch alle Zeit der Welt gehabt, die Beckers über POLIKS zu checken, allein der Routine wegen machte er das sonst immer. Mann, Mann, Mann ... ging es hier um Gewalt gegen Nachbarn?

Freisal schaute Gutzeit an und wog sein Smartphone in der Hand, um seiner Assistentin Recherchebedarf zu signalisieren.

Gutzeit verstand und ging in den Flur. »Aber möglicherweise«, sagte Freisal zu Uta Becker, »verwendeten Sie ›terrorisieren‹ nur als geflügeltes Wort?«

»Sehen Sie«, antwortete Karsten Becker, »es gab in unserem alten Haus halt dann und wann Zoff unter Nachbarn.«

Der Kommissar runzelte die Stirn. »Herr Becker, Sie antworten zum wiederholten Mal für Ihre Frau«, stellte er fest.

»Ist nicht meine Absicht.« Becker hob abwehrend die Hände. »Ich hatte Ihre Frage als an uns beide gerichtet verstanden.«

»Oder hat es Ihnen, Frau Becker, die Sprache verschlagen?«

»Was?« Uta Becker sah den Kommissar irritiert an. »Entschuldigen Sie, ich war eben mit den Gedanken woanders.«

»Kein Problem«, sagte Freisal. »Und wo waren Sie, gedanklich?« Dabei blickte er Karsten Becker streng an. Wehe, du machst jetzt deinen Mund auf!

Karsten Becker schien den Blick verstanden zu haben, jedenfalls wandte er sich schweigend seiner Frau zu und legte seine Hand auf ihren Unterarm.

Freisal registrierte, dass er den Arm leicht drückte. Daraufhin legte Uta Becker ihre Rechte auf den Handrücken ihres Mannes.

Hände lügen nicht, schoss es dem KHK wieder einmal durch den Kopf. Da versuchten zwei, sich gegenseitig Halt zu geben. Ein Zeichen von Verbundenheit, Verstehen, Vertrauen.

»Habe an Klein gedacht«, sagte Uta Becker leise.«

»Konkret?«

»Wie er hier in der Küche ausrastete.« Uta Becker schüttelte den Kopf. »Da zieht man bewusst in ein ruhiges Haus ...« Sie stockte.

»Ja?«

»Und plötzlich tobt ein Fremder wie ein Orkan durch die eigenen vier Wände.« Uta Becker rieb sich mit der freien Hand die Schläfe. »Hätten wir Klein bloß nicht in die Wohnung gelassen.«

Hajo Freisal setzte sich in gebührendem Abstand zu den Beckers an den Tisch. »Um in Ihrem Bild zu bleiben, Frau Becker, Orkane nennt man Winde, die eine Geschwindigkeit von rund einhundertzwanzig Kilometer pro Stunde entwickeln.« Er schaute sich demonstrativ in der Küche um und schlug dann mit der flachen Hand auf die Tischplatte. »Da bleiben selbst massive Möbelstücke nicht auf'm Fleck. Also, ehrlich gesagt: Wenn's bei mir in der Wohnung so ziehen würde, mir würde angst und bange werden.«

In diesem Moment kam Yasmine Gutzeit zurück in die Küche. Sie setzte sich neben Freisal an den Tisch und nickte ihrem Chef zu. Der wusste Bescheid: Ergebnis positiv. »Frau Becker«, fragte er weiter, »wie war das denn mit dem Terror von Nachbarn in Ihrer alten Wohnung?«

»Anstrengende Leute, die mir furchtbar auf den Nerv gingen«, sagte Uta Becker.

»Wird wohl mehr als anstrengend gewesen sein. Es gab doch da einen Prozess? Wegen Körperverletzung?«, fragte Gutzeit rhetorisch.

»Moment!«, ging Karsten Becker dazwischen. »Meine Frau wurde freigesprochen, weil sie in Notwehr gehandelt hat. Sie war von einem Nachbarn attackiert worden.«

»Notwehr?«, fragte Freisal. »Spräche etwas dagegen, dass Sie uns die Zeit, die es dauern würde, Akteneinsicht zu bekommen, ersparen helfen?«

»Frau Becker, verraten Sie uns bitte, was da genau los war mit dem Nachbarn«, bat Gutzeit.

»Der liebe Nachbar«, Karsten Becker holte tief Luft, »auf unserer Etage, der immer seinen stinkenden Müll vor die Wohnungstür stellte …«

»Stopp!«, unterbrach Freisal. »Die Frage ging wieder einmal an Ihre Frau. Bitte, Frau Becker.«

»Das war so ein Vollpfosten«, sagte die heftig und laut. »Der Typ sollte doch bloß seinen Müll runter bringen.« Mia in ihrem Arm wachte auf. Ihr Gesicht verzerrte sich zu einer Grimasse. Ein ohrenbetäubendes Schreien brach sich Bahn.

»Ich hatte bei dem Nachbarn an der Tür geklopft«, sagte Uta Becker, Mias Geschrei ignorierend. Sie sprach einfach noch lauter, um sich Gehör zu verschaffen. Wut schien in ihr aufzusteigen, ihre Augen verengten sich zu Schlitzen, ihre Nasenflügel bebten.

Karsten Becker versuchte, seine Frau zu beruhigen. »Liebes, reg dich nicht auf. Es ist vorbei.«

»Nichts ist vorbei!«, herrschte sie ihren Mann an.

Mias Gesicht lief rot an vom Schreien.

»Der Typ«, berichtete Uta Becker aufgebracht, »trat mir auf dem Treppenabsatz entgegen und wedelte mir plötzlich mit seinen Händen vor dem Gesicht herum. Das muss man sich mal vorstellen: Er wurde zudringlich. Er fasste mich an den Schultern und wollte mich in meine Wohnung drängen.«

»Das haben Sie sich nicht gefallen lassen«, vermutete Gutzeit.

»Hab ihn mit beiden flachen Händen kräftig vor die Brust gestoßen, ihn einfach nur weggeschubst. Ich bin zwar klein und schmächtig, aber wenn ich will … Damit hatte er nicht gerechnet, der Idiot. Er stolperte rückwärts und stieß mit dem Hinterkopf gegen den Rahmen seiner offen stehenden Wohnungstür.«

»Schlimm?«, hakte Freisal nach.

»Eine Platzwunde«, sagte Uta Becker. »Musste genäht werden.«

»Und warum das alles?«, sagte ihr Mann wie zu sich selbst. »Wegen Müll im Hausflur.«

Uta Becker liefen plötzlich Tränen über die Wangen. Ihr Mann nahm ihr die schreiende Mia behutsam ab, legte sie sich tröstend an die Schulter und streichelte ihren Kopf. »Sie müssen wissen«, sagte er zu Gutzeit, »meine Frau ist in solchen Dingen vorbelastet.« Es klang, als wolle er um Verständnis bitten.

»Wie, vorbelastet?«

»Dreck und Lärm im eigenen Wohnumfeld«, deutete er an, als wäre damit alles gesagt.

»Das müssen Sie mir genauer erklären«, verlangte Freisal.

»Darf ich darüber reden, Liebes?«, fragte Becker seine Frau, die auf die Tischplatte starrte und schluchzte. Sie nickte.

Karsten Becker gelang es, Mia zu beruhigen. »Meine Frau«, sagte er jetzt, »ist als Kind oft angeschrien worden. Von ihrem Vater, einem Schläger vor dem Herrn. Er hatte ihre Mutter regelmäßig verprügelt. Vor den Augen seiner Tochter. Und das hat sie als Erwachsene gegenüber Störungen im persönlichen Umfeld besonders empfindsam … nein, empfindlich gemacht.«

Uta Becker nickte.

»Mia« – Karsten Becker gab dem Kind einen Kuss auf die Stirn – »kommt da ganz nach ihrer Mutter.«

»Immer angeschrien zu werden«, sagte Uta Becker leise, »ist auch Gewalt, oder?«

»Ja, sicherlich«, stimmte Gutzeit zu. Keine Frage, signalisierte auch Freisal mit einem Kopfnicken.

Stille legte sich über den Raum. Manchmal war es wichtig, zu schweigen, nicht sofort nachzuhaken, obschon es in der Regel immer was nachzuhaken gab. Auf jede Antwort folgt eine neue Frage. Quasi ein Naturgesetz der Ermittlungsarbeit. Aber alles zu seiner Zeit.

Plötzlich stand Gutzeits Bekannter von der SpuSi in der Küche und tippte ihr auf die Schulter. Sie drehte sich um, schaute zu ihm auf. Der Kollege hob einen Daumen. Blutspuren positiv, sollte das vermutlich heißen. Aber dass es sich dabei um das Blut von Klein handelte, war damit noch nicht gesagt.

Freisal nickte ihm zu und der Kollege verließ die Küche wieder.

»Frau Becker«, fuhr Gutzeit unbeirrt fort, »haben Sie Ihre Geschichte auch Klein erzählt, um bei ihm, sagen wir mal, darum zu werben, Sie und Ihre Familie zukünftig in Ruhe zu lassen? Hatten Sie dazu die Gelegenheit?«

Uta Becker, die sich wieder beruhigt hatte, hob den Kopf. »Nein, hatte ich nicht«, antwortete sie. »Es war so«, fuhr sie fort, »ich bin ein Stück die Stephanstraße Richtung Rathenower hoch gelaufen. Als ich Klein an der Dart-Kneipe erkannte, sah ich, dass er nicht allein war. Da war noch ein zweiter Mann. Die beiden gingen Richtung Stephanplatz. Das war mir dann doch zu gewagt … so allein, als Frau.«

»Trotz Ihrer Kenntnisse in Selbstverteidigung?«, hakte Freisal nach.

»Wegen der Kenntnisse. Mein Aikido-Lehrer sagte immer: Die beste Selbstverteidigung ist, bestimmte Situationen zu meiden. Ein Umweg kann im Ergebnis der kürzere Pfad sein.«

»Das heißt nun«, fragte Gutzeit, »für die Situation, in der Sie sich befanden, genau was?«

»Ich bin umgekehrt. Habe kurz bei den Schröders geklingelt. Drei Häuser vor unserem. Frau Schröder kenne ich aus der Schwangerengruppe. Wir haben uns angefreundet, sind in Kontakt geblieben. Ich habe Frau Schröder mein Herz ausgeschüttet. Sie fragte, ob sie mir helfen könne. Ich sagte ihr, der Typ wäre schon wieder weg … Ich will doch nur meine Ruhe, verstehen Sie das nicht?«

»Wie lange waren Sie bei dieser Frau Schröder?«

»Vielleicht fünfzehn oder zwanzig Minuten. Danach bin ich zurück in unsere Wohnung.«

»Das würde Frau Schröder auch genauso bestätigen?« Gutzeit zückte wieder ihr Smartphone. »Hätten Sie bitte mal die Nummer?«

Uta Becker diktierte Gutzeit die gewünschte Rufnummer aus dem Kopf. Die rief bei den Schröders an, und ohne überlegen zu müssen, bezeugte Frau Schröder, dass Uta Becker tatsächlich bei ihr »auf ein Glas Wasser« vorbeigekommen war; sie selbst wäre danach am liebsten »losgestiefelt, um dem Typen mal ordentlich die Meinung zu geigen«. Aber ihr Mann habe sie gebeten, sich da rauszuhalten, und gesagt: »Die Uta soll zur Polizei gehen. Du legst dich bitte nicht mit einem Sanierungsgegner an.« Sie sei deshalb zu Hause geblieben. Das wiederum bestätigte ihr Mann.

»Haben Sie außer der Frau Schröder noch jemanden getroffen auf Ihrem Nachhauseweg?«, fragte Gutzeit, nachdem sie das Telefonat beendet hatte.

»Die Straße war leer, wie ausgestorben. Vielleicht wegen des Wetters. Nur auf der gegenüberliegenden Straßenseite, da stand der alte Mann mit seinem Hund.«

Stille. Man hätte die berühmte Nadel fallen hören können. Nur Mias gurgelndes Ein- und Ausatmen war zu vernehmen.

War's das jetzt?, schienen die Beckers fragen zu wollen. Wir haben doch alles gesagt, was wir über den Besuch von Klein sagen können.

»Frau Becker«, begann Freisal sanft. »Es tut mir leid, aber wie es aussieht, müssen wir Sie mitnehmen.«

»Was?« Uta Becker riss entsetzt die Augen auf. »Warum? Aber Mia … Mia braucht mich!«

»Pssst!« Freisal legte den Finger auf seinen Mund. »Ihre Tochter schläft gerade wieder so schön – und ist doch in besten Händen.«

»Aber Herr Freisal«, sagte Karsten Becker, »Sie glauben doch nicht …?«

»Herr Becker, ich glaube nicht, ich ermittle – und das nach wie vor in einem Mordfall. Sie nehmen wir im Übrigen nur deshalb nicht mit, weil sich tatsächlich einer um das Kind kümmern muss. Es besteht gegen Ihre Frau ein Anfangsverdacht. Wir müssen ein Protokoll aufnehmen. Im Präsidium.«

»Anfangsverdacht?«, fragte Karsten Becker stirnrunzelnd.

»Ihre Frau wird in etwa drei Stunden wieder zurück sein.«

Becker schaute auf die runde Küchenuhr, die über dem Türrahmen hing. »Wissen Sie«, wandte er ein, »ich müsste eigentlich ins Büro.«

»Sie haben nicht wirklich verstanden, nicht wahr?«, fragte Gutzeit. »Also, noch mal ganz langsam: Wir haben einen Mord aufzuklären, und wie es aussieht, sind Ihre Frau – und im Übrigen auch Sie – die möglicherweise letzten Personen, mit denen Klein nicht nur gesprochen, sondern mit denen er Streit bekommen hat.«

Karsten Becker überlegte kurz. »Ja, verstehe. Ich rufe im Büro an, natürlich. Wird schon gehen.« Er schien zu begreifen, dass die Zusammenkunft in seiner Wohnung keine Good-Morning-Tea-Time war.

Nach einer Minute des Schweigens hob Freisal erneut die Stimme. »Andererseits«, setzte er an, »könnte Ihre Frau vielleicht doch zu Hause bleiben.«

Uta Becker sah ihren Mann hoffnungsvoll an. »Ich verstehe nicht«, sagte sie.

»Wissen Sie was: Meine Kollegin und ich lassen Sie mal ein paar Minuten alleine – zum Nachdenken. Wir gucken uns unterdessen das Treppenhaus näher an.«

»Nachdenken? Worüber?«, fragte Karsten Becker.

»Na, wenn Sie's nicht wissen ...« Freisal zog die Augenbrauen hoch.

»Mein Kollege und ich«, sagte Gutzeit, »ziehen uns in den Hausflur zurück. Wir haben etwas zu besprechen. In fünf Minuten kommen wir zurück und erwarten von Ihnen, Frau Becker, eine so lückenlose wie wahre Schilderung des Ablaufs Ihrer Begegnung mit Stephan Klein hier in Ihrer Wohnung – auch den Punkt betreffend, wer von Ihnen Klein tatsächlich rausgeschmissen hat. Wir wollen wissen, was sich in Ihrer Wohnung und später vor der Tür zugetragen hatte.« Gutzeit atmete tief durch. »Davon hängt ab, ob wir Sie mitnehmen müssen.«

»Frau Becker, Herr Becker«, fragte Freisal ruhig, »ist das jetzt verständlich?«

Die beiden nickten.

Sie hatten kaum die Wohnküche verlassen und die Tür hinter sich zugezogen, da flüsterte Freisal: »Mann, Mann, Mann, die Becker ist ja richtig cholerisch.«

»Ja, kann mir gut vorstellen, dass es mit ihr nicht nur eine verbale Auseinandersetzung gegeben hat.«

»Sie denken auch an …?«

»… Aikido, richtig.«

»Ist doch aber eine Kampfkunst der Abwehr, nicht des Angriffs. Hätte Sie Kick-Boxen gelernt … Aber wahr ist auch: Alles lässt sich missbrauchen«, flüsterte Freisal. »Ein Baseballschläger wurde ja auch nicht erfunden, um Leuten den Schädel einzuschlagen. Wer gelernt hat, den Schwung eines Angreifers auszunutzen, kann ihn auch gezielt ins Messer laufen lassen.«

Gutzeit blickte fragend.

»Mir ist, als Sie noch mit Ihrem Schmusi hierher unterwegs waren, aufgefallen, dass im Messerblock ein Messer fehlt.«

»Woher wollen Sie wissen, dass es sich um ein Tranchiermesser handelt, das fehlt?«

»Das weiß ich nicht. Aber die Griffe sehen aus wie der Griff des Messers, mit dem Klein ermordet wurde.«

»Will ja kein Spielverderber sein, aber ist das nicht ein schwaches Indiz?«

»Ein Indiz ist entweder ein Indiz oder kein Indiz.« Gutzeit verdrehte die Augen. »Ja gut«, lenkte Freisal ein, »es mag schwach sein, aber immerhin: ein Indiz.«

Gutzeit zückte ihr Smartphone, rief die Bilddatei der Tatwaffe auf und zeigte sie Freisal. »Wirklich, so?«

Der KHK betrachtete das Bild und nickte. »Wäre ein Zufall. Gutzeit, Sie wissen ja, was ich von Zufällen halte.«

»Bleibt dennoch eine Annahme.«

»Eine begründete Annahme«, korrigierte der KHK. »So viel Zeit muss schon sein.«

»Was spricht dagegen, einfach mal nachzugucken?«

»Sie denken an den Geschirrspüler?«

»Können Sie Gedanken lesen?«

»Unsinn. Ihr Einfall ist lediglich so richtig, dass er gar nicht falsch sein kann. Der Gedanke ist mir auch schon gekommen, aber ich will der Becker die Chance geben, sich selbst zu offenbaren, wenn es was zu offenbaren gibt. Wirkte sich aller Erfahrung nach strafmindernd aus.«

»Ein Herz für Täter?«, frotzelte Gutzeit. »Ist ja was ganz Neues. Sonst schimpfen Sie doch immer über die Täterzentrierung bei der Justiz.«

Freisal machte eine nachdenkliche Miene. »Dabei bleibe ich auch. Bei Schwerverbrechern. Aber die Becker ist da womöglich nur in was reingeschlittert. Und wenn dem so ist, will ich nicht, dass die Kleine allzu lange auf ihre Mutter verzichten muss. Ist das nachvollziehbar?«

Gutzeit nickte. Harte Schale, weicher Kern, dachte sie.

Gutzeits Liebster betrat den Wohnungsflur. Er hatte zwei Becher Kaffee in den Händen, einen reichte er Gutzeit, den anderen wollte er sich an die Lippen setzen. Aber Freisal nahm ihn ihm einfach aus der Hand.

»Danke«, sagte der KHK, »nett von Ihnen.«

»Aber …«

»Nun haben Sie sich mal nicht so. Sie können sich doch einen neuen holen, auf dem Rückweg zur Dienststelle.«

»Na, danke.«

»Keine Ursache.«

»Heißt das, Sie brauchen mich hier nicht mehr?«, schlussfolgerte Gutzeits Bekannter. »Mein Kollege ist schon ins Labor unterwegs.«

»So grundsätzlich will ich das nicht sagen, aber aktuell: korrekt.«

Der Mann von der SpuSi hielt Freisal die offene Hand hin.

»Was wird das?«, fragte Freisal.

»Ich hoffe doch, eins achtzig.«

»Wofür das denn?« Freisal verzog angewidert das Gesicht. »Für die dünne Plörre hier? Mensch, Kollege, da haben Sie sich aber übers Ohr hauen lassen.«

»Wie bitte?«

»Vergiss es«, mischte sich Yasmine Gutzeit ein. »Herr Freisal findet das jetzt komisch. Die nächste Runde zahle ich. Also, wir sehen uns später. Heute Abend?«

Der Kommissar kramte in seiner Hosentasche, wo sich auf wundersame Weise immer Münzen ansammelten; er zog gönnerhaft ein Zweieurostück hervor und drückte es dem Kollegen in die Hand.

»Kopf hoch, war natürlich nur 'n Spaß. Stimmt so. Für die Brautschuhe.« Betont onkelhaft legte er dem Schmusi die Hand an die Schulter: »Und tun Sie mir bitte einen Gefallen: Nehmen Sie sich für meine Kollegin mehr Zeit, sie läuft sonst Gefahr, aus Beziehungsfrust die Scherze ihres Vorgesetzten nicht mehr zu verstehen.« Er zog seine Hand wieder weg.

Der Kollege hob ratlos beide Hände. »Ich erklär dir später, was mein Chef meint. Nur so viel: Er hat neuerdings einen Nebenjob als Beziehungscoach«, erklärte Gutzeit.

Ihr Chef grinste breit und nickte zustimmend. »Pssst! Das sollte aber unter uns bleiben. Nicht dass noch mehr Kolleginnen vor meiner Bürotür stehen. Ich arbeite auch diesbezüglich latent am Limit.« Er schaute auf seine Armbanduhr und sagte: »So, genug Frohsinn verbreitet.« Er drückte dem Kollegen die Hand, drängte ihn sanft, aber bestimmt in den Hausflur und schloss die Tür von innen. »Und tschüs.«

»Was passiert jetzt?«, fragte Gutzeit.

»Die Keimzeit ist vorbei«, antwortete Freisal.

Sie betraten wieder die Wohnküche.

Der KHK stellte seinen Coffee-to-go-Pappbecher demonstrativ auf der freien Ecke des feinen Teeservice-Tabletts ab. Hübscher Stilbruch, dachte er, filigran verziertes Porzellan versus billig bedrucktes Wegwerfgefäß. Mal gucken, ob wir damit jemanden aus der Reserve locken können. Auch Gesten, wusste er, die nicht direkt mit dem zu verhandelnden Thema zu tun hatten, konnten ungeahnte Erkenntnisse zeitigen.

Tatsächlich rümpfte Karsten Becker, seine schlafende Tochter auf der Schulter, beim Anblick des Pappbechers die Nase, versuchte aber, als er das bemerkte, sein angedeutetes To-go-Unverständnis zu kaschieren, indem er sich mit der Rechten an die Nase fasste, als würde sie jucken.

»Gut«, sagte Uta Becker. »Wir denken, es hat keinen Sinn, weiterhin …« Sie schien nach den passenden Worten zu suchen.

»Herumzueiern?«, bot Freisal an.

Uta Becker nickte. »Ich werde Ihnen berichten, was an dem Abend wirklich geschehen ist. Alles war so, wie ich es schon gesagt habe – nur etwas anders ab dem Moment, als mein Mann zu Mia ins Zimmer ging, um sie zu trösten.«

»Was ist passiert?«, fragte Gutzeit.

»Klein ist ausgerastet«, sagte sie. »Nachdem ich hier vom Tisch aufgestanden war und ihn gebeten hatte, die Wohnung zu verlassen, sprang er auf, ging zur Küchenzeile, schien etwas zu suchen. Er griff ein Messer aus dem Holzblock und fuchtelte damit herum. Ich ignorierte das, ging voran in den Flur, in der Hoffnung, dass er mir folgen würde. Er lief mir wirklich nach. Er sagte, wenn er jetzt gehe, hieße das nicht, dass er nicht wiederkäme.«

»Hatte Klein das Messer noch in der Hand oder hatte er es abgelegt?«, fragte Gutzeit.

»Er hatte es nach wie vor in der Hand. Aber nicht mehr erhoben.«

»Was geschah dann?«

»Zur Erinnerung, sagte er, würde er eine Kerbe in den Rahmen der Wohnungstür schnitzen. Jedes Mal, wenn er wiederkäme, würde er eine Kerbe ins Holz schneiden. Wenn wir ihn nicht ins Haus lassen würden, dann eben ins Holz der Eingangstür unten. Wir würden schon mitbekommen, dass er wieder da gewesen wäre.«

»Hat er irgendwas gesagt, welche Absicht er damit verfolgte?«, fragte Gutzeit.

»So lange und so oft, bis wir wieder ausziehen aus ›seiner Wohnung‹.«

»Revier markieren«, dachte Freisal laut.

»Aber bevor er am Rahmen herumschnitzen konnte, hatte ich die Tür schon geöffnet. Bevor er das Messer ansetzen konnte, hatte ich ihn über die Türschwelle gestoßen. Er stolperte … stürzte … Dabei muss er sich mit dem Messer verletzt haben.«

»Haben Sie das gesehen oder vermuten Sie das?«

»Als er sich wieder hochrappelte, merkte ich, dass er sich unter seinem Parka den Bauch hielt. Das Messer hab ich nicht mehr gesehen.«

»Und weiter?«, drängte Gutzeit.

»Klein starrte mich an wie unter Schock. Dann wandte er sich ab, torkelte die Treppe nach unten.«

»Das war's?«, fragte Freisal.

»Ich habe dann das Blut auf dem Boden gesehen. Hab's sofort weggewischt. Dann bin ich ihm nachgelaufen.«

»Warum haben Sie nicht die Polizei gerufen?«

»Polizei? Wozu? Klein war ja abgezogen, die Sauerei im Hausflur hatte ich weggewischt. Was hätte mir das bringen sollen, Polizei? Ich wollte nur Ruhe und Frieden in meinem neuen Heim – für …« Uta Becker stockte wieder.

»Für Mia, verstehe«, sagte Freisal. Unterlassene Hilfeleistung also? Andererseits hatte sich Klein, wenn ihre Schilderung stimmte, alleine auf und davon gemacht und sich jeglicher Hilfe entzogen. Grauzone, sinnierte der KHK, mit einer Tendenz hin zum Schwarz.

»Und Sie, Herr Becker?«, fragte Gutzeit. »Wo waren Sie in dem Moment?«

»Bei Mia.«

»Aber es muss doch ziemlich gelärmt haben im Flur, als Klein stürzte. Hat Sie das nicht beunruhigt? Sind Sie nicht gucken gegangen, was da los ist?«

»Nein«, sagte Karsten Becker. »Bis auf das Geschimpfe von Klein habe ich nichts mitbekommen. Ich bin bei Mia geblieben.«

»Klein kippte ja nicht um wie ein Brett«, erläuterte seine Frau. »Er sackte eher langsam in sich zusammen, bevor er wieder aufstand und davonwankte.«

»Wissen Sie noch, wo genau am Körper Sie Klein angefasst haben, als sie ihm den Stoß gaben?«, fragte er.

»An der rechten Schulter.«

»Warum erinnern Sie sich so genau daran?«

»Weil er mit dem Messer eine Kerbe oben rechts in den Türrahmen schnitzen wollte.«

Geht das denn?, dachte Freisal. Rein vom Bewegungsablauf her? Wenn ja, wie hätte Klein das Messer in der rechten Hand halten müssen, um sich, nachdem er einen Schlag an die rechte Schulter bekommen hatte, die Spitze selbst in den Leib zu rammen? Würde man, wenn man von hinten gestoßen wird, nicht intuitiv das Messer fallen lassen? Andererseits war Klein zumindest angetrunken gewesen, glaubte man den Zeugenaussagen; Betrunkene reagierten nicht unbedingt typisch. Hatte Klein möglicherweise das Messer fallen lassen wollen und es sich im Stürzen selbst in den Leib gestoßen? Oder …

Freisals Smartphone lärmte, er sah an der Nummer, dass es die SpuSi war. »Muss rangehen«, sagte er. »Frau Becker, bitte schildern Sie meiner Kollegin noch einmal im Detail, was sie taten, nachdem Sie das Blut im Hausflur weggewischt hatten, ja?«

Hajo Freisal verließ die Küche, um ungestört telefonieren zu können. Gutzeit erläuterte dem Paar, dass auch von Relevanz sei, wie Uta Becker danach das Haus verlassen habe, also was sie am Leib trug, als sie Klein gefolgt war.

»Was man halt so anzieht im Winter: Stiefel, Schal, Mantel«, kam spontan die Antwort.

»Auch Handschuhe vermutlich«, ergänzte Karsten Becker.

»Ja, vermutlich.« Seine Frau schien unschlüssig.

»Sie sind sich nicht sicher, was Sie anhatten, als Sie das Haus verließen?«, hakte Gutzeit nach.

»Mit oder ohne Schal, mit oder ohne Handschuhe … ehrlich gesagt, ich weiß es nicht mehr genau, ich war zu aufgebracht. Aber Schuhe, Mantel … das ist sicher.«

»Wieso sicher?«

»Im Mantel hatte ich meine Wohnungsschlüssel, wie immer … in der rechten Tasche. Sonst wäre ich ja gar nicht mehr ins Haus gekommen.«

»Na ja«, sagte Karsten Becker. »Ich war ja da. Hätte dich reinlassen können. Aber wieso ist das eigentlich so wichtig?«

»Die Bedeutung mancher Details«, beantwortete Gutzeit die Frage, »erschließt sich erst etwas später.«

»Doch, jetzt erinnere ich mich«, sagte Uta Becker. »Warum ich mir mit dem Mantel so sicher bin: Ich habe ihn, als ich wieder in der Wohnung war, wütend zu Boden geworfen. Bin in die Küche gegangen und habe einfach nur noch geheult.« Sie schüttelte den Kopf. »Ich war aufgewühlt, verstehen Sie? Da bauen sich mein Mann und ich ein neues Zuhause auf, und dann schlägt da aus heiterem Himmel so 'n Typ ein wie eine Bombe. Ich bekam es plötzlich mit der Angst zu tun.«

»Inwiefern?«

»Dass der Wegzug aus der alten Wohnung nichts gebracht haben könnte. Dass der Terror aus der Nachbarschaft weitergeht, jetzt nicht mehr unmittelbar hier im Haus, aber von außen.«

Freisal kam zurück. Er setzte sich zu den Beckers an den Tisch und schien zu überlegen, wie er das, was er zu sagen hatte, am besten ausdrücken sollte. Die zwei, die vor ihm saßen, schienen ihm keine übliche potenzielle Kundschaft zu sein.

Er nahm seinen Pappbecher, trank einen kleinen Schluck des mittlerweile kalten Kaffees und stellte den Becher wieder ab. Ekelhaft, dachte er, verzog jedoch keine Miene. Vielleicht weil er zu tief dem Gedanken nachhing, dass die junge Familie hier offenbar wider Willen in einen destruktiven Strudel gerissen worden war. Andererseits, dachte er, bringt man zur Verteidigung der eigenen heilen Welt doch niemanden um!?

»Wenn es sich nicht vermeiden lässt«, sagte Freisal, »dass man Opfer von radikalisierten Zeitgenossen wird, zieht man vor Gericht, Frau Becker – kein Messer.«

»Was soll das heißen? Meine Frau hat kein Messer gezogen«, sagte Karsten Becker entschieden. »Das hat Klein getan. Er hat sich das Messer genommen. Er hat es sich selbst in den Bauch gerammt.«

»Das sagen Sie, Herr Becker«, stellte Freisal fest. »Im Übrigen eine beachtliche Aussage.«

»Wieso?«

»Weil Sie doch bei Mia waren, die Situation also gar nicht mitbekommen haben. Oder muss ich sagen, bei Mia gewesen sein wollen?«

»Ich war bei Mia.«

»Eben.« Freisal zog eine Plastiktüte aus seiner Jackentasche. »Schauen Sie bitte einmal, Frau Becker, Herr Becker.« Der KHK legte die Tüte, in der sich ein Paar schwarze Wollhandschuhe befand, auf den Tisch. »Wie mir die Kriminaltechnik mitteilt, befinden sich am Griff der Tatwaffe Faserspuren. Interessanterweise jedoch nicht an den Griffseiten, sondern nur auf dem abgerundeten Griffende. Das wiederum passt zur Erkenntnis der Pathologie, dass das Messer, das Klein getötet hat, mit flacher Hand nachgestoßen worden sein könnte. Wenn sich herausstellen sollte, dass die Fasern am Messer identisch sind mit denen dieser Handschuhe hier ...« – Freisal brach ab.

»Dann wäre auch die Frage geklärt«, führte Gutzeit den Gedanken fort, »dass Sie, Frau Becker, die Wohnung sehr wohl mit Handschuhen verlassen haben.«

Uta Becker schwieg. Tränen liefen ihr über die Wange. »Ich kann mich an die Handschuhe nicht erinnern«, schluchzte sie. »Ich verstehe nicht, wie Fasern meiner Handschuhe an das Messer gekommen sein sollen.«

»Es wird sich alles aufklären, Liebes«, sagte ihr Mann. Mia war wieder wach geworden und saß nun aufrecht auf dem Oberschenkel ihres Vaters. Große dunkle Augen musterten neugierig den Raum.

»Vielleicht hat sich Klein, als er das Haus verließ, selbst Handschuhe angezogen. Und wollte das Messer wieder herausziehen. So wären die Spuren auch erklärbar«, gab Karsten Becker zu bedenken.

»Wir haben bei Klein keine Handschuhe gefunden«, stellte Gutzeit fest. »Wenn es dumm läuft, wäre die Indizienlage erdrückend.«

»Es ist so, Frau Becker«, sagte Freisal. »Wenn Sie zum jetzigen frühen Zeitpunkt des aufgekommenen Tatverdachts ein Geständnis ablegten, würde sich das auf das Strafmaß positiv auswirken.«

»Uta …« Karsten Becker hielt sich entsetzt die Hand vor den Mund. »Sag, dass das nicht wahr ist, Liebes.«

»Da war doch noch ein anderer Mann«, wiederholte Uta Becker unter Tränen, »ich bin doch dem Klein gar nicht weiter nachgegangen. Nur bis zu der Dart-Kneipe.«

»Dieser andere Mann, von dem Sie sprechen«, gab Freisal zu bedenken, »hat sich in dem Moment aus dem Staub gemacht, als er bemerkte, dass Klein ernsthaft verletzt war.«

»Sie hätten Klein also durchaus allein antreffen können, will mein Kollege sagen.«

»Uta«, sagte Karsten Becker, »es ist besser, du sagst jetzt gar nichts mehr – ohne Anwalt, meine ich.« Er wandte sich an Freisal. »Es ist doch das gute Recht meiner Frau …«

»Ja, Herr Becker«, bestätigte der KHK. »Das wäre jetzt das Nächste gewesen, was ich Ihrer Frau empfohlen hätte.«

Yasmine Gutzeit ging zielstrebig auf Uta Becker zu, und legte ihr behutsam die Hand auf die Schulter.

»Frau Becker, ich verhafte Sie wegen des dringenden Tatverdachts der Tötung des Stephan Klein. Alles, was Sie jetzt sagen, kann gegen Sie verwendet werden.«

Uta Becker schaute fassungslos ihrem Mann ins Gesicht.

»Mach dir keine Sorgen, Liebes«, sagte er. »Ich kümmere mich.«

Sie erhob sich und gab ihrer Tochter einen Kuss auf die Stirn.

Ganz so, als ahnte die Kleine, dass hier plötzlich etwas ganz furchtbar in Unordnung geraten war, fing Mia wieder lauthals an zu weinen.

Nachdem Uta Becker ihre Aussage im Präsidium zu Protokoll gegeben hatte, wartete sie in einem Verwahrraum – im Präsidium scherzhaft »Wartezimmer« genannt – auf ihren Haftprüfungstermin. Sie war nervös, und sie hatte allen Grund dazu. Zudem ließ der juristische Beistand noch auf sich warten. Ein Anwalt war für den Haftprüfungstermin unabdingbar. Aber darum wollte sich ja ihr Mann kümmern. Wo blieb nur Karstens Anwalt? Während sie noch wartete, wurde sie von Freisal in Kenntnis gesetzt, dass sich zweifelsfrei herausgestellt hatte: Die Faserspuren an der Tatwaffe stammten von ihren Handschuhen.

Uta Becker wartete auf Dr. David Liebig. Dass sich Karsten Becker an Liebig wendete, war insofern naheliegend, als die Kanzlei des jungdynamischen Advokaten auch die Teemanufaktur vertrat, besser gesagt: die Spezialisten für Handels- und Strafrecht des Konsortiums.

Die Beschuldigte hielt alles für einen einzigen großen, für sie nicht erklärbaren Irrtum; sie könne, hatte sie Freisal zu Protokoll gegeben, zwar nicht mehr mit Gewissheit sagen, ob sie die Handschuhe am fraglichen Abend nun bei sich hatte oder nicht, aber dass sie außerhalb der Wohnung nicht auf Klein getroffen war, sei ihr sehr wohl erinnerlich.

»Wissen Sie dann zufällig noch, wann Sie das letzte Mal beim Kochen Wollhandschuhe getragen haben?«

»Ich trage beim Kochen keine Wollhandschuhe!«, polterte Uta Becker.

»Beruhigen Sie sich«, sagte Freisal ruhig. »Ist wichtig für's Protokoll.«

Während Uta Becker wartete, standen Freisal und Gutzeit in ihrem Büro am Whiteboard, um noch einmal die Lage zu sondieren.

Kleine Magnete hielten verschiedenfarbige Notizkärtchen mit den Namen der Personen, die bisher bei den Ermittlungen eine

Rolle gespielt hatten. Gutzeit zog Linien zwischen den Kärtchen. Deutlich wurde das Beziehungsgeflecht, das sich um Klein rankte.

Freisal starrte auf das Board.

»Wie immer?«, vergewisserte sich Gutzeit.

»Ja, Zug um Zug. Ich fang mal an, einverstanden?«

»Was wäre, wenn ich jetzt Nein sagte?«

»Nichts«, erwiderte der KHK trocken, und begann. »Also, Thobens ist raus«, sagte er und nahm dessen Kärtchen ab. »Der war zum Tatzeitpunkt mit seinen homophoben Kameraden damit beschäftigt, seine Schwulenphobie zu festigen, richtig?«

»Ja.« Gutzeit griff zu »Klein senior«. »Der Vater verlustierte sich zum Tatzeitpunkt mit jungen Männern. Kann auch weg, einverstanden?«

Freisal nickte. »Ob die Tischtänzer achtzehn waren oder jünger, ist nicht unsere Baustelle. Da bleiben die Kollegen von der Sitte am Ball.« Er langte erneut ans Whiteboard. »Hänge Bauträger Rohe ab. Der mag zwar manche Leiche im Keller haben, aber nur sinnbildlich. Auch wenn er in den Achtzigern seinen ehemaligen Bauleiter zwecks Falschaussage geschmiert hat. Alles verjährt, Schnee von gestern, sozusagen.« Intuitiv sah er aus dem Bürofenster. »Ach, guck mal an, wie aufs Stichwort.« Dicke Flocken fielen vom grauen Himmel.

»Was ist mit Seidel? Und mit Renger?«, fragte Gutzeit.

»Über die bin ich mir noch nicht wirklich im Klaren. Denke, die lassen wir mal hängen.«

»Okay. Also, nach allem, was wir bisher wissen«, konstatierte Gutzeit, »fokussiert sich's aber schon auf die Beckers, oder?«

»Scheint so.«

»Indizien und Zeugenaussagen sprechen gegen Uta Becker.«

»Ja, ja!« Freisal klang plötzlich etwas gereizt.

»Hallo?«

»Was?«

»Wieso so genervt?«

»Irgendwas stört mich.« Der KHK starrte aufs Whiteboard. »Weiß nicht, was.«

»Mag sein, aber was kann ich dafür?«
»Nichts, natürlich – 'tschuldigung.«
»Angenommen, Uta Becker erinnert sich wirklich nicht daran, ob sie an dem Abend ihre Handschuhe dabei hatte oder nicht«, gab Gutzeit zu bedenken. »Aber ist es möglich, sich an so etwas tatsächlich nicht zu erinnern?«
»Klingt erst mal seltsam«, entgegnete Freisal. »Andererseits ...«
»Ja?«
»Ich habe heute früh zu Hause wie blöd meine Schiebermütze gesucht, weil ich sie nicht wie üblich an den Garderobenhaken gehängt hatte, aber felsenfest genau davon überzeugt war. Hab mir einen Wolf gesucht ... sogar in die Waschmaschine habe ich geguckt.«
»Ja gut, Waschmaschine. Wenn Sie im Kühlschrank nachgesehen hätten, würde ich mir Sorgen machen.« Gutzeit grinste. »Aber im Ernst: Wo lag sie?«
»Im Wagen, auf dem Beifahrersitz. Es ist offenbar möglich, sich an die banalsten Dinge nicht mehr zu erinnern. Temporär, meine ich. Die Mütze hatte ich keine zwölf Stunden vorher da hingelegt.«
»Das kenne ich mit Schlüsseln«, sagte Gutzeit. »Seit dem trage ich sie am Karabiner. Am Hosenbund.«
»Immer?«
»Immer.«
»Kann nicht sein.«
»Bitte?«
»Erinnern Sie sich, das Geburtstagsgeschenk der Kollegen vor einem Vierteljahr. Zwei Eintrittskarten zum Ball der Berliner Strafverteidiger. Mangels weiblicher Begleitperson waren Sie so freundlich, mit mir hinzugehen – im schicken Abendkleid. Keinen Karabiner gesehen ...«
»Och nee, Herr Freisal!«
»Was denn?«
»Es gibt tatsächlich auch bei mir Ausnahmen von der Regel.«
»Sagten Sie nicht, immer? Aber zugegeben, nicht unser Thema.«

»Wir waren weder bei ihrer Mütze noch bei meinen Schlüsseln …«

»… sondern bei Uta Beckers Erinnerungslücke.«

»Wenn es denn eine ist«, gab Gutzeit zu bedenken.

»Damit kommen wir auf Ihre Ausgangsfrage zurück: Ist es möglich, dass …«

Bevor Freisal seinen Satz beenden konnte, hatte Gutzeit auf dem Festnetztelefon eine Apparatnummer im Haus gewählt.

»Warum lange herumrätseln, wenn wir Fachleute konsultieren können?«

Am anderen Ende meldet sich eine reife Frauenstimme. »Psychologischer Dienst, Dr. Becker-Schmidt am Apparat.«

Becker-Schmidt war mit Uta Becker und ihrem Mann weder verwandt noch verschwägert.

Gutzeit stellte sich vor und sagte: »Frau Dr. Becker-Schmidt, ich schalte mal eben das Telefon laut, damit mein Kollege Freisal mithören kann.« Dann schilderte sie, um wen und was es ging.

»Frau Dr. Becker-Schmidt, wir fragen uns«, ergänzte der KHK, »ob Ihr Namensvetter …«

»Namensvetterin muss es heißen«, korrigierte Becker-Schmidt. »So viel Gender darf schon sein, oder?«

»Natürlich«, bestätigte Freisal, obschon die weibliche Form von Namensvetter zumindest in seinem Sprachgebrauch gar nicht vorkam. Vetterin?, grübelte Freisal kurz, spricht man da nicht von Kusine oder Base? Namensbase… – klang auch seltsam, fand er.

Sei's drum.

»Kann es sein, dass Uta Becker vergessen hat, tags zuvor Handschuhe getragen zu haben? Anders gefragt: Ist es möglich, dass Frau Becker wegen des Besuchs des aggressiv auftretenden Klein so unter Schock stand, dass das Detail mit den Handschuhen für sie tatsächlich nicht erinnerbar ist? Oder ist das alles Verdrängung?«

»Stopp, Herr Freisal, da geht einiges durcheinander. Zum Ersten: Von Schock sprechen Mediziner nur bei Blut- oder Flüssigkeitsverlust, einer Blutvergiftung oder sonstigen allergischen

Sofort-Reaktionen eines Menschen. Schock hat mit Verdrängung so viel zu tun wie Lebensfreude mit Frust. Ein Schock ist eine Kreislaufstörung mangels Blutzirkulation beziehungsweise das Ergebnis einer Sauerstoffunterversorgung. Unter Schock stehende Menschen sind rein physisch, wie es bei Ihnen so schön heißt, nicht vernehmungsfähig.«

»Aber ...«, wollte Freisal eine Zwischenfrage stellen.

»Bin noch nicht fertig«, sagte Frau Dr. Becker-Schmidt freundlich, aber bestimmt. »Zum Zweiten: Ihre Frau Becker mag in ihrem Leben – wie wir alle im Übrigen – einiges Unangenehme verdrängt haben, das hat aber mit Ihrer konkreten Fragestellung nichts zu tun. Denn Verdrängung ist ein aktiver, längerer Prozess, um bestimmte Ereignisse ins Unterbewusste zu befördern, an die man sich nicht gerne erinnert. Ein Begriff aus der Psychoanalyse, und wie vieles von Freud ist das auch heutzutage nicht unumstritten: Verdrängung als solche ist nämlich gar nicht nachweisbar.«

»Wäre es dennoch möglich ...«, setzte Freisal erneut an.

»Bin immer noch nicht fertig«, stellte Frau Dr. Becker-Schmidt fest. »Nähern wir uns dem Problem des Vergessens: Entweder sprechen wir von einer Erkrankung des Gehirns, also von Demenz, oder von Amnesie, der Gedächtnisstörung im Kontext zeitlicher oder inhaltlicher Erinnerung ...«

»Das klingt brauchbar«, entfuhr Freisal spontan.

»Bin ...«

»... immer noch nicht fertig, natürlich, entschuldigen Sie.« Freisal rollte mit den Augen, war sich aber gewiss, dass Gutzeit und er, unterm Strich und bei etwas Geduld, einen Erkenntnisgewinn verbuchen würden.

»Retrograde Amnesie«, führte Frau Dr. Becker-Schmidt aus, »meint den Gedächtnisverlust vor dem Eintreten des Ereignisses; anterograde Amnesie tritt nach dem Ereignis ein. Was wir in Ihrem Fall wohl ausschließen können, ist also kongrade Amnesie, nicht wahr?«

»Ähm ...« Freisal stützte seinen Kopf in die Hände.

»Würden Sie uns das bitte übersetzen?«, bat Gutzeit. »Herrn Freisal und mir ist kongrade Amnesie gerade nicht präsent.«

»Sie meinen, Sie kennen den Begriff nicht?«

»Hatte ich sagen wollen, ja.«

»Sie sprachen eben von Nicht-Präsenz, was ja auch temporäres Vergessen meinen könnte.«

Schweigen. Och nee, dachte Gutzeit, bitte nicht so kompliziert.

»Kongrade Amnesie meint, dass ein Patient das Ereignis als solches nicht erinnern kann, und genau darum geht es, habe ich zumindest verstanden, bei Frau Becker nicht. Dass sie an einer transienten globalen Amnesie leidet, können wir wohl auch ausschließen, weil das nur eine vorübergehende Verwirrtheit ist, die nach vierundzwanzig Stunden vorüber ist.«

»Die Zeit dafür wäre längst herum«, stellte Gutzeit fest.

»Eben«, sagte Frau Dr. Becker-Schmidt (als wäre damit alles klar).

Freisal blickte verstimmt auf seine Armbanduhr. Tja, Zeit ... und was sagt mir das alles jetzt?, dekodierte Gutzeit die Mimik ihres Chefs und hakte kurz entschlossen nach.

»Wenn ich Sie richtig verstanden habe, könnte es sein, dass sich Frau Becker tatsächlich nicht mehr erinnert, ob sie Handschuhe mitgenommen hat, weil der Vorgang in ihrer Wohnung zwar keinem Schock im medizinischen Sinne, aber durchaus einem seelisch erschütternden Ereignis wie bei einem Unfall gleichkam?«

»Na ja, mit der Diagnose ›Erschütterung der Seele‹ wäre ich vorsichtig ... auch nicht nachweisbar ... aber, der Einfachheit halber, ja, nennen wir's mal so. Kurz, denkbar ist: ganz normale Amnesie. Es kommt aber auf die psychische Verfasstheit der Frau an. Natürlich, eins ist auch klar: Egal worüber wir sprechen, schlussendlich kann alles, was ich an Möglichkeiten einer Störung aufgezählt habe, simuliert werden. In den Kopf eines Menschen ...«

»... können wir nicht hineingucken«, vollendete Freisal den Satz, den er als Abschlussfloskel oft schon von Frau Dr. Becker-Schmidt gehört hatte. Er war dennoch halbwegs zufrieden, schien doch die Möglichkeit, dass sich Uta Becker tatsächlich nicht erinnern konnte, denkbar.

»Wirklich nur nebenbei«, schob der KHK nach und berichtete von seinem Mützen-Malheur. »Wie würden Sie das einordnen?«

»Transiente globale Amnesie«, kam es spontan von Frau Dr. Becker-Schmidt. »Vorübergehende Verwirrtheit. Oder, volkstümlich gesprochen: Schusseligkeit.«

»Schlimm?«

»Wenn Sie oder Ihr Umfeld damit kein Problem haben: nein. Sie wissen doch, mich interessieren nur Leute mit echtem Leidensdruck. Andere Leute verlegen Schlüssel, ärgern sich darüber ein bisschen und gut ist.« Die Stimmung des KHK klarte wieder auf. »Alles im grünen Bereich, Herr Freisal – vorausgesetzt ...«

»... es ist kein Leid im Spiel, das hab ich verstanden. Andererseits nervt es mich schon, wenn ...«

»Sich selber nerven ist gratis«, sagte Frau Dr. Becker-Schmidt munter und verabschiedete sich mit ihrem Lieblingsspruch vom, wie sie meinte, »amüsantesten Stadtneurotiker, den ich kenne – Woody Allen: Ohne Freud kein Leid. Viel Erfolg, Herr Freisal!«

Uta Beckers Anwalt, Dr. David Liebig, war dann (doch noch) eingetroffen und der Haftprüfungstermin (mittlerweile) in vollem Gange. Die Ermittler waren nicht anwesend. Der Staatsanwalt hatte sich ausreichend informiert gesehen. »Die Dame setzen wir fest«, hatte er am Telefon Freisal gegenüber beinahe schon siegesgewiss gesagt. Der KHK war sich da nicht so sicher.

Es war später Mittag, als sich Hajo Freisal und Yasmine Gutzeit in der Polizeikantine mit Kriminalrat Claus zum »aktuellen Wasserstand«, wie Freisal formulierte, »des Falles Klein« austauschten. Auch Claus, der wie gewohnt Salat aß, war die Sicherheit des Staatsanwaltes in Sachen »Festsetzen der Beschuldigten« nicht nachvollziehbar.

»Warum«, fragte er in die Runde, »sollte man Frau Becker in U-Haft nehmen?« Dazu bedurfte es schließlich bestimmter Voraussetzungen. »Gerichtlich angeordneter Freiheitsentzug«, sagte der Kriminalrat, »hängt weniger von der guten oder schlechten Laune eines Haftrichters ab, als landläufig gedacht wird, weil dies alberne Gerichtsshows im Fernsehen suggerieren.«

Just in dem Moment, als Freisal den letzten Putenstreifen seines Insalata Primavera – mit Eisbergsalat, Tomaten, Gurken und Ei – auf die Gabel spießte, spuckte Claus' Smartphone asiatisch anmutenden Sound aus.

»Meditationsmusik?«, fragte Freisal. »Lassen Sie's ruhig noch ein bisschen klingeln, hat was Beruhigendes.«

»Kollege«, merkte Claus an, »das Ding hier ist ein Telefon, kein MP3-Player.« Er pulte sich ohne Hektik ein Salatblatt aus den Zähnen und wischte sich die Hände an der Serviette ab. »Bei dieser Art von Musik wird im Übrigen eine Oktave in zwölf Halbtöne unterteilt.« Er griff zum Gerät. »Von daher Ihre Assoziation. Wenn Sie gestatten, gehe ich mal eben ran, ja?«

»Gutzeit«, sagte Freisal, »so was will ich auch haben. Können Sie mir das besorgen?«

Gutzeit grinste.

»Was ist so komisch?«

»Erinnere, dass Sie mal ein Smartphone-Hasser waren.«

»Moment! Gehasst habe ich in meinem Leben ganz, ganz selten, und wenn, dann sicherlich keine Maschinen, sondern Menschen.«

Claus machte ihnen ein Zeichen, ihn doch bitte in Ruhe telefonieren zu lassen. Wenig später legte er auf.

»Das war der Staatsanwalt. Machte einen ziemlich geknickten Eindruck, hat sich vom Richter eine kalte Dusche abgeholt. Es sei dem Richter nicht einleuchtend gewesen, warum Uta Becker inhaftiert gehörte.«

»Aber er war sich doch so sicher«, sagte Gutzeit.

»Das hat er wohl falsch eingeschätzt.«

»Vielleicht hatte er Details von Fällen verwechselt«, vermutete Freisal, ausnahmsweise ganz ohne ironischen Unterton. Er hatte erst kürzlich auf Spiegel online gelesen, dass Staatsanwälte in Moabit mit 50 bis 60 Straftaten gleichzeitig jonglierten und es bisweilen auf 900 Fälle im Jahr brachten. »Es wird uns sehr schwer gemacht, unsere verfassungsgegebenen Aufgaben zu erfüllen, indem man uns die Mittel und die Motivation nimmt«, wurde eine Staatsanwältin zitiert. Es könne schon lange nicht mehr von einer

»Justiz am Rande des Abgrunds« die Rede sein: »Diesen Punkt haben wir schon längst überschritten.«

Wie auch immer.

»Es muss nun mal triftige Haftgründe geben«, sagte Freisal.

»Sie haben's kommen sehen?«, fragte Gutzeit.

»Gespürt zumindest.«

»Wie das?«

»Erstens die dünne Indizienlage, zweitens mangelnder Haftgrund. Die Sache mit den Handschuhen mag dem Richter zwar plausibel, aber die davon abgeleitete Kausalkette nicht zwingend vorgekommen sein. Allein die Tatsache«, so Freisal weiter, »dass Uta Becker die fraglichen Handschuhe gehören, sagt nicht aus, dass sie diese auch am fraglichen Abend getragen hat.«

»Und drittens?«

»Haftgründe als solche. Selbst wenn wir unterstellten, dass die Becker an diesem Abend die Handschuhe getragen hat, also weiterhin als Haupttatverdächtige gelten kann, kommt Fluchtgefahr als Haftgrund nicht in Frage. Frau Becker lebt in stabilen sozialen Verhältnissen, ist zudem Mutter eines Kleinkindes, mit dem es sich schwer flüchten ließe.«

»Also bliebe nur Verdunklungsgefahr, also das mögliche Vernichten von Beweisen oder das Beeinflussen von Zeugen«, dachte Gutzeit laut.

»Auch nicht erkennbar«, sagte Freisal. »Uta Becker bleibt vermutlich auf freiem Fuß, weil sie nach Einschätzung des Gerichts die Sicherstellung des Verfahrens eben nicht gefährdet.«

»Wüsste schon noch was.« Claus hob den Finger. »Man könnte Frau Becker theoretisch im Rahmen einer präventiven Maßnahme festhalten, vorausgesetzt, man unterstellt ihr Wiederholungsgefahr. Dem Bundesverfassungsgericht nach ist Wiederholungsgefahr als Haftgrund verfassungsrechtlich unbedenklich. Man habe es dabei mit einem zwar nachrangigen – subsidiär, sagen Juristen! –, jedoch triftigen Grund zu tun. Denn nicht auszuschließen sei, dass wegen – ich zitiere die Roten Roben mal eben aus dem Kopf, Kollegen! – nicht in Vollzug gesetzten Haftbefehls aufgrund mangelnden Haftgrundes nach § 112 Abs. 2 dennoch

Gefahr bestünde, dass die Beschuldigte, eine weitere Straftat vollziehen könnte.«

»Wow, Herr Kriminalrat!«, sagte Freisal. »Bin beeindruckt.«

»Herr Hauptkommissar, das dürfen Sie gerne sein.«

»Aber mal im Ernst: Uta Becker als Serientäterin?«, warf Gutzeit ein. »Eine Täterin, die sich erneut wortwörtlich bis aufs Messer reizen lässt ... von einem weiteren überspannten Gentrifizierungsgegner, der in der Stephanstraße 61 aufschlägt, um auf seine ganz spezielle Art ›guten Abend‹ zu sagen?«

»Sehe ich auch nicht«, sagte Freisal. »Aber Kollege Claus hatte seiner Ausführung sicherlich nicht ohne Grund das Wörtchen ›theoretisch‹ vorangestellt, nicht wahr?«

Ein Mann betrat suchend die Kantine, unter dem Arm eine rote Mappe. Claus schaute auf seine Armbanduhr. »Wird auch Zeit«, sagte er.

»Was wird Zeit?«, fragte Gutzeit.

»Wenn's recht ist, Kollegen, bleiben wir nicht ›theoretisch‹, sondern werden praktisch.«

Der Mann hatte Claus registriert und kam zielstrebig zu ihnen herüber. Am Tisch angekommen, überreichte er Claus die rote Umlaufmappe. Rot stand für »Eilt!«.

»Bitte schön«, sagte er. »Soll Sie von Professor Siebenhaar grüßen.«

Claus nahm die Mappe entgegen. »Danke. Grüßen Sie zurück.«

»Mach ich«, sagte der Aktenträger und machte auf den Absatz kehrt.

Freisal schaute Gutzeit fragend an, während Claus den Inhalt der Mappe, zwei Din-A4-Bögen, überflog.

»Das war der Assistent von Professor Siebenhaar. Habe meine Kontakte spielen lassen. Kennen Sie Siebenhaar?«

»Aber natürlich«, sagte Freisal. Er klang etwas zurückgenommen.

»Na, nun vergessen Sie mal für einen Moment Ihre Vorbehalte gegenüber psychiatrischen Gutachtern im Allgemeinen wie Besonderen«, bat Claus. »Auf Siebenhaar lasse ich nichts kommen.

Kenne den Professor schon eine Ewigkeit – auch aus dem Verband deutscher Nutzgärtner. Er hat's ja vor allem mit Erdäpfeln. Kennt alle. Und das bei rund 200 Sorten: von der sehr frühen Angela über die mittelfrühe Milva und mittelspäte Marena bis hin zur späten Vitelotte.«

»Und jetzt hat er Ihnen Rezepte zukommen lassen – in einer Umlaufmappe?!«

»Nein, das ist sein Bericht. Aber von vorne: Ich wusste, dass Siebenhaar wegen einer anderen Sache hier im Haus ist. Also habe ich ihn gebeten, sich die Becker mal anzugucken.«

»Wie, angucken?«

»Auf den Haftprüfungstermin warten lässt sich nutzen, dachte ich mir. Wenn Frau Becker mitspielt, versteht sich. Sie hat mitgespielt.« Claus tat geheimnisvoll.

»Och nee, Herr Claus!«, mokierte sich Gutzeit. »Sie haben da was eingefädelt, ohne uns zu informieren?«

»Hören Sie, Kollegin, ich wollte Sie bei den Ermittlungen unterstützen … und nun erfahren Sie ja davon. Also bitte!«

»Wovon erfahren wir?«, wollte Freisal wissen. Er trommelte mit den Fingern auf die Tischplatte.

»Na, dass Siebenhaars Einschätzung für den Richter offenbar auch kein Grund war, Becker festzusetzen. Schon nach dem, was ich hier im Text bisher überflogen habe, hat Frau Becker ein ernsthaftes psychisches Problem, dessen Ursache weit zurückliegt.«

Freisal schlug mit der flachen Hand auf den Tisch. »Jetzt aber Butter bei die Fische, Herr Claus, bitte – danke!«

Der Kriminalrat zuckte kurz zusammen. »Na, na«, sagte er. »Immer hübsch friedlich bleiben.«

»Herr Claus, bitte …«

»… zur Sache, natürlich. Also, Siebenhaar hat bei Becker eine ABR diagnostiziert, eine akute Belastungsreaktion, die sich auf eine PTBS, meint posttraumatische Belastungsstörung, gründet. Die psychische Be- und letztlich Überlastung entstand durch das permanente Angeschrienwerden als Kind … vom Vater … und das wurde bisher nicht aufgearbeitet, steht hier.« Claus senkte den Blick aufs Papier. »Ich zitiere: ›Psychische und soziale Beeinträchtigungen bei Frau Becker sind eine logische Konsequenz des sich bisher darstellenden Krankheitsbildes.‹«

»Womit begründet Siebenhaar die logische Konsequenz genau?«, fragte Freisal.

»Er spricht von ›Handeln als Ventil‹. Sein Bezugspunkt, ich zitiere wieder: ›Der Vorfall mit dem Nachbarn und dessen Müll ist nur ein Symptom verdrängten Hasses auf den Vater. Menschen wie Uta Becker, bei denen Ursachen von PTBS nicht erkannt und bearbeitet wurden, neigen bei ungünstiger Konstellation, also beim neuen Auftreten alter Belastungsspitzen, zu exzessiven Handlungen auch in alltäglichen Situationen.‹ Er spricht von … Moment … ›aggressiven Schüben, die in zerstörerische Handlungen münden können‹. Es bedürfe wie beim sprichwörtlichen vollen Fass nur eines einzigen Tropfens, um es zum Überlaufen zu bringen.«

Claus schloss die Kladde, schob sie dem Kommissar hinüber, räumte seinen Teller aufs Tablett, stand auf. Er bemerkte, dass Freisal und Gutzeit offenbar immer noch mit seinem Alleingang haderten, und sagte schon im Gehen: »Was ist los, Kollegen? Da will man Ihnen einmal unter die Arme greifen …«

Freisal blickte sich um, als wollte er sichergehen, dass Claus weit genug entfernt war, drehte sich wieder zu Gutzeit und flüsterte: »Wenn Sie mich fragen: Claus langweilt sich bei seinem Schreibtischjob. Ist er unterfordert? Oder isst er einfach nur Salate mit gefährlichen Nebenwirkungen?«

Gutzeit grinste. »Na, da passen Sie mal schön auf, was Sie da so essen.«

»Mach ich«, sagte Hajo Freisal.

Kaum hatten sie ihr Büro betreten, lärmte Freisals Smartphone. Während er das Telefon aus der Gesäßtasche nestelte, blickte er Gutzeit bittend an.

»Aisa-Sound … schon klar!«

Der KHK ließ sich auf seinem Drehstuhl nieder und nahm das Gespräch an.

Es war der Kollege von der Kriminaltechnik, der über letzte Ergebnisse berichtete: »Wir haben zwischenzeitlich gecheckt, wer sich hinter *Bürgers Zorn* versteckt und auf welchem Gerät das getürkte Geständnis des Bauleiters ausgedruckt wurde. Sitzen Sie gut? Ich vermute nämlich, darauf wären Sie nicht gekommen.«

»Butter bei die Fische!«, forderte Freisal ungeduldig.

»In beiden Fällen führen die Spuren zu Klaus Renger.«

»Konkreter bitte – danke!« Nein, an Renger hatte er wirklich nicht gedacht …

»Nachdem wir die IP-Adresse von *Bürgers Zorn* identifiziert hatten, lagen über den Serverbetreiber Name und Adresse blank, von der aus der zornige Bürger aktiv geworden war. Das heißt, zuerst standen wir virtuell, dann ganz real im Büro des Quartiersmanagements. Haben Rengers Rechner und Drucker konfisziert.«

Gutzeit hatte mitgehört. »Ich glaub es nicht«, sagte sie. »Renger beschimpft seinen eigenen Laden, auf dem eigenen Internetportal?«

»Mehr noch«, ergänzte Freisal. Er erinnerte sich daran, was er im Netz gelesen hatte. »Er hieß als *Bürgers Zorn* den Anschlag auf das QM für gut.«

»Aber wieso?«, fragte Gutzeit.

»Es kommt noch besser«, fuhr der Kollege am Telefon fort. »Das Schriftstück, das angeblich von Rohes Bauleiter verfasst und unterschrieben worden ist, stammt ebenfalls aus dem QM: von Rengers Rechner beziehungsweise Drucker! Die Unterschrift entpuppte sich beim Abgleich mit der echten Signatur des Bauleiters – Rohe hatte uns dafür einen alten Auflösungsvertrag zur Verfügung gestellt – als gefälscht.«

»Wie jetzt?« Freisal klang skeptisch. »Der Renger hat die Datei vom getürkten Geständnis des Bauleiters nach dem Ausdruck nicht gelöscht, sondern brav gespeichert? Jetzt mal ehrlich, wie kann man denn nur so unbegabt sein?«

»Er hat, soweit wir analysieren konnten, durchaus versucht, das Dokument zu löschen. Aber so ein PC-Arbeitsspeicher ist verzweigter, als mancher User weiß.«

»Ist der Rechner passwortgeschützt?«

»Ja.«

»Dann konnte nur Renger selbst den Computer benutzen?«

»Nein. Wir wissen ja nicht, wer außer ihm das Passwort kennt.«

»Stimmt auch wieder«, gab Freisal dem Kollegen recht.»Muss Renger zum Fund befragen, was er darüber weiß«, stellte der KHK fest.« Er bedankte sich, legte auf und wählte umgehend die Nummer des QM-Büros.

Gutzeit spitzte die Ohren, als Renger abnahm.

»Kurz vor Weihnachten noch im Büro?«, fragte Freisal (von ihm warm-up-technisch gedacht). »Viel Einsatz – für halbtags.« Er hatte versucht, anerkennend zu klingen. Es war ihm aber offenbar nicht wirklich gelungen.

Renger klang verschnupft – mental, emotional: »Vorbereitungen für den 26. – kleine Kiez-Weihnachtsfeier für die Alten.« Kurze Pause. »Aber sagen Sie: Was soll das eigentlich? Wieso lassen Sie mein Büro räumen?«

»Geräumt, echt?«, fragte Freisal. Was bläst der Renger sich so auf?, fragte er sich – und legte mal gleich eine Schippe drauf: »Die Kollegen haben auch ihren Bürostuhl, Schreibtisch … ihre Regale mitgenommen? Hm, ungewöhnlich. Beruhigen Sie sich, Sie bekommen alles zurück, versprochen. Aber weshalb ich anrufe: Unsere Kriminaltechniker können nicht ausschließen, dass Sie als *Bürgers Zorn* durchs Netz turnen. Und genau das verstehe ich nicht. Begreife zudem nicht, dass auf Ihrem Rechner ein Erpresserbrief liegt und dass …«

»Ah, daher weht der Wind«, unterbrach Renger. »Also, ich verstehe das auch nicht.«

»Dann sind wir schon zu dritt«, mischte sich Gutzeit ein. »Und wie kommt's, dass auch Sie keinen blassen Schimmer haben?«

»Hören Sie mal, ich hab doch mit Erpressung nichts zu tun!«

Freisal rollte genervt mit den Augen. Rengers Empörung klang aber auch so was von aufgesetzt.

Gutzeit signalisierte ihm, dass sie übernehmen wolle, und sagte wie pädagogisch motiviert: »Sehen Sie, Herr Renger, Ihr Rechner hat ein Passwort … und, na ja, was soll ich sagen … ein Passwort, das nur Sie kennen dürften.«

»Falsch!«, rief Renger wütend. »Ihr Kollege hatte mich gebeten, es ihm aufzuschreiben. Hab ich natürlich gemacht.«

»Das war sehr freundlich von Ihnen«, lobte Gutzeit, dachte aber: Och nee, ein Witzbold! »Sonst weiß niemand davon?«

»Wieder falsch! An meinen Rechner kann letztlich jeder heran, der im QM haupt- oder ehrenamtlich arbeitet. Das Passwort hat nichts zu bedeuten, es wurde nur eingerichtet, weil der Admin der QM-Betreibergesellschaft das so wollte. Wir haben hier nur zwei Rechner. Die sind Allgemeingut, sozusagen.«

»Ach so«, übernahm wieder Freisal, »das erklärt die Sache natürlich«, log er.

»Schön, dann wäre die Frage vom Tisch?«

»So gut wie. Würden Sie bitte mal Ihre Praktikantin an den Apparat holen?« Gutzeit runzelte die Stirn. »Vermute mal, dass sie auch gerade Dienst schiebt?«

Bei der üppigen Bezahlung war das wohl auch zu erwarten, dachte Gutzeit sarkastisch. Vermutlich turnte die junge Frau in der Teeküche herum, bereitete Plätzchenbacken vor oder besorgte einfach nur den Abwasch.

»Sollte die Praktikantin nicht da sein, bräuchte ich ihre Privatnummer«, schob Freisal nach, um mal gleich die Unausweichlichkeit seines Gesprächsbedarfs zu verdeutlichen.

»Momentchen«, sagte Renger betont locker. »Sie ist gerade in der Teeküche beschäftigt.«

Bingo!, dachte Gutzeit.

Eine jugendliche Frauenstimme meldete sich. Nachdem er sich vorgestellt hatte, kam der KHK gleich zur Sache. »Preisfrage«, sagte er. »Sie können garantiert nichts gewinnen: Wie lautet das Passwort für den Rechner von Herrn Renger?«

»Das kenne ich nicht«, kam es wie aus der Pistole geschossen.

»Vielen Dank, das war's schon.« Freisal kratzte sich am Kopf. »Bitte geben Sie mir noch einmal Herrn Renger – danke.«

Renger übernahm den Hörer. »Tja«, eröffnete der KHK das Gespräch, »Sie haben ja mitgehört: Ihre Praktikantin kennt das Passwort nicht. Wenn Sie also Ihre Behauptung aufrecht erhalten, bräuchte die Kripo eine Liste aller QM-Mitarbeiter für Einzelbefragungen. Haupt- wie ehrenamtliche, versteht sich.«

Renger knickte ein. »Trotzdem, ich glaube, dass mein Passwort nicht so geheim ist, wie Sie denken. Wissen Sie, wir arbeiten hier auf engstem Raum, da ist es durchaus möglich ...«

»Schon klar, Herr Renger«, sagte Freisal. »Ich muss Sie bitten, sich in den nächsten Tagen zu unserer Verfügung zu halten.«

Als Freisal aufgelegt hatte, rekapitulierte Gutzeit laut: »Renger stachelt also seinen Wohngenossen Klein mit einem getürkten Geständnis des Bauleiters gegen Rohe auf, richtig?«

»Sieht so aus, ja«, bestätigte Freisal. »Und das alles nur, um Rohe möglicherweise zu einer Reaktion zu verleiten, die ihm in der Öffentlichkeit schaden könnte? Vielleicht sah Renger schon eine Schlagzeile wie ›Baulöwe frisst Baugegner‹ oder so ähnlich.«

»Immerhin ist Renger senior«, gab Gutzeit zu bedenken, »wohl Rohes ärgster Konkurrent im Sanierungsbusiness, von daher wollte Renger junior möglicherweise die Karten auf dem Sanierungsmarkt neu gemischt wissen.«

»Bevor der Junior, nach dem Studium, ins Geschäft beim Senior einsteigt«, führte Freisal den Gedanken zu Ende. »Aber da hatte sich Renger offenbar selber ins Knie geschossen.«

»Ja, denn Rohe reagierte obercool«, sagte Gutzeit. »Er ließ sich nicht weiter provozieren, sondern den Erpressungsversuch an sich abperlen. Er hat, wie er sagte, Klein wirklich einfach vor die Tür gesetzt. Das Datum des Dokuments konnte ja aus bekanntem Grund nicht stimmen.«

»Ob Klein gewusst hat, dass der Mann, der zu dem Zeitpunkt, als er das Dokument unterschrieben haben soll, nicht mehr lebte?«, überlegte Freisal. »Unwahrscheinlich, oder? Wer rennt schon freiwillig ins offene Messer?«

»Offenes Messer – schönes Stichwort.« Gutzeit kam ein neuer Gedanke. »Bei allem Respekt vor den High-Tech-Untersuchungsmöglichkeiten der KTU, wir sollten uns spätestens jetzt noch mal ganz konventionell ein paar wesentliche Aspekte anschauen.« Sie zeigte auf die Namenkarten, die sie vom Whiteboard abgenommen hatten. Seidels und Beckers hingen noch an der Wand.

»Was ist mit diesen Herrn?«, fragte sie. »So rein vom Gefühl her würde ich die auch abhängen.«

»Moment«, intervenierte Freisal. Er überlegte. »Ja gut, den Dutt können Sie abnehmen, dem glaube ich seine Version vom Stiftengehen. Aber bei dem Becker ... also, ich meine, woher wissen wir eigentlich, dass er sich zum Tatzeitpunkt in der Wohnung aufgehalten hat?«

»Seine Frau sagt, dass er sich um Mia gekümmert hat, als sie Klein hinauswarf.«

»Ja, und? Uta Becker will doch die Wohnung verlassen haben und ist erst eine knappe halbe Stunde später, nachdem sie bei der Schröder war, wieder zu Hause gewesen.«

»Sie meinen, für den Zeitraum ihrer Abwesenheit kann sie gar nicht bezeugen, dass ihr Mann in der Wohnung war?«

»Es gäbe noch eine Zeugin, dumm nur, dass diese Person naturgemäß nicht vernehmungsfähig ist. Hat zwar ein kräftiges Stimmchen, aber die Artikulation lässt noch zu wünschen übrig.«

»Spaß beiseite«, sagte Gutzeit. »Sie denken, Karsten Becker könnte nach seiner Frau ebenfalls die Wohnung verlassen haben, um, falls sie Klein doch nicht zur Rede stellen konnte oder wollte, das selbst zu übernehmen? Es gab Streit, ein Wort das andere, ein Handgemenge? Aber heißt das nicht, dass er seine Tochter hätte alleine lassen müssen? Würde ein Mustervater wie Becker so etwas wirklich tun?«

»Muss doch gar nicht sein«, widersprach Freisal. »So ein Kleinkind wie Mia schnallt man sich auf den Rücken oder vor die Brust. Gutzeit, nehmen wir mal an, der Becker hat mit Mia die Wohnung verlassen, ist erst seiner Frau, dann, als die zu der Schröder abdrehte, Klein nachgegangen. Als er sah, dass Seidel stiften ging und Klein am Boden lag ...«

»Selbst wenn es sich so verhalten hätte«, fiel Gutzeit Freisal ins Wort, »bleibt die Motivlage ein vollkommenes Rätsel.«

»Hm.« Der KHK kratzte sich die Stirn. »Becker macht auf mich einen gefassten Eindruck in Sachen Klein. Er will den eigenen Aussagen nach, und das hat Uta Becker immerhin bestätigt, bei Klein darum geworben haben, eine differenzierte Sichtweise in Sachen Gentrifizierung zuzulassen.«

Gutzeit grübelte. »Herr Freisal, zieht so einer los und stößt einem am Boden liegenden Schwerverletzten ein Messer tiefer in den Bauch?«

»Menschen tun vieles«, stellte Freisal fest. »Wenn die Gelegenheit günstig ist.« Er dachte nach. »Aber es stimmt, es bedürfte eines wirklich triftigen Grundes, wenn Becker so gehandelt hätte.«

»Was schlagen Sie vor?«, fragte Gutzeit. »Wollen wir uns den Mann noch mal vornehmen? Mal gucken, wie er reagiert, wenn wir sein Alibi in Frage stellen? Soll ich ihn herbringen lassen? Im Vernehmungsraum ist schon mancher Verdächtige gesprächig geworden.«

Freisal wiegte den Kopf. »Nicht so hastig«, sagte er. »Ohne konkreten Anhaltspunkt wäre es im Fall der Fälle fahrlässig, einen Verdächtigen wissen zu lassen, dass er verdächtigt wird; er wäre vorgewarnt und könnte sich für ein Verhör präparieren.« Der KHK fasste sich ans Kinn. »Muss darüber nachdenken. Lassen Sie uns erst mal im O-Ton hören, was der Staatsanwalt zu berichten hat. Möglicherweise inspiriert das auch noch mal.«

Er nahm den Hörer des Festnetzapparates auf und tippte die Nummer ein.

Der Staatsanwalt war tatsächlich in seinem Büro. »Bereite mich gerade auf einen neuen Haftprüfungstermin vor«, sagte er. »Geht hier heute zu wie im Taubenschlag.«

»Will Sie nicht lange aufhalten«, sagte Freisal. »Kollege Claus hat mich auch schon informiert. Uta Becker ist wieder auf freiem Fuß?«

»Ja, ließ sich nun doch nichts machen.«

»Was nicht geht, geht nicht«, sagte der Kommissar beinahe schon tröstend. »Gab's vielleicht dennoch Besonderheiten, von denen ich noch nichts weiß, wollte ich gefragt haben. Natürlich, ich könnte mir auch das Protokoll kommen lassen, nachlesen. Dachte, das geht so schneller.«

»Kein Problem. Kommt nur darauf an, was Sie schon wissen.«

»Ich weiß, dass und warum Frau Becker nicht in U-Haft muss.«

»Sie wissen also zum Beispiel nicht, wo sie sich aktuell aufhält?«

»In ihrer Wohnung vermutlich.«

»Eigentlich ja. Sie hat die Auflage bekommen, bis zur Eröffnung des Verfahrens die Stadt nicht zu verlassen.«

»Wie, eigentlich?«

»Frau Becker hat darum gebeten, heute zu ihrer Schwester fahren zu dürfen. Für eine Nacht. Raus aufs Land. Morgen Mittag ist sie wieder zu Hause, pünktlich am Heiligabend bei Mann und Kind.«

»Was will sie denn bei ihrer Schwester?«

»Die beiden haben ein gutes Verhältnis. Wir haben mit der Schwester gesprochen, sie hat bestätigt, dass es nichts Ungewöhnliches sei, dass Uta Becker, wenn sie etwas Persönliches bereden wolle, bei der Schwester vorbeifahre.«

Beste Freundinnen also, dachte Freisal, schön, schön. »Wo wohnt die Schwester denn?«, erkundigte er sich.

»Stolper Heide. Am nördlichen Rand Berlins. Hat dort ein Haus.«

»Ist das Kind auch dort?«

»Nein, das Kind ist beim Vater.«

»Sonst noch etwas, das ich wissen sollte?«

»Na ja, ein bisschen merkwürdig war, dass Uta Beckers Anwalt, dieser Dr. Liebig, mir bei der Verabschiedung auf dem Gerichtsflur vorgeschlagen hat, dass man sich vielleicht, bei entsprechenden Einlassungen seiner Mandantin und unter Berücksichtigung des psychiatrischen Gutachtens, unterm Strich auf fahrlässige Körperverletzung mit Todesfolge einigen könne. Und das, obwohl seine Mandantin nichts gestanden hat, im Gegenteil, Frau Becker bestreitet die Tat vehement. Darauf sagte der Kollege, dass er das Mandat erst vor ein paar Stunden übernommen habe und noch Gespräche mit ihr ausstünden, er ihr aber zum Geständnis raten würde – wenn sie sich denn schuldig gemacht habe.« Der Staatsanwalt schwieg, dann fügte er hinzu: »Hab ich so noch nicht erlebt. Da will jemand einen Deal verhandeln, ohne seine Mandantin eingehend befragt zu haben.«

»Vielen Dank.« Freisal legte auf. Er grübelte.

»Was ist los?«, wollte Gutzeit wissen. »Alles im grünen Bereich, wenn Sie mich fragen. Die Mutter ist bei ihrer Schwester, das Kind beim Papa – und die Familie wird morgen das Fest in den neuen vier Wänden verbringen.«

»Ich find's seltsam«, sagte Freisal.

»Dass Frauen manchmal lieber mit Frauen sprechen?«

»Was? Aber nein ... Mich beschäftigt folgende Frage: Wieso spricht der Advokat ein mögliches Strafmaß an, weit im Vorfeld einer Verhandlung?«

»Vorauseilende Verbrüderungstaktik mit der Staatsgewalt?«

»Soll vorkommen, ist auch Praxis ... aber derart offensiv?«, meinte Freisal. »Wer ist eigentlich dieser Liebig? Kennen Sie den?«

»Der Name sagt mir nichts«, erwiderte Yasmine Gutzeit und rief am Rechner einen Browser auf. »Ich weiß wie Sie nur, dass er der Hausanwalt der Teemanufaktur von Karsten Becker sein soll.«

Nachdem der Advokat erwartungsgemäß in der Polizeidatenbank nicht zu finden war, versuchte es Gutzeit mit dem allzu Naheliegenden. »Wissen Sie eigentlich, warum immer weniger Jugendliche Facebook nutzen?«

»Verraten Sie's mir.«

»Weil sich da immer öfter ihre Eltern herumtreiben.«

Sie loggte sich bei Facebook ein, ging aufs Suchfeld, gab »David Liebig Berlin« ein und bekam drei Herren zur Auswahl.

»Bingo, Chef! Mal gucken, wer der Gutaussehende von den drei Typen hier ist ... genau!« Sie klickte sich auf Liebigs Facebook-Seite. »Wieder bingo! Hat brav sein Profil ausgefüllt, der Gute. Samt Teemanufaktur als Referenz. Unser Mann!«

»Was postet Liebig so?«, fragte Freisal neugierig.

»Kommen Sie bitte mal her, das sollten Sie selber sehen.«

Freisal stand auf, ging um ihre Schreibtische herum, stellte sich hinter Gutzeit, die die Chronik des Anwalts durchscrollte. »Keine aufregenden Posts so weit: da mal ein volles Bierglas, dort mal eine angebissene Pizza.«

»Speis und Trank? Ist das nicht ein bisschen infantil?« Freisal zog die Brauen hoch.

»Verstehe«, konstatierte Gutzeit. »Sie kennen Facebook nicht wirklich. Meiner Beobachtung nach ist es das Übliche.«

»Sie haben da auch einen Account?«

»Nur dienstlich.«

»Dienstlich, sicher.« Freisal grinste.

»Egal jetzt«, beendete Gutzeit die Diskussion. »Passen Sie mal auf, wird schon interessanter, wenn wir uns in sein Fotoalbum klicken.«

Der KHK verschränkte die Arme und atmete tief durch. Er schaute genervt auf, wie er es empfand, »aber auch so was von belangloses Zeug«.

»Das nennt man Selfies«, klärte Gutzeit auf.

»Sich mit ausgestrecktem Arm selbst zu porträtieren bedeutet offenbar auch, nicht besonders eitel sein zu dürfen, oder?«

»Kann man so sehen«, bestätigte sie. »Aber hier, weiter hinten.«

Freisal löste die verschränkten Arme und stützte sich mit beiden Händen neben Gutzeit auf der Schreibtischplatte ab, um näher an den Bildschirm heranzukommen. »Das sind doch mal aussagekräftige Schnappschüsse«, sagte er.

»Erkennen Sie's?«, fragte Gutzeit.

»Kein Rätselraten bitte – danke!«

»Würde sagen: Letzter CSD, im Juni, offenbar schon angekommen am Brandenburger Tor.«

Im letzten Sommer hatte der Christopher Street Day wieder ein Millionenpublikum angezogen; die Masse von Menschen war nach der Eröffnung der Veranstaltung durch den Regierenden Bürgermeister am Kurfürstendamm über Wittenbergplatz, Nollendorfplatz, Lützowplatz und an der Siegessäule vorbei Richtung Brandenburger Tor gezogen.

»Heidenspektakel«, kommentierte Freisal die Bilder. »Sind selten so lebenslustig, die Demos in Berlin.«

»Die Love Parade war auch nicht ohne«, meinte Gutzeit.

»Das war keine Demo«, stellte Freisal trocken fest, »sondern ein Zug von Vergnügungssüchtigen. Die hätten gerne weiter auf Staatskosten Party gemacht.« Er zeigte mit dem Finger auf einen Schnappschuss. »Die da haben ein echtes Anliegen. Ist doch prima, dass der Advokat da mitmischt. Spricht für ihn, wenn Sie mich fragen.«

»Sieht mir nach mehr aus als eine Solidaritätsnummer, oder?«, fragte Gutzeit. Sie schwiegen. Dann klatschte sich Hajo Freisal mit der flachen Hand an die Stirn. »Gott, bin ich bescheuert«, fluchte er.

»Nun seien Sie mal nicht so hart zu sich.«

Hektisch griff der Kommissar nach seiner Jacke, seiner Mütze. »Gutzeit, auf was warten Sie denn noch? Es geht los!«

»Wohin?«

»Zur KTU natürlich.«

»Wieso natürlich?«

»Kommen Sie, kommen Sie – keine Zeit verplempern; ich habe eine Eingebung, erkläre ich Ihnen alles unterwegs!«

»Schon gut, denken Sie an Ihren Blutdruck!« Gutzeit schüttelte ihre Mähne. »Und wer fährt?«

»Wie gehabt«, sagte Freisal und warf ihr die Schlüssel des MX-5 zu, während sie gemeinsam aus dem Büro hetzten.

Hajo Freisal und Yasmine Gutzeit standen im Labor der Kriminaltechnik am Tempelhofer Ufer. Elektronisch gesteuerte, aber auch manuell bedienbare Geräte und Apparaturen zur Untersuchung von Gegenständen und Spurenelementen biologischer oder künstlicher Beschaffenheit waren in Reih und Glied angeordnet, viele gekoppelt mit einem Monitor zur Visualisierung der Ergebnisse. Die KTU-Kollegen waren selten, um nicht zu sagen niemals begeistert über Spontanbesuche von Ermittlern. Sie verursachten bei ihnen Arbeitsstau, weil Ermittler meist mit »Zusatzjobs« kamen (als hätten sie nicht genug Arbeit auf den Tischen).

»Das passt gerade gar nicht, rein zeitlich. Sehen Sie, da liegt noch eine Maske vom Bankraub gestern in Marienfelde. Geht um Identifizierung von DNA-Spuren, die …«

»Kollege, das verstehe ich sehr, sehr gut«, begann Freisal ein Warm-up. »Aber was soll ich der jungen Mutter bloß sagen, die womöglich zu Unrecht eines Kapitalverbrechens verdächtigt wird?« Der KHK setzte auf die Betroffenheitskeule, fragte wie nebenbei, ob der Techniker selbst Kinder habe. Der bejahte – und war schon in Freisals Netz gefangen. »Sehen Sie, Kollege, das Kind der Mutter heißt Mia. Gerade mal vier Monate alt, die Kleine. Wir beide«, der KHK und zeigte auf Gutzeit und sich, »haben ein verdammt schlechtes Gewissen, denn die Mutter … «

»Hör'n Sie schon auf«, sagte der Techniker. »Fang ja gleich an zu heulen. Herr Freisal, das kostet Sie aber 'ne gute Flasche Wein, wenn ich Sie jetzt vorziehe.«

»Eijeijei. Da ist mir die Quelle versiegt. Aber sagen wir 'n Espresso?«

»Ein Espresso?« Der Techniker schaute pikiert, als hätte man ihm ein unanständiges Angebot gemacht.

»Von mir bekommen Sie auch einen«, schaltete sich Gutzeit ein – und lächelte aber auch so was von charmant, wie Freisal im Stillen feststellte.

»Okay, machen Sie's bitte so kurz wie möglich«, kapitulierte der Kollege vor so viel Charmeoffensive.

»Vielen Dank!«, sagte Freisal. »Also, Sie haben die Handschuhe der Beckers untersucht, richtig?«

»Singular: den Handschuh. Es ging ja um DNA, da reicht ein Handschuh aus.«

»Verstehe. Welchen der beiden?«

»Wir nehmen immer den rechten.«

»Warum immer den rechten?«

»Das ist in der Regel die Führhand ... bei einem geworfenen Stein, durchgedrückten Pistolenabzug, fest umschlossenen Messergriff und so weiter. Aber auf was wollen Sie hinaus?«

»Teekanne«, sagte Gutzeit. »Unser möglicher neuer Kandidat ist Linkshänder.«

»Haben Sie von dem Kandidaten eine DNA-Probe dabei?«

»Kann nachgeliefert werden«, sagte Freisal.

»Was, bitteschön, soll ich dann jetzt prüfen?«

»Ausschlussverfahren: Wenn es keine andere DNA als die der Frau Becker am linken Handschuh gibt, ist meine Intuition mit mir Schlitten gefahren.«

»Passte dann immerhin zur Jahreszeit«, meinte der Techniker trocken.

Freisal schaute Gutzeit an, als wollte er sagen: Na, sehen Sie, der Kollege hier hat, Termindruck hin oder her, doch Humor.«

»Bis wann brauchen Sie das Ergebnis?«

»Gestern.«

»Der Witz ist bekannt, Herr Freisal.« Der Techniker wiegte den Kopf, schaute zugleich angestrengt auf seine Armbanduhr. »Bitte eine realistische Einschätzung.«

»Wäre es bis morgen früh zu schaffen? So früh wie möglich?« Auch die KTU arbeitete im Mehrschicht-Dienst, wusste der KHK – bei Bedarf im Bereitschaftsmodus.

»Sie sagten, Sie spekulieren darauf, dass ein Linkshänder den Handschuh getragen hat. Also ein Mann, verstehe ich das richtig?«

»Korrekt.«

»Wie groß ist er ungefähr? So wie Sie?«

»Wohl eher mein Format«, mischte sich Gutzeit ein.

»Gut«, sagte der Techniker, »dann gibt's noch eine weitere Ebene der Differenzierung von rechtem und linkem Handschuh.« Er kramte den Beutel mit den Handschuhen von einem kleinen Haufen Asservate. »Sie sehen ja«, erläuterte er, »diese Handschuhe sind für kleine Hände gemacht. Wenn da nun in den linken Handschuh jemand hineingeschlüpft ist, der eher Ihre, Frau Gutzeit, Handgröße hat, wird man das mit dem bloßen Auge erkennen können, anhand der Dehnung des Materials, um nicht zu sagen: Überdehnung. Wenn die natürliche oder die künstlich erzeugte Elastizität vom Gewebe, also hundert Prozent Plaste oder Baumwolle mit Beimischung von Elastan, einmal überspannt wird, ist das quasi im Material dokumentiert. Rückbildung von Überdehnungen gibt's nicht. Anders gesagt: Ausgeleiert ist ausgeleiert. Um das zu prüfen, braucht es keine komplizierte Verfahrenstechnik.«

Der Techniker zog sich Gummihandschuhe an, entnahm die Beweisstücke der Tüte und legte sie sorgfältig übereinander. Tatsächlich, der unten liegende linke Handschuh setzte sich in seinen Maßen vom obenauf liegenden rechten deutlich ab.

»Wow! Endlich mal eine Untersuchungsmethode aus Ihrer Abteilung, die selbst ich begreife.« Freisal lächelte zufrieden.

Auch Gutzeit nickte anerkennend. »So einfach wie genial«, sagte sie.

»Dann erwarte ich morgen früh eine Nachricht von der KTU in Sachen DNA. Bitte aufs Handy, meine Kollegin und ich werden wahrscheinlich schon früh unterwegs sein. Und für die Spezifizierung, wer da seine Hand in die Wolle gedrängelt hat, bekommen Sie von uns vormittags eine Haarprobe, okay?

»Scheint überschaubar«, sagte der Techniker. »Darf ich jetzt weitermachen, denn ...«

»... die Maske wartet«, komplettierte Freisal. »Haben Sie vielen, vielen Dank für Ihre spontane Unterstützung.«

Während sie mit dem MX-5 zurück zum Präsidium fuhren – diesmal saß der Kommissar am Steuer –, hakte Gutzeit nach: »Was Sie sich so alles merken: Teekanne ... Respekt!«

»Ich sag's gerne und immer wieder, Kollegin: Mehr auf die Hände Ihrer Gegenüber achten.« Freisal atmete tief durch. »Als uns Karsten Becker Tee servierte, schenkte er uns mit der Linken ein. Und noch etwas: Niemand außer den Beckers selbst kam am Abend der Tat an die Handschuhe heran. Drittens: Karsten Becker hat bei unserem ersten Besuch, als wir den Flur betraten, den rechten Handschuh vor meinen Augen aufgehoben. Demonstrativ.«

»Demonstrativ, inwiefern?«

»›Ist runtergefallen‹ oder so ähnlich hat er das kommentiert. Warum sagt er das, habe ich mich spontan gefragt. Normalerweise hebt man etwas vom Boden auf, legt es an seinen Platz zurück und erzählt nicht noch Geschichten dazu, oder?«

»Sie meinen, Becker wollte auf den Tathandschuh hinweisen?«

»Vielleicht. Ich weiß nur, dass mir vor wenigen Minuten ein böser Gedanke kam: Becker lenkt den Verdacht auf seine Frau.«

»Wie schräg ist das denn? Becker wollte, dass wir den Beweis finden, der eigentlich nur seiner Frau zugeordnet werden kann? Und das, um seine Frau …«

»… loszuwerden, was sonst.«

»Wie kommen Sie darauf?«

»Es ist eine Möglichkeit, mehr nicht. Wir wissen doch: Gewaltdelikte sind in der Regel Beziehungsdelikte direkter oder indirekter Art.«

»Wo sehen Sie hier das Indirekte?«

»Klein als Mittel zum Zweck. Er war im falschen Moment am falschen Ort. Also, einmal angenommen, Becker will seine Frau in die Wüste schicken …«

»… dann lässt man sich scheiden, gut ist«, unterbrach Gutzeit.

»Nun sperren Sie sich doch nicht so, Kollegin. Wir wissen nichts über die Beziehung der Beckers. Lassen Sie mich wenigstens den Gedanken zu Ende bringen.«

Gutzeit runzelte die Stirn.

»Also, ich will das mit der Scheidung ja gerne aufgreifen. Wir müssen aber Mia mitdenken. In der Regel ist es bei Scheidungen so, dass das Sorgerecht Mutter und Vater zugesprochen wird.

Wesentlicher ist das Aufenthaltsbestimmungsrecht, also die Festlegung, wo das Kind aufwächst. Kinder können das selbst bestimmen, wenn sie alt genug sind, versteht sich. Die Erwachsenen haben sich nach dem Kindeswunsch zu richten, basta.«

Gutzeit nickte nachdenklich. »Sind Kinder noch zu jung, um sich entscheiden zu können, empfehlen Familiengerichte in der Regel, dass sie bei der Mutter leben, und zwar solange, bis sie alt genug sind, zu wählen. Es sei denn ...«

»... einer Mutter oder einem Vater ist Fehlverhalten vorzuwerfen. Das Kindeswohl steht dabei im Mittelpunkt. Oder sollte es zumindest.«

»Jetzt nicht wieder übellaunig werden«, sagte Gutzeit, »aber es gibt schon etwas, das gegen Ihre Idee spricht.«

»Etwa mit Substanz? Sehr unwahrscheinlich. Meine Ideen sind von Hause aus von genialer Natur.«

»Die Attacke auf Klein kann Becker unmöglich geplant haben, Herr Freisal. Unserer Kenntnis nach hat Klein die Beckers an diesem Abend spontan besucht.«

»Becker hat vielleicht nur auf die richtige Gelegenheit gewartet: seit Tagen, Wochen, Monaten, Jahren. Er wäre der kriminalistischen Erfahrung nach nicht der erste Ehemann, der irgendwann austickt.«

»Aber hätte es nicht andere Möglichkeiten gegeben, Uta Becker schachmatt zu setzen? Sagen wir mal, das Arrangieren eines Unfalls, der Klassiker also?«

»Mal abgesehen davon, dass das ein gerütteltes Maß an Planung bedeutete, was naturgemäß gegen Spontaneität spräche, wollte er seine Frau vielleicht gar nicht loswerden im klassischen Sinn, sondern sie nur diskreditieren.« Freisal geriet ins Dozieren: »Der waschechte Gattenmord ist etwas aus der Mode gekommen. Klytämnestra ist schon lange tot.«

»Wer?«

»Griechische Mythologie. Nicht Ihr Steckenpferd, was?«

»Gegenfragen sind uncool, Herr Freisal!«

»Stimmt. Also, in Kurzform: Klytämnestra, Tochter des Spartanerkönigs Thydoreos, brachte ihren Gatten Agamemnon gemeinsam mit Aigisthos, der ihr Liebhaber war, um die Ecke. Sie hat ihren Mann gehasst, weil dieser zuvor die gemeinsame Tochter Iphigenie opferte, um den Kriegszug nach Troja...«

»Stopp!«, unterbrach Gutzeit. »Ich glaub Ihnen auch so, dass Sie ein ungemein gebildeter Vorgesetzter sind. Aber was hat das mit unserem Fall zu tun?«

»Bei modernen Ehezwistigkeiten wird in der Regel verbal gemordet, insbesondere wenn Kinder im Spiel sind.« Freisal hatte erst kürzlich in einem deutschen Nachrichtenmagazin über die härtesten Scheidungstricks gelesen: Von übler Nachrede über Kindermanipulation bis hin zur Schwarzgeldfalle war da die Rede. »Es geht bei den Tricks immer ums Gleiche: Wie kann ich den Menschen, den ich mal geliebt habe, aber auch so was von in die Pfanne hauen. Habe zum Beispiel gelesen, dass ein Ehemann, der das alleinige Sorgerecht durchboxen will, seine Frau gern schon mal als Rabenmutter dastehen lässt: Psychosen, Drogen- oder mindestens Alkoholmissbrauch, Wut- und Gewaltausbrüche gegenüber dem Kind, unterm Strich: ein liederlicher Lebenswandel, wird einfach vor Gericht behauptet.«

»Und das funktioniert?«

»Das sind wohl alles alte Hüte und von daher den Familienrichtern bekannt. Wer keine Beweise vorlegt, dem wird nicht geglaubt. Die beste Gegenstrategie bei Verleumdungen sei im Übrigen das ruhige wie bestimmte Zurückweisen. Auf keinen Fall sollte eine verleumdete Person zum Gegenangriff blasen und nun auch Geschichten erfinden. Kommt nicht gut an vorm Kadi.«

»Interessant«, sagte Gutzeit. »Würde ja passen, wenn Becker zufällig genau diese Ausgabe der Zeitschrift bei sich zu Hause herumliegen hätte, was? Oder er weiß einfach, dass Negativ-Behauptungen alleine nicht genügen. Sie meinen, er könnte für die Beweisführung schon mal nachgeholfen haben? Und die Möglichkeit, seine psychisch angeschlagene und vorbelastete Frau in ein falsches Licht zu rücken, könnte ihm unterm Strich realistisch erschienen sein?« Gutzeit schüttelte es bei dem Gedanken. »Wäre ziemlich widerlich.«

»Widerlicher als Totschlag im Affekt, meine ich. Erinnere mich an den Fall einer älteren Frau, die beim Abendbrot ihren

Mann erstach. Ihrem Geständnis nach hatte er ihr gebeichtet, ihre Tochter aus erster Ehe missbraucht zu haben. Die Tochter war als junge Frau in psychiatrischer Behandlung; was ihr Problem war, wusste angeblich nur sie. Irgendwann schnitt sie sich die Pulsadern auf und starb.«

»Totschlag im Affekt schließt Heimtücke aus«, sinnierte Gutzeit. »Könnte bei Becker anders liegen. Da Klein spontan bei ihm auftauchte, müsste er doch ein Mindestmaß kalkulierten Handelns an den Tag gelegt haben, um die Gelegenheit beim Schopfe zu packen.«

Freisal nickte grimmig. »Dagegen spricht: Mia ist gerade mal vier Monate alt. Bei der Familie ist also alles neu und frisch ...«

»Wieso setzen Leute bewusst Kinder in der Welt, wenn's, wie sich dann herausstellt, von vornherein nicht passte?«

»Vielleicht war das Kinderkriegen dazu gedacht, eine seit Jahren kaputte Beziehung zu kitten?«, gab Freisal zu bedenken. »Ich meine, andere Paare überschulden sich, kaufen ein Haus. Der Göttergatte stellt dann fest: Das Haus ist neu, aber die Frau auf der Couch ist immer noch die alte. Gutzeit, trauen Sie Becker eine Geliebte zu?«

»Puh ... schwierige Frage. Weiß nicht. Das könnten wir herausfinden, indem wir ihn observieren ließen.«

»Nee, das bekommen wir nicht durch.« Freisal winkte ab. »Die Begründung dafür wäre Claus vermutlich zu spekulativ. Das müssen wir selber rauskriegen.«

»Wie das?«

»Weiß noch nicht, muss den Gedanken erst mal sacken lassen.«

»Noch mal zum mutmaßlichen Szenario.«

»Nur zu!«

»Ausgangspunkt: Uta Becker marschiert hinter Klein her. Karsten Becker kann ihr natürlich gefolgt sein. Vielleicht hat er sich auch die Handschuhe von der Flurkommode gegriffen, zumindest den linken übergestreift ... für alle Fälle? Als er sah, dass seine Frau von ihrem Vorhaben abwich, Klein die Meinung zu sagen, und stattdessen bei ihrer Bekannten vorbeiging, hätte er natürlich handeln können. Er musste nur abwarten, bis Seidel

Klein liegen ließ und sich absetzte. Klein den Rest zu geben ... das Messer mit der Linken nachzudrücken, wäre innerhalb weniger Sekunden machbar gewesen.«

»Es war dunkel hinter dem Pissoir«, ergänzte Freisal. »Sollte eigentlich kein Anwohner mitbekommen ... wenn da nicht jemand im gleichen Moment am Pinkelhäuschen vorbeiläuft, meine ich.«

Gutzeit nickte. Kurze Denkpause.

»Nein!«, rief sie plötzlich vehement.

Freisal zuckte vor Schreck zusammen. »Dekodieren Sie für mich Ihren Ausruf des Entsetzens, bitte – danke.«

»Ausruf der Erkenntnis«, korrigierte Gutzeit. »Ich hab's!«

»Sie haben was?«

»Wie wir auch ohne Observation herausbekommen könnten, ob Becker eine Geliebte hat.«

»Bin ganz Ohr.«

»Ich versetze mich mal in die Lage des Herrn«, begann Gutzeit, »und berücksichtige, dass seine Frau über Nacht bei ihrer Schwester in Brandenburg ist. Was spräche dagegen, die sturmfreie Bude zu nutzen und Zeit mit der anderen zu verbringen?«

Freisal grinste. »Mann, Mann, Mann, Gutzeit. Genau mein Gedanke!«

Gutzeit rollte mit den Augen. »Andererseits ...«, nahm sie den Faden wieder auf, »... das wäre extrem unvorsichtig von Becker, oder?«

»Ach, wissen Sie, wenn die Liebe erst mal keimt ...«

»... dann ist die Vernunft latent offline«, ergänzte Gutzeit. Ihr Smartphone signalisierte einen E-Mail-Eingang. »Ah.« Sie grinste. »Nachricht auf Facebook. Ich hab jetzt einen neuen Freund.«

»Ach was!?«

»Dr. Liebig.«

»Gratulation.« Freisal schüttelte den Kopf. »Freund, na sicher. Mann, Mann, Mann!«

»Wer weiß, vielleicht brauche ich mal einen Strafverteidiger?«

Am nächsten Tag, dem 24. Dezember, punkt sieben Uhr, wartete Freisal wie verabredet vor Gutzeits Wohnhaus in der Mierendorffstraße. Er stand in zweiter Spur.

»Vor acht Uhr steige ich nur für Notfälle auf meine Susi«, hatte sie gesagt. »Und den Notfall sehe ich nicht.«

Gutzeit wirkte tatsächlich noch etwas verschlafen, als sie wie ferngesteuert in den Wagen stieg: Sie ließ sich auf den Beifahrersitz fallen und schaute zur Fahrerseite.

»Och nee, Herr Freisal!«

Der KHK saß gewandet in ein albernes Weihnachtmannkostüm (mit allem Drum und Dran, also roter Mütze und Mantel, weißer Bart und weiße Handschuhe) hinterm Steuer.

»Was wird das?«, stieß Gutzeit hervor.

»Guten Morgen, heißt das erst mal«, war Freisal gedämpft durch den mit einem Gummiband hinter den Ohren befestigten Bart zu vernehmen.

»Morgen.« Gutzeit griff in die Watte und kraulte dem echten Freisal den falschen Bart.

»Finger weg!«, rief der Weihnachtsmann. »Das ist Dienstkleidung. Kein Grund für Übergriffe, Kollegin.«

»Wen wollen Sie denn so früh schon bescheren? Hat sich irgendwas geändert am Plan? Observieren wir in aller Herrgottsfrühe den Weihnachtsmarkt am Alex?«

»Kann es sein, dass Sie sich gerade über mich lustig machen?«

Gutzeit grinste breit.

»Na, dann ist ja gut.«

Hajo Freisal schaltete in den dienstlichen Modus. »Wir müssen, bevor wir uns sicher sein können, ob eine neue Flamme in Beckers Wohnung ist, ins Haus hineinkommen. Wir müssen live und in Farbe mitbekommen, wer sich bei Becker aufhält, um nicht zu sagen, wer dort vermutlich nächtigte.« Er schaute auf die Armbanduhr. »Ich nehme an, normalerweise frühstückt man gerade und …«

Gutzeit nickte und ergänzte: »… sitzt nicht neben einem Weihnachtsmann, ja, das denke ich auch. Verraten Sie mir, was die Maskerade dabei soll?«

»Wenn wir als Ermittler vor der Hauseingangstür erkannt würden, gäben wir Becker und seinem etwaigen Gast Gelegenheit, sich ratzfatz in Schale zu schmeißen und so zu tun, als säße der Boss der Teemanufaktur schon seit sechs Uhr mit seiner Personaldisponentin für den Endspurt im Weihnachtsgeschäft zusammen. Weil er sich seit gestern bis heute Mittag allein um Mia kümmern muss, wird er vermutlich viel von zu Hause aus erledigen.«

»Verstehe. Aber ausgerechnet in dem Aufzug?«

»Fänden Sie am 24. Dezember ein Osterhasenkostüm passender?«, fragte Freisal missgelaunt. »Lassen Sie mich nur machen. Sie sehen zu, dass Sie nicht mit ins Bild der Videokamera der Klingelanlage kommen, dann wird das schon.«

Der KHK gab Gas. Das Heck schlingerte, als er Kurs auf den Stephankiez nahm.

Gutzeit stand mit dem Rücken an der Hauswand, also außerhalb des optischen Feldes der 180-Grad-Kamera (die die unmittelbare Umgebung des etwas tiefer liegenden, mit einem stuckverzierten Steinbogen beschirmten Eingangsbereichs erfasste). Ihr Blick war auf die andere Straßenseite gerichtet, wo ihr ein Kleinbus sonderbar bekannt vorkam. Das Fahrzeug kannte sie. »Herr Freisal, was macht die Kriminaltechnik hier?«

»Noch nichts. Aber gleich.«

»Warum weiß ich davon nichts? Schwirrt hier vielleicht auch das MEK herum?«

»Sorry, hab ich vergessen zu erwähnen. War zu sehr mit meinem Auftritt hier beschäftigt.«

»Soll heißen?«

»Ich habe die Kollegen herbestellt. Kann sein, dass es auf einmal schnell gehen muss.«

»Wieso?«

Freisal tippte auf seinen Bauch, der oberhalb des stilecht tief angelegten breiten Kostümgürtels imposant herüberkam. »Gefühl … da drinnen«, erklärte er.

Gutzeit wiegte den Kopf. »Weiß Claus davon?«

»Wovon?«

»Über unseren Umgang mit Ressourcen?«

»Ach, nun kommen Sie mir doch nicht mit Erbsenzählerei«, wiegelte der KHK ab – und klingelte entschlossen bei »Familie Becker«.

Gutzeit blieb in Deckung.

Nichts geschah.

Freisal klingelte wieder und wartete. Endlich meldete sich jemand mit »Ja, bitte?« Das ist nicht der Becker, konstatierte Gutzeit in Gedanken. Diese Stimme ist höher! Bingo?!

Mit der Linken hob der Weihnachtsmann ein mechanisches Glockenspiel. Es schnarrte »Stille nach, heilige Nacht«. In der Rechten hielt er ein schuhkartongroßes, in Weihnachtspapier eingeschlagenes Päckchen. Der KHK räusperte sich und sang mit betont tiefer Stimme: »Ho, ho, ho – was sind wir heute froh! Ha, ha, ha – der Weihnachtsmann ist da! Hi, hi, hi – ich hab hier was für Sie!« Um den Bogen nicht zu überspannen, legte er sogleich im sachlichen Tonfall eines Buchhalters nach: »Kurierdienst, guten Morgen! Ein Päckchen für Familie Becker.«

»Kurierdienst? In der Aufmachung?«

»Mein Chef will das so, passt zum Fest, sagt er, und erfreut die Kunden.«

»Aha.«

Der Summer summte. Freisal öffnete die Haustür. Er trat für einen kurzen Moment auf wenige Zentimeter an die Kamera heran, sodass Gutzeit unbemerkt in den Hausflur huschen konnte. Während er dann die Stiegen hinauf in die erste Etage stapfte, wartete sie unten bei den Briefkästen und lauschte.

»So früh schon unterwegs?«, sagte die Person, die die Tür geöffnet hatte.

»Vor dem Fest ist immer die Hölle los – arbeitstechnisch, meine ich.« Das war Sankt Freisal.

»Na, Sie haben's ja auch nicht einfach.«

»Korrekt. Bitte hier noch quittieren.«

»Ja.«

Einen klitzekleinen Moment später hörte Gutzeit Freisal »Frohes Fest« wünschen. »Ihnen auch«, wurde erwidert, dann die Tür geschlossen.

Die schweren Schritte abwärts kündeten davon, dass der KHK den Rückzug antrat.

Bei den Briefkästen angekommen, nahm er Mütze und Bart ab, streifte den roten Mantel herunter und stopfte alles in eine Plastiktüte, die ihm seine Kollegin aufhielt. Auch das Glockenspiel legte er dazu.

Gutzeit stellte die Tüte unter den Briefkästen ab.

Ihr Chef wedelte mit der Quittung. »Na, was sagen Sie?«, fragte er flüsternd. »Wie ich vermutet habe: Becker und seine neue Flamme. Sie hatte den Morgenmantel von Uta Becker an.«

»Und? Hübsch?«

»Das könnten Sie womöglich besser beurteilen.« Freisal hielt ihr die Quittung hin. »Liebig« stand dort deutlich lesbar.

»Liebig im Morgenmantel!? Soll das heißen ...?«

»Sieht so aus. Aber die Krönung ist, der Herr Rechtsanwalt hat mit der Linken signiert.«

»Das heißt auch, dass noch ein Kandidat im Spiel ist?«

»Kommen Sie«, schlug Freisal vor, »wir laden uns bei den Herren auf einen Morgentee ein. Sind eigentlich Haar- oder Speichelproben besser?«

»Ich denke, das ist der KTU schnuppe«, sagte Gutzeit.

Offenbar waren die Stimmen der Ermittler bis in die erste Etage zu hören gewesen. Jedenfalls schallte es plötzlich aus dem ersten Stock: »Ist da jemand?«

»Ja«, antwortete Gutzeit.

»Wer sind Sie? Wie sind Sie ins Haus gekommen?«

»Das sind ja gleich zwei Fragen auf einmal«, sagte Gutzeit und machte sich flink auf den Weg nach oben.

Der Kommissar folgte ihr bedächtigen Schrittes. Zweimal ... in so kurzen Abständen ein und dieselben Stufen hochsteigen, sinnierte er. Wollen mal nicht übertreiben ...

Als Gutzeit die Wohnungstür erreicht hatte, in der Liebig im Morgenmantel stand, zückte sie ihren Dienstausweis und stellte sich und ihren Kollegen vor. Ehe sich ihr Gegenüber versah, überschritt sie die Schwelle und ging zielstrebig in die Wohnküche.

Karsten Becker saß am Tisch und gab Mia die Flasche. Er trug einen ähnlichen Morgenmantel: fernöstliches Muster, quietschbunt, mit viel Blumen drauf.

»Partnerlook«, stellte Gutzeit trocken fest. »Bin jetzt aber schon ein bisschen enttäuscht«, schob sie sarkastisch nach.

Liebig betrat die Küche, gefolgt von Freisal.

»Verstehe nicht, was Sie meinen«, sagte Becker.

»Eigentlich ist Herr Liebig mein Freund«, erklärte Gutzeit. »Ganz frisch, sozusagen.«

»Wovon reden Sie?«, mischte sich Liebig ein. Er klang so missgestimmt wie angriffslustig.

»Sie haben meine Freundschaftsanfrage bestätigt«, sagte Gutzeit. »Facebook.«

»Kann sein. Mache ich öfter. Deshalb stören Sie uns beim Frühstück?«

Freisal sah auf dem Tisch zwei benutzte Schüsseln mit Löffeln, eine vor Becker, eine vor dem leeren, zurückgeschobenen Stuhl, auf dem sich Liebig gerade niederließ; in der Mitte des Tisches stand eine Glaskanne Milch, daneben ein transparentes Kunststoffbehältnis mit Fertigmüsli. Während der Kommissar zum Tisch hinüber ging und die beiden Löffel in getrennte Plastiktütchen steckte, einen Kugelschreiber zückte, um sie mit *Liebig* und *Becker* zu beschriften, sagte er: »Wenn Sie mich fragen, Müsli macht man besser selber: Haferflocken, Quark, frisches Obst hineinschnippeln, fertig. Aber eigentlich sind wir hier, um DNA-Proben von Ihnen zu nehmen. Das hat sich ja nun dank der Löffel erübrigt.«

Liebig pumpte sich ein wenig auf. »Ich bin Rechtsanwalt«, sagte er. »Sie haben sich meine Unterschrift erschlichen. Die ist damit als Beweis, wofür auch immer, nicht zulässig.« Er hatte offenbar Freisals Stimme wiedererkannt.

Freisal betrachtete Liebig, der noch immer das Päckchen in den Händen hielt. Hatte der Anwalt sich verletzt? Jedenfalls deutete ein breites Pflaster am rechten Zeigefinger darauf hin. Als Liebig das Päckchen auf den Küchentisch legte, fragte der KHK wie nebenbei: »Schlimm? Passiert mir auch ab und zu.«

»Was?«

»Esse neuerdings regelmäßig Salat, der Figur wegen«, sagte der KHK und strich sich über den Bauch. »Gemüseschnippeln ... nicht ungefährlich, insbesondere Tomaten. Und wenn ich mich an Radieschen wage, schwebe ich quasi immer in Lebensgefahr.«

»Da kann ich nicht mitreden, ich lasse schnippeln«, stellte Liebig trocken fest.

»Woher rührt's dann?«, hakte Freisal nach und sah auf Liebigs Hand.

»Wüsste nicht, dass Sie das was angeht.«

»Warum denn so pampig?«, fragte Freisal, fing Liebigs nervös umherschwirrenden Blick ein und hielt ihn fest. In diesem Moment fing sein Handy an zu lärmen. Ohne den Blick von Liebig abzuwenden, nestelte er das Gerät hervor. Ganz ohne Hast. Es gelang ihm, über den Rufannahme-Button zu wischen, ohne hinzugucken.

Gutzeit lächelte versonnen. Cool, mein Chef lässt den Souveränen raushängen. Als würde er immer schon zur Smartphone-Community gehören.

Freisal legte sich das Gerät ans rechte Ohr und begann urplötzlich zu grinsen.

Wie aufs Stichwort rief der Kollege von der KTU an und gab durch, dass am linken Handschuh neben DNA-Spuren von Uta Becker auch Hautpartikel unbekannter Herkunft identifiziert werden konnten – nebst Blutspuren. Der Grad der Blutgerinnung zeige, dass die Rückstände maximal vier Tagen alt seien.

»Wow!«, rief Freisal in den Hörer. »Vielen Dank!« Wann mit Gegenproben zu rechnen sei, wollte der Techniker wissen. »Wir sind dicht dran, denke ich.«

Freisal legte – wieder ohne aufs Gerät zu gucken – auf und steckte das Smartphone zufrieden ein.

»Ist Ihre Befragung damit abgeschlossen?«, versuchte Liebig das Gespräch zu beenden. Weil der Kommissar nicht antwortete, sondern ihn nur weiter musterte, ging er in die Offensive. »Ihre Maskerade wird im Übrigen ein juristisches Nachspiel haben, darauf können Sie Gift nehmen!«

»Ach Gottchen« erwiderte Freisal, »Ihre Sorgen möchte ich haben.«

»Ich sprach von Ihnen, nicht von mir.«

»Und ich spreche von Ihnen, nicht von mir.«

Liebig atmete tief durch, zog den Gürtel des Morgenmantels noch enger. Dabei drehte er den Kopf für einen Moment weg und ging aus dem Blickkontakt.

Ätsch, verloren!, triumphierte Freisal innerlich.

»Was wollen Sie von uns?«, wandte sich Liebig an Gutzeit.

»Och, fürs Erste die Auskunft, ob Sie und Herr Becker ein Paar sind.«

»Nach was sieht's denn Ihrer Meinung nach aus?«

»Gegenfragen sind uncool«, stellte Freisal trocken fest. »Einfach nur antworten, bitte – danke!«

»Also …«, wollte Karsten Becker anfangen zu erklären, aber Liebig funkte ihm dazwischen.

»Du sagst besser nichts, Karsten. Lass mich das machen.«

»Ob das wirklich schlau ist, Herr Becker?«, sagte Freisal unbeeindruckt. »Was wollten Sie eben sagen?«

»Herr Freisal, Sie und Ihre Kollegin verlassen bitte auf der Stelle die Wohnung meines Mandanten. Herr Becker wird Ihnen keinerlei Auskünfte mehr geben. Ihre Überfallmethode ist inakzeptabel. So läuft gar nichts.«

»Das verstehe ich nicht«, mischte sich Gutzeit ein.

»Was gibt's daran nicht zu verstehen?«

»Sie, Herr Liebig, wollen hier ein Hausrecht ausüben, das Sie nicht haben. Oder irre ich mich, Herr Becker?«

Becker schwieg.

Danke, Gutzeit!, dachte Freisal. Hübsche Vorlage, den Fokus sauber auf Becker gelegt. Der ist zu still, in seiner eigenen Wohnung … Den nehme ich mir zur Brust.

»Hören Sie«, begann der KHK, »wenn wir jetzt gingen, wären wir in spätestens zwei Stunden wieder hier. Zwischenzeitlich würde ein Uniformierter vor dem Haus, ein anderer Kollege vor der Wohnungstür postiert, um auf Ihren ›Mandanten‹ aufzupassen. Nicht dass er uns noch abhandenkommt. Womöglich mit Mia. Jedenfalls, wenn ich dann wiederkäme, würde ich für Herrn Becker anstimmen: ›Hi, hi, hi – hab hier was für Sie.‹«

»Wovon reden Sie?«, fragte Liebig ungehalten.

»Haftbefehl«, erläuterte Gutzeit.

Freisal hielt die Plastiktütchen mit den Löffeln in die Höhe. »Wer von Ihnen, meine Herren, hat Frau Beckers linken Handschuh unschön ausgebeult …«

Stille.

»… vielleicht auch nur aus Versehen? Sind Sie, Herr Becker, irrtümlich mal in die Handschuhe Ihrer Frau geschlüpft? Kann ja vorkommen. Vielleicht auch schon länger her?«

»Nein.«

»Und Sie, Herr Liebig?«

»Aus Versehen trage ich ganz sicher nie etwas, auch nicht von fremden Leuten.«

»Aber mit Absicht, richtig?«

»Bitte?«

»Den Morgenmantel, den sie gerade anhaben, meine ich.«

Eisiges Schweigen.

Freisal reichte die Tüten Gutzeit und bat sie, die Asservaten der KTU, also vor die Haustür zu bringen. »Meine Kollegin gibt die Löffel zu einem DNA-Schnellabgleich. Die vergleichen sie mit der DNA eines anderen Beweismittels.«

Becker schaute Liebig verunsichert an. »Ho, ho, ho – was sind wir heute froh …«, brummte Freisal vor sich hin. »Herr Becker, wissen Sie, was mich wundert? Da bringe ich ein Geschenk mit und Sie machen es nicht mal auf.«

Becker zog irritiert die Stirn kraus und starrte auf das Päckchen wie das Kaninchen auf die Schlange.

»Aber Sie haben natürlich die Hände voll«, konstatierte der Kommissar (und meinte damit Mia). »Wenn Sie einverstanden sind, helfe ich Ihnen mal.« Er befreite das Päckchen vom Weihnachtspapier, hob den geöffneten Karton hoch, kippte ihn etwas in Beckers Richtung, sodass er bequem hineinschauen konnte.

Becker stand ein Fragezeichen ins Gesicht geschrieben: Auf falschem Heu lag ein Tranchiermesser.

Freisal nahm es heraus.

»Ich dachte mir«, erklärte er, »diesen Ersatz können Sie gut gebrauchen. Immerhin ist Ihnen ja das Original auf so unschöne Weise abhandengekommen.« Mit der freien Hand legte Freisal den Deckel zurück auf den Karton, stellte die Messerspitze auf die Pappe und begann sie langsam ins Material zu bohren. »Aber Vorsicht, Herr Becker, die Klinge ist verdammt scharf, wie Sie sehen!«

Er drückte die Messerspitze tiefer, bis die halbe Klinge im Karton verschwunden war, und ließ los. Das Messer stand von ganz alleine senkrecht.

»Was wird das?«, fragte Liebig.

»Im Zweifelsfall Kunst«, flötete Freisal, legte seine linke Hand flach auf das Ende des Messergriffs, drückte die Klinge langsam bis zum Anschlag in den Karton. »Wirklich scharf«, sagte er noch einmal.

»Und was soll das Ganze?«, fragte Liebig wütend. »Gehe ich recht in der Annahme, dass Sie ein Faible fürs Dramatische haben?«

»Da denke ich später drüber nach«, konterte Freisal. »Muss Ihre Frage erst mal sacken lassen. Aber zwischenzeitlich lassen Sie uns doch jene Fragen klären, die Ihre Mandanten, Frau und Herrn Becker, betreffen.«

»Was für Fragen?«

»Causa Klein.«

»Nun, Frau Becker ist auf freiem Fuß. Oder was meinen Sie?«

»Von mir aus beginnen wir mit Frau Becker.« Freisal kratzte sich am Kopf. »Eigentlich schade, dass sie nicht einfahren musste, oder? Dann hätten Sie hier noch mehr Zeit füreinander – Sie und Herr Becker, meine ich. Und dann erst das Fest … zusammen mit Mia. Haben Sie eigentlich selbst Kinder, Herr Liebig?«

»Nein.«

»Hätte Sie gern welche?«

»Sie überschreiten zum wiederholten Mal eine rote Linie, Herr Kommissar.«

Gutzeit betrat die Küche und nickte ihrem Chef zu. Mit dem KTU-Ergebnis war bald zu rechnen, schlussfolgerte Freisal.

»Na gut, dann versuchen wir's mal anders. Wie lange sind Sie eigentlich schon zusammen?«, fragte der KHK.

»Wüsste nicht, was Sie das angeht«, polterte Liebig.

Freisal blickte Becker an, der zusammengesunken am Küchentisch saß. Unvermittelt sagte er: »Herr Liebig und ich sind seit zwei Jahren ein Paar und ...«

»Das geht doch niemanden etwas an!«, fauchte der Advokat. »Warum bindest du das dem Beamten auf die Nase? Vollkommen überflüssig, Karsten!«

Mia begann zu weinen.

»Na toll«, sagte Becker. Er küsste das Kind auf die Stirn, schaukelte es sanft in seinen Armen. »Alles gut, Kleines ... Papa ist da ... nichts passiert.«

»Sagen Sie mal, Herr Liebig«, ergriff Yasmine Gutzeit das Wort, »nur mal so aus Neugierde: Stimmt es, dass es Juristen gibt, die in Sachen Recht ein, sagen wir, betont entspanntes Verhältnis haben? Frei nach dem Motto: Tun darf man alles – nur eins nicht: sich erwischen lassen.«

»Worauf wollen Sie hinaus?«

»Auf Ihren Sinn für Recht und Gerechtigkeit.«

»Gerechtigkeit ... wissen Sie, das Recht ist schon kompliziert genug und ...«

»... spielt erst eine Rolle, wenn man mit ihm in Konflikt gerät?«

»Muss nachgewiesen werden.«

»Das Recht?«

»Der Konflikt.«

»Und was ist, wenn jemand in Konflikt geraten ist, dies aber nicht nachgewiesen werden kann?«

»Was soll dann sein? Dann gibt es keinen Konflikt.«

Gutzeit schaute zu Becker hinüber. »Sehen Sie das auch so, Herr Becker? Nehmen wir mal an, Sie wären mit dem Gesetz in Konflikt geraten, man kann es Ihnen aber nicht nachweisen. Wäre für Sie deshalb alles okay? Auch dann, wenn dabei ein Mensch umgekommen wäre?«

»Sprechen Sie von Klein?«, fragte Karsten Becker.

»Ein so junger Mann, nicht wahr? Hat in Ihrer Wohnung auf den Putz gehauen. Und keine Stunde später war er tot.«

Gutzeits Blick wanderte hin zum, wie Seidel vielleicht sagen würde, »figürlichen Stillleben« (mit dem möglichen Titel »Karton mit Messer«). Becker wandte sich ebenfalls der, wie Freisal sagen würde, »kriminalen Installation« zu.

»Ich habe mit Kleins Tod nichts zu tun«, sagte Becker. Er schaute hilfesuchend zu seinem Freund.

Liebig gab sich einen Ruck. »Es reicht«, sagte er. »Ihre Fragen sind suggestiv. Mir ist unklar, was das Ganze hier soll.« Er schaute auf Karsten Becker hinab. »Und du hältst ab jetzt wirklich besser die Klappe!«

»Sonst redet er sich noch um Kopf und Kragen, stimmt's?«, schaltete sich Freisal ein. Er hielt sein Smartphone in der Hand. »Hab gerade eine SMS bekommen. Von der Kriminaltechnik.«

Bluffte der KHK?, fragte sich Gutzeit. War ja gar kein Eingangssignal zu hören. Oder hatte er es tatsächlich geschafft, allein auf stumm zu schalten?

»Herr Becker, was soll ich sagen«, fuhr Freisal fort, »sieht nicht wirklich gut aus für Sie.«

»Reden Sie Klartext, Mann!«, schnauzte Liebig. »Ich bin immerhin Herrn Beckers Anwalt.«

»Was sieht nicht gut aus?«, fragte Becker leise und begann wieder, Mia hin und her zu wiegen.

»Sie werden sich darauf einstellen müssen, Herrn Liebig in ihrer schönen neuen Wohnung so schnell nicht mehr empfangen zu können.

»Soll das heißen, Sie wollen Herrn Becker jetzt verhaften?« Liebig schien außer sich.

Schauspieler, dachte Freisal, Advokat eben. Spult sich hier auf als Retter. »Ganz falsch, Herr Liebig«, sagte er. »Die KTU hat DNA-Spuren im Handschuh von Uta Becker gefunden, die nicht zu ihr, sondern zu einem Herrn gehören: zu Ihnen, Herr Dr. Liebig.«

Als Gutzeit die Handschellen zückte, begann Liebig zu beben. »Damit kommen Sie nicht durch!«, brüllte er.

»Pssst!«, sagte Freisal. »Mia zuliebe …«

Zu spät. Das Kind fing wieder an zu schreien.

Karsten Becker streichelte Mia über den Kopf.

Und schwieg.

David Liebig wurde noch am gleichen Tag dem Haftrichter vorgeführt. Die Staatsanwaltschaft beschuldigte ihn, das Messer mit Vorsatz nachgestoßen zu haben, was der Gerichtsmedizin zufolge die starke innere Blutung und damit erst den Tod des Stephan Klein verursacht habe. Liebig, Linkshänder wie sein Partner Karsten Becker, habe dabei den linken Handschuh der Uta Becker getragen, um den Verdacht der Tat auf sie zu lenken.

Letzteres ging aus der Zeugenaussage des Mannes der Uta Becker, Liebhaber des Beschuldigten, hervor. Liebig machte von seinem Recht Gebrauch, zu den Vorwürfen zu schweigen, und kam in Untersuchungshaft.

Karsten Becker hatte zu Protokoll gegeben, dass er seit zwei Jahren ein Doppelleben führe: als Ehemann von Uta Becker und als Partner von David Liebig; er, Becker, habe es nicht übers Herz gebracht, sich von seiner psychisch labilen Frau scheiden zu lassen. Er habe aber auch seine Zuneigung zu Liebig ausleben wollen. Ihm habe vorgeschwebt, irgendwann mit seiner Frau »reinen Tisch« zu machen, weil das Doppelleben auf Dauer psychisch wie physisch nicht auszuhalten sei. Er habe nur auf die richtige Gelegenheit gewartet.

»Schien Ihnen die Gelegenheit die richtige zu sein, als Klein verletzt aus Ihrem Haus wankte?«, hatte Freisal nachgehakt. »Immerhin haben Sie Liebig angerufen, nachdem Ihre Frau das Haus verlassen hatte. Warum?«

»David war meine einzige Vertrauensperson«, antwortete Becker. »Ich rief ihn an und sagte ihm, was sich hier abgespielt hatte, und dass Uta dem Klein hinterhergelaufen war. David schwieg, dann sagte er, er würde schnell bei mir vorbeikommen. Er war sowieso ganz in der Nähe, weil wir uns eigentlich noch treffen wollten. Er klingelte kurze Zeit später und kam herauf.« Becker stockte.

»Lassen Sie sich Zeit«, sagte Freisal.

Becker fuhr fort: »David nahm sich Utas Handschuhe von der Kommode und war gleich wieder im Treppenhaus. Wie sieht der Typ aus, hat er mich noch gefragt. Wieso, habe ich wissen wollen. Er hat irgendwas von ›mal gucken gehen, wie schlimm es den erwischt hat‹ gesagt.«

»Sind Sie Ihrem Freund gefolgt?«, wollte Gutzeit wissen.

»Nein, ich bin mit Mia in der Wohnung geblieben.«

Karsten Becker saß vor den Ermittlern wie ein Häufchen Elend.

»Wir haben herausgefunden«, eröffnete ihm Freisal, »dass Liebig bei Ihnen ums Eck wohnt, genauer gesagt in der Havelmüller. Seit wann denn?«

»David ist vor gut einem halben Jahr in den Stephankiez gezogen, um in meiner Nähe sein zu können. Er wusste von unserem Plan, die Wohnung zu kaufen.«

»Wie, in Ihrer Nähe? Ihre Frau ist doch seit der Geburt von Mia zu Hause, oder?«

»Wir haben uns oft bei David getroffen.«

»Das nenne ich Risikobereitschaft!«, konstatierte der Kommissar. »Hatten Sie denn keine Angst, dass das mal auffällt, wenn Sie da in der Havelmüller ein- und ausgehen? Ich meine, der Stephankiez ist doch überschaubar. Da kennt doch letztlich jeder jeden, oder nicht?«

»Der Stephankiez ist kein Dorf in Brandenburg, sondern ein Quartier im Regierungsbezirk. Eine gewisse Anonymität ist hier schon vorhanden – ich kenne auch nicht jeden. Außerdem bin ich nicht pausenlos bei David ein- und ausgegangen. Wir haben uns auch in Hotels getroffen. Oder wir haben einen Ausflug nach Schöneberg gemacht.«

»Ach? Fugger-Kiez?«

»Das sagt Ihnen was?«

»Beruflich, ja«, bestätigte Freisal.

»Kommen wir auf etwas anderes zu sprechen, Herr Becker«, bat Gutzeit. »Wie stand Liebig zu Ihrer Tochter?«

»Er ist vernarrt in Mia.«

»Haben Sie und Liebig sich schon mal ausgemalt, wie es weitergehen könnte, nachdem Sie mit Ihrer Frau, wie Sie sagten, reinen Tisch gemacht hätten?«

»Mia kommt zu uns, hat David gesagt. Ich wollte mich von Uta scheiden lassen und das Sorgerecht beantragen.«

»So einfach geht das nicht«, sagte Gutzeit. »Aber das werden Sie wissen, Herr Becker. Das Sorgerecht wird in der Regel ...«

»Doch, das geht«, beharrte Becker.

»Wie kommen Sie darauf?«

»David ist Anwalt. Er sagte, das würde er schon durchboxen.« Beckers Augen leuchteten.

»Eine letzte Frage, Herr Becker«, sagte Freisal. »Haben Sie oder hatte Liebig im Fugger-Kiez mal Bekanntschaft gemacht mit einem gewissen Thobens? Der war mal fleißig auf homoerotischer Kontaktsuche. Ist schon länger her. Saß im Knast. Ist seit geraumer Zeit wieder draußen. Interessiert mich, rein prophylaktisch, ob der da wieder, wenn ich das mal so salopp formulieren darf, herumschwänzelt.«

»Den Namen habe ich nie gehört«, sagte Becker.

Der Kommissar kramte ein Foto von Thobens aus der Schublade seines Schreibtischs. »Schauen Sie bitte einmal, vielleicht ist Thobens auch mit einem falschen Namen unterwegs.«

»Nie gesehen.«

Freisal schob das Bild wieder in die Schreibtischschublade. »Seien Sie froh darüber, Herr Becker.«

»Wieso?«

»Ach, ich glaube, das wollen Sie nicht wirklich wissen.«

Hajo Freisal und Yasmine Gutzeit standen auf dem Trottoir vor dem Präsidium. Beide hielten ihr Smartphone in der Hand. Es war dunkel geworden. Und, ja, tatsächlich, es hatte wieder angefangen zu schneien.

Beide waren sich unschlüssig, was mit dem angebrochenen Abend, der Stundenzeiger zeigte punkt fünf, anzufangen sei. War immerhin der Heilige Abend!

»Und, geht's jetzt zur Bescherung?«, fragte Freisal.

»Was für 'ne Bescherung?«, fragte Gutzeit.

»Gegenfragen…«

»… sind uncool, ich weiß.«

Gutzeit machte plötzlich einen geknickten Eindruck.

»Was ist los?«, fragte Freisal. »Ihr Schmusi wird doch was vorbereitet haben.«

»Hat gerade abgesagt«, sagte Gutzeit.

»Wie, abgesagt?«

Sie zeigte ihrem Chef die SMS: »Kreativer Schub. Fließt wie blöd. Sorry, muss dranbleiben. Wir telefonieren. Kuss!«

Freisal kratzte sich am Kopf. »Mann, Mann, Mann! Der ist ja auch noch nicht ganz reif. Für die Liebe.«

Er schmunzelte plötzlich.

»Warum grinsen Sie?«

»Na ja«, der KHK holte tief Luft, »ich befürchte, Sie müssen heut Abend mit mir vorliebnehmen. Wäre das sehr schlimm? Könnte Sie einladen, irgendwo auf 'n Happen.«

»Hat denn jetzt schon was auf?«

»Wir finden was«, war sich Freisal sicher.

Nachdem sie, auf der Suche nach einem geöffneten Restaurant, erfolglos durch Charlottenburg-Wilmersdorf gekurvt waren, murrte der Kommissar: »Kann ja nicht sein! Weltstadt zum Piepen!« Er fuhr Höhe Halensee entschlossen auf die Autobahn. »Ich weiß was! Die haben immer offen«, sagte er.

»Was hat offen?«

»Tolle Location. Urgemütlich. Lassen Sie sich überraschen.«

Freisal lenkte gen Norden.

»Mir geht Becker nicht aus dem Kopf«, sagte Gutzeit. »Was findet der nur an diesem Schnösel?«

»Vielleicht ist er nur einer Pseudo-Liebe auf dem Leim gegangen.«

»Heißt?«, fragte Gutzeit.

Freisal holte tief Luft, dann weit aus: »Sehen Sie, Kollegin, die Liebe als solche ist eine Aktivität und kein passiver Affekt. Sie ist etwas, das man in sich selbst entwickelt, nicht etwas, dem man verfällt.«

»Ähm ...«

»Sie ist in erster Linie ein Geben und nicht ein Empfangen. Die meisten Menschen«, leierte der KHK herunter, als parodierte er einen dienstmüden Professor, »sehen das Problem der Liebe in erster Linie als das Problem, selbst geliebt zu werden, statt zu lieben und lieben zu können. Können Sie noch folgen?«

»Also ...«

»Liebe ist eine Erfahrung des Teilens, der Gemeinschaft, die die volle Entfaltung des eigenen inneren Tätigseins erlaubt. Was für ein Typ von Liebender mag Becker sein? War er, ohne es zu wissen, einer symbiotischen Vereinigung verfallen, die nichts mit der Liebe reifer Menschen zu tun hat, eben als Antwort auf das Existenzproblem?«

»Moment mal ...«

»Ein masochistisch veranlagter Mensch wie Becker, müssen Sie wissen, entrinnt dem unerträglichem Gefühl der Isolation dadurch, dass er sich zu einem untrennbaren Bestandteil einer anderen Person macht, der ihn lenkt, leitet und beschützt. Liebig war sozusagen Beckers Luft, die er atmete. Becker mag sich gesagt haben: Liebig ist alles, ich bin nichts, außer ein Teil von ihm und ...«

»Stopp!«, rief Gutzeit. »Herr Freisal, das ist doch nicht auf Ihrem Mist gewachsen, stimmt's?«

»Natürlich nicht.« Der Kommissar deutete aufs Handschuhfach. »Schauen Sie mal! Ein kleines Büchlein. Ende der Fünfziger erschienen. Hat mir Inge zum Lesen gegeben – nach der Trennung.«

»Und?«

»Hab ich Ihnen besorgt. Ist doch Weihnachten. Ich dachte mir, da wollen Sie Ihrem Schmusi vielleicht mal draus vorlesen.«

»Schwere Kost«, meinte Gutzeit, während sie wahllos in dem Buch herumblätterte. »Dennoch, danke!«

»Kann ja nicht immer nur Twain aus dem Koffer ziehen.«

»Ach, der hat zum Thema auch was zu sagen?«

»Die Liebe erscheint als das schnellste, ist jedoch das langsamste aller Gewächse.«

»Braucht eben alles seine ...«

»… Keimzeit, richtig.«

Wenig später saßen sie im Schnellrestaurant der Autobahnraststätte Stolpe.

Gutzeit hob ihr Glas Weißwein. Freisal sein Mineralwasser.

»Ihre Bemühung weiß ich zu würdigen«, sagte Gutzeit. »Frohe Weihnacht!«

»Frohe Weihnacht!«, sagte Freisal, nahm einen Schluck und schob Gutzeit die laminierte wie bekleckerte Speisekarte über den Tisch.

Karsten Becker saß im Wohnzimmer seiner frisch sanierten Wohnung; er hatte sich trotz alledem oder erst recht den Weihnachtsbaum aufgebaut, mit Holzfigürchen und bunten Stoffbändern geschmückt. Oben auf der Tannenspitze thronte ein Engelchen aus rot gefärbtem Bast, im Fernsehen lief auf ARTE Johann Sebastian Bachs Weihnachtsoratorium, BWV 248: sechsteiliges Oratorium für Soli, gemischten Chor und Orchester. Eine Live-Übertragung. Aus dem Berliner Dom.

Ein herzergreifendes Konzert, mochte Becker gedacht haben, als ihm die Tränen kamen. Oder war es, weil er Mia furchtbar vermisste? Denn Mia war nicht da. Mia war bei ihrer Mutter, die Weihnachten bei ihrer Schwester in der Stolper Heide feierte. Und wohl erst einmal dort bleiben würde.

Karsten Becker, blind vor Liebe, glaubte an diesem Abend tatsächlich noch immer fest daran, dass Mia bald zu ihm zurückkäme. Für immer. David boxt das schon durch, dachte er – und begann zu weinen.

Anmerkungen

Die zitierten Fakten aus dem »Berliner Sumpf« stammen aus dem Buch »Antes & Co.«, Rotbuch-Verlag, das leider vergriffen ist – leider insofern, als es ein Sittengemälde politischer Kultur darstellt, das, denkt man an den Flughafenbau Berlin-Brandenburg, möglicherweise auch aktuell gemalt werden könnte: weiße Westen, schwarze Kassen?

Bestimmte Protagonisten des Kunst- und Kulturbetriebs in Berlin-Moabit mögen mir verzeihen, aber die möglichen unfreiwillig komischen Seiten so genannter »Konzeptkunst« musste Freisal einfach würdigen dürfen. Ein ernst gemeintes Kompliment hingegen an den Moabiter »Ortstermin«, der auch für nicht elitär angehauchte Zeitgenossen alljährlich Kunst auf die Straßen des Kiezes bringt. Passend zur Geschichte schien mir die Fiktion eines Sanierer-»Virus« von »Kunsthamster«. Das Gemälde wird zwar in diesem Buch zur Fotografie verfremdet, jedoch der Begleittext wortwörtlich zitiert. Dank an Veronika Weidauer, die als Urheberin die Genehmigung zum Abdruck des Textes gab, der integraler Bestandteil des besagten Kunstwerkes ist.

Zu würdigen sind weiterhin die vielen öffentlich zugänglichen Quellen zu den Aufgaben und Strukturen auch des »QM Moabit-Ost«, nicht minder die Informationsplattform »Moabit-Online« für die Förderung von Debattenkultur auch zum Thema Gentrifizierung. Die klugen Sprüche über die Liebe auf der letzten Fahrt im MX-5 stammen aus Erich Fromms »Die Kunst der Liebe«.

Moritz Siegel sei wieder gedankt für die Mitarbeit am Stoffentwurf. Daumen hoch auch für den Verlag, der KHK Freisal ein weiteres Mal rotzfrech agieren lässt. Gabriele Dietz, meine Lektorin, gab entscheidende Hinweise zur Verbesserung des Manuskripts. Dank am Schluss, aber nicht zuletzt, auch dafür.

B.M.

Moabit
Westhafen
S
BEUSSELSTRASSE
Erna-Samuel-Straße
Siemensstraße
Sickingenstraße
7
Wiclefstraße
Wiclefstraße
Rostocker Str.
8
Beusselstraße
Waldstraße
Emdener Str.
Oldenburger Str.
Bremer Str.
Waldenserstraße
10
Huttenstraße
Turmstraße
Jonasstraße
6
4
Erasmusstraße
Zwinglistraße
Gotzkowskystraße
5
Ottopark
Alt-Moabit
Krefelder Str.
Bochumer Str.
SPREE
Zinzendorfstraße
Jagowstraße
Elberfelder Str.

WESTHAFEN
Ellen-Epstein-Straße
Putlitzbrücke
Quitzowstraße
Stephanstraße
Salzwedeler Str.
Rathenower Straße
Perleberger Str.
Stephanplatz
Stendaler Str.
Stephanstraße
BIRKENSTRASSE
Birkenstraße
Wilsnacker Str.
Kruppstraße
Perleberger Straße
Birkenstraße
Stromstraße
Wilhelmshavener Str.
Rathenower Straße
Wilsnacker Str.
Bandelstraße
Lübecker Str.
genhagenstraße
Turmstraße
Kleiner Tiergarten
TURMSTRASSE
Alt-Moabit
Stromstraße
SPREE
1 Café Achteck
2 Dart-Pinte
3 Wohnung der Familie Becker
4 Galerie Moabit
5 Harry Flecks Waschsalon
6 Kleins Kunstwerk
7 Wohnung von Thobens
8 WG von Stephan Klein
9 Laden des Quartiersmanagements
10 Arminius-Markthalle

Bernd Mannhardt, geboren 1961 in Berlin, ist in der Öffentlichkeitsarbeit tätig. Er veröffentlichte bislang neben kriminalistischen Kurzgeschichten auch Rezensionen für das Stadtmagazin »Zitty«, Features für »Deutschland-Radio« und Kurzkrimis für WDR und HR. Bernd Mannhardt ist Mitglied in der Autorengruppe »Das Syndikat« und lebt in Berlin. Zuletzt erschien von ihm der satirische Kaufmanns- und Küstenkrimi »Tide, Tat & Tod« sowie im berlin.krimi.verlag der Moabit-Krimi »Schlussakkord« (2015).